수호지 지도

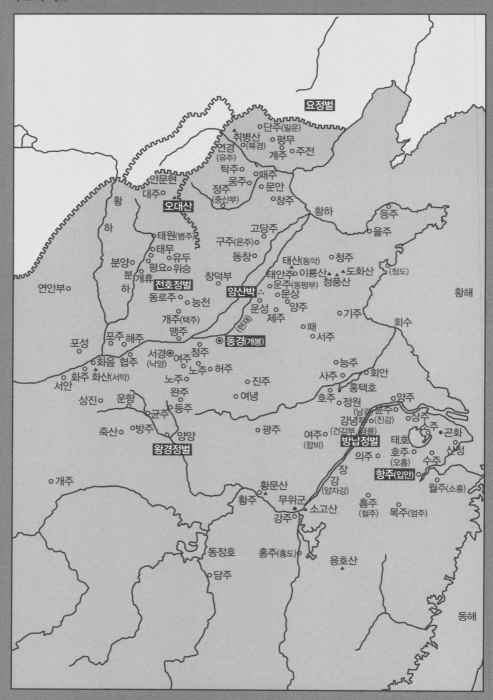

요정벌

단주(밀운)
취병산
(북경) 평무
연경 계주 주전
(유주)
탁주
웅주 패주
오대산 정주 문안
(중산부) 창주
대주
황하 등주
안문현 율주
고당주
태원(병주) 구주(은주)
황 태무 동창 태산(동악) 청주
분양 유두 태안주 이룡산 도화산
하 평요 위승 운주(동평부) 청풍산 (청도)
전호정벌 창덕부 문상
연안부 분 개휴 양산박 운성 양주
하 동로주 능천 (현재) 제주
개주(택주) 패 기주
맹주 서주 회수
포성 풍주 해주 동경(개봉) 황해
서경 여주 정주 능주
화음 협주 (낙양) 노주 허주 사주 회안
서안 화주 화산(서악) 노주 진주 호주 동택호
상진 운향 완주 여녕 정원 양주
죽산 방주 등주 광주 강녕부 (진강) 상주
양양 여주 (남경) 곤화
왕경정벌 개주 (합비) 방납정벌 태호 신성
황문산 의주 호주 수주
황주 무위군 항주(임안) (오흥)
강주 소고산 월주(소흥)
동정호 흠주 목주(엄주)
홍주(홍도) 용호산 (철주)
담주 동해
장
강
(양자강)

수호지 1

호걸집결 편

수호지 1
호걸집결 편

초판	1쇄 발행 2021년 10월 15일

지은이	시내암
평역	김팔봉
펴낸이	한승수
펴낸곳	문예춘추사

편집	이상실
디자인	이유진, 심지유
마케팅	박건원, 김지윤

등록번호	제300-1994-16
등록일자	1994년 1월 24일
주소	서울시 마포구 동교로27길 53 지남빌딩 309호
전화	02-338-0084
팩스	02-338-0087
블로그	moonchusa.blog.me
E-mail	moonchusa@naver.com

ISBN	978-89-7604-477-8 04820
	978-89-7604-476-1 (세트)

수호지
제1권 | 차례

'수호지'야말로 '우리 것'을 추구하는 바탕이려니

근래에 와서 중국 고전소설이 독서계에서 지속적인 호응을 얻어 상당한 활기를 띠고 있다고 한다. 매우 반갑고 바람직한 일이다. 우리나라 전통문화를 제대로 보전하고 전승·발전시켜야 한다는 데에 많은 관심이 모아지고 있는데, 그러기 위해서는 오랜 옛날부터 우리 문화 속에 깊이 스며들어 있는 중국 고전문학에 대한 올바른 이해와 감상이 필수적인 요건이 되는 것이다. 그러므로 곧 중국 고전을 읽는 일이 '우리 것'을 추구하는 바탕이라 할 수 있다.

누구나 알다시피 『수호지』는 중국 4대 기서의 하나이다. 8백여 년 전 중국 송나라 말기의 어지러운 사회를 무대로 한 소설인데, 원나라 말기에 시내암(施耐庵)이 지은 것으로 알려져 있다. 일설에는 그의 문하인이며 『삼국지연의(三國志演義)』의 저자인 나관중(羅貫中)과의 합작이라고도 한다.

그 내용은 역사적인 사실에다가 야담과 전설의 옷을 입혀서 대중적인 흥미를 돋우어 놓은 것이다. 북송(北宋) 말기 선화(宣和) 3년(1121년)에 회남(淮南)의 인민들이 반란을 일으키고, 그 세력이 점점 커져서 관군(官軍)을 무척 괴롭혔으나, 얼마 안 가서 항복했다는 기록이 『송사(宋史)』에도 나와 있는데, 그 역사적인 사실을 뼈대로 하여, 후세 야담가들이 살을 붙이고 옷을 입히면서 이야기를 부풀려 나갔다. 그것을 소설체로 시내암이 마무리 지은 것이 『수호지』이다. 이 책이 나오기 전에, 전설적인 인물 전기와 야담들을 모은 『대송선화유사(大宋宣化遺事)』라는 대본이 이미 나와 있었던 것으로 알려져 있다. 이런 점에서도 수호지의 성립 과정이 삼국지연의와 비슷한 데가 있다.

이야기는 전반부와 후반부로 나누어진다. 108인의 호걸들이 곳곳에서 못된 관리들의 핍박에 항거하여 폭력을 휘두름으로써 억울한 심정을 풀려다가 죄를 저지르거나, 우연한 곡절로 본의 아니게 도둑이 되거나 하여 속속 양산박으로 집결하는 것이 전반부, 토벌하러 오는 관군을 한동안 괴롭히다가 두령인 송강(宋江)의 배반에 따라 조정에 귀순한 후 다른 반란집단을 진압하라는 명령을 받고 호걸들이 차례차례 죽어가는 내용이 후반부.

수호지도 삼국지처럼 그 판본이 여럿으로, 70회본, 100회본, 120회본, 164회본 등 5, 6종이 전해지고 있다. 현존하는 가장 오랜 판본은 16세기 중엽에 간행된 100회본으로, 전반부 70회, 후반부 30회로 되어 있다. 120회본이 나온 것은 1600년경인데, 이것은 100회본의 후반부를 더 늘린 것이다. 청나라 초엽에 와서 김성탄(金聖嘆)이 후반부를 완전히 끊어내어 버리고, 상세한 주석과 평을 달아서 70회본의 『충의(忠義) 수호전』을 간행했는데, 그 뒤로 이것이 항간에 가장 널리 유포되었다. 어느 판본에서나 맨 첫머리에 중요한 인물로 등장하는 80만 금군교두(禁軍敎頭) 왕진(王進)의 이야기가 나오는 것에는 다름이 없다. 그런데 이 인물이 나중에 어떻게 되었는지, 70회본이나 120회본에서는 일언반구도 언급이 없다. 이것은 소설 구성상의 커다란 결함으로 지적될 수 있다.

1960년대 초, 동아일보에 수호지를 연재하기로 의논이 되었을 때, 나는 이 결함을 보완하는 데 신경을 쓰지 않을 수 없었다. 다행히도 164회본에서는 이 점이 보완되어 있다는 사실을 발견하고, 나는 그것을 대본으로 삼기로 하였다.

내가 대본으로 삼은 책은 『수상 오재자 전후합각 수호전서(繡像 五才子 前後合刻 水滸全書)』라는 제목으로 되어 있다. 전편 124회, 후편 40회로 이루어져 있는데, 1879년에 대도당장판(大道堂藏板)으로 간행된 것으로 전해지고 있으며, 현재 대만의 세계서국(世界書局)에서 발행한 것이 우리나라에도 들어와 있다. 나는 이것을 옮기면서, 70회본과 120회본을 때때로 대조해 가며, 적당히 취할 것을 취하고 버릴 것을 버렸다. 아무튼 전후편을 완전히 옮긴 수호지는 우리나라에서 이것이 유일한 책이 아닐까 한다.

문학적인 가치를 논할 때, 4대 기서 중에서는 수호지가 단연 그 으뜸을 차지한다는 점을 김성탄이 지적한 바 있지만, 후세 사람들도 거기에 별다른 이의를 제기하지 않고 있다. 주인공들 가운데 지식인인 송강의 인간상은 지극히 단조롭게 묘사되어 있으나, 노지심·무송·이규 등 무법자들의 행동과 활약상은 통쾌하리만큼 생생하고 박진감 있게 그려져 있는 것이다.

한글세대의 독자들을 위하여 이번에 새로이 가로쓰기로 고쳐 조판하면서, 문장을 좀 더 다듬고, 중간 제목들도 모두 고쳐 붙임으로써 이야기는 옛것이로되 참신한 현대 감각에 잘 어울리는 책이 되도록 힘썼다. 자칫 소원해지기 쉬운 고전을 친근감을 갖고 가까이하는 데 많은 도움이 될 줄 믿는다.

1984년 가을에

김팔봉

팔봉 선생의 『수호지』를 다시 펴내며

팔봉 김기진 선생이 『성군(星群)』을 동아일보에 연재하기 시작한 것은 1955년 초겨울의 일이다. 직전에 같은 신문에 연재했던 '통일천하(統一天下)'라는 작품이 1년 반여의 세월 동안 많은 독자를 확보하며 성공리에 연재를 끝내자 동아일보의 부추김에 쉴 새도 없이 새로 시작한 것이 이 작품이다. 『성군(星群)』은 108 영웅의 무용담을 담은 『수호지(水滸誌)』를 평역한 소설이다. 그래서 연재소설의 제목을 수많은 영웅을 뜻하는 '성군(星群)'으로 붙였다. 그리고 독자들의 성원과, 원작의 길이와, 이 소설에 등장하는 수많은 영웅들의 이야기가 함께 작용하면서 이 소설은 신문연재소설로서는 보기 드물게 무려 1,500회에 이르는 연재라는 대기록까지 세우게 된다. 이후 1984년 팔봉 선생은 이 『성군(星群)』을 어문각에서 단행본으로 출간하면서 제명을 원작의 명칭을 고려하여 『수호지(水滸誌)』로 변경했다.

팔봉 선생이 평역한 수호지의 판본은 선생 스스로 밝혀놓은 것처럼, 수많은 수호지의 판본 중 가장 편수가 많은, 164회(전편 124회, 후편 40회)짜리 『수상 오재자 전후합각 수호전서(繡像 伍才子 前後合刻 水滸全書)』라는 작품이다. 이 판본은 양정견(揚定見)이 엮은 120회짜리 『충의 수호전』과 청나라 때 진침(陳忱)이 영웅들의 후일담을 40회로 엮은 『수호후전(水滸後傳)』을 합쳐서 만든 것이다. 이런 점에서 이 책은 『수호전』에 대한 모든 이야기의 집대성이라고 불릴만한데 팔봉 선생은 이 책을 저본으로 삼아 평역을 했다. 그러면서 자신이 평역한 『수호지(水滸誌)』에 대해 "70회 본과 120회 본을 때때로 대조해 가며, 적당히 취할 것을 취하고 버릴 것을 버렸다. 아무튼, 전후 편을 완전히 옮긴 수호지는 우리나라에서 이것이 유일한 책이 아닐까 한다"라는 자부심을 피력하고 있다. 팔봉 선생의 이 말은 자신의 『수호지(水滸誌)』는 여러 가지 '수호지' 중 가장 잘 다듬어진 작품인 김성탄(金聖嘆)의 70회짜리와 다양한 '수호지' 판본의 기본적 저본이 되고 있는 양정견(揚定見)이 엮은 120회짜리를 충실히 참고했다. 그러면서도 영웅들이 조정에 귀순한 후 간신들로부터 당하는 온갖 수난까지 서술하고 있는 164회짜리를 평역했으니 자신의 『수호지(水滸誌)』가 우리나라에서 가장 완전한 『수호지(水滸誌)』가 아니겠냐는 자부심으로 그렇게 이야기하고 있는 것이다.

현재까지도 중국에서 가장 많은 드라마와 영화의 소재로 사용되는 것이 『수호지(水滸誌)』와 포송령(蒲松齡의 『요재지이(聊齋志異)』이다. 그것은 시대가 흘러도 변하지 않는 이야기의 재미, 긴장감, 통쾌함이 이 작품에 담겨 있기 때문일 것이다. 정의로운 사회에 대한 갈망, 탐관오리의 횡포에 대한 분노, 핍박받는 민중들의 편에 서서 강대한 국가권력을 골탕 먹이는 영웅에 대한 박수 — 이런 것들은 동서고금을 막론하고 예나 지금이나 변함이 없다. 그래서 서양에 로빈 후드에 관한 이야기가 있다면 동양에는 '수호지'가 있는 것이다.

　이런 점에서 우리가 고전을 읽어야 하는 이유는 자명하다. 고전이란 시대를 뛰어넘어 변함없이 읽을 만한 가치가 있는 작품을 일컫는 말일진대, 우리는 지금 현재의 이야기보다 오히려 오랜 세월 숙성된 옛이야기 속에서 우리 인간의 변함없는 심성과 간곡하고 통절한 인간의 갈망을 들여다볼 수 있는 까닭이다.

　『수호지』는 중국 북송시대를 배경으로 실화와 허구를 섞어서 쓴 역사소설이다. 『삼국지연의』, 『서유기』, 『금병매』와 함께 4대 기서(奇書)라고 말하는 소설인데, 4대 기서 중 현실 사회의 모순과 문제점을 가장 비판적인 눈길로 보고 있는 것이 바로 이 소설이다. 모택동(毛澤東)이 이 소설을 좋아해서 열심히 읽은 이유도 아마 이 점과 관련이 있을 것이다. 그리고 어쩌면 모택동은 당시 비적으로 불리던 홍군이 근거지로 삼은 정강산(井冈山)과 도적떼로 지칭되던 '수호지'의 영웅들이 모인 양산박(한자입력) 사이에서 어떤 유사성을 발견하고 있었을지도 모르겠다. 어쨌건 모택동은 1945년 일본이 패망한 후 스탈린의 온갖 압력 속에서도 장개석의 휘하로 들어가지 않고 독자적인 무력을 견지함으로써 중국을 자신의 천하로 만들었다. 그것은 '수호지'의 영웅들이 조정에 귀순하여 몰락하는 후일담에서 얻은 교훈 때문이라고 상상한다면 지나친 망상일까?

　『수호지』의 전반부는 108 영웅들의 인물 됨됨이와 함께 이들의 의기와 의리를 생생하게 그리고 있다. 108명의 호걸들은 각자의 고유한 스타일이 드러나는 별칭을 가지고 있는데, 예컨대 이들의 대장 격인 송

12

강의 경우 '급시우(及時雨)'가 그 별칭이다. 마른 땅에 내리는 비처럼 절실한 존재라는 의미의 별칭이다. 그리고 좌고우면하는 지식인 스타일의 송강에 비해 화끈하게 정의실현에 앞장섬으로써 독자들의 박수를 받는 노지심은 등에 꽃 문신이 새겨져 있어서 그 별칭이 '화화상(花和尚)'이다. 이런 108명의 호걸들이 양산박에서 형제애와 동지애로 뭉쳐서 간신배들의 농간으로 눈이 가려지고 귀가 막힌 황제에 대해 그래도 변함없는 충성을 다짐하면서, 탐관오리를 징벌하고 그들이 수탈한 재물을 되찾아 가난한 이들에게 나눠주는 의를 행해 나가는 이야기가 수호지 전반부의 내용이다. 그리고 후반부는 이들이 간절히 원하던 사면 복권을 황제로부터 받아서 국가를 위해 충성을 다하지만, 간신들의 온갖 모함 속에서 하나하나 꽃잎처럼 스러져가는 이야기이다. 하늘을 찌를 듯하던 그들의 의기와 불꽃처럼 타오르던 그들의 정열적 삶이 꽃잎처럼 스러지는 모습은 우리로 하여금 삶에 대한 비애감에 젖게 만든다. 이 같은 『수호지(水滸誌)』에서 우리는 요즘 소설에서 느낄 수 없는, 이야기의 강력한 흡인력과 등장인물에 대한 매혹과 정의와 의리의 가치를 체험할 수 있다. 아무쪼록 요즘처럼 소설이 재미없는 세상에서 『수호지(水滸誌)』를 통해 소설 읽기에 대한 재미를 되찾기 바라는 마음 간절하다.

2021년 가을에
팔봉 선생을 대신하여
홍정선

일러두기

1. 이 책은 팔봉 김기진 선생이 『성군(星群)』이라는 제목으로 1955년 12월부터 〈동아일보〉에 연재한 작품으로, 1984년 어문각에서 『수호지(水滸誌)』라는 제목으로 바꿔 출간한 초판본을 38년 만에 재출간한 작품이다.

2. 이 책은 수호지의 판본 중 가장 편수가 많은, 164회(전편 124회, 후편 40회)짜리 『수상 오재자 전후합각 수호전서(繡像 五才子 前後合刻 水滸全書)』라는 작품을 판본으로 했다.

3. 가능한 한 원본에 맞게 편집했으나 최신 표준어 맞춤법에 맞게 고쳤고, 지명이나 인명은 일부 수정하여 독자들이 읽기 편하게 했다.

4. 한자 표기는 정오正誤에 상관없이 원본을 따랐으나 동일 인물이나 지명의 상반된 표기가 있는 경우에는 올바른 한자를 찾아 표기했다.

5. 이 책의 지도는 내용에 맞게 새로 제작한 것이다.

건달이 출세하다

　서력 1100년, 송(宋)나라 철종(哲宗) 황제 15년 가을이었다. 끝없이 넓고 넓은 대륙의 들판에는 오곡이 무르익어가고, 햇볕을 가리던 회색 구름도 오늘만은 씻은 듯이 사라지고 하늘빛이 파랗게 보인다.

　고구(高俅)는 방금 발표된 대사령(大赦令)을 알고서, 그가 유숙하고 있는 유세권(柳世權)의 집으로 돌아가는 길이다.

　어깨를 으쓱거리면서 성큼성큼 걸어가는 자태가 무엇인지 그에게 좋은 일이 생긴 모양이다.

　'3년 만에 귀양살이가 풀리다니… 그동안 지긋지긋했다. 어서 서울로 가야지!'

　그는 속으로 중얼거리면서 유씨 집 문안에 들어섰다.

　"아저씨 계십니까? 대사령이 내렸어요, 대사령이!"

　그는 나중의 대사령이라는 말에 힘을 주어 발음했다.

　"무어라고? 대사령이라니, 천자(天子)께서 죄수를 풀어주신다는 건가?"

　큰 사랑방의 창문이 열리면서 유씨 노인은 마당에 서 있는 고구를 내다보며 물었다. 상반신만 보이긴 하지만, 쉰이 훨씬 넘어 보이는 유씨는 뚱뚱한 노인이었다. 거기에 비하면 고구는 날씬하고 맵시 있게 생긴 서

른 전후의 청년이다. 그러나 그의 쭉 째진 두 눈과 야무지게 생긴 입아
귀엔 싸늘하고 날카로운 맛이 엉클어져 보인다.

"네, 지금 나갔다가 관가에 써 붙인 방문을 보고 알았습니다. 저는 이
제 서울로 돌아가도 좋겠죠?"

"암, 대사령이 내린 바에야 돌아가도 좋을 것 아닌가. 그러나 우리 집
에 더 있고 싶으면 더 있어도 상관없네."

"천만에요. 저는 서울에 가봐야겠어요. 그런데 아저씨께 어려운 청이
있습니다. 서울 계시는 아저씨의 친한 친구 어른한테 저를 천거하시고,
잘 봐주라고 부탁 좀 해주십시오. 그러면 제가 그 댁에 가서 그 댁 일을
봐 드리겠습니다."

고구가 이렇게 말하니까, 유씨 노인은 잠깐 동안 무엇을 생각하는 듯
하더니 책상 앞에 앉아서 붓을 들었다.

조금 있다가 유씨는 편지 한 장을 써가지고 마루로 나오더니 이렇게
말했다.

"서울 가거든 동문 밖 금량교(金梁橋) 못미처에서 약방을 내고 있는
동씨(董氏)한테 찾아가 이 편지를 전하게. 그 사람하고 나하고 일가간일
세. 아마 괄시하진 않을 걸세."

고구는 유씨 노인한테서 편지를 받아서 제 방으로 건너가더니 순식
간에 보따리 하나를 꾸려가지고 나왔다.

"아저씨, 그러면 저는 지금 떠나겠습니다. 3년 동안 신세가 많았습니
다. 안녕히 계십시오."

고구는 인사말을 하고는 절을 꾸벅했다.

"지금 떠나겠단 말야? 그럼 잘 가게나그려."

유씨 노인도 담담하게 고구를 떠나보내는 것이었다.

고구는 대문 밖으로 나왔다.

'이제는 네 활개를 치면서 어디나 돌아다닐 몸이로구나!'

홀가분한 기분이 가슴속에 부풀어 오르는 것을 느끼면서 고구는 숨을 깊이 들이마셨다가 길게 내뿜었다. 상쾌했다.

그도 그럴 것이, 고구는 송나라 서울 개봉부(開封府) 성문 밖에서 철물점을 경영하는 왕원외(王員外)의 아들을 꼬드겨 난봉을 피우고 주색잡기를 가르쳤다는 죄목으로 왕원외가 관가에 고발했기 때문에, 개봉부윤(開封府尹)한테 붙들려 가서 볼기를 스무 대나 얻어맞은 후, 서울로부터 추방되어 이곳 임회주(臨淮州)에 와 지금까지 3년 동안 거주 제한을 당해왔던 까닭이다. 조실부모하고 아무렇게나 자라난 그는 이 세상을 아무렇게나 살아가도 좋다고 생각하면서, 지금 3년 만에 서울로 돌아가는 것이 기쁘기만 했다.

임회주로부터 서울 개봉부까지는 수천 수백 리 길이다. 고구는 걸음이 빠르기도 하지만 기분이 좋아서, 임회주를 떠난 지 불과 열흘 만에 서울에 닿았다.

저녁때였다. 고구는 다리도 아프지 않은 듯, 동문 밖 금량교 다리 위에서 아래위를 살펴보고 섰다. 어깨 위에는 괴나리봇짐이 걸쳐 있을 뿐이다.

'오오, 저 집이 동씨 약방이로군.'

고구는 저편에 건너다보이는 약방을 발견하고 성큼성큼 걸어서 그 집 앞으로 갔다. '동생약가(董生藥家)'라는 간판이 걸려 있는 커다란 집이었다. 고구가 안으로 들어가서 주인을 찾으니까 이 집 주인 동장사(董將仕) 노인이 나왔다.

고구는 자신이 임회주에서 3년 동안 유씨 노인한테 신세를 지고 있다가 이번에 대사령을 받고서 돌아왔다고 이야기한 후, 유씨 노인의 편지를 내놓았다. 동씨 노인은 걸상에 앉아서 고구가 꺼내놓은 봉투를 받아 그 편지를 읽으면서도 가끔 고구의 얼굴을 바라보았다. 그리고 편지를 다 읽은 후 그것을 도로 접어서 봉투에 넣고 나서도 아무 말이 없다.

'이 일을 어떡한다? 고구란 놈은 서울서도 하층으로 놀아먹고 있던 건달이고 깡패로 이름난 놈인데, 이놈을 내 집에 붙여둔대서야 말이 되나? 그렇지만 유씨 노인이 이놈을 잘 부탁한다고 편지까지 보냈으니, 거절하면 유씨한테 의리를 지키지 못하는 것이 아닌가? 유씨는 지성스러운 노인이지만 활량들을 좋아하는 성질이 돼서 고구 같은 놈을 아마 3년 동안이나 밥을 먹여주었나 보다. 나도 유씨의 체면을 생각해서 당분간 이놈을 내 집에 두고 보다가 조처해야겠다.'

동씨 노인은 마침내 이같이 생각을 결정하고 고구에게 말했다.

"내 집이 그다지 협착하지는 아니하니 오늘부터 내 집에 계시오. 유씨 노인의 편지도 있고…, 노형을 내가 잘 대접하리다."

"고맙습니다."

"나를 따라 들어오시오."

동씨 노인이 전방의 뒷문을 열고 들어가자 고구는 그 뒤를 따라섰다.

이리해서 이날부터 고구는 동씨 약방 뒤뜰 안에 있는 별당에서 묵기 시작했다. 동씨 집에서는 귀한 손님이나 대우하듯, 날마다 술에 고기에 밥상이 그들먹했다.

고구는 그럭저럭 열흘이나 동씨 약방에서 융숭한 대우를 받고 지냈다.

그런데 하루는 동씨 노인이 새 옷 한 벌과 편지 봉투를 내놓고서 하는 말이,

"자네가 그동안 내 집에서 아무 일도 하는 것 없이 세월을 허송하는 것이 내 맘엔 여간 아프지 아니하네. 남아가 세상에 났다면 출세를 해야지, 그대로 썩어서야 되겠나! 내가 자네를 소학사(蘇學士)님께 천거하려고 마음먹고 편지를 썼네. 새 옷을 입고 이 편지를 갖고 소학사님을 찾아뵈란 말일세."

라고 했다. 출세를 해야 한다… 소학사님을 찾아뵈라…, 이 말이 고구의 마음을 기쁘게 했다.

그래서 고구는 기분이 좋아서 새 옷을 입고 동씨 노인한테 작별 인사를 드리고는, 성안으로 들어가 소학사의 저택을 찾아갔다. 대문간에서 고구가 찾아온 뜻을 문지기한테 이야기하니까 소학사는 그를 불러들였다. 고구는 사랑으로 들어가 동씨 노인의 편지를 소학사에게 올렸다. 소학사는 편지를 보더니 무엇을 깊이 생각하는 표정이다.

　'이거 서울 장안에서 유명한 건달, 오입쟁이, 3년 전에 서울서 추방당했던 이런 인간을 날더러 거두어주라고 동씨 노인이 편지하다니, 이걸 어떡한다? 동씨 노인의 청을 거절할 수도 없고… 가만있자, 내일 이놈을 왕부마(王駙馬)한테로 보내버리자!'

　소학사는 동씨 노인의 편지를 접어놓고 마음속으로 작정했다. 왕부마의 이름은 왕진경(王晋卿)인데, 그는 지금의 철종 황제의 매부 되는 사람으로서, 풍류를 좋아하고 허랑방탕한 위인들과 놀기를 좋아하는 인물이니까 고구 같은 건달 놈을 달갑게 받아들일 것이라고 소학사는 짐작했던 것이다.

　이렇게 마음을 정한 소학사는, 고구를 자기 집 사랑채 문간방에 하룻밤을 머무르게 한 후, 그 이튿날 왕부마한테 고구를 천거하는 편지를 써 그것을 청지기한테 주고는, 고구를 왕부마의 저택까지 인도하도록 명령했다.

　고구는 소학사가 시키는 대로 청지기를 따라서 왕부마 저택에 갔다.

　왕부마는 40이 넘은 중노인이건만, 허여멀끔하게 생긴 풍채가 어디로 보든지 화류계에 이름 있는 오입쟁이를 연상시키는 인상이었다. 그는 소학사의 편지를 읽은 후, 고구의 모양을 한번 바라보더니 고개를 끄덕끄덕하고는,

　"그래, 오늘부터 내 집에 있거라."

　쉽게 허락을 내리는 것이었다. 고구는 머리가 땅에 닿도록 감사한 뜻을 표하고, 그날부터 왕부마 저택의 행랑채에서 잠자고, 밥 먹고, 시중

들기 시작했다.

하루가 지나고, 열흘이 지나고, 한 달이 지나자 이때부터 더욱 고구는 왕부마의 비위에 들기 시작했다. 고구는 몸이 날쌔기도 하려니와, 막대기를 휘두르는 봉술(棒術)에 능숙할 뿐더러, 양쪽 발을 두 손처럼 써 가면서 제기를 차는 기술은 아무도 그를 흉내 낼 수 없을 만큼 신통했고, 왕부마는 이런 놀음을 즐겨했던 까닭이다.

그럭저럭 고구가 왕부마 저택에 와 있은 지 두 달이 지났을 때, 마침 왕부마의 생일날이 되었다. 그래서 부마의 저택에서는 연회를 베풀고, 부마의 처남 되는 단왕(端王)을 초청했다. 단왕은 돌아가신 신종(神宗) 황제의 열한 번째 아드님이신 동시에 바로 지금의 철종 황제의 아우님이신 터이다. 그리고 단왕은 성질이 총명해서 바둑과 장기도 잘할 뿐더러 글씨와 그림도 잘하고, 공 던지기와 제기를 차는 재주도 능숙하며, 거문고도 타고, 춤도 추며, 노래도 잘 부르는, 말하자면 오입쟁이 왕자(王子)였다.

이 같은 오입쟁이 왕자 단왕이 지금 그의 매부 왕진경의 생일 잔치에 들어왔다. 왕부마는 단왕을 상좌로 모시고 산해진미가 어마어마하게 많이 널려 있는 요리상 앞에 마주 앉아 대접하기 시작했다.

얼마 동안 두 사람이 음식을 나눈 다음에 먼저 단왕이 손을 씻고 양치질을 하더니, 부마의 서재를 구경하겠다고 자리에서 일어선다. 왕부마도 따라 일어나서 단왕을 옆방으로 인도했다.

옆방은 바로 서재였다. 좌우의 책장에는 책이 가득 쌓여 있고, 기묘한 장식품이 책장 앞에 진열되어 있었다. 그런데 그중에서도 황옥(黃玉)으로 쌍룡(雙龍)을 조각하여 만든 필가(筆架, 붓을 걸어놓는 틀)와 백옥(白玉)을 깎아 아로새겨 사자(獅子)를 조각한 문진(文鎭)은 참으로 정교한 미술품이었다. 단왕은 필가와 문진을 집어들더니,

"참, 이거 훌륭한데. 훌륭하군!"

하고, 그것들이 탐나는 듯이 침을 삼키는 것이었다.

왕부마는 단왕이 필가와 문진을 탐내는 모양을 보고 얼른 그의 비위를 맞췄다.

"그걸 내가 선사하리다. 내일 내가 보내드리지요."

단왕은 이 말을 듣고 희색이 만면해졌다.

"이것을 나한테 주신다니 참으로 고맙소이다."

단왕은 왕부마를 바라보며 감사했다.

"천만에요. 내일 보내드릴 터이니까, 두고두고 완상(玩賞)하시기 바랍니다."

왕부마는 이렇게 말하고 필가와 문진을 문갑 위에 옮겨놓았다.

단왕은 책장을 한 바퀴 둘러보고 다시 식당으로 나왔다. 왕부마도 따라나와 다시금 단왕을 상좌로 모신 후, 술과 안주를 올리게 했다. 이리해서 이날 해가 저문 뒤에 단왕은 돌아갔다.

이튿날 왕부마는 어제 저녁때 단왕한테 약속한 대로 필가와 문진을 정교하게 만든 황금함 속에 넣어, 그것을 노란 비단 보자기로 싼 다음에 편지 한 장을 써 고구를 불렀다.

고구는 왕부마한테 와서 처분을 기다렸다.

"너 이걸 가지고 단왕궁(端王宮)에 갖다 드리고 오너라."

왕부마는 이렇게 말하고 보자기에 싼 물건과 봉투 한 장을 내주는 것이었다.

"지금 곧 다녀오겠습니다."

고구는 허리를 굽실하고서 왕부마가 내주는 보물과 편지를 받아 밖으로 나왔다. 그리고 그는 바른 걸음으로 단왕궁까지 달려와서 문간에 있는 문지기한테 왕부마궁에서 심부름 온 사람이라는 뜻을 고했다.

문지기가 안으로 들어가더니, 사무실로부터 비서가 나와 고구를 보고 묻는다.

"무슨 일로 왔나?"

고구는 얼른 대답했다.

"왕부마께서 단왕 전하께 선물로 올리는, 옥으로 만든 필가와 문진을 갖고 왔습니다. 전하께서 어제 부마궁에 오셔서 친히 보신 바로 그 물건입죠."

비서는 고구의 얼굴을 훑어보더니,

"응, 그래. 그런데 지금 전하께서는 후원에서 제기를 차시는 중이다. 네가 후원으로 들어가서 뵈어라."

이렇게 말했다.

"소인이 어찌 혼자서 당돌하게 후원엘 들어가겠습니까?"

"그래? 그렇다면 나를 따라서 들어오렴."

비서는 앞장서서 후원으로 들어가는 노란 대문 앞으로 간다. 고구는 그 뒤를 따랐다.

문을 열고 들어서니까 넓고 넓은 후원의 광장이었다.

이때 단왕은 머리 위에 당건(唐巾)을 쓰고, 몸에는 자수용포(刺繡龍袍)를 입고, 발에는 비봉화(飛鳳靴)를 신고 서너 사람의 궁인(宮人)을 데리고 제기를 차는 중이었다. 한 사람이 멋지게 제기를 받아 차니까 하늘 높이 솟구친 제기는 단왕의 머리를 넘어 단왕의 등 뒤로 날아오는 것이었다.

이때 고구가 발을 멈추고 서서 그 광경을 구경하고 있으려니까, 마침 제기가 단왕의 등 뒤로 떨어지려 하는데, 단왕이 그것을 받아 차지 못하는 고로, 그는 생각하기를, 가까이 있는 사람은 자기뿐이니 제기를 땅바닥에 떨어뜨려서는 안 되겠다 해서, 그는 그 순간 한 손으로 옷자락을 여미고 성큼 나서면서 맵시 있게 제기를 받아 찼다. 땅바닥에 떨어지려던 제기는 다시 하늘 높이 솟구치더니 단왕 앞으로 날아 떨어진다. 그 광경은 실로 감탄할 만하게 신통한 기술이었다.

단왕은 자신이 못 받은 제기를 자기 앞으로 보내준 이 사람을 바라보았다. 처음 보는 사람이다. 그래서 단왕은 제기 차는 일을 중지하고 고구를 바라보며 묻는 것이었다.

"네가 누구냐?"

이때 고구는 단왕 앞으로 두 발자국 나와 땅바닥에 무릎을 꿇고 아뢰었다.

"소인은 왕부마 대감님을 모시고 있는 인생이온데, 왕대감께서 보내드리는 선사품을 가지고 왔습니다. 대왕께 보내시는 편지도 여기 있습니다."

"오, 그러냐. 매부가 참 나를 알뜰히도 생각해주는구나. 편지를 보자."

단왕은 기쁜 얼굴로 고구를 내려다보며 말했다.

고구는 즉시 옥으로 된 필가와 문진 두 개를 담은 황금함과 왕부마의 편지를 단왕에게 바쳤다.

단왕은 궁관(宮官)으로 하여금 보물과 편지를 받아 간직하게 하고는 고구를 보고,

"참말 너는 제기차기의 명수로구나. 그런데 네 이름은 무엇이지?"

하고 묻는다.

"소인의 이름은 고구라고 부르옵니다. 변변치 못하나마 제기차기의 다리 쓰는 법을 몇 가지 배웠을 뿐입지요."

"오오 그래, 그럼 이쪽 마당으로 나와서 한번 재주를 보여라."

"황송한 말씀입지요. 소인 같은 놈이 어찌 감히 대왕을 모시고서."

"아니다, 상관없다. 둥근 하늘 아래 제기를 차고 노는 것쯤 상관있느냐?"

"천만의 말씀이옵니다."

"아니다. 상관없다."

"황송한 말씀….."

이같이 고구는 세 번 네 번 사양하다가 단왕의 명령에 마지못해 복종하는 듯이 단왕 앞에 머리를 조아리고 나서 마당으로 내려갔다.

그는 옷자락을 뒤로 동여매고 두 다리를 번갈아 놀리면서 커다란 제기를 하늘 높이, 또는 얕게, 앞으로, 뒤로 맵시 있게 치켜 차올리는 묘기를 한바탕 발휘했다.

고구로서는 자기가 배웠던 기술을 전부 발휘하는 셈이었다.

한참 동안 기기묘묘한 고구의 기술을 보고 있던 단왕은 입을 크게 벌리고 기뻐했다.

"참 잘한다. 네 발은 발이 아니라 손 같구나! 너 오늘부터 부마대감께로 가지 말고 궁중에 있거라."

단왕은 고구의 제기 차는 기술이 너무도 신통해서 그만 왕궁에 붙잡아두기로 작정해버렸다. 단왕의 별호가 구대왕(九大王)이었던 까닭으로 왕궁이라고 부르는 것인데, 이튿날 단왕은 궁안에 간단한 연회를 배설하고 왕부마를 청했다.

한편, 왕부마는 필가와 문진을 고구한테 주고서 단왕에게 드리고 오라고 심부름을 보냈건만 그날 밤까지 돌아오지 아니하고 날이 밝았는지라, 적이 의심스러웠다.

'웬일일까, 이놈이 보물을 가지고 도망했단 말인가?'

이런 생각을 하고 있을 때 마침 단왕궁으로부터 심부름하는 궁인이 와서 단왕의 전갈을 전하는 것이었다.

왕부마는 즉시 말을 타고 단왕궁으로 향했다.

단왕은 왕부마가 들어오는 것을 보고서 대단히 기쁜 얼굴로 그를 맞아들였다. 그리고 즉시 연회석으로 들어가서 자리에 앉은 후, 입을 열었다.

"어제는 그렇게도 훌륭하게 만든 필가와 문진을 보내주셔서 매부에게 무어라고 감사해야 좋을지 모르겠소이다."

"감사하다니… 그런 말씀은 당치도 않은 말씀이외다."

왕부마는 겸손했다.

"자아, 한잔 드십시다."

단왕은 매부에게 술을 권하기 시작했다.

이리하여 술이 오고 가고 하는 동안 두 사람은 즐겁게 이야기하다가 단왕은 매부에게 고구를 자기한테 달라고 입을 떼었다.

"그, 어제 보내주신 고구라는 사람 말씀인데 참 그놈의 다리 두 개는 정말 신통한 다리거든. 어찌도 두 다리를 두 손같이 그렇게 빠르게 쓴답니까? 놀랐어요. 그래, 내가 고구란 놈을 궁중에 데리고 있고 싶은데, 매부는 나한테 그놈을 주실 수 없겠습니까?"

"그야 물어보실 것도 없지요. 이미 전하께서 그렇게 생각하셨거든 마음대로 하실 일이지, 청하실 거야 없지 않습니까?"

왕부마가 대답하니까, 단왕은 입이 딱 벌어지도록 기뻐하면서,

"고맙소이다. 한 잔 더 드십시다."

하며 왕부마의 술잔에 술병을 기울이는 것이었다. 이리하여 두 사람은 잡담해가며 날이 저물도록 음식을 나누다가 헤어졌다.

이튿날부터 고구는 단왕이 가는 곳마다 그림자처럼 따라다니는 사람이 되었다. 맵시가 좋고, 성질이 싹싹하고, 재주가 많은 활량으로 보여서 단왕의 눈에 꼭 들어버린 고구는 이날부터 왕궁 안에 없어서는 안 될 존재가 되고 말았다.

그는 두 발을 손 모양 휘두르면서 제기를 잘 찰 뿐 아니라, 음률에도 빠지지 않는 재주를 가졌고, 또 성질이 부드러운 것 같아서 입안의 혀같이 단왕의 심부름을 잘하는 까닭이었다.

천하태평한 세월이 벌써 두 달 동안 흘렀다. 농사는 풍년들어 백성들은 이미 곡식을 거두어들였고 도둑이 돌아다니지 아니하니 나라가 무

사할밖에 없었다.

그런데 이때에 철종 황제는 비록 신체가 약질이기는 했지만, 육십도 못 되어서 영면해버리는 국상이 생겼다. 태자도 못 두고 돌아가신 황제를 위해 백성들도 슬퍼했고, 조정에 있는 문무백관들은 더욱더 슬퍼했다.

황제가 승하하신 후 문무백관들은 통곡했다. 그러나 이튿날부터 정신을 가다듬고 백관들은 황제의 위(位)를 가지고 상의한 끝에, 단왕을 황제 폐하로 모시기로 결정했다. 이리하여 철종의 아우님 단왕이 마침내 송태조(宋太祖, 조광윤)로부터 3대째의 휘종(徽宗) 황제가 된 것이다.

황제 폐하가 된 그는 마음이 무한히 즐거웠다. 총명하고 재주 있고 해서, 글씨 쓰고 그림 그리고 음률에 맞추어 소리 하고, 춤추기와 주색잡기는 물론이요, 제기차기, 공 던지기, 막대 쓰기(棒術) 등 무술에 있어서도 모르는 것이 한 가지도 없는 그는 진심으로 만족했다. '구대왕'이라 부르던 그에 대한 존칭이 '황제 폐하'로 변했으니 얼마나 좋았을 것인가.

'내 이제는 만족하도다.'

휘종은 보위(寶位)에 오른 후 가슴속에 만족감을 한 아름 안고서 날마다 태평한 세월을 무사히 보냈다.

그러던 중 하루는 갑자기 단왕궁에 있을 때 데리고 있던 고구란 놈이 생각나서, 즉시 고구를 편전(便殿)으로 불러들였다.

"짐이 너한테 벼슬을 주고 싶은데, 네게 아무 경력도 없으니 이 일을 어찌하느냐. 그러하니 우선 경력을 몇 차례만 밟아야겠다."

휘종은 이렇게 말한 후 고구를 물러가게 하고, 즉시 추밀원(樞密院)에 내명을 내려 고구의 이름을 수가(隨駕) 가운데 끼게 했다.

그리고 몇 달 동안 계속해서 벼슬을 한 등씩 올리게 한 후 반년이 될까 말까 했을 때, 마침내 휘종 황제는 고구한테 전수부(殿帥府) 태위(太尉)라는 높은 벼슬을 내렸다. 전수부 태위라면 국방대신 같은 지위였다.

고구는 기막히게 좋았다. 그는 속으로 혼자서,

'내가 전수부 태위가 되다니! 사람팔자 알 수 없구나!'

몇 번이나 이렇게 중얼거렸는지 모른다.

그는 대궐에 들어가 칙명을 받들어 들은 후, 며칠 동안 집에서 꿈같은 만족감에 도취하고 있다가 길일(吉日)을 받아 전수부에서 도임식(到任式)을 거행했다.

전수부 태위가 도임하는 날에는 모든 관원이 태위한테 나와 보고를 드리고 인사해야 하는 법인 고로, 장수·군감(軍監)·공리(公吏)들은 모두 고태위(高太尉) 앞에 차례로 나와서 자기 성명을 아뢰고 문서를 보고했는데, 직원들의 인사가 끝났을 때 직원 명부를 펼쳐놓고 명부와 대조해 보며 보고를 듣고 있던 고태위는 송나라 80만 군대의 금군교두(禁軍教頭)로 있는 왕진(王進)이 나오지 아니한 것을 발견했다.

"금군교두는 어찌해서 불참인고?"

고태위, 고구는 날카로운 눈초리로 좌우를 돌아보며 물었다. 도임하는 첫날 중대한 책임을 맡은 자가 나타나지 아니했다는 것은 자신을 모욕한 것이라고 그는 느낀 모양이다.

"약 보름 전부터 신병으로 집에서 조리 중이옵니다. 그래서 오늘 나오지 못하고 문서만 올린다 하옵니다."

옆에서 군정사(軍正司)가 이같이 보고하자, 고태위는 얼굴에 성난 빛을 띠었다.

"뭐라고? 보름씩이나 조리했다면서 일어날 수 없다는 것이 되는 말이야? 이놈이 관을 업신여기고 꾀병을 하는 놈이다! 즉시 왕진의 집에 가서 왕진을 잡아오너라."

고태위는 호령했다. 이때 두 사람의 속관이 명령대로 왕진을 붙들어 오려고 밖으로 나갔다.

그런데 왕진은 아직 총각으로 환갑 진갑을 지낸 늙은 어머니만 모시고 간결하게 살아가는 무인이었다. 그는 전수부로부터 달려나온 두 사람의 속관으로부터 '고태위가 크게 노하셨으니 제발 나아가 예를 올리시라'는 말을 듣고 하는 수 없이 일어났다.

그는 전수부에 들어가 고태위 앞에 가서 공손히 절을 네 번 하고는 머리를 수그리고 두 손을 모아 한쪽으로 비켜섰다.

"네가 도군(都軍)교두로 있던 왕승(王昇)의 아들이냐?"

고태위가 의자에 앉아 왕진을 내려다보며 묻는 말이었다.

"네, 그렇습니다."

왕진의 대답을 듣더니, 고태위는 날카로운 음성으로 꾸짖기 시작했다.

"네 아비가 전에 길거리에서 봉술(棒術) 재주나 부리며 약장사하던 놈인데 네가 어찌해서 무예를 배웠겠느냐. 아마 전관(前官)이 눈이 어두워서 사람 볼 줄 모르고 너 같은 것을 금군교두로 삼았나 보다. 대관절 네가 누구를 등에 업었기에 나를 업신여기고 꾀병을 하고 안 나왔느냐? 어서 말해라!"

"꾀병을 한 게 아니올시다."

"이놈! 꾀병이 아니라면 아까는 나올 수 없던 놈이 지금은 어떻게 나왔느냐?"

"태위께서 소인을 부르시니 억지로 나왔습지요."

"무어? 억지로 나왔다고! 저놈을 묶어놓고 볼기를 때려라!"

고태위는 날카로운 눈으로 좌우를 보면서 호령했다.

그러나 전수부 아장(牙將)들은 전부터 모두 왕진과 친밀하게 지내온 사람들인지라, 태위의 명령대로 왕진에게 형벌을 가할 수는 없었다. 그래서 아장들은 군정사와 함께 고태위 앞으로 가까이 나와서 일제히 의견을 아뢰었다.

"오늘은 태위께서 처음으로 도임하신 경사스러운 날이올시다. 경사스러운 날에 죄를 다스린다는 것은 아름다운 일이 아닌 줄로 생각합니다. 왕진의 죄를 이번 한 번만 용서하시는 것이 좋겠습니다."

여러 사람이 말하니까, 고태위는 잠시 흥분을 가라앉히는 듯 묵묵히 있다가,

"그래, 오늘은 여러 사람의 낯을 보아 그냥 돌려보내겠다. 그러나 내일은 기어코 처단을 내릴 것이니 그리 알고 나가 있거라."

이렇게 말하는 것이었다. 용서는 하지만 오늘 하루만 용서한다는 뜻이다. 태위의 입가엔 싸늘한 표정이 돈다.

"황송합니다."

왕진은 사례의 말씀을 올리고 허리를 굽혀 절을 한 번 한 후에, 머리를 쳐들며 태위의 얼굴을 흘끗 바라보았다. 이때까지 머리를 수그리고 양수거지하고 서 있었던 그는 비로소 태위의 얼굴을 보고, 그가 다른 사람이 아니라 바로 고구인 것을 알았다.

그는 몸을 돌이켜 전수부 아문(衙門)을 향하여 나오면서 긴 한숨을 쉬었다.

'세상에! 고태위 고태위 하기에 누군가 했더니 고구란 놈이 태위가 되다니! 세상에 이런 기막힐 일이 또 있나!'

문밖 건달패가 출세한 것을 한탄하면서 왕진은 힘없는 걸음으로 집에 돌아왔다.

꾀 많은 도둑과 의인

왕진이 자기 집에 돌아오니까 어머니는 아무 일도 없었느냐고 묻는 것이었다.

"네, 아무 일 없었어요."

하고 왕진은 사실을 숨기려 했다. 그러나 생각해보니 어머니에게 속일 수 없는 중대한 일이다. 지금 전수부 태위가 된 고구가 여러 해 전에 봉술깨나 쓴다고 우쭐거리며 거리로 행패를 부리고 다닐 그때, 고구는 왕진의 부친한테 한 대 얻어맞고는 3, 4개월 동안 드러누워 앓은 일이 있다. 이놈이 지금 전수부 태위로 부임하자마자 옛날 자기 부친한테서 받은 원한을 자신에게 복수하려는 것이 분명하다고 왕진은 깨달았던 까닭이다.

'내가 무슨 수로 이놈의 화를 면할 수 있단 말인가?'

그는 이렇게 생각하다가, 아무리 생각해도 뾰족한 수가 생각나지 아니하므로 그는 사실을 털어놓고 모친에게 이야기했다.

"…그래서 여러 사람들의 체면을 보아 오늘만은 저한테 형벌을 내리지 아니했지만, 내일엔 반드시 형벌을 내리겠다 하니, 이 일을 어떡하지요?"

왕진은 말끝을 맺었다.

"아이고! 어쩌면 좋단 말이냐?"

하고, 왕진의 모친은 그만 두 손으로 얼굴을 가리고 통곡하기 시작했다. 왕진의 모친은 한참 동안이나 흐느끼며 울다가 정신을 차려,

"왕진아, 내일이면 네가 고태위 손에 죽고야 만다. 삼십육계 줄행랑이 제일이듯이 도망을 가야겠다. 그런데 도망갈 곳이 있어야지?"

이렇게 말하는 것이었다.

왕진은 이때 깨달았다.

'어머니의 말씀이 옳다. 내가 왜 진작 이런 생각을 못 했던고!'

그리고 그는 머릿속으로 도망갈 곳을 찾다가 마침내 한 군데 적당한 곳을 찾아냈다.

"어머니! 염려 마십죠. 도망갈 곳이 생각났습니다. 연안부(延安府)에는 노충(老种) 경략상공(經略相公)이 변경 지방을 수비하고 있는데, 그분의 수하 군관들이 전에 서울 왔을 때 대개는 저한테 봉술을 배운 사람들이랍니다. 그러니까 그 사람들을 찾아가면 설마 괄시야 안 하겠지요."

왕진의 모친은 그 말을 듣고 잠시 생각하다가 말했다.

"그래, 그런 곳이 있다면 다행이다. 그런데 문간에서 파수 보고 있는 패두(牌頭) 두 녀석이 우리가 도망가는 줄 알았다가는 5리도 못 가서 고태위가 알고 붙들러 온다. 그렇게 되면 어떡하느냐?"

"네, 그것도 염려 마세요. 제가 조처해놓지요."

왕진은 우선 모친을 안심시켜놓고 자기 방으로 건너갔다가 저녁때가 되기 전에 먼저 문간에 있는 장가(張哥)를 불렀다.

"너 오늘은 산조문(酸棗門) 밖에 있는 악묘(嶽廟)엘 가야겠다. 내가 내일 아침 일찍이 악묘에 가서 분향재배하고 내 몸의 신병을 낫게 해주십사고 축원을 드려야겠으니, 오늘 밤 안으로 모든 준비를 해놓았다가 내일 식전엔 일찌감치 묘문을 열어놓고 기다리기 바란다. 이렇게 전갈하

고, 너도 거기서 같이 일을 거들어라."

"네, 그렇게 합죠."

장가는 시원스럽게 대답하고, 찬밥을 저녁 삼아 퍼먹고서는 악묘를 향해 출발했다.

왕진과 그 어머니는 저녁 후에 도망갈 보따리를 챙기기 시작했다. 옷가지, 이부자리, 은전(銀錢), 도망꾼의 보따리지만 커다란 전대가 두 개나 되었다.

새벽녘에 왕진은 문간을 파수 보는 이가(李哥)를 또 불러들였다.

"너, 돈을 줄 터이니 이 돈을 갖고 쇠고기, 돼지고기, 양(羊)고기 세 가지를 사가지고 빨리 악묘로 먼저 가야겠다. 나는 조금 후에 종이하고 초[燭]를 사가지고 가겠으니 빨리 가거라."

"네, 그리 합죠."

이리해서 이놈마저 악묘로 보내버린 뒤에 왕진은 마구간에 가서 말을 끌어내다가 보따리를 좌우에 동여매고 어머니를 안장 위에 편안히 모신 뒤에 자기는 말고삐를 잡고 집을 나와, 산조문으로 향하지 않고 서화문(西華門)으로 빠져나온 후 연안부를 향하여 걸음을 재촉하기 시작했다. 하늘은 아직도 밝지 아니했다.

그런데 왕진의 집문 파수를 보고 있던 장가·이가 두 놈은 왕진의 분부대로 악묘엘 먼저 와서 만반 준비를 갖추고 왕교두가 나타나기를 고대하고 있었건만, 날이 밝기만 하면 도착하겠다던 왕교두는 해가 높이 솟도록 나타나지 아니하므로 두 놈은 마음이 초조해졌다.

"웬일일까? 종이하고 초를 사가지고 바로 오신다 했는데."

"야, 궁금하다. 네가 빨리 왕교두 댁엘 가서 모시고 오너라."

"그래. 그럼, 내 갔다 올게."

장가와 이가는 서로 이렇게 주고받고 하다가, 이가가 악묘로부터 나와 10리 길이나 되는 왕진의 집까지 줄곧 달음박질했다.

이가는 숨이 턱에 차서는 대문간에 이르렀을 때 깜짝 놀랐다. 대문 고리에는 커다란 자물쇠가 걸려 있는 것이 아닌가.

그는 뒷문엘 가보았다. 뒷문에도 커다란 자물쇠가 걸려 있다.

'어딜 가셨을까? 좀 기다려볼 수밖에….'

이가는 대문 앞에 펄썩 주저앉았다.

점심때가 지나도록 반나절이나 기다려보았건만 왕교두는 돌아오지 아니한다.

'노친을 모시고 함께 악묘로 떠나셨는데, 나하고 길이 어긋났단 말인가?'

이가는 또 이렇게 의심도 해보았다. 하여간 더 기다려보기로 작정하고 이가는 대문간에 앉아 있었다.

한편, 악묘에서 왕교두와 이가를 기다리고 있던 장가는, 저녁때가 되도록 이가마저 돌아오지 아니하므로 마음이 초조해져 그 역시 악묘로부터 달음박질로 왕교두 집에 도착했다.

"대관절 어떻게 된 셈이냐?"

"글쎄, 낸들 알 수 있나? 노친하고 교두님께선 모두 안 계시고… 앞뒷문이 잠겼고… 이렇게 기다리고 있을밖에 도리가 없구나."

"거 참!"

장가도 한숨을 후우 쉬고 털썩 주저앉았다.

두 놈은 밤이 깊도록 대문 밖에서 왕교두를 기다려보았다.

어느덧 날이 샜다. 그들은 대문 밖에서 꼬박 밤을 밝혔던 것이다.

"야, 이거 야단났구나. 배고픈 것도 모르겠다. 교두님을 찾아야지, 안 그래?"

"그렇고말고. 교두님의 일가 댁엘 모조리 찾아다녀 볼까?"

"응, 그래. 그렇게 하자."

장가와 이가는 의논이 일치되어 일어섰다.

이리하여 두 놈은 남촌과 북촌을 헤매면서 왕교두의 친척 되는 집을 모조리 찾아다녀 보았으나 아무 데서도 왕교두는 보이지 않았다.

"야, 이거 큰일 났다! 교두님이 도망가신 게로구나. 이 일을 어떡하지?"

"글쎄, 아마 그런가 봐."

"그렇다면 빨리 상부에 품해야지. 잘못하다간 우리가 연루자로 걸리거든!"

"그렇지!"

장가와 이가는 이같이 결론을 내리고 즉시 전수부로 들어갔다.

"왕교두가 신병을 고치려고 악묘에 치성드린다 핑계 대고는 집을 버리고 도망했습니다. 아무리 찾아보아도 행방을 알 길이 없습니다."

두 놈은 고태위 앞에 나아가 아뢰었다.

고태위는 입을 꼭 다물고 눈을 성큼하게 뜨고 보고를 듣고 있다가 벽력같은 호령을 내렸다.

"군(軍)에서 도망하는 놈이 어떻게 된다는 것은 뻔한 일이다! 빨리 제주 각부(諸州各府)로 문서를 돌려라. 이놈 왕진이란 놈을 발견하는 대로 즉각 붙들어 전수부로 압송하라고 공문을 만들란 말야!"

고태위는 명령을 내리고는 분함을 참지 못하는 듯 씨근벌떡하다가,

"너희들 두 놈은 사실대로 고발한 것을 가상히 생각하고 용서하는 것이니 물러가거라."

이같이 장가와 이가 두 놈한테만은 죄를 주지 아니했다. 전수부 넓은 뜰에는 석양이 비치고 있었다.

그런데 이때 왕진은 늙은 어머니를 모시고 서울을 탈출한 후, 밤이 되면 주막에 들었다가 날이 밝으면 길을 떠나기가 바빴다. 고태위가 자신을 추격시키는 군관들이 자꾸자꾸 가까이 쫓아오는 것같이 느껴지는 까닭이다. 그래서 그는 목마름과 배고픈 것도 참아가며, 매일매일 서쪽

으로 연안부를 향해 도망친 지가 이제는 벌써 한 달도 더 지났다.

하루는 그가 길을 잘못 들었던지, 온종일 말고삐를 쥐고 보행했건만, 저녁때가 다 되도록 주막집이 보이지 않았다. 자기도 시장하거니와 마상에 앉아서 졸고 계신 어머니는 얼마나 기갈을 느끼실까. 왕진은 지평선 너머로 태양이 숨어버리는 풍경을 바라보면서 마음이 초조해졌다.

'큰일이다! 날은 어두워지고 인가는 안 보이고. 어머니는 편찮으신 모양이고….'

왕진은 속으로 걱정하면서 쉬지 않고 말을 몰고 걸었다. 초조한 마음으로 한참 동안을 걸어가노라니까, 멀리 저 앞에 거무스레하게 수풀이 우거진 가운데로부터 등불 빛이 한 가닥 보였다. 그 불빛을 보고서 왕진은 기뻤다.

'오, 저기 사람의 집이 있구나!'

왕진은 불빛을 바라보면서 그쪽으로 걸음을 재촉했다.

얼마 후 수풀이 우거진 곳에 가까이 이르러 살펴보니 2, 3백 주의 커다란 버드나무가 삥 둘러서 있고 그 속에 높다란 토담이 삥 둘러 있는데, 그 담장 속은 시골 부잣집이 자리 잡고 있는 큰 장원(莊園)이었다.

'어떻게 하룻밤 이 댁에서 신세를 질 수 없을까?'

왕진은 이같이 희망하면서 대문을 두들겼다.

한참 동안 대문을 두들긴 후에야 문이 열리더니, 부잣집 머슴 같아 보이는 친구가 나타났다. 왕진은 허리를 굽혀 그에게 공손히 인사했다.

"무슨 일로 대문을 두들기셨소?"

집을 지키던 사람이 묻는다.

"죄송합니다. 소인 모자 두 사람이 길을 가다가 노자는 떨어지고, 길을 잘못 들었는지 날이 어둡도록 걸어왔습니다마는, 앞뒤에 인가도 촌락도 보이질 않습니다. 다행히 영감 댁의 불빛이 보이는 고로 무례하게 찾아온 것이오니, 하룻밤만 쉬어가도록 사정을 보아주시기 바랍니다.

방세는 드리겠습니다. 그리고 내일 아침엔 일찍이 떠나가겠습니다."

왕진은 그 사람한테 이같이 청했다.

"가만 계시오. 내가 안에 들어가 주인 영감께 여쭈어보아야겠으니, 여기서 기다리시오."

안에서 나왔던 사람은 한마디를 남겨놓고 도로 들어갔다. 왕진은 말고삐를 쥔 채 대문간에서 기다렸다.

한참 만에 그 사람은 안으로부터 나오더니,

"주인 영감께서 두 분더러 들어오라 하십니다."

라고 말하는 것이었다. 왕진은 이 소리를 듣고 기쁘기 한량없었다.

"어머니, 말에서 내리셔서 걸어 들어가십시다."

왕진은 이렇게 말하고 늙은 어머니를 마상으로부터 안아 땅 위에 내려놓았다.

"어머니께서 앞서서 걸으십시오. 제가 말을 끌고 뒤따라 들어가겠어요."

어머니는 왕진의 말대로 지팡이를 짚고 앞서서 걸었다. 왕진은 그 뒤를 따라서 한참 들어가다가 보리를 타작하는 마당 가에 커다란 버드나무가 서 있는지라, 그 나무에다 말고삐를 붙들어 맨 후 어머니를 모시고 후원을 돌아서 초당으로 올라갔다. 이 집 주인 영감이 지금 초당에 앉아 계신다고 아까 대문을 들어올 때 이 집 하인이 이리로 인도했던 까닭이다.

왕진은 초당 앞에 이르러 마루 위를 바라보았다. 백발이 성성한 노인이 흰 수염을 길게 늘이고서 기다란 소매의 여름옷을 입고, 발에는 부드러운 가죽신을 신고 걸상 위에 단정히 앉아 있는 모양이 대단히 인자해 보였다. 왕진은 노인을 바라보고 얼른 무릎을 꿇고 절을 하려 했다. 그때 노인은 정중하게 말하는 것이었다.

"여보, 손님. 절하지 말고 이리 올라오시오."

왕진은 절하려다가 이 소리에 주춤하고 다시 노인을 바라보았다.

"어서 올라오시오. 보아하니, 원로에 갖은 풍파를 다 겪은 것 같소. 속히 올라오시오."

단정히 앉아서 말하는 인자한 노인의 음성에 끌리다시피 왕진 모자는 그대로 마루 위로 올라갔다.

"이쪽으로 앉으시오."

노인은 그들 모자에게 자리를 권했다.

"감사하옵니다. 밤중에 들어와 뵙는 죄를 용서해주십시오."

왕진은 허리를 굽혀 공손히 인사하고 모친을 부축하여 자리에 앉히고 자기도 그 곁에 앉았다.

"그런데 노형은 누구이며 어디서 오기에 이렇게 늦게 여기까지 왔단 말이오?"

노인은 이같이 물었다.

"네, 소인의 성은 장(張)가이옵고, 본시 서울 태생이온데, 영업을 하고 있다가 본전을 탕진하고 밑천이 떨어진 고로 연안부에 사는 친척한테 찾아가는 길이옵니다. 그런데 오늘은 욕심껏 길을 걷다 보니까 객줏집을 지나쳤습니다. 30여 리 걸어온 뒤에 해가 저무니 객줏집은커녕 인가라곤 보이지 않기 때문에 부득이 영감님 댁의 불빛을 바라보고 찾아왔습니다. 하룻밤만 지내고 내일 아침에 일찍이 떠날까 하옵니다. 방값은 통례대로 드리겠으니 허락해주시기 바랍니다."

왕진은 일부러 성을 '장가'로 고치고 사정을 드려본 것이다.

"원, 천만의 소리를 다 하는구려. 어떻게 왔든지 내 집에 온 손님한테서 방값을 받다니! 여봐라, 이 두 분 손님에게 저녁 진지를 올려라."

노인은 하인을 불러 분부하는 것이었다. 아까 대문을 열어주던 하인이 '네' 하고 물러가더니, 조금 있다가 밥 한 통과 채소 세 접시와 고기 한 접시를 갖고 들어와 탁자를 내놓고 밥상을 차리는 것이었다.

"시골구석이라 무어 대접할 만한 찬거리가 없소이다. 어서 자시오."

노인이 권하는 소리를 듣고 왕진은 일어나서 고개를 숙이고 감사했다.

"이렇게 늦게 귀댁에 들어온 소인 모자를 대우해주시니 은혜가 태산과 같사옵니다."

"원, 별말을 다 하는구려. 여봐라, 술을 따라드려라."

"네."

하인이 대답하고 술병을 들고 왕진 앞으로 왔다.

"우선 몇 잔 들고 나서 밥을 자시는 게 좋을 것 같소."

"황송합니다."

왕진은 하인이 따라준 술잔을 사양하지 않고 받았다.

술을 대여섯 잔 마신 뒤에 왕진은 밥그릇에 통밥을 퍼담아 한 그릇을 배부르게 먹었다.

노인은 왕진 모자가 수저를 지우는 것을 보고서야 자리에서 일어나면서,

"여봐라, 손님을 객실로 모셔라."

하인을 보고 말하는 것이었다.

이때 왕진이 일어서서,

"감사합니다. 그러하온데 대단히 죄송하오나, 노모가 타고 온 말 한 필이 밖에 있사온데 마량이 있사옵거든 말도 먹여주고 싶사오니 은혜를 베풀어주시기 바랍니다."

이같이 청을 드렸다.

"그걸 내가 몰랐구려. 그렇게 하지. 여봐라, 손님이 타고 온 말한테도 끼니를 주어라. 마구간으로 데리고 가란 말이다."

노인이 명령하자, 하인은 대답하고 즉시 물러갔다.

"감사합니다. 안녕히 주무십시오."

왕진은 노인한테 공손히 인사를 드리고, 하인을 따라 초당으로부터 내

려와 뜰아래 있는 객실로 들어갔다. 객실에는 벌써 기름불이 켜져 있고, 발 씻을 물이 대야에 담겨 놓여 있다. 왕진은 이 모양을 보고 하인한테도 감사하다는 인사를 깍듯이 드렸다. 그리고 그는 수족을 씻은 뒤에 자기 침상으로 들어갔다. 그의 모친은 벌써 고단하게 잠이 든 모양이었다.

이튿날, 해가 뜨기도 전이다. 이 댁 노인은 자리에서 일어나 그가 늘 하는 버릇으로 집안을 한 바퀴 둘러보기 시작했다. 그는 먼저 후원에 들어갔다. 그가 초당으로 올라가는 길 옆 객실 앞에 다다랐을 때, 그 방으로부터 사람이 지껄이는지 신음하는지 알 수 없는 이상한 소리가 들렸다. 노인은 그 소리를 듣고 발을 멈추고 입을 열었다.

"손님이 벌써 일어나신 모양이구려."

이때 왕진은 잠이 깨어 침상에 앉아 있다가 주인 영감의 음성을 듣고 황망히 문을 열고 밖으로 나와서 인사를 드렸다.

"안녕히 주무셨습니까. 어젯밤에는 댁내를 소요하게 해서 너무도 죄송합니다."

"천만에. 그런데 방 안에서 들리는 저 소리가 무어요? 누가 신음하는 소리 같은데…."

왕진은 얼른 대답을 못 하고 머뭇머뭇하다가 말했다.

"다름 아니오라 저의 노모가 몸살이 나서 괴로워하시는 모양입니다."

"허어, 그래서야 되겠소. 약을 자시고 며칠 동안 가료를 하셔야지. 내 집에서 조리하시고, 쾌차하시거든 길을 떠나도록 하시오."

주인 영감은 이렇게 말하더니,

"내 집에 단골 약국이 있소. 신통하게 약을 쓰는 의원이니까, 그 약을 자시도록 하시오. 이따가 내가 약을 보내드리리다."

라고 하고는 아래채로 내려가버렸다. 왕진은 감사하다고 몇 번이고 허리를 굽혀 사례했다.

얼마 후에 하인이 약과 약탕관과 약사발과 화로를 갖고 올라와서 그 약을 달이려고 하므로, 왕진은 기어이 사퇴하고 자신이 손수 모친의 약을 달였다.

이렇게 되어 왕진은 이날부터 마음 놓고 모친의 병을 고쳐드리기에 힘썼다.

그럭저럭 6, 7일이 지났다. 왕진 모자가 서울을 떠난 지도 벌써 달포 전이니까, 늙은 부인네로서는 몸살이 나는 것도 당연했지만, 그래도 주인 영감의 단골 약국 덕택으로 병세는 이제 완전히 쾌차하고 말았다.

"애야, 이제는 몸도 쾌차했으니까, 그만 신세를 지고 이 댁을 하직하는 것이 어떠냐?"

"글쎄요. 어머니만 괜찮으시다면야 저는 지금 떠나도 좋겠어요."

"그럼 그렇게 하자. 왜 하룬들 더 지체하겠니, 주인 영감님한테 미안해서…."

"그럼 그렇게 하죠. 제가 마구간에 가서 말에게 양초를 배부르게 먹이고 돌아오겠으니, 그때까지만 기다려주십쇼."

이 댁에 온 지 이레 되는 날 아침에 왕진은 그의 어머니와 이렇게 의논을 하고, 길 떠날 준비로 마구간엘 가는 것이었다.

이때 마구간으로 가던 왕진은, 넓은 마당에서 웃통을 벗고 서서 기다란 막대기를 가지고 혼자서 봉술(棒術)을 연습하고 있는 젊은이의 모양을 보고 발을 멈추었다. 굵은 막대기를 휘두르는 청년의 솜씨도 훌륭하려니와 벌거벗은 웃통에 청룡(靑龍)을 가득하게 수놓은 모양이 더욱 눈부시게 아름다워 보였던 까닭이다. 나이는 18, 9세 되었을까? 막대기를 머리 위에서 한참 동안 휘두르다가 '이얏' 소리와 함께 아래로 내려치는 청년의 동작은 번갯불 같았다. 왕진은 자기도 모르게 입 밖으로 탄성을 발했다.

"봉술을 잘 배우긴 했다만 파탄(破綻)이 있구나!"

이 소리를 들은 그 청년은 막대기로 땅바닥을 짚고 왕진을 노려보며 호령을 하는 것이다.

"뭣이 어째? 네가 누구냐? 내가 유명한 선생님을 7, 8명이나 모시고 봉술을 배웠는데 건방지게 무례한 소리를 함부로 해! 대관절 네가 누구냐? 이리 와서 나하고 한번 겨뤄보자!"

젊은 사람의 호령 소리가 끝나기도 전에 이 댁 주인 영감이 마당으로 내려오면서 젊은이를 보고 꾸짖는다.

"애야, 어디 무례하게 함부로 이러느냐."

이렇게 젊은이를 제지하고 나서, 노인은 왕진을 바라보며 묻는다.

"아마, 손님께서는 봉술에 능하시지요?"

"능하다고까진 말씀드릴 수 없습니다만 좀 알지요. 그런데 저 젊은이는 댁 자제입니까?"

"예, 미거한 내 자식놈이올시다."

"그렇습니까? 그러시다면 자제한테 소인이 한두 수 봉술을 교도해 드릴까요?"

"좋은 말씀!"

주인 영감님은 희색이 만면해서 아들을 불렀다.

"애야, 이리 오너라. 너 오늘부터 이 손님을 스승으로 모셔라."

아들은 아버지가 부르시는 고로 가까이 오기는 왔으나 얼굴은 불쾌한 표정이었다.

"오늘부터 이 어른한테 배우란 말이야. 절을 해라."

노인이 명령하자, 젊은이는 뾰로통해서 말했다.

"아버지는 공연히… 저 사람이 뭔지 알아보시지도 않고 스승으로 모시라고 하십니까? 제가 한번 저 사람하고 겨뤄보고 나서 그 후에 작정하겠습니다."

왕진은 젊은이의 말을 듣고 찬성했다.

"그래, 그 말이 좋소. 그렇게 하시오."

이 말을 듣더니 젊은이는 굵은 막대기를 치켜들고 바람같이 뒤로 물러갔다가 바람같이 앞으로 달려들면서 왕진을 보고,

"나와, 이리 나와! 왜 못 나오나? 겁이 나느냐?"

소리를 지른다. 왕진은 가만히 서서 웃고만 있다. 이때 주인 영감이 말했다.

"왜 그렇게 보고만 계슈? 한 대 때려주시면 좋지 않소?"

"그럴 수 있습니까? 안타까워서…."

"원, 별소리를! 상관없으니 한 수 가르쳐주시구려."

"그럼, 용서하십쇼."

이때에야 왕진은 창가(槍架) 앞으로 가서 막대기 한 개를 집어들고 젊은이 앞으로 다가섰다.

젊은이는 뒤로 두 발자국 물러서더니, '이얏' 소리와 함께 막대기로 왕진의 골통을 내리쳤다. 이 순간 왕진은 몸을 날리면서 젊은이의 막대기를 후려쳐서 서너 칸 떨어진 땅바닥 위에 떨어뜨려버렸다.

젊은이는 다시 막대기를 집어들고 고함을 지르면서 달려들었다. 이번엔 왕진의 가슴 복판에 막대기가 꽂히는 것 같았다. 그랬건만 그 순간 젊은이의 막대기는 공중으로 날아가고, 젊은이는 뒤로 나가자빠져버리고 말았다. 실로 눈 깜짝하는 순간이었다.

이때 왕진은 손에 쥐고 있던 막대기를 땅바닥에 놓고서 젊은이를 끌어 일으켰다.

"어찌 생각하지 마오."

이 말을 듣고 비로소 정신을 차린 듯, 자빠졌던 젊은이는 일어나서 옷을 털고는, 자기가 쓰던 막대기를 찾아가지고 왕진에게로 가까이 와서 땅바닥에 두 무릎을 꿇었다.

"제가 여태까지 배웠다는 것이 모두 장난에 지나지 않았습니다. 오

늘부터 사부(師父)로 알고 모시겠으니, 저를 가르쳐주십시오.”

이렇게 말하는 것이었다. 왕진은 마음이 유쾌했다. 그래서 무릎을 꿇고 앉아 있는 젊은이의 손을 잡아 일으켰다.

“일어나시오. 내가 노모를 모시고 벌써 6, 7일 전부터 댁에 와 막대한 은혜를 입었습니다. 이 은혜를 무엇으로 갚을까 했더니… 내 힘을 다해서 지도해드리리다.”

왕진이 승낙하는 것을 바라보고 있던 주인 영감님은 누구보다도 기꺼운 표정이었다.

“얘, 인제 그만 옷을 입어라. 그리고 조금 있다가 손님을 큰사랑으로 모시고 오너라.”

그는 아들을 보고 이른 후 먼저 큰사랑으로 향했다. 그리고 사랑으로 들어가자, 그는 하인을 불러 양(羊)을 잡고 요리를 차리라고 부탁했다.

조금 있다가 자기 아들이 왕진을 앞세우고 큰사랑으로 들어오는 모양을 보고 주인 영감님은 아들한테 말했다.

“애야, 네 스승님의 모친께서도 이리로 나오시는 게 좋겠다. 네가 객실에 올라가서 모시고 오너라.”

“네.”

젊은이가 대답하고 돌아서자, 왕진도 그 뒤를 따라 후원으로 올라갔다. 잠시 후에 왕진과 그의 모친은 젊은이와 함께 큰사랑 마루 위에 나타났다.

상 위에는 벌써 더운 차와 과실과 과자가 놓여 있다.

주인 영감은 자리에서 일어나 왕진의 모친에게 차를 따라드린 후,

“오늘부터 자제가 미거한 제 자식놈의 스승님이 되었습니다. 참말 훌륭한 자제를 두셔서 다복하십니다.”

이렇게 인사하고는, 다시 왕진에게 차를 따라주면서 말했다.

“그런데 노형은 그렇게도 무술에 능하신 것을 보니 아마 범상한 분

이 아니신 듯. 혹시 교두(敎頭) 어른이 아니신지 몰라. 자식놈이 눈은 있 건만 태산을 몰라보았지. 그렇지 않소이까?"

주인 영감의 이 소리를 듣고 왕진은 몸을 일으켜 한 번 허리를 굽힌 뒤에 사실대로 고했다.

"어찌 감히 이 이상 거짓을 꾸미겠습니까? 실상인즉 소인의 성은 장 가가 아니옵고, 80만 금군교두 왕진이올시다. 언제나 하루 종일 창(鎗) 과 봉(棒)을 가지고 군관들을 교련시키는 것이 소인의 일이옵지요. 그 런데 이번에 고구라는 놈이 전수부 태위로 부임해 사혐을 가지고 소인 을 치죄(致罪)하려고 하는 까닭으로, 잘못하다간 소인의 목숨을 보전할 수 없을 것 같아 지금 연안으로 도망가는 중입니다. 어머님이 달포 동 안이나 오시느라고 노독이 생겨서 그만 오늘날까지 귀댁에서 신세를 입었사오니, 용서해주십시오."

"아아, 그러시오? 80만 금군교두시구만! 참말, 그런 줄은 모르고 그 동안 대우가 너무 소홀했습니다."

"천만의 말씀입니다. 그런데 자제가 무예의 바탕이 매우 좋습니다. 봉술을 배우기는 화봉(花棒)을 배운 모양인데, 진(陣)을 치고서 접전을 할 때는 화봉만 가지고는 부족합니다. 소인이 앞으로 더 긴요한 몇 가 지 무예를 가르쳐드리겠습니다."

주인 영감은 이 말을 듣고서는 더욱 기뻐하며 아들을 보고 이르는 것 이었다.

"애야, 너 이 어른께 다시 재배(再拜)하고 감사를 드려라."

젊은이는 영감님의 말대로 왕진에게 재배했다.

"그런데 이 사람으로 말씀하면 수백 년 전부터 이곳 화음현(華陰縣) 에서 여러 대를 살아오고 있는 사람이올시다. 저 앞에 보이는 산이 소 화산(小華山)이라는 산인데, 산 밑에 보이는 촌락이 3, 4백 호 됩니다. 모 두 우리 집 일가들이고, 내 성이 사(史)씨인 까닭으로 촌락 이름도 사가촌(史家村)이라 부르지요. 그런데 저 자식놈은 여남은 살 때부터 농사짓는 일은 배울 생각도 안 하고, 만날 창으로 찌르고 봉으로 때리고 하는 재주만 익히는 까닭으로, 저 애 어미는 그것을 말리다 못해 성미에 못 견뎌 일찍이 죽어버렸지요. 그 후론 이 사람도 하는 수 없어 저놈이 하고 싶어 하는 대로 유명한 스승을 모셔다가 무예를 가르치기 시작했습니다. 그랬더니 한번은 어떤 스승이 저놈의 등허리와 앞가슴에다 모두 아홉 마리 용(龍)을 새기고 수놓아주었습니다. 그래서 온 고을 사람들이 저놈을 구문룡(九紋龍)의 사진(史進)이라고 부른답니다. 교두께서 오늘부터 저놈을 맡으시겠다 하셨으니, 아무쪼록 완전한 무인(武人)을 만들어주십시오. 이 사람은 교두님께 특별히 사례하겠습니다."

"감사합니다. 소인이 알고 있는 것은 모조리 가르쳐드리지요."

"참 대단히 기쁩니다. 여봐라, 음식을 올려오너라."

영감님의 말이 떨어지자 하인들은 요리를 날라오기 시작했다. 이리해서 사씨 노인과 그의 아들 사진은 이날부터 왕진을 스승님으로 대접하고 깍듯이 위했다. 그리고 이튿날부터 왕진은 봉술뿐 아니라 여러 가지 무예를 사진에게 가르치기 시작했다. 왕진은 18, 9세밖에 안 되는 사진보다 십여 세나 더 먹었건만, 사진과 마찬가지로 웃통을 벗고서 넓은 마당을 이리 뛰고 저리 뛰고 하며 갖가지 무예를 가르치는 모양이, 마치 사진과 같은 또래의 젊은이같이 보였다. 사씨 노인은 이 모양을 볼 때마다 인자한 얼굴에 만족한 빛이 넘쳐흐르는 것이었다.

빠른 것은 세월이라, 어느덧 가을이 가고 겨울이 지났다. 왕진 모자가 사씨 노인 집엘 찾아든 때부터 따지고 보면 그동안 반년 가까운 세월이 흘렀던 것이다.

'허어, 벌써 반년이 지났구나! 그동안 십팔반무예(十八般武藝)를 다 가르쳤고 사진이 매우 능숙해졌으니, 나로서는 더 가르쳐줄 것도 없지 않은가?'

하루는 왕진이 따뜻한 양지쪽에 앉았다가 홀연히 생각했다. 18반 무예라는 것은 모(矛)·추(鎚)·궁(弓)·노(弩)·총(銃)·편(鞭)·간(鐧)·검(劍)·연(鏈)·과(撾)·부(斧)·월(鉞)·과(戈)·극(戟)·패(牌)·봉(棒)·창(槍)·팔(扒) 등 열여덟 가지 기술을 말한다. 전쟁터에 나가는 장수로서 열여덟 가지 재주를 다 아는 사람은 드물다. 그런데 왕진은 이 모든 것을 가르쳤고, 사진은 또 훌륭하게 배웠던 것이다.

'이제는 그만 여기서 떠나야 할 때가 왔나 보다. 연안부로 가야지!'

왕진은 마침내 이같이 작정하고 마당으로 가 사진을 보고 말했다.

"여보게, 난 이제 더 가르쳐줄 게 없네. 그러니까 난 어머니를 모시고 내일 아침에 길을 떠나겠네."

별안간 이 말을 들은 사진은, 스승의 얼굴만 바라보면서 어안이 벙벙하다가, 한참 만에야 말을 하는 것이었다.

"사부님! 떠나시다니요? 저를 버리시고 어디로 가시렵니까?"

"연안부로 가다가 댁에서 이처럼 세월을 보내지 않았나? 그러니까 연안부로 가는 거야."

"안 됩니다! 제가 사부님 모자님을 영결종천하실 때까지 모시겠습니다! 네, 네?"

"고마운 말일세! 그렇지만 어디 그렇게 될 수 있어야지. 고태위가 나를 붙들려고 애쓰는 판국인데, 내가 여기 있다가 붙들리는 날이면 자네 부자가 모두 연루자로 잡혀갈 것 아닌가? 내가 떠나야지."

"그렇더라도, 사부님! 어떻게…."

사진은 무어라고 적당한 이유를 말할 것이 생각나지 아니해서 어린 애처럼 말하는 것이었다.

"여보게, 자네는 아직 나이가 어린 편 아닌가? 나도 늙지는 아니했네마는, 이미 헌 사람이 되고 말았네. 세상이 더러워져서 건달 깡패 같은 것들이 높은 벼슬을 해가지고 우쭐대는 세월인데, 그놈들 때문에 나는 피해 다니면서 목숨을 연명해야 할 신세란 말이야. 썩어가는 나라를 바로잡는 일은 새 사람이 해야지! 자네는 부디 내 말을 허술히 듣지 말고 바른 길, 옳은 길로 세상을 살아가게!"

"……"

"춘부장 영감께 가서 말씀을 드려야겠네."

왕진이 이렇게 말하고 큰사랑으로 향하자, 사진은 아무 말도 못 하고 그 뒤를 따랐다.

큰사랑으로 사씨 노인을 찾아온 왕진은 노인에게 자신의 뜻을 고했다. 사씨 노인도 그의 아들과 마찬가지로 처음엔 왕진을 만류해보았으나 도저히 그의 결심을 돌이키게 할 수 없는 것을 깨닫고서, 노인은 그날로 잔치를 성대히 베풀게 했다. 그리고 기념품으로 은그릇 두 개와 돈 백 냥(兩)을 왕진에게 선사했다.

"그동안 자식놈 때문에 수고해주신 사례금이올시다. 약소하나마 노자에 보태 써주시면 다행이겠소이다."

"감사합니다."

그러고 나서 이튿날 왕진이 행장을 수습해 출발할 때, 사씨 노인은 동구 밖까지 나와 그들 모자를 전송하고, 사진은 10리 밖에까지 따라나와 눈물을 흘리며 전송했다.

왕진은 그의 모친이 타고 있는 말고삐를 한 손에 움켜쥔 채 이따금씩 뒤를 돌아다보며 서쪽으로 서쪽으로 길을 재촉했다. 연안부까지는 아직도 4, 5백 리의 길이다.

한편, 자기 집으로부터 10리 밖에까지 나아가 왕진을 전송하고 돌아온 사진은 마음이 허전해서 어쩔 줄을 몰랐다. 그도 그럴 것이, 그가 왕진을 스승으로 섬기기 시작한 날부터 그는 왕진의 곁을 잠시도 떨어지지 않고 지극히 존경하면서 무예를 배우기 반년이나 계속했으니, 그동안 사제간의 정이 어찌 두터워지지 아니했으랴. 그래서 사진은 밤중에 잠자리에 들었다가도 스승을 사모하는 생각이 불현듯 솟을 땐 벌떡 일어나 마당으로 뛰어내려와서는 왕진한테서 배운 비술(秘術)을 두 번 세 번 연습해보는 것이 버릇처럼 되어버렸다.

이 같은 상태로 4, 5개월이 지났을 때, 사진의 부친은 염병으로 자리에 누워버렸다.

처음에는 노인의 병환을 환절기의 감기나 몸살로 알고 단골 약국으로부터 약을 지어다가 시탕을 했었지만, 4, 5일이 지나도 부친의 병환은 차도가 없고 도리어 점점 위중해지는 것을 보고 사진은 근심했다. 그래서 그는 의원을 자기 집으로 모셔다 놓고 정성껏 시탕하기 시작했다.

그러나 노인의 병환엔 백약이 무효해서 마침내 그는 운명하고 말았다. 사진은 통곡했다. 어머니가 돌아가신 뒤 홀로 적적하게 사시다가 여생을 끝마치신 아버지에게 자신이 평소에 효도를 다하지 못했다는 생각이 사진의 슬픔을 더욱 뼈아프게 만드는 것이었다.

사진이 애통해하는 가운데 사가촌의 3, 4백 호 일가들은 사진 부친의 장례식을 성대히 받들었다.

장례식이 끝난 후 일가들도 각각 돌아가고, 넓고 넓은 장원 안에는 사진과 사씨 노인 생존 시 노인을 모시던 하인들 외에는 사람이라곤 없었다. 천하가 조용했다.

이럴 때면 사진은 마당에 내려가 창이나 봉을 집어들고 무예를 연습했다. 아무 잡념 없이 정신을 모아 창술이나 봉술을 연마하는 것이 오직 하나 그의 즐거움인 것이다. 그는 농사짓는 일을 모른다. 글을 읽는 것도 모른다. 그러니까 농사일은 하인들에게 맡기고 자신은 무예만 일삼는 것이다.

그럭저럭 겨울이 가고 봄이 지나서 6월이 되었다. 햇볕이 너무도 뜨거워서 오늘만은 쉬겠다고 생각한 사진은 하인들로 하여금 후원 버드나무 그늘 아래 언덕 위에 상을 옮겨놓고, 상 위에다 돗자리를 깔아달라고 부탁했다. 그리고 그는 엷은 옷을 입고 그 상 위로 올라가 앉아 있었다. 초당 뒤 병풍처럼 둘러서 있는 낙락장송을 통해 불어오는 서늘한 바람은 그늘 속에 앉아 있는 사진의 가슴속까지 시원하게 만들었다.

"어어, 시원하구나! 여기가 제일 시원해 보이더라니."

그는 이렇게 혼잣말하고 사방을 둘러보았다.

이때, 눈 아래 담장 밖에서 어떤 놈이 이쪽을 넘겨다보려고 목을 길게 뽑아 기웃거리다가 놀란 듯이 움찔하고 고개를 폭 수그리는 꼴이 눈에 띄었다.

"너 이놈, 어떤 놈이 엿보고 있느냐?"

사진이 큰소리로 호령하고는 상 위로부터 내려와 버드나무 사이로 해서 언덕 위에 올라선 후 담 밖을 내려다보았다. 담 밑에서 지금 이쪽을 기웃거리던 놈은 다른 놈이 아니라 포수 이길(李吉)이란 놈이었다.

"너 이놈, 이길이 아니냐. 어째서 담 너머로 엿보았느냐? 그리고 요새는 왜 토끼 새끼 한 마리도 안 가져오는 게냐?"

"나으리, 안녕합쇼. 댁에 있는 구을랑(邱乙郎)이란 놈하고 술이나 한잔할까 하고 왔다가, 나으리가 나와 계시기 때문에 못 들어가고 있었어요."

"그래, 그런 소린 그만두고…, 요새는 아무것도 못 잡았니? 내 언제 너한테 셈을 안 한 적이 있었더냐?"

"천만의 말씀… 잡기만 하면야 노루고 토끼고 간에 부리나케 나으리한테로 가져왔습죠. 그런데 얼마 전부터 소화산에 산적떼가 산채(山寨)를 잡고 들어와 있기 때문에, 벌써 여러 달째 아무도 소화산 속엘 못 들어갑죠. 도둑떼가 모두 5, 6백 명 되고요… 두목이 세 놈이라는 뎁쇼. 화음현에서는 두목 놈을 세 놈 몽땅 잡아 오기만 하면 상금을 3천 관(貫) 내리기로 했대요."

"소화산에 도둑놈 떼가 숨어 있단 말은 얼마 전에 나도 소문 들었다.

그렇지만 그렇게 큰 도둑뗸 줄은 몰랐지. 하여튼 이담에라도 노루나 토끼나 뭐나 잡거든 나한테 갖다다오."

"암만요. 그리합죠. 소인은 그만 가겠습니다."

이길은 허리를 굽실하고 그대로 돌아가버렸다.

사진은 이길의 돌아가는 꼴을 담 너머로 내려다보면서 생각했다.

'도둑놈들이 소화산에 있단 말은 들었지만 5, 6백 명이나 되는 산적떼 줄은 몰랐지! 만일 저놈들이 우리 마을로 약탈하러 오면 어떡한다? 산적을 막아야 하지 않나?'

사진은 이렇게 생각하고 즉시 후원 초당으로 들어가서 하인들을 불렀다.

"여봐라, 지금 일가들을 모두 불러와야겠다. 그리고 잔치를 베풀 테니까, 소를 한 마리 잡으란 말야. 모두들 손을 나누어 빨리 준비를 해야겠다."

사진의 집에는 구을랑과 왕사(王四)라는 구변 좋은 젊은 놈 외에 심부름하는 하인이 모두 5, 6명 있었다. 그들은 주인의 명령대로 각기 손을 나누어 일을 차리기 시작했다.

조금 있다가 3, 4백 호나 되는 사가촌 일가 손님들이 사진의 집으로 모여들기 시작했다. 사진은 큰사랑의 넓은 대청과 이쪽저쪽의 큰 방문을 열어젖히고 일가친척을 모조리 불러들인 후 자신의 뜻을 설명하기 시작했다.

"갑자기 이렇게 오시게 해서 미안합니다. 종씨들도 모두 소문 들어 알고 계시겠지만 소화산엔 요새 산적떼가 숨어 있는데 그 수효가 5, 6백 명이나 된답니다. 이놈들이 어느 때 올는지는 모르지만, 기어코 한 번은 우리 마을에 쳐들어올 게 아닙니까? 그러니까 우리는 미리 대책을 세워둬야겠습니다."

"암, 그래야지."

사진의 말이 끝나기도 전에 누군가 수염이 허연 노인이 맞장구쳤다.

사진은 말을 계속했다.

"그러니까 우리들은 집집마다 목탁을 준비해두고 도둑놈이 쳐들어오거든 목탁을 쳐서 이웃집에 알리고, 이웃집에서는 즉시 목탁을 또 쳐서 다른 집에 알리는 겝니다. 이래서 순식간에 온 마을이 죄다 알고 창이나 몽둥이를 들고나와서 일제히 도둑놈을 막아내야겠습니다. 산적의 괴수 놈들은 내가 모조리 맡아 싸울 테니까, 종씨들은 이렇게 해주시겠습니까?"

"암, 그래야지."

"그야 이를 말인가."

"염려 마십쇼. 분부대로 하고말고요."

늙은이, 젊은이 할 것 없이 방 안에 가득한 사진의 일가들은 모두 찬성하는 것이었다.

"그러면 모두들 내 말대로 합시다. 그리고 오늘은 모처럼 오셨던 길이니 음식이나 드시고 돌아가십시오."

사진은 이렇게 말하고 하인들로 하여금 술과 요리를 가져오게 했다. 사씨네 문중에서 처음 보는 큰 잔치인 것 같았다.

그런데 이때 소화산에 산채를 치고 숨어 있는 산적떼의 두목들 세 놈도 저희들끼리 의논이 바빴다.

"여보게, 소문을 듣자니까 고을에선 상금을 3천 관이나 걸고서 우리를 잡으려고 한대. 장차 어떡하면 좋을까?"

이같이 말하는 놈은 세 놈 중에서 첫째 두목 되는 주무(朱武)라는 자였다. 주무는 정원(定遠)이라는 땅에서 자라난 사람으로서 칼과 창을 쓰는 법은 놀랍지 않으나, 진(陣)을 치고 적에게 대항하는 꾀가 신통한 사람이다.

"상금을 걸어놓고 우리를 잡겠다고 벼른다면 조만간 관군(官軍)이 오고야 말 것 아닌가? 그러기 전에 우리는 전량(錢糧)을 예비해두어야지, 안 그래? 그러자면 속히 어디든지 한 고을 털어야겠는데 어느 고을을 먼저 털까?"

주무는 이같이 말을 계속하고 손아래 두 사람의 얼굴을 바라보았다.

"뭐, 멀리 갈 것 있소? 가까운 화음현을 텁시다."

말하는 사람은 주무 다음으로 둘째 두목 진달(陳達)이다. 진달은 업성(鄴城) 사람으로서 창을 잘 쓰는 인물이었다.

그러나 셋째 두목 양춘(楊春)은 진달의 말에 반대했다.

"화음현을 털지 말고, 포성현(蒲城縣)을 털어야 합니다. 그게 만전지책(萬全之策)이죠."

양춘은 포주 해량현(解良縣) 사람으로 큰 칼을 잘 쓰는 인물인데, 첫째 두목 주무나 둘째 두목 진달이나 마찬가지로 나이 비슷비슷한 30 전후의 장골들이다.

"포성현은 호구(戶口)도 적고, 전량이 많은 고을이 못 된단 말야. 그러니까 부잣집이 많은 화음현을 털어야지."

진달은 양춘의 말에 반대했다.

"그렇지만 화음현엘 가려면 사가촌(史家村)을 지나가야 해요. 그런데 사가촌엔 구문룡 사진이가 있거든요. 이놈은 대단한 놈이니까 우리가 그냥 지나가도록 내버려두지 않을 거란 말예요."

"자네는 참 겁쟁일세그려. 사진이란 놈 한 놈 때문에 사가촌을 못 지나간다면, 만일 관군과 만나는 때엔 어쩔 텐가?"

"글쎄, 사진이는 여간 놈이 아니라니까요."

양춘이 토론하는 것을 듣다가 주무도 양춘의 편을 든다.

"그래, 나도 소문을 들었네. 사진이는 정말 영웅이라거든! 그러니까 양춘의 말대로 사가촌을 다치지 않는 게 좋을 걸세."

이 말을 듣고 진달은 화를 내는 것처럼 큰소리로,

"듣기 싫소! 형님은 그래 그렇게도 자기 힘을 약하게 생각하우? 사진 이란 놈이 그래 모가지가 서너 개가 된답니까? 내가 혼자 갔다올 테니 앉아들 계시오."

이같이 말하고 진달은 즉시 밖으로 나가더니 부하를 불러 말을 끌어 오게 하는 한편 졸개들을 집합시키는 것이었다. 주무와 양춘은 마당에 따라 나와서도 진달한테 권고를 했다. 그랬건만 진달은 듣지 않고 1백 50명의 졸개를 거느리고 산에서 내려갔다.

이때 사진은 자기 집 마당에 앉아 새로 만들어온 칼을 구경하고 있다 가 말을 타고 마당을 서너 바퀴 달리고 있었는데, 하인 하나가 밖으로 부터 달려들어오더니,

"큰일 났어요! 지금 산적떼가 산에서 쏟아져 내려오고 있어요!"

하고, 씨근벌떡 숨도 잘 쉬지 못했다.

사진은 얼른 땅 위에 내려 대청에 올라가서 목탁을 집어들고 두들기 기 시작했다.

목탁 소리는 이 집 저 집에서 차례차례로 울리더니 삽시간에 동서남 북 사가촌의 3, 4백 호는 도둑놈이 온 것을 모두 알고 장정들이 제각기 몽둥이나 창을 한 자루씩 들고는 1백 수십 명이 사진의 집으로 집결했 다. 사진은 몸에 주홍빛 갑옷을 입고, 머리엔 수건을 한일자로 동여매 고, 어깨엔 활을 둘러메고, 허리엔 화살통을 찬 후, 적토마(赤兎馬)를 치 켜 타고 한 손에 팔환도(八環刀)를 높이 들고는 대문을 나섰다.

그리고 3, 40명의 장정들로 하여금 앞서서 길을 걸어가게 하고, 나머 지 8, 90명은 자기 뒤를 따라오게 한 후, 일제히 고함을 지르면서 동구 의 북쪽 길로 전진했다.

이때 소화산으로부터 내려오던 진달은 백마(白馬) 위에 높이 앉아 사 가촌 어귀까지 오다가 이제 장정들을 거느리고 나오는 사진과 마주 보 게 되었다. 진달은 마상에서 사진을 향해 허리를 굽혔다. 경의를 표하는

것이었다. 그러나 사진은 호령을 했다.

"너희들은 살인 방화를 예사롭게 하고 다니는, 천하에 몹쓸 죄인들 아니냐! 이 세상에서 모두 다 죽어 없어져야 할 자식들이란 말이다. 왜, 죽여달라고 지금 찾아오는 셈이냐?"

"산채에 전량이 결핍해서 지금 화음현으로 양식을 얻으러 가는 길이올시다. 그리로 가자면 사가촌을 지나야 하는 고로, 길을 빌려주십사고 청하러 오는 길입니다. 풀뿌리 하나 건드리지 않고 갔다가 양식을 얻어 가지고 돌아가는 길엔 후히 사례 드리죠."

진달은 사진을 바라보면서 대답했다.

"뭣이라고? 도둑놈한테 길을 빌려주고 사례를 받으라고? 우리들더러 모두 연루자가 되란 말이로구나!"

사진은 기막히다는 듯, 이렇게 말하고 침을 뱉었다.

"사해동포(四海同胞)라는 말이 있지 않습니까? 동포끼리 길 좀 못 빌릴 게 무어 있습니까?"

진달은 여전히 추근추근 수작을 건네는 것이었다.

"듣기 싫다! 네 청을 내가 들어주고 싶어도 못 들어주겠다고 말하는 이가 있단다."

"그이가 누구란 말이오? 가르쳐주실 수 없습니까?"

"응, 그이가 바로 내 손에 쥐여 있는 이 칼이다. 칼이 네 청을 안 듣겠다는데 낸들 어떡하느냐!"

사진의 이 말을 듣고서 진달은 그만 분통이 터진 것처럼 창을 꼬나잡고 사진 앞으로 달려나왔다. 사진은 진달을 맞아 칼을 휘두르며 싸우기 시작했다.

한참 동안 사진과 진달은 어우러져서 접전하던 중, 뜻밖에 사진의 칼 쓰는 법에 서투른 솜씨가 엿보이기 시작했다.

이것을 발견한 진달은 이 기회를 놓칠세라, 창을 한일자로 꼬나들고서 사진의 가슴 복판을 찌르려고 달려들었다.

이 순간, 사진은 허리를 굽혀 옆으로 진달의 창끝을 피하면서 한 손을 길게 뻗어 진달의 허리춤을 움켜쥐고는 번쩍 들어 내동댕이쳤다. 진달은 땅바닥에 뒹굴었다.

"이놈을 단단히 결박 지어라."

사진의 호령이 떨어지자 사가촌 장정들은 와르르 달려들어 진달을 꽁꽁 묶기 시작했다. 그와 동시에 진달을 따라오던 졸개들은 똥줄이 빠져서 도망쳐버렸다.

이 모양을 관망하던 사진은 말머리를 돌이켰다.

"그놈을 끌고 집으로 돌아가자."

사진은 장정들에게 부탁하고서 먼저 자기 집으로 들어왔다. 그는 마당 한구석에 있는 말뚝에다 진달을 결박해놓게 한 후, 술과 고기를 가져오게 하여 일가들에게 한턱을 냈다.

"오늘은 모두들 수고했네. 취하도록 마시고 조심해서 돌아들 가게."

"고맙습니다. 실컷 먹겠어요."

"난 우리 종씨가 그렇게 영웅인 줄은 몰랐어… 오늘 보니까 참 대단하신데!"

"그러게 말이야. 기운이 장사인 데다가 참 날쌔거든!"

여러 사람이 이같이 떠들썩할 때, 사진은 결박 지어 있는 진달을 내려다보면서, 산적의 두목 두 놈을 마저 잡아 화음현에 나아가 상금을 속히 받아와야겠다는 생각을 하고 있었다.

한편, 소화산 속에 있는 산채에서 주무와 양춘 두 사람은 진달이 자기들 말을 듣지 않고 내려간 것을 걱정하고 있던 터였는데, 얼마 지나지 아니해서 진달을 따라갔던 졸개들이 말 한 필만 끌고 돌아오는 것을 보고 놀랐다.

"어찌된 일이냐?"

주무가 물으니까 졸개들이 아뢴다.

"두 분께서 그렇게도 말리셨건만, 진달 두목님께서는 듣지 않으시고 내려가시더니 그만 잡혀가셨답니다!"

"흐흥 그래, 자세히 경과나 이야기해봐라."

주무는 졸개들에게 경과 이야기를 물었다. 졸개들은 사가촌 어귀에 다다랐을 때 사진을 만나 진달이 잡혀갈 때까지의 경과를 상세히 보고하는 것이었다.

그들의 이야기를 다 듣고 나서 주무는 한숨을 쉬었다.

"내 말을 안 듣더니 기어코 화를 당했구나!"

"형님은 어떻게 생각하십니까? 우리가 죽든지 살든지 한번 사진이란 놈과 싸워봐야 할 게 아닙니까?"

양춘이 주무를 보고 묻는다.

"안 돼. 그래서는 못 써. 너나 내나 힘으로 싸워서는 사진이를 못 당한다. 내게 꾀가 있다. 꾀로써 진달을 구해내야지, 그렇지 않고서는 성공하기 어려워!"

주무는 머리를 좌우로 저으면서 대답했다.

"꾀를 써 진달 형님을 빼내온단 말씀이죠? 무슨 꾀가 그렇게 좋은 꾀가 있어요?"

양춘이 궁금한 듯 주무 앞으로 바싹 다가앉으면서 묻는 것을, 주무는 아무 말 아니 하고 한 손으로 양춘의 귀를 끌어당겨 입을 대고서 한참 동안 무어라 무어라 수군수군했다.

"네, 네, 그것 참 잘 생각하셨습니다. 꼭 되겠는데요!"

양춘은 주무의 수군거리는 말을 들으면서 연신 고개를 끄덕거리며 탄복하는 것이었다.

주무는 밀담을 끝내고 양춘의 귓가로부터 입을 떼고,

"알아들었지?"

한다.

"네, 이런 일은 속히 해야죠. 더디면 더딜수록 불리합니다."

양춘은 도리어 주무를 재촉하는 것 같은 눈치다.

"그럼, 속히 내려가자!"

주무와 양춘은 저희들의 계획을 실행해보려고 부랴부랴 산채로부터 아래로 내려왔다.

한편, 이때 사진의 집에서는 진달을 체포해놓고 장정들한테 한턱 먹인 후 연회가 끝났고, 사진은 혼자 대청에 앉아서 앞일을 생각하고 있었다.

'산적떼 두목 중에서 한 놈은 잡았지만, 아직도 두 놈이 남았으니, 이 놈들을 어떻게 해야 붙들어온단 말인가!'

사진이 생각에 골몰해 있을 때, 별안간 하인 하나가 대문 밖에서 달려들어왔다.

"저, 저, 저기 산에서 지금 두목 놈 두 놈이 이리로 내려와요, 이리로…."

하인이 보고하는 소리를 듣고 사진은 벌떡 일어섰다.

"속히 말을 이리로 끌고 오너라. 그리고 목탁을 쳐라."

목탁 소리가 울리기 시작했다. 하인이 적토마를 뜰아래 대령했다.

사진은 말을 타고 대문 밖으로 나갔다. 그는 대문 앞에서 사방을 둘러보았다. 과연 정면으로 보이는 큰길 위에 두 놈의 산적 괴수가 걸어오고 있는 모양이 똑바로 보였다. 사진은 그놈들을 향해 천천히 접근했다.

이때, 사진의 모양이 가까이 이르자, 주무와 양춘은 땅바닥에 무릎을 꿇고 두 손을 합장하고는 사진을 향해서 머리를 조아리는 것이었다. 그리고 사진이 두 놈 앞에 더 가까이 이르러서 살펴보니까, 두 놈은 똑같이 눈물을 흘리며 슬프게 울고 있는 것이다.

이 모양을 보고 사진은 말에서 내려 두 놈 앞에 딱 버티고 서서 호령을 했다.

"이놈들! 무슨 흉계로 여기 와서 이 모양을 하고 앉아 있는 게냐?"

이때 주무가 눈물을 주르르 흘리면서 아뢴다.

"소인이 말씀을 여쭙겠습니다. 저희들 세 사람이 본시 선량한 백성이었는데, 간악한 벼슬아치들한테 들볶이다가 핍박을 당해서 산속으로 도망해왔습죠. 넓은 땅 위에 살 곳이 없어서 구차스러운 목숨을 산속에서 지탱하면서, 세 사람이 한날한시에 이 세상에 나오진 못했지만, 죽는 날만은 한날한시에 같이 죽자고 맹세해왔습니다. 옛날의 유비·관우·장비, 이 세 분과는 견줄 수 없는 용렬한 백성입니다마는, 의기(意氣)만은 그와 비슷합니다. 그런데 오늘 제 동생 되는 진달이 저희들이 이르는 말을 듣지 않고 고집 쓰고 내려오더니 그만 대인(大人)께 사로잡혀 버렸습니다. 영웅을 몰라보고 위엄을 손상시킨 죄는 제 잘못이라 하겠습니다마는, 저희 두 사람은 생불여사(生不如死)입니다! 진달이란 놈과 함께 저희 두 놈을 묶어서 관가에 잡아 바치시든지, 대인께서 저희들 세 놈을 한칼에 죽여주시든지, 저희들은 조금도 원한이 없겠습니다."

이렇게 말하는 주무의 눈에서는 여전히 눈물이 뚝뚝 떨어지고 있는 것이었다.

사진은 그놈의 얼굴을 내려다보며 생각했다.

'이놈들이 비록 도둑놈들이지만 이렇게 의리를 숭상하는 터이니, 이놈들을 내가 관가에 바쳤다가는 나중에 천하 호걸들한테 조소를 면치 못할 게 아닌가? 옛날부터 일러오기를 호랑이는 죽은 짐승의 고기를 먹지 아니한다는데, 죽여달라고 찾아온 놈들을 어떻게 내가 잡아 보낸단 말인고….'

사진이 이렇게 생각해보니 도저히 그들을 잡아 관가로 보낼 수는 없다. 그는 마음을 돌려먹고서,

"나를 따라오너라."

하고, 발길을 돌이켰다.

그와 동시에 주무와 양춘 두 놈도 땅바닥에서 일어나 사진의 뒤를 따랐다.

사진은 앞장서서 대문 안으로 들어가면서 뒤를 돌아보았다. 그러자 그때 주무와 양춘은 땅바닥에 꿇어앉으면서,

"소인들을 제발 묶어서 들어가 주십시오."

하고 두 손을 모으고 쳐다보았다.

"잔말 말고 따라오너라."

사진은 점잖게 타이르는 것처럼 말했건만 주무와 양춘은 일어나지 않고 절만 꾸벅꾸벅한다.

'이놈들이 정말 이렇게도 의리가 두터운 놈들인가!'

사진은 이렇게 느끼고 마음속으로 감동했다.

"너희들이 의리를 매우 중하게 여기는 모양이다. 그렇다면 난 너희들을 관가에 압송하지 않고 진달이란 놈을 끌러줄 테니까 데리고 산채로 돌아가거라."

마침내 그는 진달을 석방해주겠다고 결심했다.

그런데도 주무는 그것을 사양하면서 말한다.

"그러지 마십쇼. 지금 저희들을 놓아 보내주신다면, 대인께서는 저희들과 동류가 된 것같이 연루자로 몰리십니다. 차라리 저희들을 붙들어다 관가에 바치시고 상금을 타시는 게 합당할까 싶습니다."

사진은 이 말을 듣고 더욱 기특하게 생각되었다. 그래서 그는 얼굴에 웃음빛을 띠고서 말했다.

"말이 고맙다. 너희들 들어와서 술이나 한잔 같이하자."

그러자 주무는 코가 땅바닥에 닿도록 머리를 수그리면서,

"죽여주신대도 목을 늘이고서 기다리겠사온데 항차 술을 주신다니 황송합니다."

이같이 말했다.

사진은 입을 벌리고 웃었다.

"자아, 들어가자."

이리해서 사진은 주무와 양춘을 데리고 사랑으로 들어오면서 하인들로 하여금 진달의 결박진 포승을 끌러주게 한 후, 세 사람을 이끌고 대청 위로 올라왔다.

"여봐라, 술과 음식을 드려라."

그리고 사진이 하인들에게 명령하자, 금시에 음식이 운반되었다. 사진은 산적 두목 세 놈을 배부르고 취하도록 대접해서 돌려보냈다. 세 놈이 사진에게 은혜를 사례하고 물러갈 때 사진은 대문 밖에까지 따라나가서 잘 가라고 인사까지 했다.

얼마 후, 소화산 속으로 무사히 돌아온 주무·진달·양춘 세 놈의 산적 두목은 한자리에 앉아서 의논했다.

"하마터면 죽을 걸, 참 형님 덕분에 이렇게 살아났습니다."

"애당초 주무 형님의 말씀과 내 말을 듣지 않으신 게 잘못이죠."

"말들 마라. 요행히 사진이 같은 대인한테 붙들렸으니까 살아났지, 다른 사람한테 네가 붙들렸더라면 아무리 내가 신통한 꾀를 썼다 해도 살아나지 못했다. 의리를 중히 알고 우리가 생사를 같이하겠다는 이야기에 사진이 감동해 우리를 석방한 거야. 그러니까 우리는 은혜를 입었단 말이지. 가만있자, 우리는 사진한테 그냥 있을 수는 없다, 사례하는 뜻으로 무슨 예물을 보내드리자."

"그렇게 하십시다."

세 놈의 두목들은 이같이 의논하고 제각각 자리로 들어갔다.

십여 일이 지난 어느 날, 세 놈의 두목은 돈 30냥과 보물을 준비해 그것을 사진에게 보내기로 했다. 진달을 석방해준 사례의 뜻인 것이다.

두목들로부터 명령을 받은 두 놈의 졸개는 예물 주머니를 차고 새까

맑게 어두운 밤에 산을 내려와 사진의 집 대문을 두드렸다.

대문 두드리는 소리를 듣고 사진의 집 하인은 창문을 열고 등불을 비추며 바깥을 내다보았다.

"누구요?"

"저, 소화산에서 심부름 온 사람인데요, 두목님이 대인께 갖다 드리라는 물건을 가지고 왔습니다."

이 소리를 듣고 하인은 창문을 닫았다. 그리고 그는 사랑으로 올라가 주인에게 이 뜻을 고했다.

사진은 자리에 누워 있다 이 말을 듣고 일어나 옷을 주워 입은 후 심부름 왔다는 놈을 불러들이게 했다.

"무슨 일로 밤중에 찾아왔느냐?"

두 놈이 뜰 앞에까지 왔을 때 사진이 물었다.

"소인의 두목님들이 요전에 대인께서 목숨을 살려주셨다고, 그 은혜가 태산 같다고 항상 말씀하와요. 그러더니 오늘은 변변치 못하나마 이것을 대인께 예물로 보내드린다고 말씀하와요. 그래서 갖고 왔습죠."

한 놈이 이렇게 말하면서 보자기에 싸인 궤짝 하나를 마루 위에 놓았다.

사진은 그것을 받지 않고 도로 돌려보내려다가 다시 생각하니, 아무리 상대가 도둑놈일지라도 진정을 가지고 예물을 보냈는데, 그것을 받지 않고 돌려보낸다면 너무 박정한 처사일 것같이 생각되었다.

그래서 그는 웃는 낯으로 고개를 끄덕이면서,

"돌아가서 내가 반가이 받았다고 말씀해라."

하고, 하인을 불러 졸개들에게 요기를 시켜 보내라고 일렀다. 그리고 졸개 두 놈이 돌아갈 때는 각각 돈냥씩이나 주어 보냈다.

이런 일이 있은 후 보름이 지났을 때 주무·진달·양춘 세 놈은 노략질해서 털어온 물건들 가운데 희귀하게 크고 광채가 나는 진주를 발견했는지라, 세 놈이 의논하고 이것을 사진에게 선사로 보내었다.

　그 후 보름이 지나서 하루는 사진이, 소화산에 있는 두목들한테서 예물을 두 차례나 받고 이때까지 자신이 답례를 아니 한 것이 생각났다. 그래서 그는 하인을 시켜 읍내 전방에 가서 명주 세 필을 사다가 옷을 세 벌 짓게 한 후, 양 세 마리를 잡아 삶아서는 세 개의 양푼에 담아서 한 놈이 짊어지게 한 후, 말 잘하는 왕사라는 놈을 불러 그것을 소화산 산적 두목들한테 갖다주게 했다. 왕사는 옷을 싼 보따리만 들고 양고기를 짊어진 사람과 함께 소화산으로 들어갔다.

　산채에 있던 주무·진달·양춘 세 놈은 사진이 보내온 예물을 받고 입이 찢어지도록 기뻐했다. 그래서 그들은 사진의 집 하인 두 사람한테 돈을 각각 열 냥씩을 주고 술을 대접했다. 이렇게 예물을 보내고 받고 하는 동안 자연히 사진의 집과 산적떼 두목들과는 왕래가 빈번해졌다.

　여름이 지나서 팔월 추석이 가까이 왔다.

　'달빛을 바라보면서 술을 마시는 것이 흥취가 좋을 것이다.'

　사진은 어느 날 이런 생각을 하고 즉시 편지를 써 왕사를 불렀다.

　"여봐라, 이 편지를 산채까지 갖다주고 회답을 들어 가지고 오너라."

　사진은 이같이 말하고 왕사를 산으로 보냈다.

　산채에서는 왕사가 갖고 온 사진의 편지를 보고, 주무·진달·양춘 세 놈이 모두 기뻐했다.

　"사대인이 이렇게도 우리를 생각해주시니, 고마운 양반이다."

　"그러기에 말이야. 내일모레가 추석날이라고 밤에 놀러오라 하시니 이거야 정다운 친구 간에나 있을 수 있는 일 아닌가. 참, 훌륭한 양반이다."

　"자아, 저 사람한테 술을 권해라."

　주무 이하 두목들은 각각 한마디씩 말하고 왕사에게 술을 권했다. 그리고 주무는 즉시 사진에게 답장을 썼다.

'분부하신 대로 보름날 댁으로 가서 뵈옵겠습니다.' 하는 사연이었다.

왕사는 술을 커다란 잔으로 열댓 잔 마시고 주무의 답장 편지와 돈 닷 냥을 받아 넣고 두목들에게 인사하고 산채로부터 나왔다. 초승달이 하늘 한복판에서 어여쁘게 빛나 보였다. 왕사는 밝은 달빛을 바라보면서 산길을 내려왔다.

그가 한참 내려오니까, 등 뒤에서 급한 걸음으로 자기를 쫓아오는 발소리가 들렸다. 왕사가 돌아다보니, 그는 다른 사람 아닌 산에서 자주 심부름 오던 졸개다.

"왕사 형님, 내가 산 아래까지 동무해드릴 테니 같이 가십시다."

졸개는 등 뒤에 와서 말했다.

"고맙네. 같이 가세."

왕사도 심심하던 중 잘되었다 생각하고, 졸개와 함께 산길을 내려왔다.

"왕사 형님, 여기 주막이 있습니다. 여기서 내 술 한잔 안 하실래요?"

산모퉁이까지 내려왔을 때 졸개가 이렇게 물었다.

"고맙네. 두목님이 주시는 술만 먹고, 자네 술은 안 먹는대서야 자네에 대한 인사가 아니지."

왕사는 사양치 않고 주막으로 따라 들어갔다.

한참 동안 두 놈은 권커니 잡거니 열서너 잔씩 마신 뒤에 서로 작별했다.

졸개는 산으로 올라가고 왕사는 사가촌을 향해서 갈지자걸음으로 비틀비틀 걸어오는 것이었다.

생량한 바람이 솔밭에서 쏴아쏴아 불어온다. 하늘의 반쪽 달은 서쪽으로 기울어져 가고 있었다.

"어허, 취했구나, 취했어…."

왕사는 몸을 비틀거리며 한 발자국 두 발자국 발을 떼어놓으면서, 집까지 갈 길이 10리나 20리도 더 남은 것처럼 느꼈다.

이와 같이 비틀거리며 조금 가다가 잔디밭에 이르렀을 때, 왕사의 눈에는 잔디밭이 강변의 백사장같이 허옇게 보였다.

"이것, 언제 집에까지 간단 말인가!"

왕사는 숨을 푸우 길게 내쉬고 잔디밭에 드러누워버렸다.

그는 이내 코를 골기 시작했다.

이때, 사냥꾼 이길이는 토끼를 잡기 위해서 산모퉁이 풀밭 속 이곳저곳에 토끼 덫을 묻어두고 있던 터였는지라, 혹시 토끼가 걸리지 아니했나 살펴보려고 돌아다니다가 왕사가 잔디밭에 넘어져 있는 것을 발견했다.

"이 사람이, 왕사 아닌가? 취한 모양이구나."

그는 왕사 앞에 쭈그리고 앉아서 입속말을 했다. 그리고 두 손으로 왕사의 몸을 일으켜보려고 힘을 썼다. 그러나 왕사의 몸은 천근같이 무거웠다.

"이거 안 되겠는걸…."

그는 손을 놓고 도로 일어나려 하다가, 왕사의 옆구리 호주머니에서 삐죽이 내다보이는 은전에 눈이 번쩍했다.

"저게 돈이 아닌가. 저놈이 웬 돈을…."

그는 왕사의 호주머니에 손을 넣어 은전을 모두 꺼냈다. 전부 닷 냥이나 된다. 그는 그 돈을 제 호주머니 속에 집어넣고 왕사의 흐트러진 옷을 단정하게 여며주느라고 옷깃을 만지다가, 품속으로부터 삐죽이 내다보이는 편지 봉투를 발견했다. 그는 그 봉투를 집어들고 달빛에 비추어보았다.

'사진 대인 보시압.'

겉봉에는 이같이 쓰여 있고, 등 뒤에는,

'소화산 주무 상서'

이같이 쓰여 있다.

이길은 생업이 사냥꾼 포수이긴 하지만, 어려서 글을 조금 배웠던 고로 편지 한 장 읽을 줄은 알았다. 그래서 그는 겉봉을 뜯고 사연을 읽어보았다.

저희들 분수에 넘치도록 대인께서 우리를 생각해주시는 일, 생각할수록 그 은혜 백골난망이로소이다. 8월 15일 중추가절에 또 저희들을 초청하시니 그 감사한 말씀 이루 다하지 못하겠나이다. 그날 밤 초저녁에 찾아가 뵈옵겠나이다.

이렇게 쓰인 편지 끝에는 주무·진달·양춘 세 놈의 이름이 적혀 있다.

이 편지를 읽은 이길은 별안간 마음이 유쾌해지는 것 같았다.

'가만있자. 내가 평생 포수 노릇을 한댔자 언제 셈평이 펴지느냐 말이야! 이놈들 세 놈만 잡으면 3천 관(貫)의 상금을 타가지고 팔자를 고치게 되는 게 아닌가!'

이렇게 생각하니 이 편지와 돈 닷 냥은 하늘이 내려주신 복덩어리같이 느껴졌다.

이길은 편지와 돈을 주머니에 지닌 채 즉시 화음현으로 걸음을 재촉했다.

사지를 꽁꽁 묶어버린대도 모를 만큼 죽은 듯이 뻗어 있던 왕사는 코가 비뚤어지도록 실컷 자고 목이 말랐던지 잠이 깼다. 그는 눈을 뜨고 사방을 둘러보다가 비로소 제가 집으로 돌아가지 않고 길가에서 잠들어버린 것을 깨닫고 깜짝 놀랐다.

'이것 큰일이다. 주인한테 야단맞겠구나!'

왕사의 머리는 냉수를 끼얹은 것처럼 선뜻해졌다. 그는 벌떡 일어났다. 그리고 품속에 간수한 주무의 편지와 호주머니 속에 간직한 돈을 찾아보았다. 그런데 돈도 한 푼 안 남았고, 편지도 없어졌다.

'큰일 났다. 이게 웬일인가?'

왕사는 더욱 놀랐다. 정신이 또렷또렷해진 그는 주막집에서 졸개하고 같이 술을 먹고 나오던 때서부터 여기까지 걸어오던 도중의 일을 회상해보았으나 아무 별다른 일이 없었다.

아무리 궁리해보아도 잠든 사이에 어느 놈한테 도둑맞은 것이라고, 그는 단념할 수밖에 도리가 없었다.

'할 수 없지. 돈이야 안 받은 셈 치면 그만이지만, 주인님한테 전해야 할 회답 편지가 없어진 것은 어떡한다?'

그는 고개를 기웃거리면서 회답 편지 없어진 일을 걱정하다가,

'별수 없다. 회답 편지를 안 써주고서 말로만 여쭙더라고 전갈할 수밖에!'

마침내 이같이 거짓말을 하기로 방침을 결정했다. 마음을 작정하고 나니, 왕사의 몸에서는 새 기운이 솟는 것 같다. 그는 잔디밭에서 나는 듯이 몸을 일으켜 사가장(史家莊)을 향해 달음질치기 시작했다.

구름 없는 하늘엔 맑은 빛이 흐르고, 멀리서 닭이 우는 소리가 들렸다.

왕사가 사가장에 돌아온 것은 해가 뜨기 전 동틀 무렵이었다.

이때 사진은 일어나서 사랑 마당에 내려와 봉술을 연습하고 있다가 왕사가 들어오는 것을 보고 물었다.

"너 왜 이제야 들어오니?"

주인이 약간 성난 표정으로 물을 때, 왕사는 천연덕스럽게 말했다.

"산채에서 두령님들이 어디 놔주셔야지 오지요. 들입다 술을 마시라고 어떻게나 쉬지 않고 권하시는지 밤을 꼬박 새우다시피 했습니다."

"그래서, 지금 산채에서 돌아오는 길이냐?"

"그럼요."

"그런데 내 편지 보고 답장은 안 주데?"

"네. 두목님들이 소인을 데리고 술들을 자시다가 나으리께 답장을 쓰시겠다 하시기에 소인이, 이왕 세 분 두목님께서 추석날 밤에 오실 터인데 그냥 오시면 됐지 하필 답장이 꼭 있어야 합니까, 이렇게 말씀 했더니 그만두시더군요. 그리고 소인한테 술만 먹이셨답니다. 그래도 저는 그 술을 다 받아먹지 않았어요. 혹시 돌아오다가 실수나 할까 봐 서 조심했습죠."

"잘했다."

사진은 왕사의 말을 듣고 유쾌한 얼굴을 지었다. 그리고 다시 왕사를 보고 말했다.

"그렇게 세 사람이 다 함께 오기로 했다면, 읍내에 가서 장을 봐와야 겠다. 내일이 추석날이니까, 오늘 준비를 해야지."

"네, 소인이 갔다 옵지요."

사진은 사랑으로 들어가 돈을 가지고 나와 왕사에게 주고, 그 돈으로 과자와 안줏거리를 사오라고 부탁했다.

그리고 다른 하인들에게는 집에 있는 양과 닭과 오리를 잡아서 튀기 라고 일렀다.

이튿날 저녁때, 사가장 후원에는 떡 벌어진 연회석이 설비되었고, 사 진은 한가운데 앉아서 날이 어둡기만 기다리고 있었다.

조금 있다가 중추 명월이 맑은 빛을 보이기 시작했다. 이때 주무·진 달·양춘 세 사람은 하인의 안내로 후원 문안에 들어왔다. 사진은 일어 나서 그들을 맞았다.

"어서 오십시오. 이리로 앉으시오."

"감사합니다. 이렇게 저희들을 청해주시니, 그저 황송할 뿐이올시 다."

"원, 별말씀을…."

사진과 주무는 우선 인사를 마친 후에 네 사람은 각각 자리에 앉아 술잔을 들었다. 산적 두목들은 오래간만에 맛보는 값비싼 안주에 신명이 났다. 술병이 이 손에서 저 손으로 오고가고 하는 동안 그들은 벌써 대여섯 잔씩 마셨다.

둥근 달빛은 점점 밝게 비추고, 사진과 두목들은 여러 가지 이야기에 한창 좌석이 흥겨워지는 판국이다. 그런데 이때 돌연히 담 밖에서,

"우아!"

"와아!"

수십 명이 일제히 고함지르는 소리가 요란하게 들리면서 횃불이 담 너머로 비쳤다.

사진은 깜짝 놀랐다.

"가만히들 앉아 계시오. 무슨 일인가 내가 보고 오리다."

그는 두목들을 자리에 두고 담 밑으로 가서 사다리를 놓고 올라서서 내려다보았다. 담 밖에는 화음현 현위(縣尉)가 두 명의 도두(都頭)와 함께 3, 4백 명의 병정을 인솔해와서 자기 집 주위를 철통같이 에워싸고 있는 것이 아닌가.

그는 급히 자리에 돌아와서, 주무·진달·양춘에게 말했다.

"현위가 도두와 함께 병정들을 끌고 와서 철통같이 내 집을 에워싸고 있구려. 야단났는데…."

이 말을 듣고 산적 두목들도 놀랐다. 두목 세 놈은 서로 얼굴을 쳐다보더니 고개를 숙이고 생각하는 듯했다. 조금 있다가 주무가 말했다.

"우리들 때문에 결백하신 대인께서 죄인이 되실 수는 없습니다. 일이 이렇게 된 바에야 깨끗하게 우리들만 붙들려가는 것이 옳습니다. 이왕이면 대인께서 우리를 묶어 관군한테 넘겨주십쇼."

이 말을 듣고 사진은 머리를 좌우로 흔들었다.

"그게 무슨 말이오. 내 집에 오신 손님을 내가 묶어서 잡아준다면, 천하 만인이 모두 웃을 거요! 사세가 이렇게 되고 보니, 이제는 죽어도 같

이 죽고 살아도 같이 살고 할 수밖에 도리가 없소이다. 당신들은 염려 마시고 나하고 같이 행동합시다. 나 하는 대로!"

사진은 이렇게 말하고 다시 사다리로 올라가서 아래를 내려다보며 도두에게 물었다.

"이 밤에 대체 무슨 까닭으로 내 집을 포위하고 야단들이오?"

사진이 이같이 물으니까 도두 한 명이 대답했다.

"우리가 다 알고 왔어요. 원고인(原告人) 이길이 여기 있으니, 여러 말 마시고 도둑놈 두목들을 얼른 내놓으시오."

사진은 이렇게 말하는 도두 곁에 이길이 서 있는 모양을 발견했다.

"이길아! 네가 나하고 무슨 원수가 졌기에 나를 무고했느냐?"

"소인은 아무 죄가 없습니다. 일전에 잔디밭에 왕사란 놈이 떨어뜨린 편지를 주운 것이 그만 이렇게 됐답니다."

이길이 대답하므로 사진은 기가 막혀서 왕사를 내려다보고,

"왕사야! 너, 내가 물으니까 편지 회답은 없다고 하더니 어찐 일이냐?"

하고 사다리에서 내려왔다. 왕사는 고개를 푹 수그리고 대답했다.

"소인이 그날 밤에 술을 너무 많이 마시고 취했사와요. 그래서 회답 편지를 갖고 오다가 잃어버렸사와요."

"에라, 이 개놈의 자식!"

사진은 허리에 차고 있던 단도를 뽑아 왕사의 목을 찔러 그 자리에서 죽여버렸다. 그리고 다시 사다리 위에 올라가 도두들을 내려다보고 말했다.

"나는 도무지 사정을 몰랐었소. 지금 산적 두목들을 결박해 나올 테니, 조금 기다리시오."

그는 이렇게 말하고 내려와서 하인들을 불렀다.

하인들이 일제히 사진 앞에 모여서자, 그는 명령했다.

"너희들 모두 요긴한 것만 짐을 꾸려가지고 빨리 나오너라. 그리고 이 집에다 불을 질러라! 그담에 나를 따라서 나가잔 말야."

하인들은 제각기 달음질쳐서 흩어졌다.

사진은 즉시 두목들이 앉아 있는 요리상 앞으로 갔다.

"이제는 별수 없으니, 창칼을 갖고서 뚫고 나갑시다! 이리로들 오시오."

그리고 주무·진달·양춘 세 사람을 데리고 창가(槍架) 앞으로 뛰어갔다. 이러는 동안에 하인들은 횃불을 가지고 돌아다니면서 이곳저곳에 불을 질렀다.

"후원 초당에 불을 안 질렀구나!"

사진은 사방을 둘러보다가 이렇게 소리를 질렀다. 그와 동시에 한 사람의 하인이 초당으로 뛰어가서 그곳에도 불을 질렀다. 이로써 사가장 안의 모든 집채에서 화광이 충천했다.

사진은 자기 집 여러 채가 골고루 타는 것을 확인한 다음,

"자, 일제히 고함을 지르면서 나갑시다."

하고, 주무·진달·양춘 세 사람을 뒤에 세우고 자신이 앞장서서 대문을 활짝 열어젖히고 뛰어나갔다.

이때 사진의 눈에 맨 먼저 띈 사람이 오늘 일을 밀고한 사냥꾼 이길이었다. 사진은 고함을 지르면서 이길의 목을 한칼에 선뜻 베어 던졌다.

사진의 뒤를 따라 나오던 진달과 양춘은, 이때 화음현 도두를 향해서 칼을 쳐들고 달려들었다. 미처 싸울 준비를 못 하고 있던 두 사람의 도두는 칼을 뽑아 쥐기도 전에 거꾸러졌다.

멀찍이 떨어져서 이 광경을 목도한 화음현 현위는 혼비백산해 말을 채찍질해가며 도망하기 시작했다. 이같이 되고 보니, 화음현에서 나온 병정들은 저희들도 목숨이나 보전하려고 일제히 달아나기 시작했다. 사진과 세 사람의 두목들은 그 뒤를 쫓아가며, 가로막는 병정들을 죽여

치우면서 소화산 쪽으로 길을 들었다.

얼마 후에 사진의 일행은 소화산 속 산채에 들어왔다. 그들이 각각 자리에 앉아서 숨을 돌리고 있을 때, 주무는 졸개들을 불러 음식을 차리게 했다. 두목들은 저희를 구해준 은인을 대접하기에 정성을 다하는 것이었다.

그 이튿날 사진은 하루 종일 몸을 편히 쉬었다.

2, 3일 동안 이렇게 날을 보내고 생각해보니, 사진은 자기 신세가 딱했다.

'이거 일이 아닌데! 내가 도둑질하는 놈이 아닌데 여기서 머무르다니… 말이 아니지!'

그는 한숨을 쉬었다. 뜻밖에 자기 집이 포위당했던 까닭으로 세 사람을 구원해주려고 크나큰 장원을 불살라버렸으니, 이제는 재산이라곤 땅밖에 남지 아니했다.

데리고 온 하인들의 식구까지 합치면 수십 명이 거처해야 할 집이 있어야겠는데, 수십 명은커녕 자기 한 몸을 의탁할 방 한 칸도 없는 신세인 것을 생각하니, 앞길이 캄캄했다.

'앞으로 어떡하면 좋을까?'

그는 한참 동안 궁리하다가 사가촌의 일가들한테 신세 지기도 싫고, 그보다도 화음현 지역 안에서는 살 수도 없고, 해서 연전에 자신을 성의껏 가르쳐주던 왕교두 왕진 선생을 찾아갈 수밖에 없다는 결론에 도달했다.

'그래, 왕교두님을 찾아가야겠다. 나에게 진정한 무예를 가르쳐주신 선생님도 그 어른이요, 이 세상을 올바르게 살아가는 것이 사람의 길이라고 가르쳐주신 선생도 그 어른이다. 그 어른께 가서 지도를 받자.'

사진은 마침내 결심하고 두목들이 거처하는 방으로 건너갔다.

"나는 내일이라도 여기서 떠나야 하겠소. 내가 모시고 있던 사부님이 지금 관서경략부(關西經略府)에 계시니까 그리로 떠날 작정이오."

사진이 이렇게 말을 꺼내자, 주무는 말을 가로막고 입을 열었다.

"떠나시다니요? 우리들이 은인을 평생 모실 터인데, 우리를 버리시고 어디로 가신단 말씀입니까?"

"내 집이 이제 불타서 없어졌고, 화음현에서는 양민(良民) 노릇을 할 수 없게 되었으니 어떡하겠소? 이곳을 떠날 수밖에!"

"염려 마십쇼. 저희들이 다시 댁의 장원을 중수해드리죠. 그리고 토지를 경작하시는 일도 도와드리죠. 그때까지 산채에서 그대로 거처하시기 바랍니다."

"안 될 말! 내가 본시 결백한 사람으로서 부모님한테서 받은 이 몸에 어찌 조금이라도 더러운 이름을 뒤집어쓰겠소! 내가 여기 있다간, 나도 노형들같이 산적이 되는 것 아니오?"

"…."

주무는 대답을 못 했다.

사진은 자신이 거처하던 방으로 건너와 하인들이 갖고 나왔던 보따리를 끄르고 의복과 돈을 따로 꺼내놓았다.

이튿날, 사진은 주무·진달·양춘 세 사람과 작별하면서 자기 집 하인들만은 모두 산채에 머물러 있게 했다. 두목들과 하인들은 모두 섭섭해했다. 그러나 사진은 흰 헝겊으로 만든 큰 모자를 쓰고, 흰 헝겊으로 지은 전포(戰袍)를 입고, 붉은 허리띠를 매고, 행전을 치고 마혜(麻鞋)를 신은 몸차림으로 등에는 배낭 하나를 짊어지고, 허리에는 큰 칼 한 자루를 차고 산에서 내려왔다.

주무·진달·양춘 세 사람은 그 뒤를 따라 산 아래까지 내려와서는 눈물을 뿌리고 도로 올라갔다.

주먹 세 대로 살인한 노달

사진은 소화산으로부터 내려와 관서(關西) 길로 연안부(延安府)를 향하여 걸었다. 그는 밤이 되면 객줏집에서 쉬고, 날이 밝기만 하면 길을 걷기를 열흘가량 계속했다. 그러자 열흘 만에 당도한 곳이 위주(渭州)라는 큰 고을이다. 성 밖에서 이야기를 들으니, 여기에도 경략부가 있다고 한다.

'혹시 왕교두님이 이곳 경략부에 계셨으면 좋겠다.'

사진은 이런 요행을 생각하면서 성안으로 들어가보니, 성내의 규모는 번듯하여서 거리에 즐비한 것이 모두 큰 전방이다. 그는 이곳을 둘러보다가 조그마한 다방(茶房)이 눈에 띄므로 그리로 들어갔다.

사진이 한편에 놓인 걸상에 앉자마자 뚱뚱한 다방 주인이 사진 앞으로 와서,

"손님은 무슨 차를 드시겠습니까?"

라고 묻는다.

"포차(泡茶)를 주시오."

사진이 포차를 주문하니까 조금 있다가 주인은 포차를 사진 앞에 갖다놓았다.

"여보, 주인. 여기 경략부가 어디 있나요?"

사진이 다방 주인에게 이같이 물으니까, 주인은 손으로 가리키면서 대답했다.

"저기, 저기, 바로 내다보이는 저 큰 집이 경략부랍니다."

"아, 그렇습니까? 그런데 경략부 안에 서울에서 오신 교두, 왕진 선생이라고 안 계실까요?"

"저 안에 교두가 많습니다. 왕씨 성을 가진 교두만도 4명 있으니까, 어느 분이 왕진인지 알 수 있나요?"

이때, 다방 주인의 말이 끝나기도 전에 밖에서 거인(巨人) 한 사람이 뚜벅뚜벅 걸어 들어왔다. 둥그런 얼굴에 코는 주먹만큼 크고 귀는 부채만큼 크게 생겼는데, 입은 넓죽한 것이 위엄 있게 쭉 찢어졌으며, 키는 여덟 자나 되고, 허리는 서너 아름 되어 보인다. 사진은 이 사람이 군관(軍官)인 것을 직감했다. 그러자 다방 주인이 그를 보면서,

"손님이 찾으시는 왕교두님을 알아보시려면 저 어른한테 물어보십시오."

라고 한다.

사진은 즉시 일어서서 거인을 보고 예를 하고는,

"실례되오나 허물 마시고 이리로 앉으시길 바랍니다."

하고 자기 앞에 놓인 자리를 가리키며 그를 청했다.

키가 크고 얼굴이 준수하게 생긴 젊은 사람이 공손히 자기를 청하는 모양을 보고, 거인도 무관하게 생각했는지 사진 앞에 와서 앉는다.

"제가 실례를 무릅쓰고 감히 군관께 여쭈어봅니다. 존함을 누구시라고 하시는지요?"

사진이 공손하게 물으니까 거인이 대답한다.

"나요? 나는 경략부 제할(提瞎)로 있는 노달(魯達)이라는 사람이오. 그런데 노형은 뉘시오?"

"네. 저는 화음현에 사는 사진이라는 사람입니다. 이번에 스승으로

모시던 서울 80만 금군교두 왕진 선생을 찾아뵈려고 나섰던 길인데 혹시 이곳 경략부에 계시지 아니하신가 싶어서… 관인께서는 모르십니까?"

"아니, 노형이 화음현 사진이라면, 저 사가촌에 사는 구문룡 사진이 아니겠소?"

사진은 일어나서 한 번 예를 하고는,

"바로 그렇습니다."

이같이 대답했다.

"이름은 벌써부터 들었지. 내가 한번 만나보고 싶었는데 이거 잘됐네."

노달이라는 거인은 이렇게 반가운 낯빛으로 말을 계속했다.

"그런데 자네가 찾아다니는 왕교두라면, 바로 연전에 전수부 고태위한테 미움을 받고 피신해버린 그 사람 말이지?"

"네, 바로 그분이올시다."

"내가 알고 있지. 그분은 연안부 노충(老种) 경략상공께 가서 있다네. 여기 경략부는 노충 상공님의 아드님 되시는 소충(小种) 경략상공이니까. 하여간, 내 만나보고 싶던 자네를 만났으니 참 반가우네. 어디 가서 우리 한잔하세."

노달은 이렇게 말하면서 사진의 손을 잡아 이끌면서 자리에서 일어났다. 사진이 노달을 따라서 나오려니까, 다방문 앞에서 노달이 주인을 보고,

"술집에 갔다 오는 길에 차값을 줌세."

라고 한다. 주인은,

"예."

하고 허리를 굽실한다.

두 사람이 거리에 나와서 50여 보(步) 걸음을 걸었을까, 길거리에 수

십 명의 군중이 빙 둘러서서 무엇인지 재미나게 구경하고 있는 모양이 보였다. 이것을 본 사진은, 아직 나이가 젊은 탓인지, 궁금증이 났다.

"형장(兄丈), 제가 잠깐 저기서 무엇을 하는가 보고 오겠습니다."

사진은 노달한테 이렇게 말하고 군중 틈을 비집고 들어가서 보니, 어떤 사람이 기다란 막대기를 한 손에 들고 땅바닥에 놓인 십수 종류의 고약을 팔고 있는 광경이었다.

이때 사진이 고약 파는 사람의 얼굴을 자세히 보니, 그는 다른 사람 아니라 맨 처음에 자기한테 봉술을 가르쳐주던 타호장(打虎將) 이충(李忠)이라는 사람이었다. 사진은 반가웠다.

"사부님! 뵈온 지 오랩니다."

그는 여러 사람 중에서 서슴지 않고 큰소리를 질렀다.

약을 팔고 있던 이충도 사진을 바라보더니 즉시 알아보았다.

"오, 사진이 아닌가. 여기는 무슨 일로 왔나?"

두 사람이 수작하는 것을 보고 노달이 앞으로 나섰다.

"노형이 이 사람의 스승이시라면 마침 잘 되었소. 우리가 지금 한잔씩 하러 가는 길인데, 노형도 같이 갑시다."

"고맙소이다. 그렇지만 제가 지금 약을 파는 중이니 잠깐만 기다려주십시오."

"여보, 이건 농담도 분수가 있지, 약을 다 팔 때까지 기다리란 말요?"

"미안합니다. 그러나 이렇게 해야만 제가 먹고살아 간답니다. 군관께서는 먼저 저 친구를 데리고 가서 계십쇼. 그러면 나는 나중에 찾아가지요."

이충이 이렇게 말하는 것을 듣고 노달은 군중을 향해 돌아서면서 호령을 했다.

"이놈들아, 무슨 구경할 게 있어서 이러구들 서 있는 게냐. 가거라, 모두 가서 볼일들이나 보란 말야! 안 가면 주먹맛을 뵈줄 테다!"

이 소리를 듣고 군중은 모두 이 사람이 노제할이라는 것을 아는 터인지라 아무 소리 못 하고 흩어졌다.

이충은 약을 더 팔려고 하다가 뜻을 이루지 못한 것이 분한 모양이었지만, 노달의 몸집하고 목소리하고 주먹하고 도저히 상대할 수 없는 인물인 고로 싱거운 표정을 짓고,

"참, 성미도 엔간히 급하시구먼."

한마디 하고, 땅바닥에 펼쳐놓았던 약보따리를 주섬주섬 수습하여 두 사람의 뒤를 따라섰다.

노달이 앞장서서 두 사람을 데리고 들어간 곳은 개천거리 다리 모퉁이에 있는 반가(潘家)라는 유명한 술집이다. 문 앞에는 장막을 치고, 추녀 끝에는 높다랗게 깃대를 꽂고 '반가'라는 술집 광고의 포장을 달아놓았다.

세 사람은 이 집 이충으로 올라가서 좌석을 정했다. 노달이 상좌에 좌정하고 맞은편에 이충이 좌정하고, 한옆에 사진이 앉았다.

주인이 올라와서 노달을 보고 공손히 인사를 하니까, 노달이 말했다.

"이거 봐. 술하고 안주를 속히 가져와."

"술을 얼마나 가져올갑쇼?"

"큰 잔으로 마실 터이니까 우선 너 되만 가져와."

"안주는 무엇으로…?"

"잔소리하는군. 채소하고 고기하고 알아서 가져올 거지."

"네, 네."

주인은 허리를 굽실굽실하고 아래층으로 내려가더니 금시에 고기 한 접시와 더운 술 한 되를 들고 올라왔다.

노달은 이충과 사진한테도 사발만 한 큰 잔으로 권하면서 술을 마셨다. 조금 있다가 안주가 서너 접시 한꺼번에 올라왔다. 노달은 기분이 좋아서 술을 서너 잔 연거푸 마신 다음에 봉술이 어떠니, 창술(槍術)이

어뗘니 하고 지껄이기 시작했다.

그런데 이때 뜻밖에도 옆방으로부터 젊은 계집이 흐느껴가며 우는 소리가 들려왔다.

노달은 눈을 크게 뜨고 주먹으로 요리상을 꽝꽝 마구 두드리며 발을 굴렀다. 아래층에서 주인은 당황해 올라오더니 노달 앞에 두 손을 비비며 공손하게,

"부르셨습니까요?"

하고 처분을 기다렸다.

"야, 술집에는 술 먹으러 왔지, 울음소리 들으러 온 게 아니다. 그런데 어째서 옆방의 손님더러 곡을 하라고 시켰니? 내가 술값을 잘 안 주더냐?"

"천만의 말씀입죠. 옆방에 지금 있는 사람은 술좌석에서 소리하는 계집하고 그 아비 되는 사람이온데 아마 딱한 사정이 있나 봅니다. 그리고 군관께서 이 방에 오신 줄도 모르고 울음을 터뜨린 모양입니다. 죄송합니다."

"뭣이라고? 아무리 딱한 사정이 있기로서니, 여기가 울음 우는 곳이란 말인가? 좌우간 자네가 이리로 데리고 오게."

"네."

주인이 나갔다가 데리고 들어오는 사람을 보니, 과연 육십 노인과 그의 딸인 듯싶은 18, 9세 되는 젊은 계집인데, 얼굴이 썩 미인은 아니지만, 귀염성 있게 생겼다.

"그래, 무슨 곡절로 남이 술 마시는데 옆방에서 울었는가? 말해봐!"

노달이 아비와 딸을 번갈아 보며 이같이 묻자, 딸이 먼저 입을 열었다.

"저희들은 서울서 살다가 이곳 일가를 찾아서 부모님을 모시고 찾아갔더니, 공교롭게도 저희가 오기 전에 일가 집에선 남경(南京)으로 이사 갔대요. 그래 오도 가도 못하게 되었는데 어머님이 병환으로 돌아가시

고, 어쩔 도리가 없어서 중매쟁이 말만 듣고 진관서(鎭關西) 정대관인(鄭大官人)한테 첩으로 들어갔답니다. 돈 3천 관(貫)을 준다기에 먼저 그 돈을 받았다는 문서를 들여놓고 들어갔는데, 본마누라가 어찌나 몹시 구박하는지 살 수가 있어야지요. 그래 석 달도 못살고 나와버렸더니, 인제 와서는 안 살려거든 돈을 도로 내놓으라고 억지를 쓰는군요. 보시다시피 저희 부녀가 천리 타향에 와서 이 모양을 당해 어떻게 돈 많고 세력 있는 정대관인을 대항해낼 수 있겠어요. 분하고 억울하지마는 하는 수 없어 날마다 이 집에 나와서 소리를 팔아가며 그 돈으로 얼마씩 요량한 것이 아마 절반가량 갚은 셈이에요. 그런데 요새 며칠 동안 손님이 안 오시고 벌이가 없었기 때문에, 아까 아버지와 함께 신세 한탄을 하다가 그만 제 설움에 못 이겨 울음을 터뜨렸답니다. 대단히 죄송하게 되었사오니 용서해주십시오."

노달은 설명을 듣고 노인을 보고 물었다.

"그런데 영감은 성씨가 누구시고, 도대체 정대관인이라는 사람은 어디서 뭘하는 사람이오?"

이에 노인이 대답했다.

"저는 성이 김가(金哥)구요, 이 애는 취련(翠蓮)이라고 부릅니다. 정대관인으로 말씀하면, 바로 저 장원교(壯元橋) 다리에서 고깃간을 경영하는 정도(鄭屠)라는 분입지요. 별호가 진관서랍니다. 저희 부녀는 동문턱 노씨(魯氏) 객줏집에 유숙하고 있습죠."

노달은 노인의 말을 듣고 나서 주먹으로 탁자를 치면서,

"저런 죽일 놈! 정대관인이라기에 난 누군가 했더니, 그래 고기 장수 정도란 놈 말이야? 자네들 두 사람은 여기 앉아서 술을 더 마시고 있게. 내 지금 그놈을 가서 죽여 없애고 올 테니!"

이렇게 선언하고 일어섰다. 사진과 이충은 양쪽에서 노달의 팔을 붙들고 말렸다.

"고정하십시오. 오늘은 술이나 자시고, 내일 천천히 처리하십시오."

두 사람이 이렇게 말리니까 노달은 자리에 주저앉았다. 그리고 노인과 취련이를 보고 말하는 것이었다.

"그래, 내가 노자를 해줄 테니 영감은 따님을 데리고 내일이라도 서울로 돌아가실라우?"

노달의 얼굴에서는 노기가 사라지지 아니했다.

"말씀은 참으로 감사합니다마는, 저희 객줏집이 정대관인의 부탁을 받고 있는 터라, 돈을 다 갚기 전엔 저희 부녀를 놔보낼 것 같지 않은뎁쇼."

김씨 노인은 노달을 바라보며 대답했다.

"그런 건 염려 마시오. 내가 좋도록 할 거니까!"

노달은 이렇게 말하고 주머니를 털어 은전 닷 냥을 상 위에 쏟아놓으며 사진을 보고 말했다.

"여보게, 자네 돈을 좀 빌려주게. 오늘 가지고 나온 돈이 이밖에 없으니까 말야. 내일 내가 갚음세."

사진은 이 말을 듣고 일어나서 보따리를 끄르고 열 냥짜리 은전 한 개를 갖다가 노달 앞에 놓고는,

"갚으실 거 없습니다. 나도 내놓습니다."

선선히 말하는 것이었다.

노달이 이번엔 이충을 바라보면서 말했다.

"노형도 돈을 좀 보태시오. 내가 내일 갚으리다."

이충은 한참 동안 주물럭거리다가 겨우 은전 두 냥을 내놓았다.

이놈이 이렇게 인색한 놈인가 싶어서, 노달은 그 돈을 집지도 않고 열닷 냥만 집어서는 김씨 노인한테 주면서 말했다.

"자, 이 돈을 집어넣고 객줏집에 돌아가서 짐이나 꾸려놓으시오. 두 사람이 내일 아무 탈 없이 떠날 수 있도록 내가 아침 일찍이 찾아가리

다.”

“감사합니다. 이런 고마우신 처분을….”

“은혜는 참으로 백골난망입니다.”

김씨 노인과 그의 딸 취련이는 노달한테 절을 하고서 아래로 내려갔다.

노인과 딸이 내려간 뒤에 노달은 상 위에서 이충이 내놓은 두 냥 은전을 집어 그것을 이충에게 도로 주면서,

“옜소. 도로 집어넣으시오.”

라고 했다. 그의 얼굴은 불쾌한 표정이다. 그러나 이충은 그 돈을 받아 도로 호주머니에 집어넣는 것이었다.

“술이나 조금 더 합시다.”

노달은 또 술을 청했다. 그리고 계속해서 두 되를 더 마시고 세 사람은 아래층으로 내려왔다.

“이거 봐, 주인. 술값은 내일 보내줄 테니 그런 줄 알란 말야.”

“네, 네. 그렇게 합쇼.”

노달은 앞장서서 술집을 나오고, 두 사람은 그 뒤를 따라서 거리로 나왔다.

“난 집으로 가겠네. 또 만나세.”

앞에 서서 휘적휘적 걸어가던 노달이 뒤를 돌아보고 이같이 말하므로 사진과 이충도 노달에게 인사하고, 그리고 두 사람도 작별 인사를 한 후 각각 객줏집으로 돌아갔다. 노달은 경략부 앞에 있는 자기 처소로 돌아와서 기분이 좋지 않아 저녁밥도 먹지 않고 자리에 드러누워서는 더운 숨만 후후 내뿜었다.

한편, 노달에게서 열닷 냥을 얻어 객줏집에 돌아온 김씨 노인과 취련은, 객줏집 주인한테 밀렸던 방세를 지불하고, 쌀가게와 나뭇장에 외상값도 갚고, 저녁밥을 지어 먹은 후 한시바삐 내일 아침이 되기만 고대했다.

다음 날 아침이 무사히 밝았다. 취련은 일찌감치 밥을 지어 늙은 아버지와 함께 식사를 마친 후, 부랴부랴 설거지를 하고서 보따리 속에 그릇을 싸서 넣었다. 떠날 준비를 끝마치고 있을 때 밖에서,

"주인 있소? 이 집에 김씨 노인이 그의 딸하고 같이 묵고 있는데, 어느 방이오?"

커다란 목소리로 묻는 소리가 들렸다. 그러자 방문이 열리고 집주인이 노달과 함께 밖에 섰다.

김씨 노인은 황망해서,

"오셨습니까? 이리 들어오셔서 여기 앉으십시오."

하고 노달에게 인사했다.

"앉으라니, 지금 앉아 있을 땐가? 짐은 다 꾸렸소?"

"네."

"그럼, 떠나지. 앉아 있을 거 있나!"

"네, 네. 이 은혜를 무엇으로 갚아야 할지 모르겠습니다. 감사합니다. 안녕히 계십시오."

김씨 노인과 취련은 똑같은 말로 노달을 향해서 백 배 사례하고 난 후, 보따리를 메고 들고서 문을 나섰다. 부녀가 객줏집 대문간을 나서려니까, 객줏집 상노 녀석이 두 사람의 앞을 딱 막아서면서,

"못 나갑니다!"

하고 그들을 붙들었다. 노달은 이 광경을 보고서 즉시 상노 앞으로 다가섰다.

"이 사람들을 왜 못 나가게 하나? 방세가 셈이 안 돼서 그러니?"

노달은 이렇게 물었다.

"아니올시다. 저희 집 셈은 다 됐지오만, 정대관인한테 아직 셈이 남아서 그럽죠."

"그래? 그건 이따가 내가 정도하고 셈을 할 거니까 이분들은 어서 떠

나게 해라.”

“안 돼요! 그냥 보냈다간 나중에 제가 정대관인한테 야단맞아요!”

“이놈이!”

하고 노달은 손바닥으로 상노 녀석의 이마빡을 쳤다. 상노는 뒤로 자빠질 뻔하다가 간신히 몸을 가누기는 하는데 입으로는 피를 토하는 것을, 이번엔 주먹으로 볼따구니를 후려갈기니까 상노는,

“에쿠!”

하면서 땅바닥에 쓰러지는데 벌써 앞니 두 개가 부러졌다. 상노는 두 손으로 땅바닥을 짚고 엉금엉금 기는 시늉을 하다가 그만 벌떡 일어나 뒤꼍으로 도망질쳐버렸다. 이 모양을 멀찌감치 떨어져서 관망하던 객줏집 주인은 허둥허둥 안으로 뛰어들어가 문을 닫아걸고 숨어버린다. 이러는 동안에 김씨 노인과 취련이는 객줏집으로부터 빠져나와 큰길로 달음질쳤다.

노달은 그들이 나간 뒤 사방을 휘이 둘러보고 나서,

‘아무 놈도 못 쫓아가게 해야지!’

하고, 즉시 마당 한편 구석에 가서 쭈그리고 앉아버렸다. 뒤꼍에서도 사람이 빠져나가지 못할 만큼 잘 보이는 구석이었다.

이렇게 그는 두어 시각 쭈그리고 앉았다가,

‘지금쯤은 꽤 멀리 내뺐겠지!’

하고 일어섰다. 그리고 그는 큰길로 나와 장원교 다릿목에 있는 정도의 고깃간으로 향했다.

이때 정도는 고깃간에 있었다. 살찐 돼지다리와 갈비를 주렁주렁 매달아놓고서, 정도는 문간에 조그만 걸상을 놓고 앉아 있었는데 노달은 그 문 앞에 당도하기도 전에,

“정도 있나?”

하고 고깃간 주인을 찾는 것이었다. 정도가 문밖을 내다보니 다른 사

람 아닌 노달인지라 그는 허둥지둥 일어나서,

"날새 안녕합쇼. 심부름하는 놈이 어디 가고 없어서 집 지키느라고 그만…, 용서합쇼. 이리로 앉으십쇼."

하고 걸상을 내놓았다. 노달은 걸상에 걸터앉으면서 말했다.

"내가 지금 경략상공 분부를 받들고서 나왔네. 고기를 주는데, 비계는 빼고 살로만 열 근을 잘게 썰어주게."

"그럼, 관인께서 이 중에서 어느 것이 좋겠는지 골라주십쇼."

"내가 어떻게 아나. 자네가 고기를 더 잘 알 걸세. 잔말 말고 썰란 말야."

"네, 네."

정도가 갈고리에 매달린 돼지다리를 내려놓고서 한참 고기를 썰고 있을 때, 객줏집 상노 녀석이 얼굴을 헝겊으로 싸맨 채, 취련이 부녀가 도망갔다는 보고를 할 작정으로 고깃간으로 찾아오다가, 문간에 노달이 앉아 있는 것을 보고는 질겁을 해서 얼른 나무 그늘 밑으로 숨어버렸다. 그리고 먼빛으로 동정을 살피는 것이었다. 정도는 고기를 한참 동안 썰어 연잎으로 싼 다음에,

"아이를 시켜서 갖다 드릴갑쇼?"

하고 묻는다.

"아닐세, 또 있네. 이번엔 살코기를 빼고 비계만 열 근 잘게 썰어주게."

"살코기만 썬 것 가지고는 만두 속에 넣으시겠지만, 비계만 썰어선 쓰일 데가 없는뎁쇼."

노달은 이 말을 듣고 눈을 왕방울같이 크게 뜨고 호령했다.

"상공께서 그렇게 해오시라는 분부란 말야! 무슨 잔말이야."

정도는 움찔해서 입을 벌리지 못하고 이번엔 비계만 골라서 잘게 썰어 열 근을 만들어 연잎에 쌌다. 이때 고깃간 심부름하는 아이가 들어

왔다.

"그럼 지금 아이가 왔으니, 아이한테 보낼갑쇼?"

정도가 또 이렇게 물으니까, 노달은 태연한 어조로 말했다.

"아니야, 또 있네. 이번엔 살도 비계도 말고, 연골을 잘게 썰어서 열 근을 싸주게. 뼈다귀에 살점이 조금이라도 붙어 있으면 못 쓰네."

이때 정도는 기막힌 듯 픽 웃으면서,

"이건 일부러 날 조롱하시는 셈입니까?"

하고 노달을 바라보았다.

노달은 벌떡 일어서면서 우레 같은 소리로,

"오냐, 그래. 조롱으로 그랬다!"

그리고 비계 열 근, 살코기 열 근의 두 뭉치를 집어 정도의 낯짝에다 던져버렸다. 그리고 잘게 썬 고기가 빗방울같이 쏟아지는 것을 못 본 체하면서 노달은 휘적휘적 걸어가버렸다.

정도는 너무도 분했다. 발목 끝에서 정수리 꼭대기까지 화산 터지듯이 분통이 터진 그는, 실경 위에 있는 뼈다귀 써는 커다란 칼을 집어들고 쫓아나갔다. 직업은 비록 백정 노릇을 할망정, 재산이 끔찍이 많은 까닭으로 남들이 모두 '대관인(大官人)'이라고 존칭하는 터이니, 경략부의 제할 따위한테서 이 같은 모욕을 당할 수 없었던 것이다.

정도는 길거리로 달려오더니 오른손에 칼을 들고, 왼손으로는 노달의 옷자락을 꽉 붙들었다. 이때 이웃 사람과 길 가던 사람들은 웬일인지 몰라서 옹기종기 모여 섰지만 아무도 가까이 오지 못했다.

정도한테 옷자락을 붙들린 노달은 이때 돌아서면서 정도의 배때기를 걷어찼다. 정도가 땅바닥에 자빠져버리자 노달은 한쪽 발로 정도의 손을 걷어차서 그 손에 쥐어졌던 칼을 멀찌감치 떨어지게 한 후, 한 발을 정도의 가슴 위에 올려놓고 호령을 했다.

"네 이놈! 네가 노충 경략상공한테 나아가서 관서오로겸방사(關西五

路兼訪使)나 지냈다면 진관서래도 미친놈 소리는 아니겠다만 돼지고기나 팔아먹고 있는 개 같은 놈이 아니꼽게 진관서가 다 뭐냐! 그리고 네 이놈, 취련이는 왜 속여서 들볶고 못살게 굴었니!"

그리고 노달은 주먹으로 정도의 콧잔등을 내리쳤다. 코허리는 부러져서 납작해지고 얼굴은 피투성이가 되어서 마치 기름간장 전방을 벌여놓은 꼴이라, 짠 것·신 것·매운 것이 줄줄 흘러나왔다.

정도는 일어나보려고 애를 쓰는 모양이었으나 가슴을 밟히고 있는 까닭에 꼼짝달싹 못하고, 칼을 더듬어보았으나 손에 잡히지도 않는 모양이다. 그는 안간힘을 쓰면서 소리 질렀다.

"사람 잘 친다!"

이 소리를 듣고 노달은 다시 주먹을 쳐들고서,

"이 도둑놈아, 뭐라고 했니!"

그리고 미간을 쥐어박았다. 정도의 이마빼기는 쪼개지고 눈깔이 밖으로 튀어나왔다. 그 꼴은 마치 물감 파는 집을 벌여놓은 것처럼 분홍, 검정, 진홍물이 한꺼번에 흘러나왔다.

이때, 길가 좌우에 모여서 이같이 끔찍한 광경을 보고 있던 사람들은 모두들 노달이 무서워 감히 나서서 말리지도 못했다.

정도는 지금 죽어가면서도 애걸했다.

"잘못했수… 살려주….'

노달은 이 소리를 듣고 다시 주먹을 쳐들었다.

"이놈! 인제 와서 살려달라고? 어림도 없어! 내가 너를 용서할 줄 아느냐?"

이같이 호령하고 이번엔 정수리를 내리쳤다. 정도의 대갈통은 빠개졌으니, 마치 군사도장(軍事道場)을 열어젖힌 듯 쇳소리·방울 소리·징 소리가 한꺼번에 들리는 것 같았다.

이같이 하고 나서 노달이 내려다보니, 정도는 이미 사지를 쭉 뻗고 죽어버렸다. 이 꼴을 보고 그는 생각했다.

'가만있자. 이놈이 기운 꼴이나 쓰는 놈이라더니, 불과 주먹 세 대에 죽어버린다. 그런데 살인을 했으니 내가 이대로 있다가는 몸이 위태로울 것 아닌가. 어디로 피할 도리를 차려야겠다.'

이같이 마음을 작정하고 노달은 정도의 몸뚱어리로부터 한 걸음 물러서면서,

"네 이놈! 네가 죽은 체하지만, 내가 속을 줄 아니? 내가 속을 줄 알아?"

커다란 소리로 이렇게 꾸짖으며 돌아서서 그 자리를 떠났다. 그리고 댓 발자국 가다가는 돌아다보면서,

"내가 속을 줄 알아! 다시 만나자."

호령하기를 계속했다. 이 모양을 보는 사람은 많아도 감히 달려들어서 노달을 붙들려는 사람은 하나도 없었다.

노달은 빠른 걸음으로 사처에 돌아와서 보따리를 부랴부랴 꾸리기 시작했다.

헌옷을 다 내버리고, 깨끗한 의복 몇 가지와 노잣돈만 가뿐하게 뭉친 다음, 보자기를 펴놓고 돌돌 말아 한쪽 어깨에 둘러멘 후 몽둥이 한 개를 한 손에 집어든 채 그대로 남문(南門) 밖으로 도망해버렸다.

한편, 정도가 타살당하는 광경을 덜덜 떨면서 바라보기만 하던 고깃간 심부름꾼 아이는, 노달이 가버린 뒤에 땅바닥에 뻗어버린 주인의 시체를 붙들고 행여나 소생시킬 수 있을까 하여 반나절 동안이나 백방으로 애써보았으나 이미 죽은 목숨은 돌아오지 아니했다.

이웃 사람들도 그를 도와서 구호에 힘쓰다가 절망하고서 고소장을 만들어 주아(州衙)에 고발했다. 그리하여 고소장을 받은 부윤(府尹)은 경략상공한테 사실을 보고하고 재가를 얻은 후 각처로 공문을 띄웠다. 살인범 노달을 잡는 사람에게는 1천 관의 상금을 내린다는 것인데, 거

기에는 노달의 용모와 연령과 관적(貫籍)도 세세히 기록되었다.

이 같은 문서를 받은 각 지방에서는 거리거리에 방문을 붙이도록 했다.

우연한 동기로 살인을 하고 위주에서 도망한 노달은 정처 없이 이리저리 공연히 바쁜 사람처럼 벌써 여러 고을을 지나왔다. 이렇게 정처 없이 아무 데로나 걸어오기를 보름 동안 계속했을 때, 이날 당도한 곳이 대주(代州) 안문현(雁門縣)이라는 고을이다. 그런데 이 고을은 큰 고을이어서 시가가 정돈되고, 거리에는 상점이 즐비하고, 큰길에는 수레가 번잡하게 왕래하는 곳이다.

노달은 성안에 들어와서 이 같은 광경을 구경하면서 걸어가다가 네거리에 당도하니 길가에 높다랗게 게시판이 걸렸는데 그 앞에 사람들이 옹기중기 모여 섰는지라, 그도 발을 멈추고서 게시판을 바라보았다.

그러나 그는 본시 글을 배운 일이 없기 때문에 방문에 무엇이라 쓰여 있는지 알아볼 수가 없었다. 그래서 그는 귀를 기울이고 다른 사람이 방문 읽는 소리를 가만히 엿들어보았더니, 그것이 바로 자기를 잡으라는 글발인 고로 가슴이 덜컥했다.

'나를 잡는 놈한테 1천 관의 상금을 준다고!'

어느 틈에 자기 목에 상금까지 걸렸는가…, 노달이 은근히 걱정하고 있는 순간,

"아, 장대가(張大哥) 아니시오? 여기는 언제 오셨소?"

하고 누가 등 뒤에서 이같이 인사하면서 노달의 한쪽 팔을 덥석 잡더니 사람들 틈에서 그를 끌어내 네거리 길 저편으로 건너가는 것이다. 노달은 영문도 모르는 채 그대로 길을 건너가서야 그 사람의 얼굴을 자세히 보니, 뜻밖에도 취련의 아버지 김씨 노인이다. 노달은 반가운 표정으로 싱그레 웃었다.

"원, 나으리도. 담대하셔도 분수가 있지. 아, 그래, 나으리를 잡으라는 방문 아래 태연하게 계신단 말씀이오? 대체 무슨 일로 여기까지 오셨나

요?"

김씨 노인은 걱정스러운 표정에 나직한 음성으로 묻는다.

"나야 그날 영감하고 작별하고서 그길로 장원교 다리로 가서 정도를 때려죽이고 보니, 살인죄를 범했단 말야. 그래 도망해서 여기까지 왔지. 그런데 영감은 서울로 가겠다더니 어째서 여기 와 있소?"

"처음엔 서울로 돌아가려고 생각했습죠. 그러나 다시 생각해보니까 은인께서 우리 두 식구를 살아나게 해주셨지만, 또 정도란 놈이 뒤쫓아오면 못살겠다 싶어서, 그래서 이리로 길을 바꾸었습니다. 다행히 이곳에 오니까 예전에 이웃해서 같이 살던 사람을 만났어요. 그 사람이 중매쟁이가 되어 조원외(趙員外)라는 부자한테 딸년이 소실로 들어갔답니다. 그리고 조원외가 갑부니까요, 지금은 저희 부녀가 아무 걱정 없이 잘살고 있는데… 이게 모두 다 나으리가 베풀어주신 은덕 아니겠어요? 하여간 제 집으로 가시지요. 가셔서 앞일을 어떻게 조처할까 상의해보십시다요."

김씨 노인이 이렇게 말하고 손목을 쥐고 이끄는 대로 노달은 그를 따라서 걸어갔다.

한 마장쯤 걸었을까, 김씨 노인은 문전이 깨끗한 어떤 집 대문을 열고 안으로 들어가면서,

"애야, 어서 나오너라. 은인이 오셨다!"

하고 큰소리로 자기 딸을 부르는 것이다.

안으로부터 취련이 황망히 나오더니 노달을 방 안으로 모시고 들어가서는 절을 여섯 번이나 하고 나서,

"은인께서 저희를 구해주시지 않았더라면, 어찌 오늘날 저희가 이렇게 살겠습니까? 대인께서는 잠시 누상(樓上)으로 올라가 좌정하시기 바랍니다."

라고 말하는 것이었다.

"아니, 그럴 거 없지. 여기 잠깐 앉았다 가봐야지."

노달은 제법 돌아갈 집이나 있는 사람처럼 태연한 얼굴이다.

"그러지 마십쇼. 가시긴 어디로 가십니까. 아까 거리에 나붙은 방문을 못 보셨습니까? 몸조심하셔야지요. 자, 어서 누상으로 올라가십쇼."

김씨 노인은 또다시 노달의 손을 이끌고 이층으로 올라가서 자리에 좌정시킨 후, 그는 아래로 내려와서 자기 딸을 보고,

"아가, 너는 나으리를 모시고 있거라. 내 얼른 가서 장을 보아올 테니까."

하고 수선을 떤다.

"여보 김씨, 공연히 돈 쓰지 마시오. 되레 내가 불안해요."

"천만의 말씀을… 나으리께 받은 은혜를 갚으려면 저희가 살점을 베어낸대도 못 다 갚겠는데 그런 말씀 마십쇼. 쓴 술 한잔 대접해 올리려는 것을 가지고 무얼 그러십니까?"

김씨 노인은 밖으로 나갔다.

취련이는 하인을 데리고 부엌에서 음식을 장만하기 시작했다.

얼마 지나지 아니해서 취련이와 그의 아버지는 젊은 계집 하인한테 상을 들려 이층으로 올라오는데, 양쪽에서 두 사람이 무겁게 들고 왔다. 상 위에는 채소와 생선과 고기는 물론이요, 눈계(嫩鷄)·양아(釀鵝)·비자(肥鮓) 같은 값진 음식과 신선한 과실 등 없는 것이 없다. 그리고 은잔 세 개가 놓였다.

상을 노달 앞에 차려놓고 나서 먼저 취련이가 노달에게 술 한 잔을 따라놓고는 마룻바닥에 엎드려 절을 하고, 그다음에 김씨 노인도 그같이 하므로,

"이거 왜 이러시오? 무슨 망령이시오."

하고 노달은 노인을 붙들어 일으키려 했다. 그러나 김씨 노인은 절하기를 끝마치고 일어나서,

"저희가요, 은인께서 저희를 구해주신 뒤로, 날마다 어디서든지 아침 저녁으로 향불을 피우고 술 한 잔 부어놓고 은인께 감사드리는 절을 해왔답니다. 지금 은인께서 제 집에 오셨는데, 어찌 절을 안 하겠습니까?"

이같이 말한다.

"참, 요새 세상에서는 드물게 보는 갸륵한 사람들이외다."

노달은 감격했다. 그리고 기분이 좋았다. 그는 술 한 잔을 마시고 노인한테 술을 권했다.

세 사람이 이런 이야기 저런 이야기 해가면서 천천히 술을 마시는 동안에 어느덧 해는 저물었는데, 이때 별안간 바깥 큰길 거리에서 요란한 소리가 들리더니,

"붙들어 내려라!"

"잡아와!"

이런 소리가 크게 들렸다.

노달이 이상히 생각하고 창문을 열고 내려다보니, 대문 앞에 수십 명의 장정들이 손에 몽둥이를 한 개씩 들고 있고, 그 가운데 말 탄 사람 하나가 마상에서 그들을 지휘하고 있다.

'이놈들이 나를 잡으러 온 모양이군!'

노달은 이렇게 직감하고, 자기가 들고 다니는 몽둥이를 집어들고는 이층 창문으로부터 바깥 큰길로 뛰어내리려고 했다.

"어째 이러십니까! 잠깐 참으십쇼."

이때 김씨 노인이 얼른 일어나서 노달을 끌어안아 다시 자리에 앉힌 후에,

"제가 내려갔다 올 테니 고정하고 계십쇼."

이같이 말하고 그는 아래로 내려가더니 대문 밖으로 나가서 말 탄 사람을 보고 무엇이라고 가만가만 몇 마디 말을 하는 것이었다. 그러자 말 탄 사람은 긴장했던 표정이 풀어지면서 유쾌한 듯이 너털웃음을 웃

어쭙힌다.

"허허허. 얘들아, 너희들은 모두들 돌아가거라."

말 탄 사람은 자기가 거느리고 왔던 장정들을 보고 이같이 명령하고서는 즉시 김씨 노인을 따라서 안으로 들어왔다. 그를 이층으로 데리고 올라온 김씨 노인은,

"이 어른이 노제할이시네."

하고 노달을 가리켰다. 그러자 그 사람은 노달 앞에 넙죽 엎드려 절을 하면서,

"천하에 고명하신 의사(義士)를 이렇게 만나뵈오니 영광입니다."

라고 하는 것이었다.

노달은 어찌된 영문인지 몰라서 눈이 휘둥그레져 김씨 노인을 보고 물었다.

"이 양반이 뉘신데 이게 웬일인가요?"

"이 사람이 내 딸년의 주인 되는 사람입니다. 아까 말씀드린 조원외라는 사람인데 취련이가 딴 사내를 집에 끌어들여 술을 같이 먹는다고 어떤 것이 아마 고자질을 했던가 봐요. 그래서 장정들을 데리고 와서 요정지을 작정을 했던 것이라는데 제가 나가서 사실을 이야기했더니, 당장 의심이 풀어져 이렇게 좋아하는 것이랍니다."

김씨 노인이 설명하는 것을 듣고서, 노달은 비로소 전후 사정을 깨달았다.

"제가 그전부터 제할 어른의 존함은 익히 모셔듣고 있습니다. 오늘 뜻밖에 하늘이 이같이 존안과 대면케 해주시니, 참으로 영광스럽습니다."

조원외가 일어나 앉으면서 또 이같이 말하는 것이었다.

"고마운 말씀. 그러나 나는 본시 용렬한 사람으로 이번엔 죽을죄를 저지른 사람이외다. 다행히 버리지 않고 알아주신다면, 그런 영광이 없

겠소이다."

노달이 이렇게 대꾸하자, 조원외는 입이 찢어지게 좋아하면서 술 한 잔을 따라 올리면서 묻는다.

"그런데 이번엔 정도란 놈을 주먹 세 대로 타살하셨다더군요?"

이야기가 이렇게 시작되니까 노달은 전후 경과 이야기를 늘어놓게 되어, 봉술이 어떠하다느니 창법이 어떠하다느니 이야기는 한량없이 길어졌다.

밤이 깊은 후 그들은 각각 자리에 들어가서 곤히 잠자고 이튿날 아침에 일어났다.

아침 식사를 마친 뒤에 조원외가 노달에게 말했다.

"제 말씀 좀 들어보십시오. 여기는 조용하지 못한 곳입니다. 잠시 동안 제 집 별장에 가서 은신하고 계십시오."

"별장이 어디 있습니까?"

"여기서 한 10리 떨어진 곳이죠. 칠보촌(七寶村)이라는 곳입니다."

"그럼 그게 좋겠군요."

노달이 쾌히 승낙하자 조원외는 하인을 불러 먼저 별장으로 나가서 통지하라 하고, 말 한 필을 가져오게 했다.

조금 있다가 말을 끌고 왔으므로 노달은 김씨 노인과 취련에게 작별 인사를 하고 말에 올라탔다. 그리고 조원외와 함께 성 밖 칠보촌으로 향했다.

천천히 행진해서 칠보촌에 도착한 것이 오정 때였다. 조원외는 별장 문 앞에 이르러서 먼저 말에서 내려 노달을 부축해 내린 후 손목을 이끌고 안으로 들어가서 후원 초당으로 올라갔다. 하인들은 물을 끓이고, 도마에 고기를 다지고, 요리를 장만하느라고 부산했다. 그러더니 얼마 지나지 아니해서 술상이 들어왔다.

"자, 시장하셨겠습니다. 우선 한 잔 드시지요."

하며 조원외가 음식을 권했다.

"원외가 이렇게까지 이 사람에게 관대하시니, 이걸 내가 어떻게 보답해야 할지 모르겠소이다."

"별말씀을… 아예, 그런 말씀 마십쇼."

두 사람은 서로 환담하면서 점심을 배부르게 먹었다.

이날부터 노달은 조원외와 함께 별장에 거처하기를 5, 6일 했는데, 이레째 되는 날, 두 사람이 별장 안의 서원(書院)에 마주 앉아서 한담하고 있을 때, 뜻밖에도 김씨 노인이 바쁜 걸음으로 별장 문을 들어서서 서원으로 향해 올라오는 것이었다.

두 사람이 한가지로 궁금증을 품고 앉았노라니까, 김씨 노인은 서원에 들어서면서 노달을 보고 말했다.

"요전 날 제 집에서 나으리가 한잔 하시고 계실 때, 밖에서 장정들이 떠들었던 소동이 있잖았습니까? 그 때문에 아무래도 제 집에 수상한 사람이 왔었다고 이렇게 혐의가 붙은 모양입니다. 그래서 어제는 관가에서 보낸 듯싶은 사람이 서너 명 제 집 근처에 와서 이웃 사람들한테서 여러 가지로 저희 집 이야기를 탐문하고 돌아갔답니다. 혹시나 나으리께 화가 미칠까 싶어서 이렇게 달려왔습니다."

노달은 이 말을 듣고서,

"그럼, 지금 곧 내가 여기서 떠나면 그만이지."

태연하게 말했다.

"천만에… 이대로 떠나시게 한대서야 저희들이 도리에 벗어나는 사람이지요. 그렇다고 모시고 있자니 만일의 변이라도 생긴다면 그도 안 될 일이고, 한 가지 만무일실(萬無一失)의 안신피난(安身避難)할 자리가 생각납니다마는, 제할께서 들어주실는지 모르겠습니다."

조원외는 이렇게 말하고 노달의 기색을 살폈다.

"나야 죽을죄를 저지른 사람이니까, 피난되는 길이라면 무슨 길인들

못 가겠소이까?"

"정말 그러시다면 좋습니다. 여기서 한 30리쯤 걸어가면 오대산(五臺山)이 있고, 산 위에 문수원(文殊院)이라는 절이 있는데, 본시 문수보살 도장(道場)이지요. 중이 지금은 5, 6백 명 있을 겁니다. 여기 주지(主持)로 계신 지진장로(智眞長老)하고 저하고는 친형제 간이나 다름없는 각별한 사이입니다. 저희 집 조상께서 이 절을 이룩할 때부터 돈을 많이 시주하시고, 대대로 친밀하게 지내온 까닭이죠. 제할께서 출가(出家)하실 결심만 하신다면, 이곳에 가서 계시는 것이 몸을 숨기시는 데는 그중 제일이라고 믿습니다. 모든 비용은 제가 뒤에서 담당할 것이니, 마음 놓으시고 그렇게 해보시지 않겠습니까?"

조원외의 말을 듣고 노달은 고개를 갸우뚱하고 생각해보았다.

'머리를 깎고 중이 된다? 몸을 숨기자면 그렇게라도 해야지!'

이밖에 별다른 궁리가 생기지 아니하므로,

"이왕 여기까지 와서 원외 양반의 신세를 졌으니, 원외 말씀대로 머리 깎고 중이 되죠."

노달은 쾌히 대답했다.

방침이 결정되었는지라, 조원외는 문수원에 선사할 예물로써 주단 포목을 사들이게 하고, 노달의 승복(僧服)도 짓게 하고, 과실도 사들인 후 이튿날 아침엔 두 사람이 각각 가마를 타고서 별장을 떠났다. 그전에 먼저 하인을 문수암으로 달려가도록 했었으니까, 조원외와 노달이 타고 오는 가마가 절 앞에 가까이 이르렀을 때엔, 문수원으로부터는 벌써 도사(都寺)·감사(監寺)가 절문 입구까지 나와서 기다리고 있었다.

조원외와 노달은 가마를 땅 위에 내려놓게 한 후 밖으로 나왔다. 도사·감사는 두 사람을 보고 합장 배례하면서,

"이리로 올라오십시오."

하고 길을 인도하는 것이었다. 인도하는 곳은 절문 밖에 있는 언덕

위 정자였다.

두 사람이 정자에 올라가서 좌정하자, 나이 칠십이나 되어 보이는 지진장로가 수좌(首座)와 시자(侍者)를 데리고 절문 밖으로 나오더니, 정자에 올라와서 조원외 앞에 합장 배례했다.

"원로에 오시느라고 불편하셨겠습니다."

그리고 이같이 인사한다. 조원외도 일어서서 합장하고 대답했다.

"약간 상의할 말씀이라기보다 스님께 간청해야 할 일이 있어서, 뵈오러 왔습니다."

"말씀은 천천히 하시고 방장(方丈)에 들어오셔서 차나 좀 드시기 바랍니다. 내려가시지요."

지진장로의 음성은 정중했다. 조원외와 노달은 즉시 스님의 뒤를 따라서 정자로부터 내려와 절문 안으로 들어서서 낙락장송 밑으로 걸어 올라갔다.

불문에 들어선 노지심

지진장로는 석장(錫杖)을 짚고 앞서서 걸어오다가 대웅전(大雄殿)을 지나 방장 앞에 이르러 먼저 신발을 벗고 안으로 들어가며 두 사람을 보고,

"들어오시기 바랍니다."

하고 객석으로 인도했다. 조원외가 앞서서 방장 안에 들어가자 뒤따라서 노달이 성큼 들어서더니, 아래쪽 수좌의 자리에 가서 털썩 주저앉았다.

조원외가 이 모양을 보고 노달의 귀에다 입을 대고 가만히 일렀다.

"당신이 출가하기로 작정한 이상, 어떻게 스님 곁에 가서 감히 대좌(對坐)한단 말이오?"

"내가 몰랐지요!"

노달은 얼른 일어나 조원외 곁으로 와서 등 뒤에 서버렸다. 그러자 수좌·감사·도사·시자·지객(知客)·서기 들이 한 사람씩 한 사람씩 조용조용히 들어와서 동서양반(東西兩班)으로 지진장로의 좌우에 시립(侍立)하는 것이었다. 이때 조원외의 하인들이 예물 보따리를 들고 올라와서 스님 앞에 공손히 바쳤다.

"절에도 물건이 풍족한데, 무슨 예물을 또 이렇게 많이 가져오셨습

니까?"

"변변치 않은 물건들입니다. 빈손으로 올 수 없어서 가져온 것이니 거두어두시기 바랍니다."

"감사합니다. 나무아미타불…."

지진장로는 합장 묵념한 뒤에 상재를 불러 물건을 다락에 갖다두라 하는 것이었다. 상재가 물건을 운반해간 뒤에 조원외가 입을 열었다.

"오늘 제가 스님을 뵈러 온 것은 한 가지 소원이 있어서 찾아온 것입니다. 다름이 아니라, 제가 형님같이 섬기는 이 사람의 머리를 깎이시고 중이 되게 하셔 데리고 계시었으면 그런 다행한 일이 없겠습니다. 이 사람은 본래 군관(軍官) 출신인데, 뜻한 바 있어 속세를 떠나버리기로 작정했습니다. 스님께서는 대자대비하신 은덕을 베푸시기 바랍니다."

이 말을 듣고 지진장로는,

"관세음보살, 노승(老僧)의 일이 그러한 일이 아니오니까? 모두 다 인연(因緣)입니다. 좋습니다. 염려 마시고 차나 드시지요."

하고 상재로 하여금 차를 올리게 했다. 조원외와 노달은 찻잔을 두 손으로 받쳐들고서 차를 마셨다.

두 사람이 차를 마시고 있을 때, 지진장로를 모시고 섰던 감사·도사·수좌는 한 사람씩 슬슬 물러갔다. 그리고 그들은 방장에서 나와서 저희끼리 수군거렸다.

"수좌, 나 보기엔 저 사람을 산(山)에 들이지 않는 게 좋겠소."

"나도 그렇게 생각한단 말야. 불문(佛門)에 들겠다는 사람이, 저렇게 눈알이 흉악해서야 어떻게 하겠소."

"나도 좋게 보지 않았어!"

"그럼, 저 사람들을 잠시 객관(客館)으로 옮기게 하고서, 장로께 우리가 진정을 말씀드립시다."

"그렇게 합시다."

그들은 서로 합의하고, 다시 방장으로 들어와서 조원외와 노달을 객관으로 옮기게 한 후 지진장로한테 저희들의 뜻을 고했다. 노달의 얼굴이 추악한데 더구나 눈깔이 흉맹스러워서 산문에 두었다가는 여러 가지로 걱정거리가 될 것이니, 애당초 저런 사람은 받아들이지 않는 것이 상책이겠다는 것이 그들의 주장이었다.

지진장로는 그들의 주장을 다 듣고 나서 입을 열었다.

"그러나 저 사람은 조원외가 형제같이 생각한다는 사람이라 말하지 않던가? 그러니까 조원외의 낯도 세워야지. 가만있어, 내가 한번 알아보고서 결정할 때까지 기다리라고."

지진장로는 이렇게 말하고 자리에서 일어나 향로상 앞에 가서 향로에 향을 피우고 그 앞에 무릎을 꿇고 단정히 앉더니, 합장하고 입속으로 염불하면서 눈을 감고 정성을 들이는 것이었다. 엄숙한 분위기가 방장 안에 가득해졌다.

조금 있다가 지진장로는 여러 사람 앞으로 가까이 와서,

"저 사람을 걱정하지 말라. 저 사람의 영혼은 하늘의 별같이 맑고, 마음은 땅속같이 굳건만, 다만 때를 흉하게 만났기 때문에 풍파에 싸였을 뿐, 미구에 맑고 깨끗하고 뛰어난 사람이 될 것이니, 그때엔 그대들이 못 당할 만큼 비범한 인물이 될 걸세. 지금 내 말을 잊지 말아야 해!"

라고 했다. 도사·감사·수좌가 모두 입을 다물어버렸다. 노달을 받아들이지 말자고 주장한댔자, 장로가 듣지 않을 것이 확실한 까닭이었다.

지진장로는 즉시 노달에게 내려줄 승의(僧衣)·승모(僧帽)·승혜(僧鞋)·가사(袈裟)를 마련하라고 지시하는 한편, 내일모레가 길일(吉日)이니까 이날 노달로 하여금 머리를 깎고 중이 되는 법식(法式)을 올리게 하라고 분부했다.

하루 지나 마침내 노달의 법식을 거행하는 시각이 되었다. 넓고 넓은 법당 안과 뜰아래에는 5, 6백 명의 중들이 동서(東西)로 정렬하고 섰는

데, 종소리가 은은히 울리자 그들은 모두 두 손을 모아 합장하고 법좌(法座)를 향해 절을 했다. 법좌 위에는 지진장로가 조용히 앉아 있었다.

조원외가 먼저 법좌 앞으로 걸어나가서 배례(拜禮)하고, 그리고 향을 피웠다.

그다음에 상재가 노달을 법좌 앞으로 인도하여 모시고 왔다. 노달이 지정한 자리에 앉으니까, 기다리고 있던 중이 노달의 머리에서 수건을 끌러버린 후 물수건으로 그 머리를 적셔가며 가위와 칼을 가지고 순식간에 맨숭맨숭하게 털을 벗겨버렸다. 머리털을 홀랑 벗기고 나서 노달의 구레나룻에 칼이 닿자, 노달은 소리를 빽 질렀다.

"수염까지 깎아야 하나!"

너무도 지각없는 소리인지라, 승려들은 웃음이 터지는 것을 억지로 참았다.

지진장로가 이때 법좌 위에서 호령을 했다.

"조용한 마음으로 가만히 앉아 있어야 해. 육근청정(六根淸淨)하지 않고서는 불문(佛門)에 못 들어오는 거야."

이 소리에 모두들 정색하고, 노달도 조용히 앉아서 수염을 말쑥하게 밀어버렸다.

이때 수좌가 법좌 앞으로 나와서,

"법명(法名)을 내리시옵소서."

하고 지진장로에게 아뢰었다.

장로는 합장하고 묵념한 다음, 한 손을 높이 쳐들고서 노달을 내려다보며 말했다.

"영혼의 광채 한번 빛나니, 가치가 천금이로다. 불법(佛法)이 광대무변하니, 이름을 지심(智深)이라 한다."

이로써 노달한테 이름이 내려진 것이다.

이때 서기가 첩지에 '지심'이라는 글자를 써서 그것을 노달에게 주었다.

지진장로는 법의(法衣)와 가사를 내리면서 노달에게 입히라 했다. 수좌가 옷을 받아 그것을 노달에게 입혔다. 그리고 노달을 법좌 앞으로 가까이 인도하여 올렸다.

지진장로는 한 손을 든 채 노달한테 엄숙하게 이르는 것이다.

"이제부터 너, 지심은 명심하라! 먼저 부처님 성품[佛性]에 의지할 것이요, 둘째 반듯한 법[正法]을 받들어야 할 것이요, 셋째 사우(師友)를 공경할 것이니, 이 세 가지를 바탕으로 살생(殺生)하지 말고, 도둑질하지 말고, 음탕하지 말고, 술 마시지 말고, 말한 것을 잊지 말아야 하느니라! 이 다섯 가지 일을 경계한다."

이 같은 훈계가 끝나자 노지심은 대답했다.

"알았습니다. 할 수 있는 대로 잘 하겠습니다."

그가 말하자, 엄숙해야 할 장내 분위기가 깨어지면서 모든 승려들은 웃음을 터뜨렸다. 그리고 법식은 이로써 끝났다.

조원외는 모든 승려들을 법당 위로 인도하여 그곳으로 가서 향을 피우고 재를 올렸다. 그리고 감사·도사·수좌한테도 예물을 올렸다. 이리해서 이날부터 '노달'이라는 사람은 '노지심'이라는 중이 된 것이다.

이튿날 아침 일찍이 조원외가 지진장로에게 하직을 고하고 문수원(文殊院)으로부터 나올 때 장로와 노지심과 승려 중 몇몇 간부들은 그를 배웅하기 위하여 산문(山門) 밖에까지 따라 나오므로 조원외는 장로를 보고 부탁을 드렸다.

"스님께서 어련하시겠습니까마는, 노지심은 원래 성질이 우직하고 예절이 부족한데, 그 위에 말투가 우락부락한 까닭으로 장로님의 안목에 들지 아니할 때가 많을 것입니다. 그러하오나 자비하신 마음으로 널리 용서해주시기 바랍니다."

"염려 마십시오. 노승이 두고두고 천천히 염불·송경·참선을 가르치지요."

"감사합니다. 후일 제가 은혜를 보답하겠습니다."

조원외는 이같이 인사하고서 장로 뒤에 서 있는 노지심을 따로 불러 소나무 밑으로 데리고 가서 가만가만히 말했다.

"이제부터 노형은 새사람이 되었다고 생각하셔야 하오. 결코, 종전같이 살아가는 태도를 가져서는 안 될 거란 말이오. 항상 반성하면서 스스로 경계해야 한단 말입니다. 만일 그러지 않다가는 후일 서로 만나기 어려울 거요. 조심조심하시오. 일간, 하인 편에 의복 같은 것을 보내드리리다."

"염려 마시기 바랍니다. 내가 다 알아서 잘 해가지요."

"그럼, 다시 만날 때까지 편안히 계시오."

조원외는 다정하게 노지심과 작별하고, 다시 지진장로와 승려들한테도 인사하고서 가마에 올라탔다. 수일 전에 노달과 함께 타고 왔던 가마 한 채는 빈 가마로 그 뒤를 따라 내려갔다.

조원외가 문수원을 떠난 뒤에 노지심은 지진장로를 따라서 도로 법당에 돌아왔다. 그는 장로가 방장으로 들어가는 것을 보고 자기는 다른 승려들과 헤어져 법당 뒤에 있는 불단(佛壇)으로 들어갔다. 이곳은 승려들이 좌선(坐禪)하는 도장(道場)이다. 그는 도장 안에 들어가서 선상(禪床)에 올라가 네 활개를 펴고 드러누워버렸다. 새벽에 목탁 소리·종소리·염불 소리… 이런 것 때문에 단잠을 다 자지 못했기 때문에 피곤했던 모양이라, 그는 드러눕자마자 이내 코를 골기 시작했다.

조금 있다가 도장을 청소하는 상재가 들어와서 선상 위에 네 활개를 펴고 자빠져 자는 노지심을 발견하고 깜짝 놀랐다. 상재는 달려들어서 노지심을 흔들어 깨웠다.

"여보세요, 일어나세요. 여기가 어디라고… 출가하셨거든 좌선을 공부하실 일이지, 선상 위에서 자는 사람이 어디 있습니까!"

상재가 이렇게 말하니까 노지심은 두 손으로 눈을 비비면서,

"내가 잠이 와서 자는데, 네가 무슨 상관이냐 말야!"

하고 도리어 꾸짖었다.

"참, 기가 막히네!"

"뭣이라고? 네가 기가 막힌다면 나는 콧구멍이 막힌다."

상재는 이 소리를 듣고 더 할 말이 없어서 도장으로부터 나와 수좌한 테로 가서 사실을 고해 바쳤다. 그러나 수좌는,

"아서라. 아무 말도 입 밖에 내지 마라. 그 사람이 나중에는 크게 된단다. 우리가 못 따라간단 말야."

하고 대수롭지 않게 응대하는 것이었다. 상재는 입을 다물고 말았다.

이런 일이 있은 뒤로 노지심은 아무도 자신이 저지르는 행동을 탓하여 말하는 사람이 없는지라, 날마다 낮잠은 선상 위에서 자고 저녁이면 법당 뒤에 가서 똥을 누고 오줌을 싸고 잠잘 때 코고는 소리는 우렛소리 같고… 그 해괴망측한 꼴이란 이루 다 말할 수 없는지라, 수좌가 하루는 이 같은 사실을 지진장로에게 보고하고서 의견을 드렸다.

"노지심이 너무도 무례합니다. 출가한 사람이 그렇게도 체통을 못 가지고서야 어떻게 저희들과 함께 불문에 귀의(歸依)할 수 있겠습니까? 그러하오니 하루속히 노지심을 방축하시는 것이 좋을까 싶습니다."

그 말을 듣고서 지진장로는 수좌를 꾸짖었다.

"그게 무슨 소리! 조원외의 체면을 보아서도 그런 말은 못 할 것이거늘… 노지심도 앞으로 차차 행실을 고치겠지."

장로가 이렇게 말하고는 그 이상 대꾸도 하지 않으려는 표정이므로 수좌는 물러갔다. 그다음부터는 아무도 감히 장로에게 노지심의 죄상을 고발할 생각을 하지 못했다.

그럭저럭 4, 5개월 세월이 흘렀다. 때는 가을이 지나가고 겨울이 닥쳐올 무렵인데도 날씨는 봄날같이 따뜻한 어느 날, 노지심은 불현듯 밖

에 나가서 놀아보고 싶은 생각이 났다.

'제기랄… 절속에만 틀어박혀 있자니까 답답하구나!'

그는 속으로 혼자 말하고는 새 옷을 갈아입고 어슬렁어슬렁 산문 밖으로 나왔다. 한참 동안 산을 내려오다가 산모퉁이에 정자가 있는지라 그는 정자에 올라가서 걸상에 걸터앉았다.

'이런 데서 술 한 잔 콱 마셨으면 좋겠다!'

별안간 그는 술 생각이 나서 속으로 이런 소리를 뇌까렸다. 그리고 입술을 쩍쩍 빨면서 사방 경치를 둘러보고 있자니까 저 아래로부터 어떤 놈이 어깨에 커다란 통을 걸쳐메고 콧노래를 부르면서 이리로 올라오고 있었다.

'저놈이 무엇을 메고 오는 걸까?'

그는 그 통 속에 무엇이 들었는지 궁금증이 나서, 그 사내가 가까이 왔을 때 커다란 소리로 물었다.

"여보게, 그 통 속에 무얼 가지고 오나?"

"예, 이거요? 술이랍니다."

이 소리를 듣고 노지심은 반가웠다.

"뭐? 술이라고. 그거 참 잘됐네! 한 통만 나한테 팔게. 술값이 얼만가?"

"그런 말씀 맙쇼. 누굴 조롱하시는 겁니까?"

"이 사람아, 내가 왜 자네를 조롱하겠나. 내가 거저 달랬나? 돈 주고 산댔지!"

"아녜요. 이 술은 절에서 일하는 대장장이들과 교꾼들한테 갖다 팔 건데요. 만약에 스님들한테 술을 한 사발이라도 팔았다가는, 저는 장사도 못하고 그냥 이 산에서 쫓겨납니다. 지진장로께서 얼마나 무섭게 분부를 내리셨는지 아십니까?"

"그래… 그래서 정말 못 팔겠단 말인가?"

"그럼요! 죽이신대도 안 됩니다."

"이놈아, 내가 언제 죽인댔니? 돈 줄게 팔라고 했지!"

술통을 내려놓고 서서 이 수작을 하던 술장수는 이 소리를 듣고 눈치가 수상스러운 것을 깨달은 듯이 그만 술통을 도로 걸쳐 메고서 오던 길을 다시 내려가기 시작했다. 노지심은 그 모양을 보고 정자에서 뛰어내려가 발길로 술장수를 걷어찼다. 술장수는 저만큼 나가자빠졌다.

노지심은 술통 두 개를 들고 정자 위로 올라와서 우선 한 통 뚜껑을 열어젖히고, 술구기로 한 구기 듬뿍 퍼서는 냉주(冷酒)를 그대로 벌컥벌컥 들이켰다. 이렇게도 달고 맛있는 술이 또 어디 있을까? 오래간만에 마시는 술맛이란 비길 데 없이 훌륭하다. 그래서 한 구기 두 구기 연속해서 퍼마시다 보니, 잠깐 동안에 술 한 통이 텅 비었다.

"어어 좋구나! 애, 이놈아. 술값은 내일 절로 나를 찾아와서 받아가거라!"

노지심은 아직도 땅바닥에 자빠져 있는 사내를 내려다보고 이렇게 말하고 앞가슴을 풀어헤쳤다. 몸이 더워지는 까닭이었다.

이때 간신히 기운을 차리고서 일어나 앉은 술장수는 노지심의 모양을 바라보고는 일어나서 한쪽 다리를 절름거리면서도, 꽁무니가 빠지게 달아나버렸다.

노지심은 기분이 좋아서 배를 어루만지며 한참 동안 앉아 있다가 술 한 통을 번쩍 들고서 정자 아래 소나무 밑으로 내려왔다. 그는 땅바닥에 펄썩 주저앉아서 또 술을 퍼마시기 시작했다.

그럭저럭 반나절 동안 소나무 밑에서 술통의 술을 다 마신 뒤에, 노지심은 땅바닥으로부터 몸을 일으켰다. 앞가슴을 풀어헤친 까닭으로 가슴에 수놓은 문신(文身)이 휘황하게 보이는데, 한쪽 발은 이리 놓고 한쪽 발은 저리 놓이는 까닭으로, 8척 장신은 이리 비틀 저리 비틀 몸을 가누지 못했다.

그래도 노지심의 정신만은 또렷또렷했다.

'이제는 절로 돌아가야겠다.'

그는 몸을 가누면서 산길을 올라가기 시작했다. 솔숲에서 쏟아져 나오는 찬바람도 그에게는 훈훈한 봄바람같이 느껴졌다. 그가 콧노래를 부르면서 산 문턱에 다다랐을 때, 산문 안에서 문을 지키고 있는 문지기 중 두 명이 내다보니까, 노지심이 술에 대취해서 문안으로 들어오려는 모양이라, 그들은 곤장을 쳐들고 산문을 가로막으면서,

"장로님의 음주계(飲酒戒)를 깨뜨렸으니까 너는 문안에 못 들어온다!"

이렇게 호령을 하고는, 절에서 정한 법대로 곤장 40대를 때리려고 덤벼들었다.

노지심은 화를 벌컥 내고서 앞에 서 있는 중의 뺨을 후려갈겼다. 얻어맞은 중이 땅바닥에 쓰러지자, 또 한 중은 그만 혼이 나서 절 안으로 달려들어가 감사에게 이 사실을 고해바쳤다.

"노지심이 술을 처먹고 엉망진창이 되어 지금 산문을 들어와요. 큰일 났어요. 주먹으로 뺨을 쳐서 한 사람은 지금 쓰러졌어요."

숨을 헐떡거리면서 고하는 소리를 듣고 감사는 즉시 늙은이 젊은이할 것 없이 절 안에 있는 대장장이·교군꾼·불목하니들을 모두 불러 뜰 아래 큰 마당에 집합시켰다. 그들의 수효가 모두 30명이다. 감사는 그들더러 각기 몽둥이를 한 개씩 들고 산문으로 나아가 노지심을 못 들어오게 막으라고 명령했다. 그러자 30명의 일꾼들은 몽둥이를 들고서 '와아' 하고 산문 쪽으로 내달았다.

이때 노지심은 비틀비틀 산문 안으로 걸어 들어오다가 이 모양을 보더니,

"이놈들이!"

소리를 벽력같이 지르고는 닥치는 대로 주먹으로 이놈 때리고, 발로 저놈을 걷어차고 하는 바람에 도무지 한 사람도 노지심의 몸에 손을 댈겨를이 없었다. 그들 일꾼들이 처음부터 노지심이 군관 출신인 줄 모르

고 덤벼든 것이 화근이었다.

여러 사람이 엎어지고, 거꾸러지고 하는 통에 절반 수효는 줄어들고 나머지 일꾼들은 허겁지겁 도망해서 절 안으로 돌아가 감사에게 봉변 당한 일을 고해바쳤다.

감사도 기가 막혀서 즉시 사실을 지진장로에게 보고했다.

장로는 감사로부터 이야기를 듣고 시자(侍者)를 세 명 거느리고는 방 장(方丈)에서 나와 대웅전 앞마당으로 해서 천천히 산문 쪽으로 걸어 나 왔다.

이때, 눈을 부릅뜨고 성큼성큼 걸어 들어오던 노지심은 지진장로와 딱 마주쳤다. 노지심은 취한 눈으로 장로를 거들떠보다가, 아무리 취했 기로서니 장로는 알아보았는지라, 그는 무릎을 꿇고 땅바닥에 엎드리면 서,

"제가요… 조금 아까 저 아래 내려가 술 두 사발을 먹었어요… 그런 데요… 제가 아무 말도 안 했는데 저 사람들이 저를 때리려고 해요."

혀 꼬부라진 소리를 지껄이는 것이었다.

석장을 짚고서 그의 말을 듣고 있던 지진장로는 부드러운 음성으로 말했다.

"지심아! 가서 자거라. 이야기는 내일 하자!"

그런데 노지심은 또 입을 벌린다.

"그저, 오늘 제가 장로님 체면만 생각 안 했다면 몇 놈은 때려죽였을 거예요. 그렇지만…."

"그만, 그만 해두어! 얘들아, 지심을 부축해서 인도해라. 들어가서 잠 들게 하려무나."

지진장로는 이렇게 말하면서 상재들을 돌아다보았다. 장로가 분부 하므로 상재들은 노지심을 좌우에서 일으켜 좌선하는 도장으로 인도해 갔다. 노지심은 그들을 뿌리치지도 않고 일어나서 도장 안으로 들어가

더니, 아주 제가 정해놓은 자리인 것처럼 선상 위에 올라가서 쓰러져버리고는 이내 코를 드르렁드르렁 골기 시작했다.

노지심이 자취를 감춘 뒤에도 도사·감사·수좌들은 지진장로 앞으로 가까이 와서 그들의 의견을 고했다.

"저희들이 처음부터 무어라 여쭈었습니까? 지금 이게 무슨 꼴이온지… 오늘로 저놈을 쫓아내시기 바랍니다."

"저놈은 사람이라 할 수 없어요. 살쾡이거나 늑대 같은 짐승입니다."

"아주 이번에 단호한 처단을 내리시기 바랍니다."

여러 사람의 의견을 듣고 지진장로는 말했다.

"그래, 그대들의 말과 같이 지금은 그러하지만, 후일 반드시 노지심은 크게 될 사람이니 좀 더 참아야 해. 더욱이 조원외의 체면을 생각해서라도 용서할 수밖에 없다. 내가 내일 단단히 이르지."

장로가 이같이 말하므로 그들은 마음속으로는 장로를 비웃었으나 장로 앞에서는 차마 그 이상 불평을 말할 도리가 없었다. 그래서 그들은 각각 자기 처소로 돌아갔다.

그 이튿날 일찍이 아침의 제를 올리고 나서 지진장로는 상재에게 좌선 도장으로 가서 노지심을 불러오라고 분부했다.

명령을 받은 상재가 도장에 들어와 보니 노지심은 아직도 밤중처럼 잠들어 있는 것이었다. 상재는 문밖에 나가서 그가 일어날 때까지 기다리는 수밖에 없었다. 그리하여 상재가 얼마 동안 기다리고 있으니까 도장 문이 열리더니 노지심이 나오는데, 바지를 입지 않고 짧은 잠방이만 입은 채 밖으로 나와 뒤뜰로 돌아가더니 거기서 오줌을 깔기는 것이었다. 상재는 웃음이 터지는 것을 간신히 참고서 그가 손을 씻고 이리로 돌아올 때까지 기다리고 있다가 말했다.

"장로님께서 부르십니다. 모시러 왔습니다."

"응, 알았다. 먼저 가거라. 곧 갈게."

노지심은 상재를 보낸 뒤에 다시 도장으로 들어가 옷을 입고 나와서 방장으로 갔다.

지진장로는 그를 보고 부드러운 음성으로 꾸짖기 시작했다.

"지심아, 네 아무리 무부(武夫) 출신일지라도 불문에 들어온 바에야 계(戒)를 지켜야 하지 않겠니? 살생하지 말고, 도둑질 말고, 음탕하지 말고, 술 마시지 말고, 그리고 식언(食言)하지 말라는 오계(五戒)를 내가 너한테 처음부터 일러주었는데, 어찌해서 어제는 그다지도 대취해서 문짝을 부수고, 사람을 때리고, 해괴망측한 행동을 했단 말이냐?"

노지심은 이때 무릎을 꿇고 합장하고서 아뢰었다.

"한 번만 용서해주십시오."

"내가 만일 조원외의 체면을 생각하지 않는다면 너를 당장 절에서 내쫓았을 거다! 도(道)를 어지럽히고, 계(戒)를 깨뜨리는 자를 어떻게 두고 보겠느냐?"

"과연 잘못했습니다. 다시는 그런 일이 없겠습니다."

"응, 정말 그러할까…?"

지진장로는 자기 앞에 합장하고 무릎 꿇고 앉아 있는 노지심을 잠깐 살펴보고 나서, 문밖에 서 있는 상재를 보고 밥상을 들여오라고 분부했다.

"지심아, 너 밥을 안 먹었지? 나하고 같이 밥을 먹자."

노지심은 황송해서 대답도 못했다.

조금 있다가 밥상이 들어온 뒤에 지진장로는 노지심과 마주앉아 밥을 먹으면서 좋은 말로 타일렀다. 절에 들어와서 맨 먼저 지켜야 할 일은 술을 입에 대지 않는 일이라는 것이다.

술을 마시면 백 가지 해로운 일은 있을망정 유익한 일은 없다는 것이 그의 교훈이었다.

얼마 후 지진장로는 밥상을 물린 뒤에 노지심에게 승혜(僧鞋) 한 벌을 주었다.

"이걸 신고서 걸음을 걸을 때마다 오늘 일러준 말을 생각해보아라."

"황송합니다."

노지심도 장로 앞에서는 머리를 들지 못하는 것 같았다. 조금 앉았다가 그는 승혜를 들고서 방장으로부터 물러나왔다.

이런 일이 있은 뒤로 노지심은 산문 밖에 나가지 아니하기를 3, 4개월 계속했다. 그러는 사이에 겨울은 가버리고 봄이 돌아왔다. 꽃이 피고 새가 울고 만산초목도 흥겨워하는 것 같으므로 노지심은 오래간만에 산문 밖에 나가보고 싶은 충동을 느꼈다.

'오래간만에 한번 나가볼까?'

노지심은 속으로 중얼거렸다.

바깥바람을 쐬어본 지도 오래전 일인지라 궁둥이가 쑤시는 것 같아서 견딜 수가 없었다.

마침내 그는 승복을 새것으로 갈아입고 승방을 나왔다. 그는 산문까지 내려와서 언덕 위에 있는 정자에 올라가 산 아래 경치를 살펴보았다. 노송(老松)이 울창한 언덕 아래로 길이 뻗쳤는데, 그 길 좌우에는 개나리꽃이 활짝 피어서 노오란 병풍을 세워놓은 것처럼 아름다워 보였다.

'참, 좋구나!'

노지심은 산 아래로 내려뻗친 길 좌우의 경치를 보면서 기분이 상쾌했다. 그러자 그때 산 밑에서 땅땅 하는 대장간에서 들리는 쇠망치 소리가 바람을 타고 울려왔다. 노지심은 귀를 기울였다. 분명히 쇠를 때리는 소리였다.

'아마 이 근처에 대장간이 있나 보다….'

그는 혼잣말을 하고 일어나서 정자로부터 내려와 다시 승방으로 들어가서 보따리 속에 넣어두었던 돈을 꺼내어 나왔다. 그리고 아까 쇳소리가 들려오던 방향으로 귀를 기울이며 산을 내려왔다.

쇳소리 나는 방향으로 길을 잡아 내려와보니, 이곳은 오대산 속에서 처음 보는 큰 동네였다. 인가가 5, 6백 호 되어 보이는데 거리에는 고깃간도 있고, 반찬가게도 있고, 술집도 있고, 국수집도 있고, 포목점도 있다.

'이렇게 큰 동네가 있는 줄 몰랐구나. 진작 알았더라면 술장수한테서 술통을 빼앗아 먹지 말고 여기 와서 사먹었을 걸 그랬구나!'

노지심은 또 이렇게 혼잣말을 하고, 이 집 저 집 구경을 하면서 걸어갔다. 몇 발자국 걸어가다 보니까 커다란 대장간이 눈앞에 있는데, 풀무꾼과 대장장이 세 사람이 그 안에서 일을 하고 있는 것이었다. 이것을 보고 그는 말을 건넸다.

"여보, 대장일하는 양반, 썩 좋은 강철 있소?"

시뻘겋게 단 쇠방망이를 쇠말뚝 위에 올려놓고 그것을 앞뒤에서 번갈아가며 망치로 내리치던 대장장이는 문간에서 사람의 소리가 들리므로 팔을 쉬고 노지심을 내다보았다. 승복을 입었으니 중은 중인데 머리는 오 푼(分)쯤이나 길었고 구레나룻도 거무스름하게 볼따구니와 아래턱을 덮어버린 손님의 모양이 보인다. 대장간 주인은 이런 손님을 보았는지라 얼른 문 앞으로 와서 걸상을 내놓으면서,

"오셨습니까. 이리 앉으시죠."

하고 인사를 하는 것이었다. 노지심은 걸상에 앉았다.

"무슨 물건을 사시렵니까?"

주인이 묻는 말이었다.

"글쎄, 내가 선장(禪杖)을 한 개, 계도(戒刀)를 한 자루 맞추려고 하는데, 당신한테 썩 좋은 쇠가 있는지 알 수 없단 말야."

"그런 말씀 마십쇼. 아마 이 근처에서는 저희 집만큼 좋은 쇠를 다루는 집이 없을 겝니다. 선장과 계도를 각각 몇 냥쭝짜리로 만드시려는지요? 분부하시는 대로 썩 좋은 물건을 만들어드리죠."

"선장은 백 근 무게는 있어야 해."

"백 근이라구요? 그건 너무 무겁지요. 소인이 그런 것을 만들기가 어려운 게 아니라, 스님이 짚고 다니시기가 너무 무거우실 것 같아서 여쭙는 말이올시다. 옛날 관운장(關雲將)이 쓰던 칼도 82근밖에 안 나갔는 뎁쇼?"

"나 같은 사람이야 관운장만 못한 사람이지. 그렇지만 만들어보면 어때?"

"만들라 하시면 그야 물론 만들지오만… 어떠실까요, 4, 50근 무게로 만들면 못 쓰시겠나요?"

"아니, 아까 관왕도(關王刀)는 82근이라지 않았나?"

"네. 그런데 소인 생각에 82근은 스님한테는 좀 과도하게 무거우실 것 같아서 그럽니다. 소인이 만들어놓은 것 중에서 62근짜리 수마선장(水磨禪杖)이 있습니다. 쇠가 참 좋습니다. 이걸 쓰시는 게 어떠실갑쇼?"

"정 그렇다면 62근짜리를 쓰지. 그런데 선장과 계도를 꼭 같은 그 중량으로 만드는 데 비용은 얼마나 드는가?"

"저희 집에서는 비용을 깎지 않습니다. 선장하고 계도하고 모두 합해서 닷 냥만 내십시오."

"참, 헐하이! 자네가 물건만 잘 만들어주면 나중에 따로 상금을 냄세."

노지심은 선선히 말하고 호주머니로부터 닷 냥을 꺼내 주면서,

"여기 또 돈이 조금 있네. 내가 한잔 살 테니까 나하고 한잔 하세."

라고 하는 것이었다.

"천만엡쇼! 대장장이 제가 이 주제에 스님 모시고 어디를 같이 가겠습니까?"

"그래? 그럼 일간 다시 옴세."

노지심은 대장간에서 나와 어슬렁어슬렁 걸어가다가 술집이 보이는 지라, 그 집 문 앞의 발을 걷어올리고 문안으로 들어가서 한편 구석 탁자 앞에 자리 잡고서는 주먹으로 탁자를 쾅쾅 두드리며,

"술을 다고."

하고 고함을 질렀다.

안에서 술집 주인이 놀란 표정으로 나오더니 노지심 앞에 와서 두 손을 비비며 말했다.

"황송합니다. 이 집이 절의 소유로 있는 집이구요… 장사 밑천도 절에서 나온 돈으로 하고 있는뎁쇼… 절의 장로님이 법을 내리셔서 스님들한테는 술을 못 팔게 된 지가 퍽 오래되었답니다. 제가 만일 법을 어기면 이 집에서 쫓겨나고 본전을 당장 물어놔야 할 판입니다. 용서합쇼."

"뭐라고? 못 팔겠단 말이지! 그만둬라, 딴 집으로 갈게!"

노지심은 선뜻 일어나서 그 집에서 나와 다른 집으로 들어가서도,

"술 한 병 가져와!"

하고 소리를 질렀다. 주인이 나오더니,

"황송합니다. 절의 장로님께서 법을 내리셔서 스님들한테는 술을 못 팝니다. 용서합쇼."

또, 거절하는 것이었다.

이번에는 얼른 일어나지 않고 노지심은 주인을 보고 술을 팔라고 청하는 것이었다. 그러나 주인은 두 번 세 번 거절한다. 노지심은 하는 수 없는 듯 일어나서 밖으로 나왔다.

그 집에서 나와 다시 서너 집 둘러보았으나 모두 똑같은 이유로 술을 팔지 아니하는 고로 노지심은 맥이 풀린 듯이 걸음을 걸었다. 그럴 즈음, 저쪽 살구꽃이 만발한 나무 아래 초가집이 있는데, 그 집으로부터 계집아이가 조그마한 항아리를 들고서 나오는 것이 보였다. 노지심은 눈이 번쩍 뜨이는 듯이 성큼성큼 그 집 앞으로 걸어갔다. 가까이 가서 보니 이 집도 역시 술집이다.

노지심은 이번엔 한 꾀를 생각하고서 그 집 안으로 들어서면서,

"주인 계시오? 이 사람은 행각승(行脚僧)입니다. 지나가다가 찾아왔

으니 술 좀 파시오."

하고는, 창문 밑에 가서 자리 잡고 앉았다.

주인이 나와 보더니 묻는다.

"스님은 어디서 오셨나요?"

"이 사람은 사방을 유람차 정처 없이 다니는 사람이올시다. 한 병 파시오."

"오대산 문수원에 계신다면 못 팔겠습니다. 장로님이 엄한 분부를 내리신 까닭으로 안 됩니다."

"아니라니까 그러시는구려. 어서 한 사발만 먼저 가져오시오."

주인은 노지심의 용모를 보거나 음성을 듣거나, 오대산 중은 아닌 것 같다 생각하고서, 술을 가져오겠노라고 대답했다. 그 말을 듣고서 노지심은 희색이 만면하여,

"그리고 고기도 큰 접시에 하나 가득 담아다 주시오."

하고 이번엔 고기를 청하는 것이었다. 주인은 이상하다는 표정으로 그를 보며 대답했다.

"쇠고기는 다 팔리고 없어졌는뎁쇼!"

노지심은 주인의 얼굴을 바라다보았다.

이때 봄바람과 함께 구수한 고기 끓이는 냄새가 노지심의 코를 찔렀다. 노지심은 콧구멍을 벌름거리면서 냄새나는 곳을 찾아서 눈알을 굴리다가 마침내 마당 저편 담 밑에 있는 커다란 가마솥을 찾아냈다. 솥뚜껑 위로는 김이 무럭무럭 올라오고, 솥 밑에서는 장작불이 이글이글 타고 있는데, 구수한 고기 냄새는 그곳으로부터 풍겨오는 것이었다.

노지심은 그것을 보고 주인에게 물었다.

"저게 뭐요? 저기서 고기 냄새가 나는데?"

주인은 약간 어색한 표정으로 대답했다.

"저거요… 저건 개고기랍니다."

"개고기는 왜 고기 아닌가?"

"그렇지만 스님한테 개고기를 어떻게 올립니까!"

"상관없어… 가만있자, 여기 돈이 있네."

하고 노지심은 호주머니에서 은전을 몇 개 꺼내서 주인한테 주면서,

"어서 개고기를 가져와."

이렇게 서두르는 것이었다. 주인은 하는 수 없다는 듯이 돈을 받아 넣고서 안으로 들어가더니, 조금 있다가 개고기 한 광주리와 술 한 통을 갖고 나와서 노지심 앞에 놓았다. 노지심은 입이 딱 벌어지도록 좋아했다. 주인은 또 마늘과 된장을 갖다놓았다. 노지심은 더욱 기뻐하면서 소매를 걷어올리고 두 손으로 개다리를 집어들고 물어뜯었다. 그러고는 서너 번 씹는 것 같더니 꿀떡 삼켜버린 다음 술 한 사발을 듬뿍 떠서는 벌컥벌컥 들이마셨다. 그는 이같이 연거푸 열 사발을 마신 후 손바닥으로 입을 씻었다. 아마 그제야 비로소 입속이 부드러워지고 목구멍이 축축해진 모양이다.

이 모양을 물끄러미 보고 섰던 주인은 기가 막힌다는 듯이,

"참, 잘하시는군요!"

하고 감탄했다. 노지심은 주인을 흘끗 쳐다보고서,

"잘하다니… 없어서 못 먹고, 안 주니까 못 먹었을 뿐이지, 그까짓 걸…."

하고 한 손으로 고깃덩이를 집어 입에 넣는다.

"술을 더 잡수시렵쇼?"

주인이 물으니까 노지심은 고기를 꿀떡 삼키고서 대답했다.

"암! 한 통 더 가져와."

주인은 또 술 한 통을 갖다놓았다. 노지심은 손바닥으로 입을 한 번 쓰다듬고 나서 또 술을 퍼마셨다. 한 사발 마시고 고기 한 덩이를 삼키고, 또 한 사발 마시고 고기 한 덩이를 털어넣기를 몇 번 하니까 나중에

가져온 술 한 통마저 비워졌다.

　술 두 통을 들이마신 노지심은 술값을 물어보지도 않고서 일어나다가 고기 담긴 그릇을 보니까 먹다 남은 개다리 한 개가 그대로 있는지라, 그는 그것을 품속에 집어넣고 밖으로 나오면서 말했다.

　"여보게 주인, 내일 다시 와서 먹어줄 테니까, 거스름돈은 그대로 두란 말야."

　술집 주인은 기가 막혀 오대산 쪽으로 올라가는 그의 뒷모양만 멀거니 바라보고 있을 뿐이다.

　노지심은 배부르게 먹고 마시고 했는지라, 기운 좋게 뚜벅뚜벅 걸어서 문수원까지 거의 다 와서 산 문턱에 있는 정자에 올라가 다리를 쉬었다.

　한참 동안 앉았노라니까 술기운이 빙빙 돌기 시작한다. 노지심은 벌떡 일어섰다.

　'허허! 내가 오랫동안 팔다리를 안 썼더니 사지가 뻣뻣해졌구나! 이래서는 안 되지….'

　그는 기지개를 켜고 정자 밖으로 나온 뒤에 돌아서서 정자를 아래위로 한번 훑어보았다. 그러고는 어깨를 두어 번 추썩추썩 움직여본 후 정자 기둥에다 어깨를 들이대고서 떠다밀었다. 그러나 기둥은 그대로 서 있다. 그는 또 한 번 힘을 썼다. 그래도 정자 기둥은 끄떡도 않는다. 노지심은 점점 기운이 나서 이번에는 힘을 다해서 기둥을 떠다밀었다. 그러자 기둥이 한쪽으로 기울어지더니 별안간 정자가 무너져버리면서 요란한 소리가 산속을 진동시킨다.

　이때 문지기 중은 요란한 소리에 깜짝 놀라 언덕 위에 나와서 아래를 내려다보았다. 무너진 정자 아랫길로부터 이리 비틀 저리 비틀 하며 올라오고 있는 사람이 보이는데, 자세히 보니 노지심이다.

　"저놈의 자식! 또 술 처먹고 오는구나. 문을 잠가버려야지!"

문지기 중은 이같이 중얼거리고는 부리나케 산문에 빗장을 단단히 질러버렸다. 그리고 소나무 뒤에 몸을 숨기고 노지심의 동정을 엿보았다.

노지심은 이때 콧노래를 부르면서 산문 앞에 당도했다. 문이 닫혀 있는지라 그는 주먹으로 장구 치듯이 문짝을 쿵쾅쿵쾅 두드렸다. 그러나 잠긴 문은 열리지 아니한다. 그는 숨을 크게 쉬면서 조금 물러서서 문간을 바라보다가 왼편에 서 있는 금강신장(金剛神將)을 보고서는 눈을 부릅뜨고 호령을 시작했다.

"너 이놈! 커다란 놈이 버티고 서서 가만있는 거냐? 나 대신 네가 나와서 문을 열어야 옳지, 그래 주먹을 쳐들고서 나를 위협해야 옳단 말이냐? 괘씸한 놈 같으니라고!"

그는 이같이 호령하고 금강신장을 모신 칸에서 창살 한 개를 뽑아 신장의 넓적다리를 함부로 후려갈겼다. 그러고는 오른편으로 가서 그곳에 있는 금강신장한테도 욕을 했다.

"이놈! 너는 또 아가리를 딱 벌리고 나를 보고 비웃는 거냐? 되지 못한 놈 같으니라고!"

그리고 그는 신장 앞의 창살을 뽑아 치운 다음에 발판 위에 올라서서 신장을 함부로 때리다가 떠다밀었다. 신장은 뇌성벽력 같은 소리와 함께 땅바닥에 넘어졌다. 이 꼴을 보고 그는 한바탕 유쾌하게 웃어젖혔다.

그리고 다시 문간 앞으로 와서 소리를 질렀다.

"이놈들아, 문을 열어라!"

이때까지 소나무 뒤에 숨어서 이 광경을 엿보고 있던 문지기 중은, 너무도 해괴망측해서 급히 법당으로 달려 올라가 수좌한테 사실을 고해바쳤다.

수좌는 감사·도사와 함께 방장으로 장로님을 찾아가서 아뢰었다.

"오늘 또 노지심이 취해 올라왔는데 지금 산문 밖에서 정자를 부숴버리고, 금강신장을 넘어뜨려 부숴놨습니다. 이 일을 어찌하면 좋습니까?"

그들이 이렇게 아뢰니까 지진장로는 조용히 말한다.

"자고로 술 취한 놈은 천자께서도 이를 피하셨다. 금강신장이 부서졌다면 조원외더러 새로 만들어놓으라 하면 될 것이고, 정자가 무너졌다면 조원외더러 중수하라 하지."

그러나 중들은 장로의 처사에 불복했다.

"금강신장은 산문의 주인이신데 어떻게 다른 것과 바꾸겠습니까?"

"말 말거라. 금강신장 말고 전상(殿上) 위에서 삼세불(三世佛)을 부쉈더라도 어쩌는 수 없지. 너희들은 요전에 지심이가 행패 부리던 꼴을 못 보았느냐?"

장로가 이렇게 말하므로 중들은 더 할 말이 없어서 방장으로부터 물러나왔다. 그들이 법당 앞으로 나오자, 그때 마침 산문 밖에서 노지심이 큰소리로 고함치는 것이 들렸다.

"이놈들! 머리 깎은 당나귀 새끼들! 문을 정녕코 안 열겠느냐? 그래 만 봐라. 내가 문을 부수고 들어가서 절에다 온통 불을 질러놓겠다!"

이 소리를 듣고 중들은 겁이 났다. 문을 안 열어주었다가는 정말 불을 지를지도 모르는 일이다. 그래서 문지기는 살금살금 문 앞으로 다가가서 빗장을 살그머니 벗겨버리고 멀찌감치 숨어버렸다. 그리고 중들은 숨어서 동정을 살폈다.

노지심은 이런 줄도 모르고 문 밖에서 기다리고 있다가 두 손으로 힘을 다해서 문짝을 떠다밀자, 문짝이 활짝 열리면서 그의 몸뚱어리는 저만큼 나가떨어졌다.

그래도 노지심은 즉시 일어나서 승당(僧堂)으로 올라가더니 선불장(禪佛場)을 지나가 좌선하는 선상가에 쭈그리고 앉는다. 그러더니 왝 왝 소리를 내며 한바탕 더러운 것을 토해놓는다. 중들은 코를 거머쥐고서 모두들 피해버렸다.

노지심은 더러운 것을 토해버린 뒤에 다리를 뻗고서 드러누웠다. 조금 있다가 그는 이쪽저쪽 두 어깨를 번갈아가며 두어 번씩 제 손으로 문지르다가 품속에 넣고 왔던 개다리 한 개를 떨어뜨렸다.

"옳거니, 내가 이것을 갖고 왔겠다… 출출한데 잘됐구나."

그는 혼자 중얼거리며 일어나 앉아서 개다리를 먹으려다가, 마침 선장 곁으로 지나가려는 중이 있으므로 그 중한테 개다리를 쑥 내밀면서,

"옛다! 이거 줄게, 이거 안 먹을래?"

하고 권하는 것이다. 지나가던 중은 코를 움켜쥐고서 달아나려고 했다. 그러자 노지심은 그 중의 옷소매를 잡아당겨서 한 손으로 귀를 붙들고서, 중의 코 밑에다 개다리를 들이댄다.

"이거 놔주시오! 제발 이러지 마시오!"

봉변을 당한 중은 이같이 애걸했다. 이때 도장 안으로 지나가려던 중 서너 명이 이 광경을 목도하고서 모두들 자기 옷을 찾아 쿵쾅거리며 달아나자 도장 밖에 있던 중들도 안에서 소동이 일어난 줄 깨닫고 도사·감사·수좌한테 각각 사실을 보고했다. 그러나 도사·감사는 사실을 지진장로한테 알리지 않은 채 절 안에 있는 모든 사람을 소집하니, 늙은 중·젊은 중·상재·노자·대장장이·교군꾼… 2백 명가량의 식구가 제각기 몽둥이 한 개씩을 들고서 대웅전 앞뜰과 마당에 집합하는지라, 도사는 그들을 보고 노지심을 끌어내라고 분부했다. 그리하여 그들은 일제히 도장을 향해 고함을 지르면서 달려갔다.

이때 노지심은 바깥에서 요란한 소리가 들리므로 얼른 일어나서 법당 안으로 들어가더니 부처님 앞에 놓여 있는 탁자를 뒤집어놓고 탁자 다리 두 개를 뽑아 들고는 밖으로 뛰어나오면서 벽력같은 소리를 꽥 지르는 것이었다. 그때 도장으로 올라오는 복도까지 다가왔던 중들은 그 모양을 보고 움찔하면서 모두 우뚝 서버렸다. 그리고 노지심이 쥐고 있는 물건을 바라보고는 그것이 흉기가 아니라 나무때기인 것을 알고는

모두들,

"야 이놈아!"

소리를 지르면서 좌우에서 일제히 달려들기 시작했다. 그러자 노지심은 분이 정수리까지 치켜 올라와서 눈을 화등잔같이 뜨고는 이리 뛰고 저리 뛰며, 두 손에 쥐고 있던 막대기로 이놈 저놈을 마구 때리는데, 그 모양은 마치 미친 사자같이 사나워 보였다. 그리고 복도에서 얻어맞고 넘어진 중은 순식간에 벌써 20명도 더 된다. 노지심은 쫓겨가는 중들을 뒤쫓아서 법당 아래까지 내려왔다.

이때 방장 밖에서 너무도 요란한 소리가 들리는 까닭에 지진장로는 밖으로 나와 법당 아래로 내려오는 중이었는데, 그런 줄도 모르고 노지심은 달아나는 중들을 쫓아오다가 별안간 중들이 좌우로 갈라서면서 모두들 고개를 숙이고는 슬금슬금 도망치듯이 뿔뿔이 흩어지는 꼴을 보고 저도 우뚝 서버렸다. 이때는 벌써 노지심의 취기도 7, 8부가량 깰 무렵이었다.

지진장로는 노지심을 보고 꾸짖었다.

"지심아! 너 이놈, 이게 무슨 짓이냐? 요전번에도 주정을 부리더니, 오늘은 이게 어디서 배워먹은 짓이냐 말이다!"

노지심은 장로의 음성을 알아듣고서, 손에 쥐고 있던 나무때기를 팽개쳐버리고는 그 자리에 꿇어앉았다. 장로는 말을 계속한다.

"지심아! 이곳 오대산 문수보살 도장은 천백 년 동안 맑고 깨끗한 향불을 받들어온 곳이다. 그러니 여기다 너 같은 놈을 어떻게 두어두겠니? 불가불 너를 다른 곳으로 보내야만 하겠으니, 그런 줄 알아라. 나를 따라서 이리로 오너라."

장로는 이렇게 꾸짖고 노지심을 데리고 방장으로 돌아갔다.

이튿날, 장로는 수좌를 데리고 상의한 후에 조원외한테 자세한 편지를 써보냈다. 그다음 날 조원외로부터 답장이 왔는데, 노지심이 무너뜨린 정자와 부숴버린 금강신장은 자신이 대신 중수하겠다는 회답이었다.

장로는 이와 같은 조원외의 회답을 받은 뒤에 베 한 필과 신 한 켤레를 꺼내놓고, 또 돈 열 냥을 따로 싸놓은 다음 노지심을 불러들였다.

"너는 지금부터 여기를 떠나야겠다. 요전번 주정부린 거나, 또 이번에 주정부린 것은 이곳 문수보살 도장으로서는 도저히 용서할 수 없는 흉악망측한 일이다. 조원외의 낯을 보아서 다른 곳에 가서 있도록 편지 한 장을 줄 터이니, 이것을 가지고 여기서 떠나거라!"

장로는 조용히 이르고서, 편지 봉투 하나와 게언(偈言) 넉 줄을 적어 주는 것이었다. 게언은 다른 게 아니라 노지심의 평생 운수를 점쳐 장래를 경계하는 말이다.

노지심은 편지와 게언을 두 손으로 받았다.

"지심아! 이 편지는 동경(東京) 대상국사(大相國寺) 주지 지청선사(智淸禪師)에게 갖다주어라. 그리고 이 게언은 네가 종신토록 실행해야 할 계명(戒銘)이다. 알아들었느냐?"

"네, 알아들었습니다. 그런데 그 게언이라는 데는 대체 무어라 쓰셨습니까?"

노지심은 천진스럽게 묻는다.

"응. 내 읽어줄 것이니 들어보아라.

'숲을 만나 일어나고, 산을 만나 부유해지고, 고을을 만나 옮기고, 강을 만나 멈추어라(遇林而起 遇山而富 遇州而遷 遇江而止).'

이것이 너한테 주는 게언이니, 너는 이 게언을 종신토록 지켜야 한다. 알아들었느냐?"

장로가 설명하자, 노지심은 일어나서 장로에게 절을 하고,

"그럼 지금 떠나겠습니다. 안녕히 계십시오."

라고 하직을 고했고, 지진장로는 머리를 끄덕일 뿐이었다.

절간 도적을 쳐 죽이다

오대산 문수원으로부터 쫓겨난 노지심은 배낭 한 개를 어깨에 걸머멘 채 산에서 내려와 일전에 찾아왔던 대장간에 들러보았다. 그러나 그가 주문한 계도(戒刀)와 선장(禪杖)은 아직도 만드는 중이라, 그는 대장간 앞에 있는 객줏집에 들어가서 유숙하기로 했다.

그리하여 그는 며칠을 객줏집에 묵고 있다가 대장간에서 물건을 찾아 대상국사를 향하여 길을 떠났다. 등에는 배낭을 짊어지고, 허리에는 계도를 차고, 손에는 선장을 짚고서 뚜벅뚜벅 걸어가는 그 모양은 세상에서도 드물게 보는 중이었다.

이런 모양으로 길을 떠난 노지심은 보름 동안이나 쉬지 않고 걸었다. 그런데 하루는 한 곳에 당도해보니, 산이 아름답고 물이 맑기가 한량없어서 마음은 상쾌하건만 해는 벌써 넘어가기 시작하고, 길거리엔 객줏집도 아무것도 안 보였다. 그는 걸음을 재촉해가면서 어둡기 전에 마을을 찾을 양으로 30리가량 더 가다가 맞은편 산을 바라보니, 산 밑으로는 붉은 안개가 낀 것 같고, 산 위에는 수목이 울창한데, 그 가운데 크나큰 부잣집 한 채가 보였다.

'됐다! 저기 가서 하룻밤 자고 가자고 해야겠다.'

노지심은 이렇게 생각하고서 부리나케 그 집으로 가까이 가보니까 큰 집 외에도 십여 개의 살림채가 있는 한 마을이었다. 그리고 사람들이 이 집에서 저 집으로 분주히 왔다 갔다 하면서 물건을 옮기는 모양이었다. 노지심은 큰 집 문 앞에 가서 선장으로 대문을 두들겼다. 이때, 대문 안에서 하인 같은 사람이 노지심을 바라보더니 점잖게 묻는다.

"날이 저물었는데 무슨 일로 이 집을 찾아오셨나요?"

노지심도 공손히 말했다.

"네, 길을 가다 쉴 곳이 없어서 하룻밤 신세를 지러 찾아왔습니다."

"그러십니까? 그러나 오늘 집안에 일이 있어서 그럴 수 없습니다."

"아니올시다. 댁에서 묵겠다는 게 아니고, 하루 저녁만 자고 가게 해주십사는 거외다. 내일 아침이면 일찍이 떠나갑니다."

"잔말 마시고 스님은 빨리 가시오! 얼른 가지 아니하다가는 목숨이 위태로워요."

"허, 그거 재미난다! 하룻밤 자고 가잤더니 목숨이 위태롭다고 하니, 이게 무슨 말인고…?"

"빨리 가요. 빨리 안 가면 잘못하다간 동아줄로 결박당하기 쉬울 거요."

"뭣이 어째? 하룻밤 재워달랬는데, 동아줄로 결박을 해?"

노지심은 화를 내면서 선장을 치켜들고 그 사람 앞으로 다가서면서,

"그래 여보! 내가 결박당할 일이 도대체 뭐요?"

하고 대들었다.

이때 안으로부터 백발이 성성한 노인 한 분이 밖으로 나오고 있었다. 노지심이 바라보니, 노인은 60이 넘어 보이는 늙은이로서 기다란 지팡이의 가운데를 쥐고 뚜벅뚜벅 가까이 걸어오더니 하인을 보고 꾸짖는 것이었다.

"너 무어라 했기에 문간에서 큰소리가 나느냐?"

"제가 잘못한 게 없는데 저 스님이 저를 때리려고 해요."

문간에 나와 있던 하인은 변명하는 것이었다. 이때 노지심이 얼른 입을 열었다.

"소승은 오대산에 있는 중이올습니다. 일이 생겨서 지금 동경까지 가는 길이온데, 숙박할 곳이 없어 댁에 와서 하룻밤 신세를 지자고 했더니, 저 사람이 소승더러 말하기를 잘못하다간 묶여간다 하기에 소승이 좀 떠들었습니다."

노인은 노지심의 말을 듣고서 그의 모양을 살펴보더니,

"안으로 들어오시오."

하고 노지심을 안으로 인도한다.

노지심은 노인의 뒤를 따랐다. 노인은 중문간을 들어서서 바로 큰사랑으로 올라가더니 노지심을 큰방으로 인도하고 나서 자리를 권한다.

노지심이 자리에 앉자, 노인이 물었다.

"스님은 어느 절에 계십니까?"

"오대산 문수원에 있습니다."

"그런 줄 몰랐습니다. 스님은 참으로 활불(活佛)을 모시고 계신 분이올시다. 이 사람도 부처님을 믿고 불(佛)·법(法)·승(僧), 삼보(三寶)를 공경하는 사람이올시다. 내 집에 오늘 밤엔 좀 일이 있지만, 이왕 오셨으니 어쩝니까. 하룻밤 묵어가십시오."

"감사합니다. 그런데 노인댁 성씨는 누구시온지…."

"내 성은 유(劉)가올시다. 그리고 이 동네는 도화촌(桃花村)인 까닭으로 마을 사람들이 나를 도화장(桃花莊) 유태공(劉太公)이라고 부른답니다. 그런데 스님은 누구시라 부릅니까?"

"소승이 모시고 있는 사부가 지진장로이십니다. 그런데 소승의 성이 노가인 고로 장로께서 노지심이라 이름을 내려주셨죠."

"그러십니까. 시장하실 터인데 저녁밥을 드릴까요? 술을 좀 하십니까?"

"네, 소승은 술을 싫어하지 않습니다. 그럴 뿐만 아니라, 그저 청탁을 가리지 않지요. 쇠고기도 먹고… 개고기도 먹습니다."

"알겠습니다."

유태공은 노지심의 말을 듣고서 즉시 하인을 불러 손님의 저녁상을 내오라고 했다.

조금 있다가 저녁밥이 나왔다. 커다란 쟁반에 고기가 한 접시에 술 한 병이 따라나왔다.

노지심은 허리띠를 끄르고 상 앞으로 다가앉더니, 사양하는 빛도 없이, 인사의 말도 없이 술잔에 술을 부어 훌쩍 들이마신 다음 고기를 먹고, 또 마시고 먹고… 이같이 순식간에 술 한 병과 밥 한 그릇을 깨끗이 치워버렸다. 유태공은 맞은편에 앉아서 그 모양을 바라보다가 어안이 벙벙해졌다.

노지심이 저녁상을 물리자 하인은 들어와서 상을 내가고 찻물을 올렸다. 이때 유태공이 말했다.

"오늘 밤에 스님은 바깥채의 아랫방에서 하루 저녁 쉬십시오. 그리고 밤중에 바깥에서는 무슨 일이 생기든지 아는 체 말고, 내다보시지도 마셔야 합니다."

노지심은 이 소리를 듣고 눈을 둥그렇게 떴다.

"오늘 밤에 무슨 일이 있습니까?"

"그런 일은 스님이 알 일이 못 됩니다."

유태공은 길게 말하지 않고, 한마디 하고는 이맛살을 찌푸렸다. 주인의 동정을 살핀 노지심은 불쾌했다.

"그렇게 말씀 못 하실 일이라면, 태공께서는 소승을 괴이한 인간으로 아시는 까닭이겠습니다그려. 결코 신세 지고서 그대로 떠나지 않고, 하루 저녁 방세만은 드리고 가죠."

"원, 천만에! 내가 부처님을 믿는 사람으로 어찌하여 스님을 의심하

절간 도적을 쳐 죽이다 125

겠습니까. 내게 말 못 할 걱정이 있어서 그런답니다. 오늘 밤에 내 딸년이 시집을 가게 돼서, 그래서 그러는 겝니다."

이 말을 듣고 노지심은 소리를 내어 크게 웃으면서,

"사내놈이 크면 장가들고, 계집애가 크면 시집가는 게 정한 이치죠. 이것이 인륜대사(人倫大事)가 아닙니까? 그런데 뭐가 걱정이란 말씀입니까?"

하고 말했다.

"스님은 공연히 남의 속도 모르고 웃으십니다그려. 오늘 혼인이 피차에 합의되어서 이루어지는 혼사가 아니랍니다."

노지심은 또 한바탕 웃고 나서 묻는다.

"그렇다면 태공께선 참말 알 수 없는 사람입니다. 태공께서 승낙하지 않으신 혼사라면, 그까짓 거 뭣하러 사위를 문안에 들여놓습니까?"

"그러기에 기가 막히죠! 이 동네의 뒷산이 도화산인데, 여기 5, 6백 명의 도둑놈이 산채에 묵고 있습니다. 그것들의 두목 놈이 두 놈인데, 그중 한 놈이 올해 열아홉 살 먹은 내 딸년한테 장가들겠다고, 돈과 채단을 보내고서 길일(吉日)이 오늘 저녁이라고 기별해왔답니다. 그러니 늙은 놈이 이것들과 싸울 힘도 없고… 이래서 내가 걱정이라는 겝니다."

유태공의 얼굴에는 수심이 가득해 보였다.

"그런 곡절을 몰랐습니다그려. 그렇다면 소승한테 그런 일쯤 해결 지을 도리가 있죠. 장가들겠다는 놈이 댁의 따님을 얻지 않겠노라고 그 마음만 돌이키게 하면 그만 아닙니까?"

"그야 그렇지요. 하지만 저놈은 살인강도 악마 같은 놈인데, 스님이 어떻게 그놈의 마음을 돌이키게 하겠소이까?"

"소승이 오대산 지진장로님한테서 설법(說法)을 많이 배웠습니다. 제 아무리 철석같은 위인이라도 회심(回心)되지요. 오늘 밤에 따님을 딴 곳에다 치우시고 소승을 따님 방에 있게 해줍쇼. 그렇게 하시면 그놈이 방에 들어온 다음 소승이 인연에 대한 설법을 잘해 그놈의 마음을 회심 시키지요."

"참 훌륭한 말씀… 이제야 우리 집에 복이 들었나봅니다. 활불(活佛) 이 하강하셨나봅니다."

방 안에서 이런 소리가 흘러나오는 것을 듣고서, 하인들은 눈이 둥그 레져 저희들끼리 서로 얼굴만 바라다보고 있는데, 또 유태공의 목소리 가 들린다.

"아직 밤도 어둡지 않았지만 진지를 드신 지가 한참 되니 진지를 더 하실 생각은 없으신지요?"

"밥이요? 밥은 싫습니다. 술이나 있거든 더 주십시오."

"술이야 얼마든지 있지요."

유태공의 목소리가 들리면서 하인을 부르는 것이었다.

하인들은 그의 분부대로 술통과 요리를 운반해왔다.

노지심은 커다란 사발로 술을 퍼마시면서 구운 오리고기를 손으로 뜯어 먹기를 한동안 계속했다.

"술을 그렇게 너무 하시면, 이따가 실수하시지 않을까요?"

이 모양을 보고 있다가 유태공이 걱정스러워서 이렇게 말하니까 노 지심은,

"염려 마십쇼. 소승은 술을 마시면 마실수록 정신이 똑똑해진답니 다."

라고 했다. 밖에 있던 하인들은 모두 입을 벌리고 혀를 내저었다.

조금 있다가 노지심은 자리에서 일어나면서,

"소승은 이제 신방으로 가요. 따님을 다른 곳에 치우셨습니까?"

"네, 벌써 스님이 말씀하기 전부터 다른 곳으로 피신시켰지요."

"자, 그럼 가십시다."

유태공은 즉시 노지심을 안으로 인도했다. 노지심은 계도를 차고 선장을 짚고서 그 뒤를 따라 들어갔다.

한참 들어가서 신방 앞에 이르렀을 때 유태공은 말했다.

"이 방이 딸년의 방이올시다. 그럼 나는 밖으로 나가 있으렵니다."

"네, 어서 나가십시오."

유태공이 나가자, 노지심은 신부 방으로 들어가서 먼저 선장을 침상 옆에 세워놓고 허리에서 계도를 끌러 그것은 침상 머리에 올려놓은 다음, 입었던 옷은 훌랑 벗어버리고 알몸뚱어리로 침상 위에 올라가서 책상다리를 하고 앉아서 머리맡에 놓인 등잔불을 입으로 혹 불어 꺼버렸다. 방 안은 캄캄해지고 말았다.

한편, 유태공은 밖으로 나와서 하인들로 하여금 사방에다 등불을 켜놓게 하고 대문 밖에 있는 보리타작하는 마당에도 횃불을 밝히라고 분부하고, 일변으로 산채로부터 따라올 졸개들한테 대접할 음식을 준비시키는 등 한동안 부산했다.

조금 있다가 멀리서 수십 개의 횃불이 비치기 시작했다. 유태공은 하인을 시켜서 바깥대문을 활짝 열어젖혀놓게 하고서 두목 놈의 신랑 행차를 기다렸다.

얼마 후 불빛에 번쩍거리는 창검(槍劍)과 깃발이 보이면서, 앞에서는 홍사등롱(紅紗燈籠)이 너댓 쌍 걸어오고, 그 뒤엔 백마(白馬)를 타고 앉은 신랑이라는 도둑놈 두목이 오고 있다. 그 뒤에서 기치창검을 든 졸개들이 따라오는 것이었다. 유태공은 이것을 내다보고 있다가 하인들을 거느리고 급히 대문 밖에 나가서 그 행차를 맞아들였다.

"이제 오십니까. 어서 오십시오."

유태공이 먼저 이렇게 말하면서 땅바닥에 꿇어앉자, 하인들도 일제히 무릎을 꿇었다. 도둑 괴수는 말에서 내려 유태공의 손을 잡고,

"장인께서 이게 웬일이십니까? 어서 일어나십시오."

하고 태공을 붙들어 일으킨다.

"천만에, 이 늙은 놈이야 그저 대왕(大王)의 치하에서 살고 있는 백성일 뿐이죠. 무어 장인이라니요…."

이 말을 듣고 신랑이라는 놈은 만족해서,

"허허허, 별말씀을 다 하십니다. 나는 당신의 사위지요. 당신의 따님이 나의 배필이구요. 그뿐인데, 어찌 그렇게 말씀하시나요?"

그리고 제법 호걸답게 껄껄 웃으면서 유태공을 일으켜 대문 안으로 들어가려 하니까, 태공은 그가 대문 안에 들어오기 전에 문밖에 놓인 탁자 위에서 술병을 들어다가 술잔에 술을 따라 한 잔 권하는 것이었다. 탁자 위에는 향로가 있고 향불이 피워져 있어 그윽한 향내가 풍겼다. 그런데 신랑이라는 놈은 여기 오기 전에 이미 술을 먹었는지라, 벌써 7, 8부가량 취기가 돌았었다. 그래서 그는 마음이 흡족하고 유쾌해서,

"이건 너무도 굉장하게 차리셨군요!"

하고 술을 마신 다음 저도 술 한 잔을 태공한테 권해 올렸다. 아까부터 졸개들은 북을 치고 피리를 불면서 흥을 돋우고 있다.

조금 지나서 신랑이라는 놈은 큰사랑 대청 위로 올라가면서 자기가 타고 온 백마를 뜰아래 버드나무에다 붙들어 매게 하고 대청 위에 올라가 좌정하더니,

"그런데 여보시오 장인, 내 아내 될 사람이 보이지 않으니 어디 있지요?"

하고 묻는다.

"부끄러워서 못 나오는 모양입니다."

"허허허. 부끄럽기는 뭐가 부끄럽다고… 그럼 내가 장인한테 술이나 한잔 드리고 들어가 봐야겠군."

신랑이라는 도둑놈 괴수는 술잔을 들어서 유태공에게 권한다. 태공은 잔을 받쥐고 마음속으로,

'그저 안에 있는 스님이 이놈한테 설법을 잘하셔서 마음을 돌리도록 해주소서!'

이같이 축원하고서 술을 마셨다. 그리고 그는 촛대를 들고 일어나서 문을 열고 도둑놈 괴수를 인도하여 신방 문 앞까지 왔다.

"이 방이 신방이니 들어가십시오."

태공은 이렇게 말하고 돌아서서 밖으로 나오면서, 또 스님의 설법이 효력을 발휘해주십사고 축원했다.

유태공이 촛불을 들고 나간 뒤에 도둑놈 괴수는 신방 문을 열었다. 방 안은 새카만 동굴처럼 지척을 분간할 수 없이 어둡다.

"이런 제기… 장인 양반이 인색하기도 하다. 신방에다 불도 안 켜주고 어둠속에다 신부를 앉혀놓았으니, 이럴 수가 있나. 내일은 내가 산채에서 기름 한 통을 내려다가 불을 켜게 해야겠군."

괴수는 방문 앞에 서서 이렇게 중얼거렸다. 침상에 앉아 있는 노지심은 이 소리를 듣고 웃음이 터지는 것을 억지로 참았다.

괴수는 캄캄한 방바닥을 한 발자국 한 발자국 더듬더듬 걸어 들어와서 한 손을 길게 뻗쳐 침상을 더듬는 것을 그때까지 숨소리를 죽이고 가만히 앉아 있던 노지심이 그놈의 손을 얼른 쥐어 잡고서 한 손으론 그놈의 볼따구니를 냅다 후려갈겼다.

"에쿠! 이게 무슨 짓이야!"

"이놈아! 너 이놈, 나 같은 신부를 구경하고 싶었지? 잘 보아라!"

노지심은 침상으로부터 내려와서 주먹으로 때리고 발길로 걷어차기 시작했다. 한쪽 팔을 억센 손아귀에 붙잡혀 있기 때문에 꼼짝 못 하고 경을 치게 된 놈은 견딜 수 없어서 고함을 질렀다.

"사람 살류! 살려주우!"

아닌 밤중에 신방으로부터 사람 살리라는 비명이 들리자, 놀란 것은 유태공이었다. 오대산 스님이 설법을 잘해서 마음을 회심시키겠다 하더니 도대체 이것이 어떻게 된 일인가 싶어서, 태공은 촛불을 들고 졸개들을 데리고 신방으로 달려갔다. 촛불에 비치는 방 안의 광경은 살풍경이다. 아무것도 입지 않은 발가숭이 스님이 도화산 도둑놈 괴수를 자빠뜨리고 그 위에 타고 앉아서 주먹으로 마구 때리는 게 아닌가.

이 광경을 보고 졸개들은 '와' 소리를 지르면서 신방 안으로 들어가려고 했다. 그러나 그 순간 노지심은 깔고 앉았던 괴수를 내버리고, 침상 머리에 세워두었던 선장을 집어들고는 마루로 달려나왔다. 흉맹스럽게 생긴 발가숭이가 뛰어나오는 모양이 어찌나 무섭던지, 졸개들은 혼비백산해서 그만 도망쳐버렸다. 이 틈에 괴수 놈도 신방을 빠져나와 사랑 마당까지 달려와서, 한구석에 매여 있는 말 위에 올라탄 후 버드나무 가지를 꺾어 말볼기를 채찍질했건만, 웬일인지 말은 달아나지 못한다. 괴수 놈은 어쩔 줄 몰라 하다가 말고삐를 살펴보고는 고삐를 버드나무에서 끌러놓지 않고 그냥 타고 앉아 있는 것을 깨달았다. 그래서 그는 다시 내려 고삐를 끄른 후 말을 타고 도망해버렸다.

이 같은 소동을 겪은 유태공은 큰 걱정이 생겼다. 그는 발가숭이가 되어 마루에 버티고 서 있는 노지심을 보고 말했다.

"여보시오. 이제는 스님이 내 집을 망쳐버리셨소!"

노지심은 그 말을 못 들은 체하면서 하인을 보고 신방에 가서 자기 옷이나 가져오라고 호령하는 것이었다. 하인이 옷을 갖다 주니까 노지심은 그것을 천천히 주워입기만 했다.

유태공은 이 모양을 보고 또 걱정을 늘어놓았다.

"여보시오. 저놈이 산으로 돌아가서 다시 수백 명을 이끌고 큰두목과 함께 우리 집으로 쳐들어올 테니, 이 일을 장차 어찌하면 좋단 말이오?"

유태공이 걱정하자, 노지심은 태연히 말한다.

"염려 마십쇼! 내가 누군고 하니 연안부 노충 경략상공을 모시고 있던 제할이올시다. 내 이름이 노달이라면 아마 모를 사람이 없을 겝니다. 쥐새끼 같은 좀도적이야 그까짓 거 천 명 이천 명 달려온댔자 무서워할 내가 아닙니다. 못 믿으시겠거든, 이 선장을 한번 들어보십시오."

그는 이렇게 말하고 선장을 집어서 마루 아래 내려놓았다. 태공은 하인들더러 그것을 들어보라 했다. 그러나 하인들은 한 사람씩 나와서 들어보다가 그것을 들지 못하고는 모두 물러났다. 그러자 노지심은 한 손으로 선장을 집어들고는 그것을 내흔드는데, 그 모양이 마치 지푸라기를 내젓는 것같이 가벼워 보이는 것이었다.

유태공은 이 모양을 보고 감탄했다.

"제발 이제부터는 내 집에 계십시오! 어디 가실 생각 마시고, 스님이 오래오래 계셔야만 내 집이 부지되겠습니다. 소원이올시다."

"염려 마십쇼. 내가 안 갈 테니."

"고맙소이다. 술 좀 드릴까요?"

"주십시오."

"그러나 너무 많이 잡숫지는 마슈."

"염려 마십쇼. 내야 한 잔 먹으면 한 가지 일을 하고, 열 잔 먹으면 열 가지 일을 하죠."

"참 굉장하십니다."

유태공은 조금 전과는 딴판으로 희색이 만면해 하인에게 술과 고기를 드리게 했다. 얼마 지나지 아니해서 노지심은 술을 마시고 있었는데, 문밖에 있던 하인이 달려들어오더니,

"지금 도화산에서 도둑떼가 이리로 쳐들어오고 있어요! 앞에서 말 타고 오는 놈이 큰두목이래요. 어쩌면 좋아요?"

라고 사태의 위급함을 고한다. 노지심은 그 소리를 듣고서 술잔을 놓고 자리에서 일어났다. 그리고 허리에 계도를 차고, 한 손에 선장을 짚고서 천천히 대문 밖으로 걸어나갔다. 그가 대문 밖에 나와서 바라보니,

수백 명의 졸개를 거느리고 큰두목이라는 놈이 창을 꼬나들고 말을 달려 가까이 오고 있다.

위풍당당하게 수백 명 졸개를 거느리고 다가오던 도화산 큰두목은 유태공의 집 대문 앞 큰 마당에서, 노지심이 선장을 짚고 대문 밖에 우뚝 서 있는 모양을 보고 호령을 하는 것이었다.

"네 이놈 중놈아! 빨리 나와서 내 창을 받아라!"

이 소리를 듣고 노지심은 성난 목소리로,

"이놈들, 쥐새끼 같은 놈들! 너희들이 모두 죽고 싶으냐!"

이렇게 호령하고서, 선장을 휘두르며 두목을 향해 달려들었다. 이때 두목은 쳐들었던 창을 내리면서 다급한 목소리로 묻는다.

"잠깐만, 잠깐만 참아라! 네 목소리가 귀에 익구나. 대관절 네가 누구냐? 우리 통성명이나 하자꾸나!"

이 소리를 듣고 노지심이 위엄 있게 대답했다.

"내가 누구냐고? 나는 다른 사람 아니라 연안부 노충 경략상공을 모시고 있던 제할 '노달'이란 사람으로, 지금은 출가해서 '노지심'이라고 부르는 어른이시다. 알아들었느냐?"

그가 대답하자, 두목은 껄껄 웃으면서 내려오더니 땅바닥에 창을 던져버리고는 노지심 앞에 무릎을 꿇고,

"형님! 그간 안녕하셨습니까?"

라고 인사를 하는 것이었다. 노지심은 두어 발자국 뒤로 물러서면서 이 사람의 얼굴을 자세히 보고서야 그가 누구인 줄 알아보았으니, 이는 다른 사람이 아니라 위주(渭州)에서 사진(史進)과 함께 만나본 일이 있는, 거리에서 약을 팔던 타호장(打虎將) 이충(李忠)이다.

"오오, 자네가 이충이 아닌가!"

노지심이 말하자 이충은 얼른 땅바닥에서 일어나 노지심한테로 다가오더니, 손을 잡고서 묻는다.

"형님! 형님이 어찌해서 중이 되셨습니까?"

"자, 여기서 이럴 게 아니라, 안으로 들어가서 이야기하세."

노지심은 일이 너무도 이상스럽게 되었는지라, 이충의 손을 잡고 대문 안으로 들어갔다. 이때까지 정세를 살피고 있던 유태공은 이 광경을 보고 가슴속이 서늘해졌다.

'저것들이 모두 한패로구나!'

하는 생각이 일어난 까닭이다.

노지심은 이충을 데리고 큰사랑 대청으로 올라가더니, 자기가 정면에 자리 잡고 앉으면서 유태공더러는 자기 앞에 와서 앉으라고 자리를 권하는 것이었다. 그러나 태공 노인은 겁이 나서 가까이 가지 못했다.

"염려 마십시오. 태공께선 조금도 두려워하지 마십시오. 이 사람은 소승하고 형제 같은 사람이올시다."

노지심은 태공을 안심시켰다. 그리고 이충을 자기 곁에 앉히니까, 태공은 그제야 그 곁에 앉는다.

"자아, 그러면 내가 지내온 이야기를 하지. 내가 위주에서 자네를 만나보고 나서 그놈 진관서라는 정도(鄭屠)를 주먹으로 때려죽이고선 대주 안문현이란 곳으로 안 갔던가. 거기서 취련의 아비 김씨 노인을 만났단 말이야. 동경으로 가겠다던 그들 부녀가 거기 와서 살고 있는데. 그런데 관가에서 나를 잡으려고 한다기에 나는 다른 곳으로 피신하겠다 했더니, 김씨 노인의 사위 되는 조원외라는 사람이 나를 오대산 지진장로한테로 데리고 와서 머리 깎고 중노릇을 하게 했다네. 그런데 내가 두 번 술을 먹고 주정 좀 했더니, 장로님이 나를 동경 대상국사 지청선사님한테로 보내시는 고로 오대산을 떠나서 오다가 날은 어둡고 집은 없고 해서 우연히 이 댁에 들어왔단 말이야. 오늘 여기서 자네를 또 만나게 된 것은 참말 뜻밖의 일일세. 그런데 아까 내가 두들겨준 그놈은 웬 놈인가? 이 댁 따님한테 억지로 장가들겠다는 그놈 말이야. 그리고 자네는 어찌해서 이리로 왔나?"

노지심이 자기 내력을 이야기하고 나서 묻는 말에 이충도 저의 이야기를 털어놓는다.

"나는 말씀야, 위주에서 형님하고 사진이하고 술집에서 나와 서로 작별한 뒤 바로 객줏집으로 돌아갔었지요. 그런데 그 이튿날 소문을 들으니까, 형님이 정도란 놈을 때려죽이셨다 하기에 일을 상의해보려고 사진이를 찾아갔더니, 사진이도 종적을 감추지 않았겠어요. 그런데 관가에선 나까지 잡으려 한다기에 나도 위주에서 도망해 나왔지요. 그래 우연히 이곳을 지나는데, 아까 형님한테 두들겨 맞은 놈, 그놈이 도화산에 산채를 짓고 있는 소패왕(小覇王) 주통(周通)이올시다, 그놈이 졸개들을 데리고 나와서 나한테 달려드는 것을 내가 힘 안 들이고 때려눕혔지요. 그랬더니 주통이 나를 저의 산채로 모시고 가서는 산채의 주인이 되어달라고 간청하잖겠어요. 그래서 마지못해 청하는 대로 그때부터 산채에서 두목 노릇을 하고 지낸답니다."

"그거 참 잘됐네. 그럼 이 댁 노인의 사정을 보아드려야겠네. 자네가 주통이한테 말을 잘해서 이 댁 따님한테 장가들겠다는 생각은 뿌리째 뽑아버리게 하란 말이야. 그렇게 해줄 수 있겠나?"

"그야 어려운 일 아니지요."

두 사람이 주고받는 이야기를 듣고 있던 유태공은 이때 답답하던 가슴이 시원해졌다. 근심걱정이 일시에 걷히는 바람에 그는 하인들한테로 나가서 음식을 차려오게 하여 노지심과 이충을 대접하는 한편, 밖에 있는 졸개들한테는 한 사람 앞에 만두 두 개, 고기 두 덩어리, 그리고 술 한 사발씩을 대접하게 했다. 졸개들은 배부르게 먹었다.

유태공은 다시 안으로 들어가서 비단 두 필과 돈 한 주머니를 들고 나와서 이것을 노지심에게 전하며 이충에게 선사해달라고 청하는 것이었다. 노지심은 고개를 끄덕거리고 그것을 이충에게 주었다.

"옜네. 유태공이 자네한테 선사하는 걸세. 가지고 가게."

"받아도 괜찮을까요? 그럼, 받지요."

이충은 기뻐하는 표정으로 금품을 받은 뒤에,

"그런데 내가 두 분을 산채로 모시고 싶은데 상관없으시거든 저하고 같이 안 가시겠습니까? 태공께서는 어찌 생각하십니까?"

이렇게 묻는다.

"상관없습니다. 가지요."

태공은 이렇게 대답했다. 그리고 하인을 불러 교군을 두 채 준비하라고 이르는 것이었다. 하인들은 분주히 왔다 갔다 했다.

그럭저럭 밤새 소동을 하다 보니 어느덧 날이 밝았다. 교군 두 채도 나란히 마당에 놓였다.

노지심은 먼저 일어나서 허리에 계도를 차고 선장을 짚었다.

유태공은 이때 안으로 들어가서 비단과 돈 한 주머니를 들고 나왔다.

그것을 보고 이충이 먼저 뜰아래 내려가서 말을 타고 대문간으로 나갈 때 노지심과 유태공이 각각 가마 속에 들어가 앉으니까 교군꾼이 가마를 들고 그 뒤를 따랐다. 그들이 앞에서 나아가자 밖에 있던 졸개들은 그 뒤를 호위하는 것이었다.

도화산 속으로 올라가서 산채 앞에 당도했을 때, 이충이 먼저 말에서 내려서자 가마도 땅 위에 내려지고 노지심과 유태공도 함께 밖으로 나왔다.

"들어오십시오."

이충은 두 사람을 인도해 취의당(聚義堂) 정청으로 올라와서 노지심과 유태공이 자리에 좌정하는 것을 보고는 옆방을 향해서,

"여보게 동생! 이리로 나오게."

큰소리로 동생을 부르는 것이었다. 그러자 옆방 문이 열리면서 주통이 나왔다. 그는 얻어맞은 양쪽 볼따구니가 뚱뚱 부어 있는데, 문을 열

고 나오자마자 유태공 곁에 노지심이 앉아 있는 꼴을 보고 흥분했다. 그래서 그는 이충을 향하여 불평을 쏟는다.

"형님이 내 원수를 갚겠다더니… 이게 뭐예요! 참, 화가 나서…."

이충은 투덜거리는 주통을 바라보며 묻는다.

"동생이 이 스님을 알아보겠나?"

"알아보기만 해요, 때려주고 싶지!"

"허허허. 내가 자네한테 항상 이야기하던 그 양반이 바로 이 양반이셔. 진관서 정도란 놈을 주먹으로 세 번 때려서 죽여버린 '노제할'이 바로 이 스님이시란 말야."

"아."

주통은 말을 더 못 하고 그만 그 자리에 꿇어 엎드려 노지심한테 절을 했다. 노지심도 답례를 했다. 그리고 주통이 일어나서 자리에 앉자, 먼저 노지심이 입을 열었다.

"그런데 말일세. 자네들보고 내가 부탁할 말이 있네. 유태공께서 따님 하나만 길러오시다가 이제는 환갑도 지나시고 노쇠하셔서 작고하신 뒤에 봉제사(奉祭祀)하고 혈통이나 계승하도록 마련하시는 터인데, 공연히 이 양반의 마음을 괴롭히지 말란 말야! 알아듣겠나? 자네가 장가를 들고 싶거든 딴 데 가서 다른 색시를 구하면 되지 않나? 그러니까 여기 이 양반께서 가지고 오신 선물이나 고맙게 받고서, 다시는 혼인 말은 입 밖에 내지 말란 말야. 자네 생각이 어떤가?"

노지심이 말하니까 주통은 대답한다.

"그저, 형님 말씀대로 시행합죠. 다시는 혼인 말을 입 밖에도 안 내겠습니다."

"그래, 그래, 참말 자네야말로 대장부일세."

노지심이 그를 추켜주니까 주통은 일어나서 화살통으로부터 화살한 개를 집어들더니 그것을 뚝 분지르며 하는 말이,

"제가 이렇게 맹세합니다."

한다. 노지심은 또 그를 칭찬했다.

"감사하외다. 그럼, 이 사람은 집으로 돌아가보겠습니다. 여기 가지고 온 물건이나 받아주십시오."

이때 유태공은 인사하고 자리에서 일어났다. 이충과 주통은 노지심만을 붙들고 산채에 며칠 동안 묵으라 한 후, 유태공만 집으로 돌아가게 했다.

이렇게 되어 산채에 머무르게 된 노지심은 3, 4일 동안 도화산 속에서 편안히 쉬며 경치만 구경했는데, 도화산 앞에 보이는 산도 잘생겼거니와 뒷산은 더구나 절묘하고 웅장하게 생긴 산으로서 전후좌우가 대단히 험준하게 생긴 곳이었다. 그리고 산채로부터 도화산 위로 올라가는 길은 하나밖에 없는데, 그 아래는 열 길이나 되는 절벽이고, 그 절벽 아래는 잡초가 무성했다.

'좋기는 좋은 곳인데, 좀 험준하구나!'

노지심은 환경을 두루 살펴본 다음에 이같이 혼잣말을 했다.

그럭저럭 5, 6일이 지나서 노지심이 가만히 생각해보니 여기서 이자들과 함께 이렇게 지내는 것이 일이 아니었다. 자기는 대상국사로 가는 길이 아니던가.

그리고 이충이나 주통의 위인이 사람 놈들이면 또 모르겠지만, 며칠 동안 두고 보니 두 놈이 세상을 미워하고 불평만 가졌을 뿐이지, 도량이 넓고 시원스러운 맛이 조금도 없다. 마음이 좁고 천하고 인색하다. 이런 놈들하고 같이 있는 것은 일이 아니다.

그는 이같이 생각했는지라 마침내 이충을 보고 말했다.

"난 이제 그만 떠나겠네."

이충은 놀라는 표정으로 노지심을 붙든다.

"가시다니요! 그런 말씀 마시고 저희들하고 여기서 함께 지내십시다."

"함께 지내다니… 그럴 수 있나. 난 벌써 출가한 사람인데 어떻게 자네들하고 산채에 머무른단 말인가. 지금 떠날 테야."

"정 떠나시겠다면 할 수 없습니다마는…오늘 하루만 더 묵으십시오. 그러면 내일 산 아래 내려가서 형님 노잣돈을 털어오겠습니다. 하루만 참으시죠."

노지심은 그들이 이같이 붙드는 대로 그날 하루만 더 묵기로 작정하고서 도로 주저앉았다.

이튿날 아침부터 산채에서는 양을 잡고, 돼지를 잡아 연석을 차리는데, 금과 은으로 만든 값비싼 그릇들을 탁자 위에 벌여놓았다. 그리하여 요리가 다 준비되었을 때 이충과 주통은 노지심을 연석으로 인도했다.

"형님이 떠나시는 날이기에 술 한잔 올리려고 음식을 장만했습니다. 한잔 드십쇼."

먼저 이충은 이같이 말하고 술잔을 노지심에게 권했다. 노지심이 술을 받아 마신 다음 이충에게 술을 권하고 있을 때, 졸개 한 놈이 급한 일이나 생긴 것처럼 연석 앞으로 달려들어왔다.

"왜 이렇게 뛰어들어오느냐? 무슨 일이 생겼니?"

이충이 졸개보고 꾸짖듯이 묻자, 졸개는 씨근거리면서 보고했다.

"지금요, 저 아래 커다란 차가 두 대나 물건을 가득 싣고서 십여 명이 걸어가고 있어요. 아마 잘사는 사람의 이삿짐인가 봐요."

이 소리를 듣고서 이충과 주통은 서로 얼굴을 바라보더니 고개를 끄떡하고는, 먼저 이충이 노지심더러 이렇게 말하는 것이었다.

"형님, 미안합니다만 잠깐 혼자 앉아서 술을 좀 하십쇼. 우리가 지금 곧 내려가서 형님한테 드릴 노잣돈을 벌어와야겠어요. 애들아, 빨리 차비를 차려라."

이같이 그는 노지심의 양해를 구하면서 졸개들한테 행인을 습격할 준비를 재촉하는 것이다. 그리고 그들은 자리에서 일어나 부리나케 나가버렸다.

이충과 주통이 나가버린 뒤에 연석에 남아 있는 놈이라고는 심부름 하는 졸개 두 명뿐이고, 그 밖의 졸개들은 모두 산 아래로 내려간 모양이다.

노지심은 괘씸하게 생각했다.

'이런 나쁜 놈들이 있나! 그래, 금은(金銀) 기명을 늘어놓고 사람대접을 한다는 놈들이, 사람을 혼자 앉혀놓고서 노략질을 하러 가다니! 이렇게도 인색한 놈들이 또 있나? 어디 두고 보아라. 내가 네놈들을 좀 가르쳐주고 가겠다.'

노지심은 이렇게 생각하고서 자리를 걷어차고 벌떡 일어나서 그 방에 남아 있던 졸개 두 명을 그 자리에 때려눕히고는 탁자 위에 놓인 금은 기명을 몽땅 배낭 속에 집어넣고서 재빨리 그 자리를 떠나 뒷산 길로 올라갔다. 품속에는 지진장로의 편지를 간직하고, 허리에는 계도를 차고, 한 손에 선장을 짚고서 그는 요전 날 올라가본 일이 있는 산길을 타고 올라가는 것이다.

그는 한참 올라가다가 낭떠러지에 이르러서 가만히 생각했다. 벼랑 아래는 잡초가 우거졌으니, 그곳에 떨어진대도 몸이 상할 것 같지는 않았다. 이렇게 생각한 그는 먼저 배낭과 선장과 계도를 벼랑 아래에 던지고, 자기도 두 손을 벌리고는 바닷물 속에 뛰어들어가는 것처럼 골짜기로 내리뛰었다.

이리해서 노지심은 열 길이나 되는 낭떠러지로부터 굴러떨어져서 무사히 산 아래로 내려왔다. 그는 일어나서 팔과 다리를 한 번씩 오므렸다 폈다 해보고 나서 아무렇지도 않으니까, 즉시 허리에 계도를 차고 어깨에 배낭을 메고, 한 손에는 선장을 짚고 뚜벅뚜벅 걸었다.

한편, 이충과 주통은 졸개들을 거느리고 산 아래 길로 내려와서 이삿

짐을 가지고 지나가는 나그네의 재물을 털었다. 그리고 부랴부랴 산채로 돌아와 보니 노지심은 간 곳 없고, 심부름하던 졸개 두 놈만이 한편 구석에 사족을 꽁꽁 묶인 채 굴러 있는 것이었다.

"이거 웬일이냐? 스님은 어디로 가셨니?"

하고 이충은 먼저 졸개한테 물으니까, 졸개는 묶인 채로 대답했다.

"그런 사람 처음 봤어요! 그 양반이 벌떡 일어나더니, 한꺼번에 저희들 두 놈을 때려눕혀 꽁꽁 묶어놓고서는 탁자 위에 있는 금그릇, 은그릇을 몽땅 가지고 달아났답니다."

이 말을 듣고서 주통이 소리를 질렀다.

"그래? 그놈의 중녀석 상판이 험하더라. 그런데 제가 여기서 달아난다면 어디로 갈 수 있단 말인가? 뒷산은 사면이 모두 낭떠러진데…."

"그럴 거 없이 우리 가보자!"

이충이 이같이 말하자, 주통은 앞장서서 뒷산으로 올라갔다. 그들은 한참 가다가 낭떠러지 아래 풀밭에 풀이 자빠져 있는 것을 보았다.

"흐흥, 여기서 저 아래로 뛰어 내려갔구나. 그거 참…."

이충이 먼저 이같이 말하니까 주통이 이충더러 의견을 묻는다.

"그럼 우리가 여기서 그놈을 쫓아갈까요?"

주통이 묻는 소리를 듣고 이충은 고개를 저었다.

"아니야, 소용없어! 벌써 관문(關門)을 지나갔을 것이고, 또 설령 쫓아가서 만난다 하더라도 내나 자네 따위로는 그 사람과 싸워서 이길 가망이라곤 조금도 없다. 그러니까 분하기는 하지만 꾹 참고 있는 게 상책이야!"

"그렇다면 참을 수밖에 없죠! 이길 수 없는 싸움이라면 처음부터 안 하는 것이 상책이니까요."

주통은 이충의 말에 공명하는 것이었다.

"그러니까 별수 없네. 돌아가세. 금그릇·은그릇은 잃어버렸지만 유태공한테서 받은 비단과 돈은 있지 않은가? 그것을 자네와 내가 나눠 갖세! 아니 삼분하세. 자네가 한 몫, 내가 한 몫, 그리고 졸개들 한 몫… 이렇게 나누세."

"좋습니다. 형님 처분대로 하십쇼."

이충과 주통 두 놈의 두목은 이같이 의논하고서 다시 산채로 돌아갔다.

이때 노지심은 벌써 50리나 걸어왔다. 좌우가 높은 산이고 그 사이로 좁은 길이 한 가닥 있을 뿐, 사람의 집이라곤 보이지 않는다. 그는 좌우를 번갈아 둘러보면서 걸어가다가 왼편으로 좁다란 샛길이 있고 그 앞에 낙락장송이 우거져 있는 곳을 발견했다.

'아마 저 속에 절이 있나 보다. 아이, 시장해라.'

노지심은 이같이 중얼거리고 샛길로 들어서서 송림 속으로 한참 올라가니까 과연 눈앞에 퇴락한 절이 보인다. 사원(寺院)으로 들어서는 산문(山門) 앞에 이르러서 쳐다보니, 산문 꼭대기 주홍빛 현판에 금빛으로 글자 넉 자를 써 붙였는데 도무지 알아볼 수 없도록 빛깔이 벗겨져 희미하다. 그래서 눈을 씻고 자세히 바라보니, '와관지사(瓦官之寺)'라는 절 이름이 보인다. 노지심은 그제야 산문 안으로 들어갔다. 들어가서 4, 50보 걸어가니까 돌다리가 있고, 돌다리를 건너가니 '지객료(知客寮)'라는 현판이 걸려 있는 집이 있는데, 대문채는 찌그러져서 문짝이 넘어졌고, 사면의 바람벽도 모두 흙이 떨어져 뼈다귀가 엉성하게 드러나 보였다.

'쯧쯧…, 이렇게 큰 절이 어째 이 모양이 됐담!'

노지심은 중얼거리고서 방장(方丈)을 찾아갔다. 방장문 앞에는 제비똥이 수북하게 쌓여 있고, 문 위에는 거미줄이 얽히고설키었다. 노지심은 속으론 못마땅하게 여기면서도 그 문 앞에 선장을 짚고 서서 큰소리로,

"지나가는 승인(僧人)이 문안드립니다."

이같이 자기가 온 뜻을 고했다. 그런데 안에서는 아무 기척도 없다. 노지심은 두 번 세 번 소리를 지르면서 한식경이나 기다려보았건만 도

무지 쥐죽은 듯 고요하므로, 그는 이상하게 생각하면서 뒤꼍으로 돌아갔다. 그곳에는 부엌이 있었는데, 부뚜막에 녹슨 솥과 냄비가 걸려 있을 뿐 그 외엔 아무것도 없다.

노지심은 아침밥도 못 먹고서 도화산을 떠나, 점심때가 지난 지금까지 요기를 못한 까닭으로 뱃속에서는 조르륵 소리가 나는 판이다. 그는 텅 빈 부엌 속을 둘러보고는 고개를 돌이켜 사방을 살펴보다가 건너편에 외딴 채가 있고, 그 방 속에 늙은 중 서너 명이 앉아 있는 모양을 발견하고서 성큼성큼 그 방 앞으로 건너갔다. 그런데 그 방 안에는 노오랗고 황달 들린 것 같은, 가죽과 뼈만 남은 늙은 중 서너 사람이 얼빠진 사람같이 멀거니 앉아 있는 것이었다.

그래도 노지심은 그들을 보고 큰소리로 말했다.

"그렇게 오랫동안 큰소리로 불렀는데도 그래 아무도 대답을 안 한단 말이오? 그럴 수가 있소?"

이 소리를 듣고서 바짝 마른 늙은 중이 손을 힘없이 내저으며,

"큰소리 내지 마시오."

한다. 노지심은 여전히 큰소리로 말한다.

"난 오대산 문수원에서 오는 중인데 밥 좀 주시오. 죽이라도 좋으니 한 그릇만 주시오."

"글쎄 우리도 사흘을 굶었소! 먹을 것이 아주 떨어져버린 지가 3, 4일 되오. 있으면야 왜 안 드리겠소."

"실없는 소리 하지 마시오. 이렇게 큰 절에서 먹을 것이 떨어지다니 그게 말이나 되는 소리요?"

"그러실 거요. 과거엔 이 절도 유복한 절이었다오. 그러나 4, 5일 전에 자칭 스님이라는 자하고 자칭 도인(道人)이라는 자하고… 두 놈이 이리로 와서는 못 할 짓 없이 행패를 부리고서, 주지 이하 모든 승려를 몰아냈다오! 그리고 우리들 걸음도 잘 못 걷는 늙은이들만 몇 사람 남아

있는데… 그놈이 먹을 걸 줘야지! 좁쌀 한 움큼도 구경 못 한 지가 꼭 사흘째요!"

"말도 안 되는 소리 그만두시오! 그래, 숱하게 많은 중들이 자칭 도인과 스승이라는 두 놈 때문에 모두 쫓겨났단 말요? 왜 관가에 가서 고발도 못 했단 말이오?"

노지심이 핀잔을 하자, 늙은 중은 대답했다.

"여기서 관가까지 길이 여간 멀어야지! 그리고 요새 관군이란 규율이 말이 아니니까 그것들이 도움이 안 된답니다. 그리고 이놈의 도인과 스님이라는 자는 도무지 상대할 수 없는 마귀 같은 인간이니까 어쩔 도리가 없답니다. 지금도 저기 방장 후원에 있을 거요."

"그렇게 흉악한 놈들이란 말요? 성명을 뭐라고 하는 놈들이오?"

"스님이라는 놈은 성이 최(崔)가고 이름은 도성(道成)이며 별명은 철불(鐵佛)이라는 놈이고, 도인이라는 자는 성이 구(邱)가에 이름이 소을(小乙)인데, 별명이 비천야차(飛天夜叉)랍니다. 두 놈이 다 강도나 일반이죠."

늙은 중이 이같이 말하고 있을 때, 노지심의 코에는 오래간만에 맡는 향긋한 냄새가 들어왔다. 이같이 이상하게 향긋한 냄새를 맡은 노지심은 고개를 두어 번 두리번거리며 사방을 살펴보다가 마침내 한편 담 밑에 커다란 냄비가 놓였는데, 지금 그 냄비 속에서 무엇이 부글부글 끓고 있는 것을 발견했다. 그는 코를 벌름거리면서 냄새를 맡아보다가,

"에익, 나쁜 사람들 같으니라고! 저기다 죽을 끓이면서 나를 속였단 말이지!"

이렇게 한마디를 뱉고는, 성큼성큼 냄비 있는 데로 걸어갔다. 방에 앉아 있던 늙은 중들은 큰일이나 난 듯이 한꺼번에 기어 나왔다. 노지심은 냄비 뚜껑을 선장 끝으로 열어젖혔다. 그 속에서 끓는 것은 좁쌀죽이었다. 노지심의 입속엔 금시 침이 하나 가득 괴었다. 뱃속이 몹시도

시장했던 판이다. 죽을 먹기는 먹어야겠는데 그릇이 없다.

　노지심은 급한 마음에 선장 끝에다 냄비를 꿰어서는 번쩍 쳐들었다. 이때 늙은 중들은 모두 그에게 달려들어서 옷자락을 붙들고 매어달린다. 노지심은 그들을 뿌리치면서 몇 발자국 앞으로 옮기었다. 그래도 늙은 중들은 매어달리면서 뒤로 끌어당긴다. 노지심은 냄비의 죽이 엎질러질까 봐서 뒤로 끌려오다가 다시 앞으로 끌고 나갔다. 두 번 세 번 끌거니 뿌리치거니 하다가, 노지심은 그냥 냄비째 입에다 대고 뜨거운 죽을 벌컥벌컥 들이마셨다. 그 사이에 죽이 약간 식었던 것이다.

　"아이구, 여보시우, 사람 살리시오. 우리가 사흘이나 굶은 사람이라오! 당신이 다 먹어버리면 어떡하오!"

　늙은이들이 애걸하는 소리를 듣고, 노지심은 죽냄비를 입에서 떼었다. 그동안에 그는 예닐곱 모금 죽을 마시었던 까닭으로 요기는 한 셈이다.

　그런데 이때 노랫소리가 들려온다.

　　　　날 좀 보소 날 좀 보소
　　　　이내 몸은 동에 있고
　　　　님의 몸은 서에 있고
　　　　이 몸에는 아내 없고
　　　　님에게는 남편 없네
　　　　어이하면 좋단 말가
　　　　그리운 님 내 말 듣소
　　　　아내 없는 이 몸한테
　　　　남편 없는 자네 오소

　노래 가사는 이런 것인데, 이 노래를 흥얼거리면서 후원으로 들어가는 사람은, 머리엔 건을 썼고 몸엔 도포를 입었는데, 술병과 고기를 치룽 속에 넣어 어깨에 걸쳐메었다. 노지심은 죽냄비를 늙은 중들 앞에 내려놓고 물었다.

"저게 무엇 하는 사람이오?"

"저게 바로 자칭 도인이라는 비천야차 구소을이란 놈이죠."

늙은 중이 대답하는 소리를 듣고서 노지심은 즉시 구소을의 뒤를 밟았다. 방장 뒤로 돌아가보니 뒤뜰에는 커다란 느티나무가 서 있는데, 그 나무그늘 밑에 탁자를 하나 내다놓고서 뚱뚱한 중놈과 젊은 계집이 지금 구소을과 함께 고기와 술병을 탁자 위에 벌여놓는 판이다.

그런데 중놈의 상판대기는 시커멓고 눈썹은 숯검정을 붙여놓은 것 같이 보기 흉하다. 이놈이 최도성이라는 자칭 스님이다. 노지심은 그들 앞으로 들어서면서 호령했다.

"이놈들, 여기서 술자리를 벌이다니, 괘씸한 놈들!"

호령을 듣고서 최도성과 구소을은 깜짝 놀라서 노지심을 바라보더니, 금시에 태연해지면서 먼저 최도성이가,

"사형(師兄)! 앉으시지요. 우리 한잔 같이 드십시다."

이렇게 수작을 붙이는 것이었다.

"뭐라고? 너희들 두 놈이 와가지고 어째서 이 절을 이 꼴로 만들었느냐 말이다. 바른대로 말해봐."

"사형! 앉아서 소승의 말씀을 들어보십시오. 이 절 중놈들이란 참말 몹쓸 놈들이었습니다. 술 처먹고, 계집질하고, 땅 팔아먹고, 망할 짓만 골라가면서 했더랍니다. 그래서 도장(道場)을 이 꼴로 만들었지요. 그래, 수일 전에 소승이 저 도인과 함께 여기 들어와서 우선 산문을 중수(重修)하고, 차차 퇴락한 전각을 중수하려는 생각이랍니다."

"저 부인은 누구요?"

"네, 이 부인은 앞마을에 사시는 왕(王)씨 댁 따님이죠. 부인의 선친께서는 이 절의 큰 시주셨습니다. 그런데 지금은 가세가 빈한한 데다가

제 아비 되는 이가 병환이래서 우리들한테 쌀을 얻으러 왔습니다그려. 그래, 시주댁의 체면을 생각하여 지금 술 좀 얻어다가 접대하려던 참입니다. 밖에 있는 늙은 것들의 이야기를 곧이듣지 마셔야 합니다."

이 말을 듣고 보니 노지심은 더 할 말이 없어졌다. 천성이 솔직한 그는 그놈의 말을 죄다 곧이들었다.

'그러니까 아까 그 늙은 중들이 나를 속였구나!'

노지심은 이같이 생각하고서 다시 돌아서서 바깥으로 나왔다. 그는 늙은 중들 앞에 와서 그들을 꾸짖었다.

"늙은 놈들이 왜 거짓말을 하느냐? 죽을 쑤면서도 먹을 것이 없다 하고, 퇴락한 절을 중수하려고 들어온 사람을 악당으로 모함하고, 늙은것들이 심보가 그래서 천벌을 안 받겠니!"

노지심이 이같이 호령하니까, 죽냄비를 가운데 놓고 둘러앉았던 늙은 중들은 숟가락을 놓고서 이구동성으로,

"우리가 거짓말을 할 리 있습니까. 능구렁이가 다된 그놈들이 맨손으로 사형을 대항할 수 없으니까 그따위 수작을 했나 봅니다. 우리들은 이렇게 며칠씩 굶고 있는데, 그놈들은 술에 고기에 흥청거리고 앉아 있는 것을 보아도 아실 일이 아니겠습니까? 사형이 그놈들한테 넘어가셨습니다."

이같이 말하는 것이었다. 노지심은 늙은 중들의 말을 듣고 나서 그제야 자기가 속은 것을 깨달았다.

그는 선장을 꼬나잡고서 방장 뒤로 스님이라는 자와 도인이라는 자를 찾아서 달음질했다. 그런데 방장문 앞에 다다르니까 아까는 열리어 있던 문이 안으로 굳게 잠겨 있다. 노지심은 분해서 한 발로 문짝을 힘껏 찼다. 문짝은 떨어져버렸다. 노지심은 그냥 뒤꼍으로 뛰어들어갔다.

이때 최도성과 구소을은 커다란 칼을 한 자루씩 꼬나들고, 느티나무 아래서 노지심을 노려보고 서 있는 것이었다.

노지심은 이 모양을 바라보고,

"네 이놈들!"

소리를 벽력같이 지르면서 두 놈한테 달려들자 먼저 최도성이 칼을 휘두르며 덤벼든다. 노지심은 최도성을 상대로 십여 합 싸웠는데, 원체 최도성은 노지심과 상대도 안 되는 사람인지라 슬금슬금 도망하는 눈치를 보였다. 이때 이 모양을 보던 도인이라는 구소을이 노지심의 등 뒤로부터 칼을 쳐들고 날쌔게 들이쳤다.

노지심은 몸을 돌이켜 선장으로 구소을의 칼을 막았다. 하마터면 칼을 막지 못할 뻔한 위태로운 순간이었다. 그리하여 노지심은 이번엔 도인을 상대로 십여 합 싸우다가 문득 자기 등 뒤에서 사람의 발자국 소리가 들리는 것 같으나 얼굴을 돌려 뒤를 살펴볼 겨를도 없고, 사람의 그림자도 어른거리는 것 같으므로, 그는 선장을 휘두르며 정신을 가다듬었다. 그리고 가만히 생각해보니, 아침부터 먹지 못하고 5, 60리를 걸어온 것이 원인인 것 같다. 허기지고 지친 데다가 기운 좋은 두 놈이 칼쓰는 법도 만만치 않으니 이놈들을 상대로 싸우는 것이 불리할 것 같다. 이렇게 깨달은 노지심은 즉시 몸을 돌이켜 방장 밖으로 달아나기 시작했다. 최도성과 구소을은 그 뒤를 쫓아 나왔다.

노지심은 산문까지 도망쳐오다가 돌아서서 두 놈을 맞아 또 두어 차례 접전을 하고서는 다시 산문 밖으로 달음질하여 돌다리를 건너서 줄달음질 쳤다. 최도성과 구소을은 돌다리까지 쫓아오다가는 다리 난간에 걸터앉아서 달아나는 꼴만 바라다볼 뿐 더 쫓아가지 않았다.

돌다리로부터 달음질하여 한 마장가량이나 피해오다가 노지심은 숨이 가빠서 길가의 돌 위에 걸터앉아버렸다. 그는 잠시 동안 숨을 돌리고 나서 가만히 생각해보니 아까 늙은 중들한테서 죽을 뺏어먹을 때 배낭을 그곳에 내려놓은 채 그대로 내버리고서 달려온 것이 생각났다.

'이거 야단났구나. 도로 배낭을 찾으러 갈 수도 없고… 노잣돈 한 푼

도 호주머니엔 가진 게 없고… 이 일을 장차 어찌한담!'

그는 한참 동안 일어날 줄 모르고 생각하고 앉았다가 하는 수 없이 일어나서 앞을 보고 걸음을 옮겼다. 한 발자국 무겁게 떼어놓고서 또 한 발자국은 더 한층 무거운 듯이 떼어놓는다. 할 수 없이 이같이 걷는 걸음이건만, 어느덧 3리쯤 걸어오다가 보니 앞에는 울창한 적송(赤松)나무숲이 우거져 있다. 그 송림을 보고 노지심은,

'야, 이 속에서는 호랑이라도 새끼를 치겠구나!'

이런 생각이 났다. 그래서 그는 송림을 자세히 살펴보고 지나가는데, 문득 저편 소나무 뒤에서 어떤 놈이 숨어 있다가 대가리를 삐죽 내밀어 이쪽을 엿보더니 다시 대가리는 숨어버리고서 침을 퉤 뱉는 소리만 들리는 것이었다. 노지심은 그 모양을 보고서 문득 생각했다.

'옳거니… 저놈이 필시 도둑놈이겠다. 저놈이 저런 곳에 숨어 있다가 행인을 털어먹는 놈일 터인데, 날 보아하니 중이니까 장사가 안 될 줄 알고서 침을 뱉고 숨어버린 거야. 내 이왕 노잣돈도 없어진 터이니 저놈의 주머니를 털어서 술값이라도 벌어야겠다!'

그는 이렇게 생각하고 선장을 짚고 뚜벅뚜벅 걸어서 그 소나무 아래까지 와서,

"숨어 있는 도둑놈아! 빨리 나오너라!"

하고 큰소리를 질렀다.

그 소리를 듣고서 소나무 뒤에 숨어 있던 도둑놈은,

"허허허. 별일이 다 많다!"

껄껄 웃으며 이같이 말하고 튀어나오더니 칼을 꼬나들고 딱 버티면서,

"이놈, 땡땡이 중놈아! 일껏 살려보냈더니 네가 뭔데 나를 불러내? 죽고 싶단 말이냐?"

이같이 호령한다.

"이놈, 네가 아직 내 소식을 모르는 모양이로구나!"

노지심은 이같이 대꾸하고서는 선장을 휘두르며 다가섰다. 칼을 꼬나들고 섰던 도둑놈은 그때 그 목소리가 귀에 익은 목소리라 생각하고, 손을 멈추고서 묻는 것이었다.

"야, 중놈아! 네 성명이 뭐냐?"

"네 이놈! 네가 나하고 3백 합만 싸운다면, 그때 가서 내가 이름을 대주마!"

도둑놈은 노지심이 이같이 대꾸하는 소리에 분이 난 듯이 칼을 휘두르며 달려들었다. 두 사람은 십여 합 접전을 했다. 이렇게 한참 동안 싸우다가 도둑놈은 노지심의 선장 쓰는 솜씨가 여간 아니므로 이 사람은 보통 중이 아니라고 직감하고서 얼른 그 자리를 피하며,

"여보! 잠깐만 쉽시다. 내가 좀 할 이야기가 있어서 그러니, 조금 쉽시다. 대관절 당신이 누구시오? 목소리가 퍽 귀에 익으니 말요. 나는, 내 이름은 사진(史進)이올시다."

이렇게 인사를 붙이는 것이었다.

노지심은 그가 사진이라는 말을 듣고 선장을 땅에 짚고는 껄껄 웃었다.

"허허허. 그렇던가! 난 누구라고!"

그는 뜻밖에 아는 사람을 만난 기쁨을 나타내면서 풀밭에 주저앉았다. 사진도 그 곁에 와서 앉는다.

"그런데 자네는 위주에서 나하고 작별한 뒤 어디로 갔었던가?"

"저요? 저는 그날 형님을 모시고 술집까지 갔다가 나와서 이튿날 정도란 놈을 때려죽이셨다는 소문을 듣고 통쾌하게 생각하고 있었는데, 객줏집 주인이 전하는 말에, 그 전날 밤 형님과 함께 술집에서 취련이 아버지 김씨 노인하고 함께 만났던 사람들을 관가에서 모조리 체포할 작정이라고 하지 않아요? 그래, 한시가 바쁘다고 저는 즉시 연안부로 왕진(王進) 선생님을 찾아갔었죠. 그런데 왕진 선생님은 거기 안 계셔

요. 하는 수 없이 도로 돌아오다가 보니, 노잣돈은 떨어지고 해서 어쩔 수 없이 산림 속에서 이렇게 강도질을 하고 지낸답니다. 그런데 형님은 어쩌다가 중이 되셨나요?"

사진이가 이같이 말하자, 노지심도 자신의 경력을 숨김없이 털어놓았다. 정도를 때려죽인 뒤로 지금 이 순간까지 겪어온 내력을 일장 설명하니까, 사진은 얼른 일어나서 자기 보따리를 가지고 오더니,

"정말, 시장하시겠어요. 여기 떡하고 건육(乾肉)이 많이 있습니다. 이 거라도 잡수시고 기운을 차리셔야 합니다."

이렇게 말하면서 떡과 고기를 펼쳐놓는 것이었다. 노지심은 눈이 확 뜨이면서, 한 손으로는 떡을 집어 먹고, 한 손으로는 고기를 집어서 입 속에 털어넣었다.

한참 동안 이렇게 먹고 나니 노지심의 배는 불러졌다. 그는 손을 털고 일어나서 개울에 가서 물을 손으로 움켜 마시고 난 뒤에 다시 사진이 곁에 와서 털썩 앉는다.

"형님! 와관사에 안 가시렵니까? 형님한테 무엄하게도 대들던 도인하고 중놈한테 복수를 해야겠는데요."

사진은 노지심보고 이렇게 제의한다.

"그래, 나도 분해! 지금 다시 가서 그놈들을 때려눕혀야겠어!"

"그럼, 가십시다."

노지심과 사진은 뜻을 합해 와관사로 달음박질했다.

그런데 두 사람이 와관사 못미처 개천까지 이르러서 바라다보니까, 돌다리 난간 위에 아직도 최도성과 구소을 두 놈이 앉아 있는 것이었다. 노지심은 그들을 보고 먼저 호령을 했다.

"이놈들, 꿈쩍 말고 게 있거라!"

노지심이 이렇게 호령하고 선장을 휘두르며 달려드니까, 얼굴 검은 중놈 최도성이 껄껄 웃으면서 칼을 들고 일어섰다.

"너는 아까 싸움에 지고서 달아난 놈이 어쩌자고 또 왔니? 모가지가 부러지고 싶어서 왔냐?"

최도성이 이같이 조롱하는지라, 노지심은 소리를 벽력같이 지르면서 대들었다. 선장과 칼이 불똥을 튀기면서 맹렬한 접전이 시작되었다. 이때 도인이라는 구소을이 최도성이 위태로운 것을 살피고 칼을 휘두르며 노지심에게 달려드는 것을, 지금까지 형세를 관망하고 있던 사진이 그를 가로막았다. 노지심과 사진이 각각 한 사람씩 상대하는 바람에 싸움은 크게 벌어졌는데, 노지심은 한참 동안 최도성과 접전하다가 한번 소리를 벽력같이 지르면서 최도성의 등어리를 선장으로 후려갈겼다. 최도성은 다리 아래로 떨어졌다.

구소을은 이 광경을 보고 용기가 차츰 줄어들어 슬금슬금 피하다가 돌아서서 달아나는 것을 사진은 이놈을 놓칠세라 뛰어가서 한칼로 그놈의 등어리를 찍어버렸다. 이 동안에 노지심은 다리 아래 떨어진 최도성을 뛰어내려가서 죽여버렸다. 이렇게 두 놈의 도적을 죽여버린 노지심과 사진은 절 안으로 들어갔다. 그러나 사흘이나 굶었다던 늙은 중들의 모양이 보이지 않는다.

"그거 참 이상하다. 아까까지 여기 늙은 중들이 있었는데… 참, 별일이다."

노지심이 이같이 중얼거리자, 사진이 당황한 목소리로,

"형님, 저기 보세요!"

하고 손가락으로 후원 속을 가리킨다.

노지심이 돌아다보니 후원 저편 소나무가지에 여기 하나, 저기 하나… 이렇게 네 사람의 시체가 매어달려 있는 것이 아닌가. 늙은 중들은, 최도성과 구소을을 상대하여 싸우다가 노지심이 그 두 놈을 못 당하고서 달아난 뒤에, 자기들도 미구에 두 놈의 손에 죽임을 당할 것을 각오하고서 자결한 것이 분명했다.

노지심은 혀를 쯧쯧 차고서 방장 뒤의 느티나무 아래로 가보았다. 탁자 위에는 술상이 여전히 놓여 있건만 아까 보았던 젊은 계집은 보이지 않고, 저만큼 떨어져 있는 우물가에 신발 한 켤레가 있을 뿐이다.

노지심이 달려가서 우물 속을 들여다보니 아니나 다를까, 그 계집은 벌써 몸을 던져 죽어버린 지 오래된 모양으로서 시체가 떠 있다.

노지심과 사진은 서로 얼굴을 바라보고는 다시 여기저기 떨어져 있는 조그마한 집 속을 깡그리 살펴보았건만, 아무 데도 사람의 그림자라곤 보이지 않았다. 다만 방장에 붙여서 지은 주방 안에 고기와 생선이 있으므로 두 사람은 즉시 불을 피워서 고기와 생선을 굽고 밥을 지은 후 그것을 실컷 먹었다.

"이제 볼일 다 봤네. 가세!"

배부르게 먹은 후 먼저 노지심이 말하는 것이었다.

"그냥 가요? 이 절을 이대로 놔두고서 그냥 가실래요?"

사진은 이같이 묻는다.

"그럼… 어떡한다?"

"불살라 없애버려야죠."

사진이 이같이 말하자 노지심은 통쾌하게 웃고 나서,

"잘 생각했네! 이런 절은 없애야지!"

하고, 잠깐 동안 고개를 갸웃하더니 벌떡 일어나서 놓아두었던 자신의 배낭을 찾아서 돌아왔다.

"여보게, 우선 이 물건을 자네하고 나하고 절반씩 나누어 갖세."

그는 이렇게 말하고서 배낭을 끌렀다. 배낭 속에서는 이층과 주통의 산채로부터 집어가지고 나온 금그릇, 은그릇이 와그르르 쏟아졌다. 사진은 노지심에게 감사하다는 뜻을 표하고는 그가 시키는 대로 배낭 하나를 찾아와서 제 앞에 놓인 물건만 그 속에다 집어넣었다.

이같이 재물을 분배하여 두 사람이 각각 배낭 한 개씩을 어깨에 둘러멘 뒤에 그들은 횃불 한 개씩을 만들어서는 후원에 있는 조그만 집부터 모조리 돌아다니면서 처마 끝과 문짝에다 불을 붙였다. 뼁 돌아가면서 불을 지른 후 맨 나중에 대웅전에다 불을 질렀다. 이때부터 바람이 강하게 불기 시작하여 삽시간에 온통 골짜구니 안이 불바다가 된 것처럼 화광이 충천했다.

두 사람은 산문 밖에 나와서 활활 타오르고 있는 불더미를 돌아다보고, 먼저 노지심이 말했다.

"썩어가는 절이란 저렇게 살라버리는 게 좋아!"

이 말을 듣고 사진이 말했다.

"절뿐이 아니죠. 모든 것이 다 그렇지요. 조부 적부터 살고 있던 제 집일지라도 없애버려야 할 땐 깨끗이 살라버리는 게 상책이라니까요."

"그렇지!"

두 사람은 이같이 이런 소리 저런 소리 주고받고 해가면서 그날 밤새도록 길을 걸었다. 몇 십 리나 걸었는지, 어느덧 밤이 가고 아침이 다가오는 모양이어서 동녘 하늘이 부유스름해지는데, 저 앞에 주막집 하나가 보인다. 두 사람은 시장하고 피곤하던 판에 주막을 발견했는지라 기운 좋게 성큼성큼 외나무다리를 건너 주막집 안으로 들어갔다.

두 사람은 술과 밥을 배부르게 먹고 난 뒤에, 노지심이 사진보고 물었다.

"그런데 이제 자네는 어디로 갈 작정인가?"

"글쎄요, 소화산(小華山)으로 주무(朱武)를 찾아가 볼까 하죠. 그래, 거기 좀 있다가 또 기회 있으면 형님을 뵙겠습니다."

"그렇게 하세. 그럼 우리 일어나는데, 자네 노잣돈 좀 갖고 가게."

노지심은 배낭에서 은전을 몇 푼 꺼내서 사진한테 주고 일어났다. 두 사람은 주막집을 나와 5리가량 걸어오다가 세 갈림길에서 서로 작별하고, 노지심은 동쪽 길로 향했다.

불량배를 땅바닥에 끓어앉히다

　사진과 작별하고 동쪽을 향하여 걸어가기를 8, 9일 한 후에 노지심은 마침내 동경에 다다랐다. 여기가 서울인지라 성안에 집이라든지, 길이라든지, 오고 가는 행인이라든지, 도무지 너무도 휘황하고 소란해서 시골서 올라온 사람은 공연히 겁이 났다. 노지심도 마음이 약간 불안해져서 한 사람을 붙들고 '대상국사(大相國寺)가 어디 있습니까?' 하고 물었다. 그 사람은 친절하게 가르쳐주었다. 바로 눈앞에 보이는 큰 다리를 건너가서 곧장 올라가면 대상국사라는 것이었다.

　노지심은 쉽게 대상국사를 찾아서 절문 안에 들어가 좌우를 둘러보니 동서로 복도가 뻗쳤는데, 동쪽 끝으로 첫 번째 보이는 것이 지객료(知客寮)였다. 노지심은 그 앞으로 갔다. 마침 안으로 들어가려던 중이 흘깃 돌아다보고 들어가더니, 금시에 지객승(知客僧)이 나와서 노지심을 아래위로 훑어보고는,

　"사형은 어디서 오셨나요?"

　하고 묻는 것이었다. 어깨엔 커다란 배낭을 둘러메고, 손에는 굵다란 철장을 짚고, 허리엔 칼을 찬 중을 그는 처음 보는 눈치였다.

　노지심은 이때 배낭을 내려놓고 선장을 기둥 옆에 세우고 합장하여 예를 하고 나서,

"소승은 오대산 문수원에 있다가 이번에 지진장로님의 편지를 가지고 왔습니다. 소승을 이곳에 두어주십사는 부탁 편지입니다."

하고 솔직하게 말했다.

"그러십니까. 장로님의 편지를 가져오셨다면 나와 함께 방장으로 가시죠."

지객승은 안심하는 표정으로 노지심을 인도하여 방장으로 갔다. 방장문 앞에 이르렀을 때, 노지심은 배낭을 뜰 위에 내려놓더니 부산스럽게 보따리를 끄르고 편지 봉투를 꺼내어 한 손에 들고 있는 것이었다. 이 모양을 본 지객승이 그를 나무라는 듯 일깨워준다.

"여보시오. 어찌 그렇게도 체면을 모르나요! 대사님께서 금방 나오실 터인데 그게 뭐요? 칼은 끌러놓고, 향불을 피우고, 대사님 나오시거든 예배를 해야 합니다."

"이런 제기랄… 진작 일러주잖고!"

노지심은 이같이 투덜거리면서 즉시 허리의 계도를 끌러버리고, 배낭 속으로부터 향로를 꺼내어 향을 피웠다. 지객승은 이때 방장 안에 드나드는 상재에게 연락했다.

조금 있다가 나이 칠순 가까워 보이는 지청선사가 청초한 모습으로 문 앞에 나타나자, 지객승은 그 앞에 가서 합장하고 아뢰는 것이었다.

"여기 서 있는 승인(僧人)이 방금 오대산으로부터 지진장로님의 서찰을 갖고 왔다 하옵니다."

"오, 그래. 그 어른이 좀체 편지 같은 것을 안 하시는데…."

지청선사는 이렇게 혼잣말처럼 말했다. 그때 지객승이 노지심 곁에 가서 얼른 인사를 드리라고 독촉했다.

노지심은 향에 불을 댕겨 이것을 어쩔 줄 몰라서 좌우를 두리번거리다가 재도 안 담긴 향로 속에 집어넣고는 지청선사에게 절을 세 번 했다. 그리고 배낭 위에 놓아두었던 지진장로의 편지 봉투를 올렸다.

지청선사는 그것을 받아 봉투를 뜯고 편지를 꺼내어 읽고 나더니 상재승을 보고,

"네가 이분을 승당으로 모시고 가서, 거기서 휴식하도록 해라. 그리고 잿밥[齋飯]을 드리고 요기하시라 해라."

이같이 분부했다. 노지심은 허리를 굽혀 지청선사한테 두 번 절하고 나서 다시 계도를 허리에 차고, 배낭을 둘러메고, 선장을 짚고서 상재승을 따라갔다.

지청선사는 노지심을 이렇게 승당으로 보내놓고 나서 즉시 직사승(職寺僧) 전원을 방장으로 소집시킨 뒤에 의논을 시작했다.

"오대산 지진장로님이 나한테 어려운 부탁을 해오셨다. 경략부에 군관으로 있다가 사람을 때려죽이고서 출가한 사람을 우리 절에다 두어두라 하셨어. 사람이 아직은 덜됐지만 앞으로 반드시 증과(證果)를 얻을 것이니, 자비를 내려 수록(收錄)하라 하셨으니… 그런데 이 사람이 오대산에서도 두 번이나 소동을 일으켰다고 말씀하셨거든! 내 맘엔 이런 사람을 둘 수 없지만, 모처럼의 사형 어른 부탁을 거절할 수도 없고… 이 일을 장차 어찌하면 좋단 말인가?"

지청선사의 말이 끝나자, 먼저 지객승이 의견을 아뢴다.

"소승이 아까 처음 보니까, 그 사람은 외양부터 흉맹스럽게 생겼고, 도시 출가한 사람 같지 않아요. 이런 사람을 여기다 어떻게 두겠습니까!"

지청선사가 난처한 기색으로 침묵하고 있는데, 이번엔 도사(都寺)가 의견을 말한다.

"지진장로님의 부탁을 거절하실 수도 없을 것이고… 소승 생각으로는, 그 사람을 산조문(酸棗門) 밖에 있는 채원(菜園)으로 보내두는 것이 좋을 것 같습니다. 그 채원 근처에 살고 있는 20여 명의 파락호(破落戶)들은 어찌해볼 도리가 없는 불량배들이라, 지금 그곳에 나가 있는 늙은

이로서는 채원을 지킬 수 없답니다. 그러니까 지진장로님이 부탁하신 사람을 그리로 나가게 해서 채원이나 지키고 있게 하시면 좋을 성싶습니다."

도사가 이 같은 의견을 말하자, 지청선사의 얼굴에서는 난처한 기색이 걷혔다.

"그래, 참 좋은 의견을 말했네!"

지청선사는 즉시 도사의 의견을 받아들이고서 상재중으로 하여금 승당에 가서 노지심을 불러오게 했다.

노지심이 들어왔다.

지청선사가 그를 보고 입을 열었다.

"자네가 이왕 지진장로님의 천거를 받아서 왔으니, 본사(本寺) 안에는 직사승의 수효가 많고 자네 할 일도 없는데, 다행히 본사의 채원이 큰 게 있으니 거기 나가서 채원을 관령(管領)하고 있게. 날마다 채소를 열 짐씩만 본사에 보내주고, 나머지는 모두 자네 용도로 써버리는 거야."

노지심은 이 말을 듣고 볼멘소리로 말했다.

"지진장로께서 하신 말씀은 그렇지 않았습니다. 소승이 이곳에 오면 직사승을 시켜주실 것이라 하셨기에, 소승은 도사나 감사는 될 줄 알고 왔습니다."

그가 이같이 불쾌해하는 소리를 하자, 처음부터 노지심을 반대하던 지객승이 입을 열었다.

"여보시오. 내 말씀을 들어보시오. 직사승은 모두 다 각기 등분이 있는데, 나 같은 지객승은 왕래하는 승중(僧衆)을 접대하는 게 소임이고, 유나(維那)·시자(侍者)·서기(書記)·수좌(首座)는 모두 청직(淸職)이라 아무나 못 하는 소임이랍니다. 그리고 도사(都寺)·감사(監寺)·제점(提點)·원주(院主)는 항상 재물을 관장하는 게 소임이니 이 두 가지는 모두 상등직사(上等職寺)요, 장주(藏主)·전주(殿主)·각주(閣主)·화주(化主), 이 같은 소임은 모두 중등직사(中等職事)랍니다. 그다음에 탑두(塔頭)·반두(飯頭)·다두(茶頭)·정두(淨頭)·채두(菜頭), 이 같은 소임은 모두 말등직사(末等職寺)지요. 그러니까 사형은 이곳에 처음 오셨으니까, 채원을 1년 동안 지키시다가 일을 잘 보시면 그 후에 '탑두'가 되실 것이고, 1년을 또 잘 보시면 그 후엔 '장주'가 되실 것이며, 또 1년을 잘하시면 그제야 '감사'가 되실 수 있는 것이랍니다. 집안의 제도가 이같이 된 것은 사리에 꼭 합당한 것이지요."

"사리가 그렇다면, 내일 채원으로 나가겠습니다."

노지심은 지객승의 설명을 듣고 '채두' 되는 것을 이렇게 쾌히 승낙했다.

이때까지 노지심의 일을 걱정하던 지청선사는 그제야 마음을 놓고 안으로 들어가서 몸을 편히 쉬었다. 그리고 조금 있다가 그는 다시 일어나서 그날 의논해서 결정한 일을 책에 적어놓게 한 후 채원에 걸어놓을 방문을 쓰게 하고, 또 사람을 채원으로 보내면서 채두를 내일 바꿀 터이니까 지금 있는 사람을 들어오게 하라고 분부했다. 그리고 그날 밤은 다 각기 처소에 돌아가서 자게 했다.

이튿날 아침에 지청선사는 법좌에 앉아서 법첩(法帖)에 인을 찍은 후 노지심을 채두에 임명했다. 노지심은 두 손으로 법첩을 받아들고서 지청선사에게 하직을 고한 후, 계도를 차고 배낭을 메고 선장을 짚고 대상국사를 떠났다. 햇볕이 아침부터 뜨겁게 내리쬔다.

그런데 이날 산조문 밖 채원에는 다음과 같은 방문이 걸렸다.

승인 노지심, 명일부터 채원을 관장함. 잡인은 채원에 함부로 출입을 금함.

채원 앞을 지나다니는 행인들은 이 같은 방문을 보고서도 무심히 지나다니건만, 채원 근처에 살고 있는 불량배들 사이에서는 이것이 문제가 되었다. 그도 그럴 것이, 이들은 날이 밝기 전 채원에서 무, 배추를 훔쳐 뽑다가 시장에 팔아 그것으로 노름 밑천을 삼아오는 패였던 까닭이다.

　"채원에 출입을 금하다니, 될 뻔이나 한 말이야. 어림도 없어. 우리를 어느 놈이 못 들어가게 해?"

　"못 들어가게 하고 말고가 없지. 언젠 우리가 저한테 알리고서 들어갔어야 말이지."

　"그래, 새벽녘에 들어가는데, 제가 자다 말고 어떻게 나와서 우리를 막는담."

　"그러고 저러고 간에 노지심이란 중놈은 어떤 자식이기에 절에서 이곳으로 내보낸다는 거냐?"

　"그걸 낸들 알 수 있니! 중놈 가운데서 기운 센 놈을 뽑아서 내보내는 거겠지."

　"그럴 거야! 이 근처에 우리가 있는 줄 아니까 절에서도 골치를 앓는 모양이지?"

　"오늘 노지심이란 놈이 오거든 한번 골탕을 먹여줄까?"

　"그래, 그거 참 좋다. 그런데 어떻게 골탕을 먹일 수 있나?"

　"이따가 노지심이란 놈이 올 거 아냐? 그놈이 채원에 들어가서 한 바퀴 돌아다닐 때 우리가 거름탕 근처에 있다가 가까이 가서 인사를 하는 체하면서 너는 그놈의 왼쪽 다리를 붙들고, 나는 그놈의 오른쪽 다리를 붙들고서 냅다 잡아당기거든! 그러면 그놈이 똥구덩이로 떨어질 거 아냐?"

　"그래, 그래. 그렇게 하자."

　불량배들은 이렇게 의논을 결정했다.

한편, 노지심은 채원에 이르러 먼저 채두실(菜頭室)에 들어가서 채두와 인사를 하고 그로부터 치부책과 열쇠를 인계받았다. 그리고 채원 안에서 일보는 7, 8명 일꾼들의 절도 받았다. 이같이 사무인계가 끝난 뒤에 먼저 있던 채두 늙은 중이 본사로 돌아간 뒤에, 노지심은 채원 안을 한 바퀴 둘러볼 생각으로 뜰아래 내려서서 이쪽저쪽을 바라보았다. 이때, 불량배들은 저쪽 배추밭 고랑에 웅기중기 모여 섰다가 이쪽 거름탕 있는 곳으로 가까이 걸어왔다.

노지심은 이것들이 웬 사람들인가 싶어서 그 사람들 쪽으로 가까이 걸어갔다. 배추밭과 무밭 사이에 사방 다섯 간이나 될 만큼 크게 땅을 파고는 그 속에다 똥과 오줌을 저장하여 거름을 장만하는 거름탕에는 똥오줌이 하나 가득 괴어 있다. 노지심이 그 거름탕 가장자리까지 이르렀을 때, 불량배들 가운데서 두 놈이 앞장서서 노지심 앞으로 다가오더니 허리를 굽신하고, 먼저 한 놈이 인사를 드렸다.

"스님께서 이번에 새로 채두가 되셔서 오셨다지요? 저는 이 근처 사는 장삼(張三)이라는 사람이올습니다. 그리고 이 친구는 이사(李四)라고 부릅니다."

이놈이 이같이 말하고 또 한 번 절하는 듯이 허리를 굽히더니, 별안간에 노지심의 왼편 다리를 두 손으로 부둥켜 쥐었다. 이와 동시에 이사라는 놈은 와락 달려들어 노지심의 오른편 다리를 껴안고서 두 놈이 함께 그를 들어 던지려고 하는 것이었으나, 그의 몸은 꿈쩍도 안 했다. 이와 같이 노지심은 마치 돌기둥처럼 흔들리지도 아니하다가, 그가 왼쪽 다리를 번쩍 쳐들면서 털어버리니까 장삼이란 놈이 거름탕 속으로 풍덩 떨어지고, 또 한 번 그가 오른편 다리를 쳐들고 내저으니까 이사란 놈이 거름탕 가운데로 풍덩 빠져버리는 게 아닌가. 이같이 놀라운 광경을 보고 겁을 집어먹은 불량배들은 모두 도망하려고 뛰기 시작하는 것을,

"이놈들! 꼼짝 말고 거기들 있거라. 한 놈이라도 도망하다간 너희 놈들 모조리 거름탕 속에 들어갈 줄 알아라!"

노지심은 이같이 호령했다. 그러자 도망가려던 놈들이 모두 그 자리에 우뚝 서버리고 움직이지 못하는 것이었다.

도망하려던 놈들이 내빼지 못하는 모양을 보고서 그제야 노지심은 고개를 돌이켜 거름탕을 내려다보았다. 장삼과 이사 두 놈이 지금 똥오줌 속에 파묻혀서 두 팔을 내저으며 밖으로 나오려고 애를 쓴다. 두 놈의 대가리에도 팔뚝에도 구더기가 붙어 있는 것이 눈에 보였다.

"잘못했습니다, 사부님! 살려줍쇼."

"한 번만 용서해줍쇼."

장삼과 이사는 노지심을 쳐다보면서 이같이 애걸했다. 이 모양을 보고 노지심은 불량배들을 돌아다보면서,

"너희들 이리로 와서 이놈들을 끌어내라. 어서 빨리!"

하고 눈을 딱 부릅떴다. 그놈들은 일제히 거름탕 언덕으로 몰려와서 똥오줌 속에서 허덕이는 장삼과 이사를 동아줄로 끌어냈다. 두 놈이 거름을 뒤집어쓰고 언덕 위로 올라왔을 때 그 냄새가 코를 찔렀다. 노지심은 멀찌감치 떨어져 있는 곳에서 그 꼴을 보고 '껄껄껄' 웃으며 말했다.

"얘 이놈들아, 저 뒤로 가면 연못이 있다. 거기 가서 몸뚱어리를 씻고 오너라!"

이 말을 듣고서 장삼과 이사는 채소밭 뒤에 있는 연못으로 달음박질했다.

한참 있다가 장삼과 이사가 옷을 벗은 알몸뚱어리로 돌아오자, 노지심은 불량배들을 보고 그들의 옷을 벗어서 두 놈에게 입히도록 명령했다. 장삼과 이사는 여러 놈이 벗어주는 옷으로 몸을 가리고서 그제야 땅바닥에 무릎 꿇고 노지심한테 절을 했다.

이때 불량배들이 모두 꿇어앉았다.

"저희들이 사부님을 몰라뵈었습니다. 소인들은 할아비 때부터 이 동네에 살아오는 것들인데 땅 가진 게 없어서 농사도 못 짓고, 그저 노름이나 하고 그럭저럭 살아갑니다. 노름 밑천은 여기 이 땅에 있는 무, 배추를 몰래 훔쳐가는 걸로 충당하죠. 그런데 대상국사에는 그전엔 사부님 같으신 중이 없었기 때문에 소인들이 맘대로 행세했었는데, 이제는 사부님을 진심으로 존경하겠으니 널리 용서해주십쇼."

장삼이 이같이 빌고 사죄하니까, 노지심은 또 그들한테 자기 내력을 설명하고 꾸짖었다.

"나는 누군고 하니, 관서 연안부 노충 경략상공을 모시고 있던 제할이다. 사람을 때려죽이고 그 때문에 출가해서 오대산에 있다가 이리로 왔다. 성은 '노'가고 법명은 '지심'이다. 천군만마(千軍萬馬) 속에서도 내가 좌충우돌, 조금도 겁내지 않고 왕래하는 사람인데, 너희들은 불과 30명도 못 되는 것들이 어쩌려고 나한테 버릇없이 덤볐느냐 말이다!"

"황송합니다. 모르고 그랬지 알고서야 그랬겠습니까?"

"용서해주십쇼. 감사합니다."

"감사합니다."

불량배들은 이같이 감사드린 후 노지심 앞에서 물러갔다. 노지심은 그 이상 아무 말도 하지 않고 자기 방으로 돌아왔다.

그 이튿날, 장삼과 이사는 저희 패 20여 명을 데리고서 술 열댓 병과 돼지 한 마리를 잡아가지고 노지심을 찾아왔다.

"사부님이 우리 동네에 와 계신 것은 참말 소인들한테는 다시없는 행복입니다. 그래서 소인들이 오늘은 사부님을 대접하려고 술과 고기를 갖고 왔으니, 한잔 드십시오."

먼저 장삼이 이같이 인사를 했다. 노지심은 그 말을 듣고 만족한 듯 웃음을 지었다. 그리고 그는 불량배들을 큰방으로 들어오라 했다. 이리해서 상좌에는 노지심이 좌정하고, 불량배들은 노지심을 중심으로 뺑 둘러앉아서 술자리를 벌였다.

술이 두 병… 다섯 병… 일곱 병째 없어지자, 좌중에서는 노래를 부르는 놈, 손뼉을 치는 놈, 떠들고 지껄이는 놈, 일어나서 춤을 추는 놈, 껄껄거리면서 웃는 놈… 가지각색의 형용이 나타났다. 좌석이 이렇게 시끄러워졌을 때, 이때 바깥에서는 난데없이 까마귀의 울음소리가 요란하게 일어났다. 까까까 우는 소리가 귀를 아프게 하자, 방 안에서 떠들던 불량배들도 귓구멍을 손가락으로 막고서,

"에잇! 염병할 놈의 까마귀!"

하고 욕을 하는 것이었다.

"이거 어디서 까마귀가 이렇게 우는 건가?"

노지심은 장삼·이사를 둘러보면서 물었다.

"저 아래 배추밭 가에 높다란 버드나무가 있잖아요? 그 버드나무 꼭대기에 까마귀 집이 그전엔 하나밖에 없었는데, 요새 며칠 전부터 늙은 까마귀 한 놈이 또 와서 집을 짓고는 꼭 아침저녁으로 저렇게 울어댄답니다."

불량배들 중에서 한 놈이 이렇게 말했다. 그러자 장삼과 이사를 비롯해서 여러 놈이 한마디씩 지껄였다.

"나가서 사다리를 가져오너라. 내가 나무에 올라가서 그놈의 까마귀 집을 치워버릴 테니!"

"그럴 거 없어! 내가 맨발 벗고 그냥 올라가지."

"돌멩이를 팔매질해서 내가 까마귀 집을 떨어뜨리면 그만 아냐?"

"그만둬! 내가 올라가야 까마귀 집을 송두리째 떨어뜨린단 말야."

이때 노지심은 이렇게 지껄이는 불량배들을 가로막고, 좌우간 나가서 그 나무를 보자 하고 여러 놈들을 밖으로 데리고 나왔다.

버드나무 밑까지 와서 노지심은 한번 살펴본 다음, 나무의 높이를 한번 훑어보고 나더니 아무 말 하지 않고 웃통을 벗어놓고 속옷 바람으로

한쪽 어깨를 버드나무 밑동에다 착 붙이고서 떠다밀고는, 그다음엔 또 한쪽 어깨에 바꾸어 떠다밀고 나더니, 이번엔 두 손으로 버드나무를 끌어안고서 앉았다가 전신의 힘을 모아 일어서니까, 땅바닥이 여러 조각으로 찢어지면서 그렇게도 큰 버드나무가 뿌리째 후두두 뽑혀지고 말았다. 노지심은 까마귀 집이 있는 버드나무를 이같이 뿌리째 몽땅 뽑아 높이 쳐들고 밭고랑 바깥으로 집어 던져버렸다. 이때 이 광경을 목도한 불량배들은 기가 질려 모두들 땅바닥에 무릎 꿇고 앉으면서 그를 칭송하는 것이었다.

"사부님은 정말 하늘이 내신 어른이올습니다. 진짜 나한(羅漢) 어른이신가 싶습니다."

그들이 이구동성으로 이같이 칭송하는 소리를 듣고, 노지심은 말했다.

"내일들 또 놀러오게. 내일은 내가 연장을 갖고서 쓰는 무술을 보여 줌세."

"그렇게 하겠습니다. 감사합니다."

"내일 오겠습니다."

"물러갑니다."

꿇어앉았던 불량배들은 모두 이같이 인사하고는 일어서서 채원문 밖으로 돌아갔다.

이 같은 일이 있은 후로 불량배들은 날마다 술과 고기를 가지고 와서 노지심을 대접하고, 그리고 노지심이 주먹으로 적을 때리고 적을 막고 하는 기술을 구경하는 것이었다. 이와 같이 3일을 경과한 뒤에 노지심이 문득 생각해보니 자기는 며칠 동안 파락호들한테서 얻어만 먹었다는 것이 점잖지 않게 생각되었다. 이렇게 생각한 그는, 채원에서 심부름하는 일꾼을 불러서 성안에 들어가서 술과 고기와 과자를 사오게 한 후 장삼과 이사를 위시해서 20여 명을 모두 청해 한턱을 냈다. 때는 햇볕이 뜨거운 여름철이라 노지심은 채원 한편 쪽 수양버들이 있는 담 밑에다 탁자와 걸상을 벌여놓고서 술자리를 차리게 했던 것이다.

술이 엔간히 돌아갔을 때 불량배들은 노지심을 보고,

"사부님, 저희들의 소청이 있습니다. 요전 날 사부님이 연장을 갖고 그것을 쓰는 무예를 보여주신다 하더니 어제까지 주먹 쓰는 법만 보여 주셨습니다. 오늘은 한번 기계(器械)를 쓰는 묘술을 보여줍쇼."

이같이 청하는 것이었다.

"그래! 그렇게 하지."

노지심은 쾌히 승낙하고서 즉시 자기 방으로 들어가서 길이 다섯 자, 무게는 62근이나 되는 선장을 들고 나왔다.

"자, 봐라! 에익!"

노지심은 연회석 앞에서 웃통을 벗은 채 선장을 앞뒤로 내저었는데, 바람을 일으키며 전후좌우로 휘도는 선장은 조금도 무거워 보이지 않고, 지푸라기같이 가벼워 보였다. 이 모양을 구경하면서 불량배들은 일제히 박수갈채했다. 이때 갑자기 어디서,

"참, 잘한다! 기계를 잘 쓴다!"

하고 칭찬하는 소리가 들렸다. 이 소리를 듣고 노지심은 선장 들었던 손을 쉬고 그 소리 난 곳을 바라보니, 채원 뒷담이 조금 무너졌는데, 그 무너진 담장 틈으로 어떤 관인(官人)이 이쪽을 들여다보면서 이같이 칭찬하는 것이 아닌가. 머리엔 푸른 빛 두건을 쓰고, 몸엔 전포를 입고, 서천(西川) 부채를 들었는데, 눈은 동그랗고, 수염은 호랑이 수염같이 뻗쳐 있고, 키는 8척이나 되어 보이며, 나이는 34, 5세가량 되는 사람이다. 노지심은 그 모양을 보고서 그가 군관(軍官)인 것을 알았다. 그러고서 장삼과 이사를 보고 물었다.

"저분이 누군가?"

"저분이 바로 팔십만(八十萬) 금군교두(禁軍教頭)로 계신 임충(林沖)이라는 어른이시죠."

이사가 이같이 대답했다.

"그럼 이리로 들어오시라지."

노지심이 이같이 말하자, 담 밖에 섰던 임교두는 서슴지 않고 그 자리에서 담을 뛰어넘어 들어와 노지심을 보고,

"스님은 고향이 어디시고 법명을 누구라 하시는지요?"

이같이 말을 건네는 것이었다.

"이 사람은 관서(關西)에 있는 노달이라는 사람입니다. 살인을 하고서 출가해 오대산에 있다가 요새 이리로 왔지요. 임교두의 존함은 일찍부터 알고 있었지만 이렇게 만나 뵈니 반갑습니다."

노지심이 이같이 말하니까 임교두는 대단히 만족해서,

"나도 노제할의 존명을 벌써부터 알고 있었지요. 우리가 이렇게 서로 만날 줄은 몰랐습니다그려."

하며 노지심 앞에 있는 걸상에 걸터앉았다.

"자아, 이렇게 한잔 드시지요."

노지심은 임교두에게 술잔을 권했다. 임교두는 잔을 받아 마시고서 노지심에게 술을 부었다. 이렇게 임교두는 술을 서너 잔 마시더니 노지심을 보고 자기와 의형제를 맺자고 말하므로 노지심도 승낙하고서 피차에 나이를 따져보니까 노지심의 나이가 위인지라, 당장에 노지심은 형이 되고 임교두는 아우가 되었다. 그러고서 두 사람은 또 술을 마셨다.

"그런데 오늘 무슨 일로 여길 오셨던가?"

노지심이 술을 마시다가 이같이 물었다.

"네, 오늘 이 근처 오악묘(五嶽廟)에 참배 왔다가 소향(燒香)을 하고서 묘 뒤로 돌아오려니까 가까운 곳에서 봉술 쓰는 소리가 들리기에 내려와보니 형님이 봉술을 쓰시더군요. 그래서 이렇게 좋은 연분을 맺었답니다."

"오악묘가 좋은 연분이 되었구먼…, 그런데 오악묘에 혼자 오셨는

가?"

"아니오. 아내와 금아(錦兒)라고 하는 계집아이 종을 데리고서 왔습니다."

임교두가 이같이 말하고 있을 때, 무너진 담 틈에서 임교두가 데리고 왔다는 그 계집아이가 이쪽을 들여다보더니 담 틈으로 기어 들어와서는 다급한 목소리로 말했다.

"큰일 났어요. 지금 아씨가 무뢰배들한테 붙들려 오악루(五嶽樓) 아래서 봉변당하고 계셔요. 어서 가보셔야겠어요."

임교두는 이 말을 듣고 둥그런 눈을 더욱 둥그렇게 뜨고서는 노지심을 보고,

"일간 또 뵙지요."

한마디 인사하고는 담을 뛰어넘어 오악묘를 향해 달음질했다. 계집종 금아도 두 주먹을 쥐고 그 뒤를 따라갔다.

이때 오악루 아래서는 탄궁(彈弓)·취통(吹筒)·점간(黏竿)을 손에 들고 있는 불량배 7, 8명이 임교두의 아내 장(張)씨 부인을 가운데 세우고 그 주위에 삥 둘러섰고, 장씨 부인 앞엔 어떤 아이가 가로막고 서서 부인의 소매를 붙잡고 오악루 위로 끌고 올라가려는 판이었다.

"해괴망측하게 이게 무슨 짓이야. 저리로 비켜!"

장씨 부인이 젊은 아이한테 붙들린 소맷자락을 뿌리치며 이같이 호령할 때, 임교두는 막 오악루 앞에 이르러서 이 광경을 목도하고는, 소리를 벽력같이 지르고 달려들어 젊은 아이의 덜미를 움켜쥐고 한 주먹으로 그놈을 때려뉘려고 했으나, 그놈의 얼굴을 보니까 뜻밖에도 이놈이 전수부 태위 고구(高俅)의 수양아들 고아내(高衙內)가 아닌가. 임교두는 차마 고태위의 아들을 때리지 못하고 들었던 주먹을 내려놓았다.

고태위의 간계

　원래 고태위는 조실부모하고 아무렇게나 자라난 인물로서, 3년 동안이나 귀양살이까지 하다가 갑자기 출세한 후 장가는 들었지만, 자식이 없으니까 고삼랑(高三郞)이라는 사람의 셋째아들 고아내를 양자하여 이를 친자식처럼 애지중지하는 터이라, 고아내란 놈은 나이 20도 못 된 놈으로 저의 아비 세도만 믿고 온 세상을 저의 세상인 양 행패를 부리고 유부녀를 겁탈하기를 일삼는 애송이 부랑자였다. 그리고 이따위 애송이 부랑자가 안하무인으로 세상을 더럽히고 돌아다니건만, 그 아비 고태위가 휘종 황제의 총애를 받고 있는 전수부 태위인 까닭에 서울 백성들은 꼼짝 못 하는 형편인데, 공교롭게도 이날 임교두의 아내 장씨의 어여쁜 자태가 이 애송이 부랑자 고아내의 눈에 들었던 것이다. 그래서 지금 오악묘에서 고아내는 임교두의 부인을 희롱하려다가 임교두한테 붙들린 것이다.

　임교두는 지금 고아내를 때리려고 하다가 못 때리고 한 손에 움켜쥐었던 그의 목덜미를 놓아버렸다. 속으로 분하고 괘씸하기는 했으나, 고태위 밑에 금군교두로 있는 그로서는 어찌할 도리가 없었다. 고아내는 이같이 임교두가 놓아주는 바람에 그 자리를 피해서 어디론지 달아나 버리고 7, 8명의 불량배들도 그와 동시에 자취를 감추어버렸다.

이같이 되어서 임교두는 봉변당할 뻔한 자기 아내를 구원해서 오악묘로부터 아래로 내려오는 길인데, 맞은편으로부터 노지심이 선장을 짚고 2, 30명의 부하를 거느리고 이리로 올라오는 것이 보였다.

임교두는 그를 보자 소리를 질렀다.

"형님, 어딜 가십니까?"

"자네를 도와주려고 찾아오는 길이야."

노지심은 임교두 앞으로 다가서면서 이같이 말하고 나서 또 묻는다.

"그런데 그놈들은 어디 있나?"

"나쁜 놈들 말이죠? 내가 여기 와서 보니까 그놈이 고태위의 아들놈인데, 그놈이 내 마누라인 줄 모르고서 무례한 짓을 하고 있기에 두들겨주려고 하다가 그만 고태위의 체면을 보아 꾹 참았지요. 고태위가 무서운 게 아니라 관직 위신을 생각해서 참았습니다."

"자넨 고태위를 그렇게 대단하게 생각하네마는, 내야 그까짓 거 아무것도 아닐세. 그놈의 자식 내 눈앞에 나타나기만 해봐라, 선장으로 3백 번 볼기를 치겠다!"

노지심이 숨을 크게 쉬면서 이같이 말하는 소리를 듣고, 임교두는 그가 술에 취한 것을 짐작했다.

"형님 말씀도 옳습니다. 그러나 이미 일이 끝났으니 돌아가십시오."

이때 노지심을 따라왔던 불량배들도 노지심에게 취기가 있는 것을 아는 터인지라 임교두의 말에 응하여서,

"사부님! 그만 돌아가시죠. 내일 다시 와서 그놈 버릇을 가르치시죠."

모두들 이같이 권하는 것이었다. 노지심은 그제야 선장을 고쳐잡으면서 임교두를 보고,

"난 그럼 가네. 계수씨한테 인사도 하지 않고 그냥 가네. 내일 또 만나세."

하고는 돌아서서 오던 길로 내려갔다.

그 모양을 한참 바라보다가 임교두도 자기 아내와 시비(侍婢) 금아를 데리고 집으로 돌아왔다. 그의 마음은 말할 수 없이 우울했다.

그런데 한편, 임교두한테 두들겨 맞을 뻔하다가 피신해서 태위 부중(太尉府中)으로 돌아온 고아내는, 제가 거처하는 책방[書房]에 들어가서 방문 밖에 나오지를 아니하는 것이었다. 하루 이틀 사흘이 지나도록 고아내는 책방 가운데 홀로 앉아 오악루 밑에서 만나본 아리따운 여인의 자태만 눈앞에 그리고 있는 것이다. 칠흑같이 검은 머리, 초승달 같은 눈썹, 앵두 같은 입술, 옥 같은 살결, 날씬한 허리, 고아내는 이같이 임교두의 아내를 눈앞에 그리면서 어떻게 하면 욕심을 채울 수 있을까, 그 방법을 생각하건만 묘한 방법이 생각나지 아니해서 애가 탔다. 눈을 감아도, 눈을 떠도, 임교두의 아내가 항시 눈앞에 보이는 까닭에 고아내는 지금 미칠 지경이다.

고아내가 이같이 책방에 들어앉아서 며칠 동안 두문불출하니까, 그 날 오악묘에 따라갔던 건달패 중에서 '까치대가리'라는 별명으로 불리는 부안(富安)이라는 자가 고아내를 찾아와서 문안을 드렸다.

"그간 도무지 뵐 수 없기에 웬일인가 했더니 신색이 아주 안되셨는데요. 심기가 매우 초조하고 불안하신 것 같습니다. 그렇지만 너무 속 태우실 것 없습니다."

'까치대가리'가 방에 들어와서 이같이 인사를 하는 고로, 고아내는 이상해서 물었다.

"속을 태우지 말라니… 자네가 어떻게 내 속을 안단 말인가?"

그러니까 '까치대가리'는 고아내의 초췌한 모습을 보고, 제가 추측한 것이 들어맞았다는 듯이 자신 있게 말했다.

"다른 사람은 몰라도 저만은 못 속이십니다. 제가 말씀할까요? 나무 목(木) 자 둘로 해서 도련님이 지금 속을 태우시는 게죠. 그렇지요?"

나무목 자 둘을 합치면 수풀림(林) 자가 아닌가. 임교두 임충의 아내를 한 번 보고서 애를 태우던 고아내는 '까치대가리'가 용하게도 알아맞힌다고 감탄하는 마음에, 사실대로 털어놓았다.

"자네가 남의 심중을 용하게 아네. 과연 내가 임충의 아내를 한시도 못 잊겠네! 어떻게 무슨 계책이 없겠나?"

자기보다 나이가 5, 6세 위인 '까치대가리'한테 구원을 청하는 고아내의 태도였다.

"그거 어려운 일 아닙니다. 제 친구에 육겸(陸謙)이라는 사람이 있는데 이 사람이 임충이하고 매우 가깝죠. 이 사람한테 부탁해서 임충이를 먼저 꾀어내게 한 후, 즉시 임충의 집에 사람을 보내서 장씨 부인을 거짓말로 속여 술집으로 끌어냅니다. 그보다 먼저 도련님이 술집에 앉아서 기다리고 있다가 장씨 부인이 들어오거든 덥석 끌어안읍쇼. 계집이란 다 한가지여서, 풍류남자를 싫어하지 않는 법이랍니다. 이렇게 하면 일이 될 건데, 무얼 걱정하십니까?"

'까치대가리'가 이와 같이 설명하자 고아내는 금시에 희색이 만면해졌다.

"좋아! 좋아! 자네한테 부탁일세. 오늘 밤으로 그렇게 좀 일을 꾸며 달란 말야. 일이 성사되면 내가 그냥 안 있을게!"

"원, 별말씀을… 그럼 가보겠습니다."

'까치대가리'는 고아내에게 인사하고 태위 부중으로부터 나와 그길로 육겸의 집을 찾아갔다. 육겸은 마침 집에 있었다. 그는 육겸을 보고 전후 사정을 설명하고, 고아내의 소원을 풀어주도록 해달라고 부탁했다. 이 말을 들은 육겸은 본래 의리(義理)보다도 명리(名利)를 탐하는 소인인 까닭에, 고아내한테 아첨하기 위해서 '까치대가리'의 부탁을 선뜻 받아들였다. 친구 하나쯤 팔아서 제가 출세하게만 된다면 그런 짓은 얼마든지 하겠다는 마음 바탕인 것이다. 그래서 육겸과 '까치대가리'는 앞으로 꾸밀 일을 세밀히 짠 후에 '까치대가리'는 돌아갔다.

이때 임교두는 아무 일도 모르고 자기 집에 들어앉아 있었는데, 조용하던 바깥에서 갑자기 대문을 두드리며 손님이 찾는 소리가 들렸다.

"교두님 계십니까?"

귀를 기울이고 들으니, 분명 자기를 찾는 소리이므로 그는 문간으로 나와 보았다. 나와 보니 다른 사람이 아니라 이웃에 사는 육겸이다.

"난 누구라고… 자네 웬일인가? 무슨 일이 있나?"

임충은 그를 보고 이같이 물었다.

"아무 일도 없네. 그런데 요새 며칠 동안 길에서도 통 못 보겠으니… 왜, 어디 편찮았던가?"

육겸이 도리어 이같이 묻는다.

"별로 아프지는 안 했네마는… 좀 마음이 우울해서 한 사흘 동안 출입을 안 했네."

"그래? 난 전혀 몰랐지. 우리 오래간만에 밖에 나가서 속이나 시원하게 한잔 나누세. 어서 나오게."

"잠깐 들어와서 차나 한잔씩 들고 나가세그려."

"그럼 그러지."

육겸은 신발을 벗고 임충의 객실로 들어갔다.

심부름하는 아이가 객실에 차를 들여오고, 육겸이 그 차를 마시는 동안 임충은 옷을 갈아입은 후 육겸을 보고,

"그럼 나가볼까?"

하니까, 육겸은 얼른 일어나서는 안을 향해 커다란 목소리로,

"아주머니, 지금 제가 형님을 모시고 우리 집으로 갑니다. 술 좀 대접할래요."

하고 장씨 부인한테 인사를 하는 것이었다. 이 소리를 듣고 부인은 안방 창문의 발을 쳐들고 임충을 내다보며,

"영감, 술 조금 잡숫고 일찍이 오셔요."

이같이 부탁했다.

"염려 말아요. 곧 돌아오리다."

임충은 이같이 한마디 남기고서 육겸을 따라 대문 밖으로 나왔다.

육겸과 임충은 나란히 사이좋게 걸었다. 큰길로 나아가서 조금 가다가 네거리에서 바른편 길로 꺾어 들어가면 육겸의 집이 그 안에 있는데 네거리까지 채 못 가서, 육겸은 걸음을 멈추더니 임충을 바라보며 하는 말이,

"오래간만에 한잔 나누는데… 내 집에 간댔자 무어 안주가 시원찮아서 되겠나. 우리 번루(樊樓)로 가세."

이렇게 말한다.

"아무려나…."

임충은 무관심하게 대답했다. 육겸은 그 말을 듣고 네거리를 곧장 건너가서 왼쪽 길가에 있는 커다란 술집 '번루'로 들어가더니 위층으로 임충을 인도하는 것이었다. 임충은 아무 말 없이 그를 따라서 위층으로 올라가 자리에 좌정했다.

주보(酒保)가 들어와서 주문을 청하니까 육겸은 술도 제일 값비싼 술, 안주도 제일 값비싼 안주를 주문하는 것이었다.

조금 있다가 술과 안주가 들어오니까 육겸이 술병을 들고서 임충의 잔에 가득히 따르고, 그다음 자기 잔에 따르고 나서 임충에게 잔을 권했다. 임충은 잔을 들고서 입으로 가져가려다가 자기도 모르게 한숨을 길게 쉬었다.

"임형! 왜 한숨을 쉬는 거요? 대체 며칠 동안 못 보는 사이에 좀 변했군. 무슨 일이라도 생겼나?"

임충의 기색을 살피면서 육겸이 이같이 묻는다.

"자네니까 하는 말이지… 이거 세상이 이렇게 더러워서야 어디 사람

이 살겠나? 대가리의 피도 안 마른 녀석이 아비의 권세를 믿고서 유부녀를 희롱해도, 남편 되는 자가 그 아비 되는 자를 상전으로 모시고 있대서 울분을 참아야 하다니, 도대체 이게 한심한 일이란 말일세!"

임충이 이같이 대답하자, 육겸은 전혀 알아듣지 못하는 체하면서 묻는다.

"도무지 무슨 이야긴지 못 알아듣겠네. 좀 자세히 이야기하게나그려."

임충은 술잔을 놓고서 수삼 일 전에 오악묘에 참배 갔다가 고태위의 아들 고아내한테 자기 아내가 봉변당할 뻔한 이야기를 하고, 고태위 밑에 있는 자기 자신을 한탄했다.

"알았네. 그렇지만 고아내가 아주머니를 몰랐으니까 그런 것이지, 알았다면야 어찌 감히 그랬겠나? 물론 고아내가 나쁘긴 하지만 그런 생각 말고 쾌활하게 술이나 드세."

육겸이 이같이 말하고 권하는 바람에 임충은 그가 권하는 대로 두 잔, 석 잔, 다섯 잔… 연거푸 받아마셨다. 이같이 한참 마시다가 임충은 소변이 마려워서 자리에서 일어나 아래층으로 내려와서는 술집 문밖으로 나왔다. 저녁 바람이 시원했다.

그는 소변을 보고 나서 술집 옆 골목으로부터 나와 다시 술집으로 들어가려 하는데, 그때 맞은편으로부터 시비 금아가 달려오면서 급한 소리를 지른다.

"나으리! 쇤네 좀 보세요. 거기 좀 계셔요!"

이 소리를 듣고 임충은,

"왜? 무슨 일이 났니?"

하고 그 자리에 우뚝 서버렸다.

금아는 달려오더니, 숨 가쁜 목소리로 고한다.

"나으리께서 육대인하고 나가시자, 조금 있다가 어떤 사람이 헐레벌떡거리면서 대문으로 뛰어들어오더니 아씨를 보고서 '댁의 교두님이 육대인하고 술을 잡수시다가 교두님이 별안간 기절해서 쓰러지셨습니다! 저는 육대인 이웃에서 살고 있는 사람인데 교두님이 인사불성이 되셨기 때문에 급히 부인께 알려드리려고 달려왔습니다.' 이렇게 말하는군요. 그래, 아씨는 옆집 왕파(王婆)한테 집을 좀 봐달라고 부탁하시고는 저를 데리시고 그 사람을 따라서 태위부 앞에 어떤 집으로 달려가잖았겠어요. 그래 그 집 위층으로 올라갔더니 기절해서 누워 계신다던 나으리는 그 방에 안 계시고, 요전 날 오악묘에서 아씨를 괴롭히던 그 젊은 녀석이 혼자 앉았다가 아씨를 보더니만 그만 달려들어 손을 꽉 붙드는군요. 그때 쇤네는 아래로 뛰어내려왔는데 아씨께서 '사람 살류' 하시는 소리만 들었어요. 쇤네는 달음박질해오면서 나으리께 한시바삐 알려드리겠다고 생각만 했는데… 약장수 장(張)서방과 마주쳤더니 장서방이 그러는군요. 나으리께서 육대인하고 여기 '번루'로 들어가시더라구요. 그래서 이렇게….”

임충은 금아의 이야기를 더 들을 필요도 없어서 그냥 뛰기 시작했다. '태위부 앞에 있는 어떤 집'이라는 것이 바로 육겸의 집일 것이라고 그는 생각했다. 그는 한숨에 육겸의 집까지 달려와서 대문을 박차고 뛰어들어가 위층으로 올라가니, 방문이 안으로 걸려 있다. 임충은 우선 숨을 죽이면서 방문에 귀를 붙이고 방 안에서 무슨 소리가 나나 들어보니까, 자기 아내의 목소리가 들린다.

“왜 이래요! 맑고 밝은 세상에서 남편 있는 사람을 방에 가두고 이게 무슨 짓이야!”

그러자 고아내의 목소리가 들린다.

“여보시오, 낭자! 낭자가 한 번만 이 사람의 소원을 들어주시오. 목석(木石)이 아닌 바에야 그렇게도 무정하게 굴 수 있소?”

이런 말을 듣고서 임충은 문을 두드리며 소리 질렀다.

"여보, 나요! 문을 열어요!"

이때 장씨 부인은 밖에서 남편의 음성이 들리므로 고아내를 힘껏 떠다밀고서 문 앞으로 달려와서 잠근 문을 열었다. 임교두한테 붙들리게 된 고아내는 들창문을 열어붙이고 아래로 뛰어내려 도망해버렸다.

임충이 방 안에 들어와서 보니, 고아내는 이미 달아나버렸고 상기되어 있는 장씨 부인만 서 있는 것이다. 그는 흥분한 목소리로 물었다.

"어떻게 됐소? 더럽히지는 않았소?"

아내의 대답을 듣고서 임충의 얼굴에는 그제야 안심하는 기색이 나타났다. 그리고 그는 방 안을 한번 휘둘러보더니, 그 방 안에 있는 세간을 모두 부숴버리고는 아래층으로 내려와서 아래층 세간살이도 모조리 부숴버린 후 나중에 쫓아온 금아를 데리고 아내와 함께 세 사람이 집으로 돌아왔다.

자기 집에 돌아온 임충은 날카로운 비수를 품속에 지니고서 즉시 '번루'로 달려갔다. 육겸이 그곳에 있기만 하면 한칼에 염통을 찔러 죽여버릴 작정이었다.

그러나 고아내한테 저의 집을 송두리째 빌려주고서 임충의 부인을 거짓말로 꾀어내기까지 한 육겸이 술집에 멀거니 혼자 앉아 있을 리가 없다. 그는 벌써 태위 부중으로 피신한 뒤였던 것이다.

번루에서 육겸이 도망해버린 것을 확인한 임충은 또다시 육겸의 집으로 달려갔다. 그런데 육겸의 집은 아까 자신이 세간살이를 모조리 때려 부수고 나오던 때와 꼭 같은 광경일 뿐이지 조금도 변한 것이 없고, 개미새끼 한 마리도 안 보였다. 설마 밤새도록 제 놈이 집에 안 돌아올까? 그는 이렇게 생각하고서 대문간에 주저앉아버렸다.

그러나 밤이 깊도록 대문간에서 기다려도 육겸이 돌아오지 않을 뿐 아니라, 자시(子時)가 지나도록 육겸의 집안 식구 한 사람도 보이지 아니하므로 임충은 하는 수 없이 자기 집으로 돌아왔다.

장씨 부인은 남편이 돌아오자 반겨 맞아들이며,

"밤이 깊도록 그러고 다니시지 마세요. 그까짓 거 인제 그만 잊어버리시지…."

하고 임충의 마음을 누그러지게 하려고 권하는 것이었다. 그러나 임충의 분한 마음은 풀리지 아니했다.

"그놈을, 육가란 놈을 죽여 없애버려야 해! 개새끼 같은 놈! 그놈이 나하고 형제같이 지내던 놈인데, 그놈이 나를 속여먹다니… 기어코 내가 원수를 갚아야지!"

임충은 이렇게 투덜거리고 사랑방으로 건너갔다.

그 이튿날도 또 그다음 날도 임충은 날마다 동그란 눈에 호랑이 수염을 뻗치고 육겸의 집 대문간을 지키고 있었지만, 육겸은 나타나지 아니했다. 이같이 연 사흘 동안 허탕을 치고, 나흘째 되는 날은 그가 문밖에 나가지도 않고 방 안에 들어앉아 있으니까, 뜻밖에 노지심이 찾아왔다. 그는 쫓아나가서 노지심을 맞아들였다.

"어서 오십시오. 그간 안녕하셨습니까?"

"임교두가 4, 5일 동안 얼굴을 보여주지 않기에 오늘은 내가 찾아왔네. 왜, 무슨 일이 있었나?"

"제가 좀 심기가 불편해서 형님을 찾아뵙지 못했습니다. 그런데 모처럼 이렇게 찾아오셨는데, 마침 아무 준비도 없으니, 이걸 어떡하죠?"

"원 별소리를 다 하네. 이렇게 앉아서 이야기나 하다가 돌아가면 그만이지."

"천만에요. 누추한 곳에 찾아오셨는데 제가 그냥 있을 수 있습니까. 우리 나가서 술집에 가서 한잔씩 하실까요? 어떠십니까?"

"그래, 그것 좋군!"

임충과 노지심은 즉시 밖으로 나와 술집에 들어가서 취토록 마신 후, 또 내일 서로 만나기로 약속하고 헤어졌다. 그리고 그 이튿날부터는 피차에 서로 찾아다니며 날마다 술 마시는 것으로 임충은 자기 심정을 가라앉히고 지냈다.

한편, 고아내는 육겸의 집에서 목적을 이루지 못하고 임충한테 쫓겨서 태위부로 돌아온 뒤, 분하고 부끄럽고 또한 간절하게 그리운 생각 때문에 병이 생겼다. 그는 저의 아버지 고태위한테 실정을 고해바칠 수도 없고, 혼자서 속을 끙끙 앓기만 하는 것이었다.

그런데 번루에서 도망하던 날부터 태위 부중에 숨어 있는 육겸과 고아내를 따라다니는 건달 '까치대가리' 부안은 날마다 태위 부중에서 서로 만났다. 그리고 두 사람은 고아내의 형용이 날마다 초췌해가는 것을 보고 걱정했다.

"탈났네. 아마 도련님이 병환인 모양이지?"

"글쎄, 그런가봐. 도련님이 저러다가 위중하게 되면 낭패 아닌가? 고태위님한테 우리가 잘 뵈어야 우리도 먹고살지 않겠나!"

"그러기에 말일세! 내가 무엇하러 임교두를 팔았겠나? 그저 고태위님한테 잘 뵈려고 그런 노릇이지!"

육겸은 '까치대가리'와 이같이 문답하다가, 두 놈이 함께 고아내한테로 갔다.

"도련님. 요사이 날마다 신색이 못해가시니 어찌된 일입니까? 무슨 곡절인지 저희들한테 말씀 좀 하십시오."

두 놈이 문안을 드리고 이같이 물으니까, 고아내는 침상에 드러누워서 그들을 보고 말했다.

"사실대로 말하지! 내가 임교두의 낭자를 두 번 보고서 두 번이나 뜻을 못 이루지 아니했나. 더구나 나중 번엔 놀라서 다락에서 뛰어내리고… 이대로 가다간 내가 아마 석 달을 더 못 살 것 같네."

"원, 도련님도… 그게 무슨 말씀입니까. 도련님의 귀하신 몸이 돌아가시다니… 소인들 두 사람이 주선해서 도련님 뜻대로 되기만 하면 그만 아닙니까? 죽을 놈은 따로 있습죠!"

육겸과 '까치대가리'가 이같이 말하고 있을 때, 부중에 시의(侍醫)로 있는 늙은 의원이 고아내의 병세를 진맥하려고 나왔다.

육겸과 '까치대가리'는 고아내의 방에서 물러나왔다. 의원이 진맥하는데 도련님 방에 머물러 있는 법이 아닌 까닭이다. 두 놈은 방문 밖으로 나와 거기서 서로 의논을 짰다.

조금 있다가 의원이 진맥을 끝내고 밖으로 나오는데, 두 놈은 그를 붙들고서,

"샌님, 잠깐만 저희들 말씀을 들어주실 테요?"

은근하게 이같이 말했다.

"나한테 무슨 할 말이 있나? 있거든 말을 해봐."

"잠깐 이리로 들어오십시오."

'까치대가리'가 의원을 으슥한 곳으로 안내했다.

"지금 도련님을 진맥하고 나오셨지요? 병세가 여간 아니실 겁니다. 한시바삐 고태위님께 말씀드려 태위님이 임교두를 처치해버리게 한 후에, 임교두의 낭자하고 도련님을 한방에 있도록 해야만 도련님 병환이 쾌차하지, 그러지 않고는 도련님 목숨을 구할 길 없어요!"

"나도 심상치 않은 병인 줄 짐작은 했네만… 어째서 이렇게 되었나, 이야기를 좀 자세히 하게."

의원이 이같이 묻는 고로 '까치대가리'와 육겸은 번갈아서 자초지종 고아내와 임교두 부인과의 관계를 이야기하는 것이었다.

전후 경과를 이야기 듣고 의원은 고개를 끄덕끄덕하며,

"알겠네. 오늘 밤 안으로 내가 태위님께 말씀드림세. 그렇지만 태위님이 사정을 아시기만 하면 뭐하나? 임교두를, 죄도 없는 사람을 어떡한다는 거야?"

이같이 묻는다. '까치대가리'와 육겸은 이구동성으로 대답했다.

"그건 염려 맙쇼. 저희들한테 계책이 마련되었으니까요."

"알아들었네."

의원은 고개를 끄덕거리고서 밖으로 나갔다.

이날 밤에 늙은 의원은 고태위 방에 들어가서 사실을 고했다.

"도련님의 병환은 예사로운 병이 아니올습니다. 임교두를 없애버리고 교두의 낭자를 도련님한테 붙여주어야만 회복될 병환이올습니다."

의원이 이같이 말하는 소리를 듣고서 고태위는 겉으로 태연한 체하면서 묻는다.

"그 애가 임교두 계집을 어떻게 보았더란 말인가?"

"지난달 28일 오악묘에 갔다가 거기서 첫눈에 꼭 들었답니다. 그러니까 벌써 한 달이나 됐습죠. 그리고 요전에 또 이런 일까지 있었답니다."

의원은, 육겸의 집으로 장씨 부인을 꾀어내다가 뜻을 이루지 못한 채 도망해왔다는 이야기까지 고했다.

고태위는 점잖게 앉아서 듣고 있다가 눈을 감고 잠시 침묵하더니 입을 열었다.

"일이 그렇게 된 일이라면 사람이 하나는 상하는구나! 내가 평소에 임충을 아껴왔는데, 지금 임충을 아끼다가는 내 자식의 목숨을 구하지 못하게 됐으니… 일은 좋도록 해야 할 것 아니냐."

고태위가 이같이 말하자, 의원은 벌써 그의 심중을 알아차리고 말했다.

"육겸이와 부안이가 이미 계교를 꾸며놓았답니다."

이 말을 듣고서 고태위는 의원더러 즉시 두 사람을 불러들이라고 말했다. 의원은 밖으로 나가 두 사람을 데리고 다시 들어왔다. 육겸과 부안이 고태위에게 공손히 절하고서 양수거지하고 서니, 태위가 묻는다.

"내 아들 녀석이 심상치 않은 병으로 위중한데 너희 두 사람한테 무슨 계교가 있어서 그 병을 낫게 하겠다니, 그게 정말이냐?"

"네."

두 놈이 함께 대답했다.

"그렇다면 너희들의 계교대로 해서 자식의 병이 완치되기만 하면, 내가 너희 두 사람을 상당한 벼슬자리에 올려주겠다. 그러니 계교를 말해봐라."

고태위가 이같이 말하자 육겸이 고태위 앞으로 다가서서 가만가만 한참 동안 수군거리는 것이었다.

이같이 육겸이 수군거리는 것이 끝나자 고태위는,

"알았다! 그럼 내일부터 그렇게 해봐라!"

하고 쾌히 승낙했다.

그런데 임충은 형세가 어떻게 돌아가는 줄도 모르고서 여전히 날마다 노지심과 함께 술타령하기에 만사를 제쳐놓았다. 고아내와 육겸을 미워하는 생각도 그의 기억에서 사라져가는 것이었다.

하루는 임충이 노지심과 함께 술집을 찾아가느라고 열무방(閱武坊) 거리를 지나가는데 덩치가 큰 사람이 머리엔 두건을 쓰고 몸엔 낡은 전포를 입고 손에는 한 자루 보도(寶刀)를 들고 서서 혼잣말처럼,

"제기 참! 임자를 못 만나서 보도가 썩는구나!"

이같이 중얼거리고 섰다. 임충은 그 모양을 보기는 했지만 노지심과 이야기하느라고 그냥 지나쳤다. 이렇게 이야기하면서 지나가니까, 보도를 들고 있던 그자는 두 사람의 뒤를 따라오면서,

"아깝다! 보도를 알아주는 사람이 없구나…"

또 이같이 중얼거리는 것이었다. 임충은 그 소리를 들었건만, 별로 흥미가 생기지 아니해서 여전히 노지심과 이야기만 하면서 걸었다. 그자는 뒤에서 두 사람을 여전히 따라오면서 이번엔 커다란 목소리로,

"아, 그래, 넓은 서울 거리에서 칼 하나 알아보는 사람이 없단 말야?"

이렇게 외치는 것이 아닌가.

임충은 아까부터 알고 있던 일이지만, 그 소리를 듣고서는 마침내 걸음을 멈추고 몸을 돌이켜 그자를 바라보았다. 그 순간 그자는 임충더러 이거 보라는 듯이, 칼을 칼집에서 휘익 뽑아드는데, 칼날에서는 선명한 광채가 눈부시게 빛나는 것이었다. 임충은 그 검광(劍光)에 반했다. 그래서 한 발자국 그자 앞으로 다가서면서,

"어디 좀 봅시다."

하고 손을 내밀었다. 그자는 얼른 칼을 임충에게 준다. 임충은 칼을 받아 칼날의 이쪽저쪽을 살펴보다가 자기도 모르게 감탄하면서,

"좋구나! 잘 만들었는데… 값이 얼마요?"

이렇게 말이 저절로 나갔다

"본값을 받으려면 3천 관은 받아야겠지만, 돈이 급해서 파는 것이니까 다 받을 수야 있나요. 2천 관만 내십시오."

그자가 이렇게 말하는 것을 듣고 임충은 값을 깎기 시작했다.

"하긴, 2천 관 달라고도 할 만하오만은 1천 관에 파시오. 그 값이면 내가 사리다."

"내가 돈이 급해서 파는 터이니, 너무 깎지 마시고, 5백 관 더해서 1천5백 관에 사가시오. 네? 그렇게 하시오!"

"안 되겠소. 1천 관에 파시오. 그보다 더해서는 못 사겠소."

임충이 이같이 말하니까, 그자는 혼잣말처럼 중얼거린다.

"이런 제기! 내 아무리 돈이 궁했기로 이런 보도를 단돈 1천 관에 팔아야 한담!"

이 소리를 듣고 임충은 그자를 보고,

"나를 따라서 우리 집까지 오시오. 돈을 드릴게."

이같이 말하고는 노지심을 보고,

"형님, 미안합니다만 저기 저 다방에 가서 잠시 기다려주십쇼. 제가 곧 갔다 올게요."

하고 노지심의 양해를 구했다.

"아니야, 볼일을 봐. 난 돌아가지. 내일 또 만나면 그만 아냐."

"그럼 형님, 용서합쇼."

이리해서 임충은 노지심과 노상에서 작별하고는 칼장수를 데리고 자기 집에 돌아와서 돈을 꺼내 1천 관을 지불하면서 그자에게 물었다.

"그런데 이 칼은 임자가 어디서 구해온 것인가?"

"그런 걸 구하기가 쉬운가요. 우리 집 조상 때부터 대대로 내려오던 물건이죠. 집안이 가난해지니까 할 수 없이 파는 거죠."

"임자네 집 조상은 누구신가?"

"조상 이름을 대란 말씀이죠? 입 밖에 냈다간 모가지가 달아나요!"

임충은 이 말을 듣고 더 묻지 아니했다. 그 말이 무슨 뜻인지도 모르고 또 그 말에 무관심했다. 그러자 그자는 은전을 주머니에 처넣고 문밖으로 나갔다.

그자가 돌아간 뒤에 임충은 칼을 쳐들고서 다시 한 번 감상했다. 칼날에서는 서기(瑞氣)가 뻗치는 것 같다.

'과연 보도로구나! 고태위 부중에 보도가 한 자루 있다는 말만 들었지 구경은 못 했는데, 이것과 한번 비교해봤으면 좋겠다.'

그는 속으로 혼잣말했다.

임충은 감탄하면서 칼만 들여다보다가 부인의 권고로 저녁밥을 먹고서도 칼을 어루만지기만 했다. 그리하다가 나중엔 칼을 벽에 걸어놓고 바라보다가 잠이 들었다.

이튿날 아침에도 임충은 일찍부터 일어나서 또 벽에 걸린 칼을 바라보기에 딴 생각이 없었는데, 아침 먹을 때쯤 되어 전수부로부터 승국(承局) 두 사람이 나와,

"임교두님, 태위 대감의 분부요! 교두가 썩 좋은 칼을 샀다고 하니, 갖고 들어와 태위부에 있는 보도와 비교해보자 하십니다. 어서 같이 가

십시다."

이렇게 말하는 것이 아닌가.

"아니, 빠르기도 하다! 어떤 놈이 이렇게 빨리 보고했다는 거야."

임충이 놀라 투덜거리니까, 승국들은 속히 들어가자고 재촉이다. 그래서 임충은 옷을 갈아입고, 칼을 들고, 두 사람을 따라 전수부로 향해 걸어오다가,

"그런데 승국들은 부중에서 여태까지 내가 못 보던 사람들이오. 언제 왔소?"

하고 물었다.

"네, 우리 두 사람은 온 지 며칠 안 됩니다."

두 사람은 대답했다.

조금 가다가 전수부 문 앞에서 임충은 걸음을 멈추고 우뚝 섰다. 별다른 이유가 있었던 것이 아니고 저절로 그래진 것이다. 이때 승국은,

"대감께서 지금 후당(後堂)에 계십니다."

말하고, 앞서서 긴 담을 돌아 후당으로 간다. 임충은 그 뒤를 따라갔다.

그런데 후당에 들어와 보아도 고태위는 보이지 않았다.

"아마, 저 뒤에 앉아 계신 모양입니다. 이리로 따라 들어오십시오."

승국들은 또 이같이 말하고 앞서서 걸었다. 임충은 그 뒤를 따라서 두 겹 세 겹이나 되는 일각문을 지나 별당 앞에 이르렀다. 별당에는 난간이 둘러 있는데 모두 초록빛깔로 칠을 했다. 임충이 그 별당 난간을 보고 섰으니까 승국들은,

"여기서 기다리십시오. 우리가 들어가 대감께 알리고 나오겠습니다."

이같이 말하고, 안으로 들어갔다. 임충은 혼자 있게 되었다.

두 사람의 승국이 안으로 들어간 후 한참 동안 기다려도 두 사람은 나오지 아니하므로, 임충은 의심이 들기 시작했다. 웬일인지 아까 정문

을 들어올 때부터 걸음이 내키지 않더니 이제는 가슴속이 울렁거리기까지 하는 것이 아닌가.

그래서 그는 별당 처마 끝에 늘어진 발을 걷어들고 기둥 위를 바라보니, 전면에 현판이 붙어 있는데, 청자(靑子)로 쓰기를 '백호절당(白虎節堂)'이라 했다. 이것을 보고 임충은 소스라치게 놀랐다.

'아뿔싸! 백호절당은 군기대사(軍機大事)를 상의하는 곳인데, 감히 내가 무심히 이곳에 들어오다니!'

그는 급히 몸을 돌이켜 나오려 하는데, 일각문 밖에서 사람의 발자국 소리가 나면서 먼저 한 사람이 앞서서 들어오고 그 뒤로 청지기가 따라 들어온다. 임충이 그 사람의 얼굴을 바라보다가, 그가 바로 고태위인지라 임충은 그 앞으로 가서 칼을 짚고 허리를 굽혀 깍듯이 인사를 했다.

그러나 뜻밖에도 고태위는 소리를 가다듬어 꾸짖는다.

"네가 임충이 아니냐? 내가 너를 부르지 아니했는데 어찌 백호절당에 들어왔을꼬? 네가 국가의 법도(法度)를 아는 놈이지? 그래, 칼을 가지고 온 것을 보니, 나를 해치려고 온 거로구나. 누가 나한테 이르더라. 네가 요새 수삼 일째 칼을 품고 부전(府前)을 오락가락하더라고. 너 이놈, 필시 반심(反心)이 있는 게 아니냐?"

임충은 이 같은 호령을 듣고 허리를 굽혀 공손히 아뢴다.

"천만 의외(意外)의 말씀이십니다. 은상(恩相)께옵서 두 사람의 승국을 소인 집에 보내시와, 칼을 가지고 와서 부중에 있는 보도와 비교해 보자고 부르셨기에 승국을 따라 들어왔을 뿐이옵니다."

"너를 불러왔다는 승국은 어디 있니?"

"그 두 사람은 소인을 여기에 세워두고 백호절당 뒤로 들어갔습니다."

"이놈, 말도 안 되는 소리 하지 마라! 어떤 승국이 감히 백호절당에를 들어올 수 있단 말이냐. 여봐라, 저놈을 빨리 잡아내어라!"

추상같은 호령이 떨어지기가 무섭게 일각문 안에 있는 이방(耳房)으로부터 장정 20여 명이 우르르 달려나와서 임충을 묶어 땅바닥에 엎어놓는다. 고태위는 또다시 호령을 추상같이 한다.

"네 이놈, 네가 금군교두로서 군의 법도를 알고 있는 놈이 어찌해서 손에 칼을 쥐고 남몰래 절당(節堂)엘 들어왔단 말이냐? 네가 나를 죽이려고 한 짓이 아니냐 말이다!"

고태위는 호령하고 즉시 좌우를 돌아보며,

"이놈을 개봉부로 압송하여라!"

분부를 내렸다. 그러자 고태위의 심복 부하 두 놈이 임충을 일으켜 밖으로 끌어냈다.

이리해서 애매하게 개봉부로 압송된 임충은 지금 부청(府廳) 뜰아래 엎드리게 되었다. 부윤 등(滕)씨가 전상(殿上)에 앉아서 그를 내려다보며 문초했다.

"네가 금군교두로서 법도를 모를 리가 없는데 칼을 들고 절당엘 들어갔으니 그 죄가 죽을죄인 줄 모르느냐?"

호령이 떨어지자 임충이 아뢰었다.

"은상(恩相)께서는 이놈이 억울한 것을 명경(明鏡)같이 살펴주십시오. 소인이 비록 무식한 군인이기는 하오나 법도는 아는 놈이올습니다. 함부로 절당엘 들어갔을 리가 있겠습니까. 지난 28일에 소인이 마누라를 데리고 오악묘에 갔다가 거기서 제 계집한테 희롱하고 있는 고태위님 수양아들 고아내를 쫓아버린 일이 있고, 그 후에 또 육겸의 집에서 소인이 기절해 누웠다고 거짓말해서 소인의 계집을 오게 해 희롱하는 것을 소인이 알고 쫓아가니까 고아내는 도망한 일이 있습니다. 이렇게 고아내가 두 차례나 강간하려던 일에 대해선 증인들이 있습니다. 그리고 소인이 어저께 칼 한 자루를 샀더니, 오늘 아침에 승국 두 사람이 와서 그 칼을 가지고 들어오라시는 태위님의 분부라 해서, 그래서 승국을 따라서 백호절당까지 들어갔더니 승국은 태위님께 소인이 들어온 것을 여쭙겠다고 들어가서는 안 나오고, 태위님은 밖에서 절당으로 들어오셨답니다. 이 모든 것이 일부러 설계를 꾸며 소인을 함정에 빠뜨린 일이라고 소인은 생각하오니, 은상께서는 통촉해주십시오.”

부윤은 임충의 진술을 듣고 그 이상 문초하지 않고 죄인에게 칼을 씌워 옥에 가두라고만 했다. 이리해서 임충이 개봉부 감옥에 갇혀버리자 임충의 집에서는 밥을 지어 감옥 안에 들이느라고 돈을 쓰고 임충의 장인 장교두(張敎頭)도 개봉부에서 녹을 먹고 있는 관인들한테 교제하느라고 돈을 쓰지 않을 수 없었다.

그런데 이때 임충의 사건을 맡아 기록하는 당안공목(當案孔目)의 직책을 맡은 사람은 손정(孫定)이라는 사람이었는데, 이 사람은 썩어가는 관인들 가운데서는 드물게 보는 강직한 위인이었다. 다행히 이런 사람이 임충을 담당하고 있음을 알고 임충의 장인은 이 사람한테 억울한 사정을 호소했던 것이다.

그래서 손정은 부윤한테 찾아가,

“임충의 죄는 억울한 죄입니다. 소인만은 그렇게 생각합니다.”

라고 의견을 고했다.

“고태위 말씀이, 그놈이 칼을 들고 절당에 들어와 나를 죽이려 했다 하시니, 어떻게 임충이 억울한 죄라 할 수 있소?”

부윤은 이같이 대답했다.

“그러면 이 ‘개봉부’가 조정에 달린 개봉부가 아니고, 고태위 사가(私家)에 매달려 있는 개봉부입니까?”

“그 무슨 말이오?”

“고태위가 권세를 맘대로 부리면서 걸핏하면 죄인을 만들어서 개봉부로 넘겨놓고, 죽이고 싶으면 죽이고, 귀양 보내고 싶으면 귀양 보내고 하는 줄을 누가 모르는 사람이 있는 줄 아십니까? 세상이 다 알고 있답니다!"

"그러면 손공목 생각엔 임충을 어떻게 처결하면 좋을 것 같소?"

손정의 말에 더 할 말이 없어지자, 부윤은 도리어 묻는 것이었다.

"제가 임충의 구사(口詞)를 보니까 이 사람은 틀림없이 무죄한 사람입니다. 그렇지만 백호절당까지 그를 데리고 들어갔다는 승국 두 사람을 못 잡은 까닭에 임충이 무죄하다는 뚜렷한 증거가 없습니다. 그러니까 칼을 차고 절당에 들어갔던 죄만 다스리는데, 척장(脊杖) 스무 대에 먼 곳으로 귀양 보내는 게 합당하겠습니다."

손정의 의견에 부윤은 찬성했다. 그리고 부윤은 즉시 고태위를 찾아보고 사정을 아뢰어 그의 양해를 얻은 뒤에 부청으로 돌아와서는 임충을 끌어내어 척장 스무 대를 때리고, 얼굴에는 양쪽 볼따구니에다 자묵(刺墨)을 넣고, 목에는 무게 일곱 근 반이나 되는 칼을 씌우게 한 후, 두 사람의 방송공인(防送公人)에게 공문(公文)을 주어 창주(滄州) 노성(牢城)으로 임충을 압송시켰다.

임충을 압송하는 공인은 동초(董超)와 설패(薛霸)라는 두 놈이었는데, 두 놈이 임충을 이끌고 개봉부 성문 밖에 나오자니까, 구경꾼들 틈에서 임충의 장인 되는 장교두가 나타나더니 동초, 설패 두 놈한테 사정해 세 사람을 다리 모퉁이 술집으로 인도하는 것이었다. 장교두는 부청 앞에서부터 여기까지 구경꾼들 틈에 몸을 숨기고 따라왔던 모양이다.

술집에 들어가 자리에 좌정한 뒤에 임충은 장교두보고,

"손공목 덕택으로 제가 살아난 것 같습니다. 매도 과히 아프지 않게 맞았습니다."

짤막하나 깊이 감사하는 뜻을 고하는 것이었다.

장교두는 그 말엔 대답도 안 하고 주인을 부르더니,

"썩 좋은 술과 안주를 저 두 손님한테 대접해주시오."

하고, 미리 준비해왔던 돈주머니 두 개를 동초·설패 두 놈한테 하나씩 나누어줬다. 두 놈은 그것을 사양하지도 않고 하나씩 받아 품속에 감춘다. 아마 이놈들은 죄수를 압송할 때마다 으레 돈을 받아먹는 것이 이즈음의 풍습인 모양이다.

공인 두 놈이 술상을 받아 서너 잔씩 술을 마시고 있을 때, 임충은 장교두를 보고 말했다.

"제가 장인어른의 태산 같은 사랑을 받자와 따님을 아내로 맞은 지가 벌써 3년 됩니다마는, 오늘날까지 피차에 얼굴을 붉히고 말다툼해 본 일이 없습니다. 지금 제가 운수불길해서 횡액에 걸려 창주로 귀양 가오니 앞으로 생사존망을 알 수 없습니다. 그런 까닭에 제 처가 저를 기다리고 집에 그냥 있다면 제 마음이 한시도 편안하지 못할 것이고, 또 고아내의 핍박이 우심할 터이오니 까딱하다가는 홍안청춘이 전정을 그르칠까 싶습니다. 그래, 지금 제가 떠나기 전에 휴지(休紙) 한 장을 적어놓고 가겠사오니, 장인께서는 따님을 마땅한 곳으로 개가시키는 것이 좋겠습니다."

"그게 어디 당할 소리냐! 네가 운수불길해서 횡액에 걸렸지만, 네가 죄 없는 것은 하늘이 아실 게다. 조만간 횡액이 풀려서 네가 돌아오게 될 것이고, 그동안 네 처는 내가 금아하고 함께 내 집에 데리고 있을 터이니까, 고아내가 네 처의 얼굴을 구경도 못 할 게다. 아무 염려 말고 몸 성히 지내며, 소식이나 자주 보내거라."

"말씀은 잘 알아들었습니다만, 제가 귀양 살다가 죽어도 안심하고 죽고 싶습니다. 마땅한 곳으로 따님을 개가시키시지 않으면 제가 죽어도 눈을 못 감겠습니다. 제발 저의 소원을 들어주십시오."

임충이 재삼재사 소원하는 고로, 장교두도 할 수 없이 술집 주인에게 부탁해 글씨 쓰는 사람을 불러오게 했다. 이를테면 대서인(代書人)이 들어오자, 임충은 사연을 입으로 불렀다.

동경 80만 금군교두 임충은 중죄를 범하고 이제 창주로 귀양 가는 터인데 앞으로 생사존망을 알 수 없는지라 그의 처 장씨는 나이 연소하므로 지금부터 개가(改嫁)하되, 임충은 영구히 말썽이 없을 것을 증거하기 위하여 글을 적었노라. 임충

부르는 대로 글씨 쓰는 사람이 종이에 적어놓은 것을 임충은 한번 보고 나더니, 손바닥으로 인주를 찍어 자기 이름 밑에 손바닥 도장을 꾹 눌렀다. 그리고 그는 그것을 장교두한테 드리려 하는 판인데, 이때 다리 모퉁이로부터 그의 아내 장씨가 시비 금아를 데리고 하늘이 무너지는 듯, 땅이 꺼지는 듯 애처로운 소리로 울어가며 이쪽으로 다가오는 것이었다. 임충은 그 모양을 바라보고 일어나 소리 질렀다.

"여보, 여보! 나 여기 있소. 나 여기 있소!"

장씨 부인은 이 소리를 듣고 흐느껴 울며 임충의 품에 안길 듯이 가까이 와서 더욱 큰소리로 운다. 임충은 부인보고 타이르는 것이었다.

"여보! 슬퍼하지 마오. 내가 장인께 말씀을 다 했으니, 장인께서 시키시는 대로 처신하시오. 내가 액운을 당해 창주로 귀양 가는 터이니, 내가 내 목숨을 알 수 없구려! 그래서 지금 내가 장인께 글발을 한 장 적어 올렸으니 낭자는 아직도 아까운 청춘인데, 전정을 그르치지 말고 내 말대로 개가를 하시오! 진정으로 부탁이오!"

"나으리! 그게 무슨 말씀이야요. 죽어도 저는 나으리 댁 귀신이 될 터인데! 그런 말씀을…."

장씨 부인은 말끝을 맺지 못하고 흐느껴 우는 것이었다. 이때 곁에서 이 모양을 보고 있던 장교두는 자기 딸을 보고 말했다.

"얘야! 너무 서러워하지 마라! 네 일생은 내가 보아줄 테니까, 네 낭군의 말대로 하겠다고 대답하려무나. 그래야 네 남편이 마음놓고 귀양 살이를 하잖겠느냐!"

장교두가 이같이 점잖게 타이르니 장씨 부인은 마음을 약간 진정시키면서 울음을 억제하는 것 같더니, 탁자 위에 놓인 임충의 증서를 보고는 별안간,

"아아."

외마디 소리를 내고 그 자리에서 기절하여 쓰러져버렸다. 이 모양을 당한 임충과 장교두는 장씨 부인을 일으켜 안고 탁자 위에 눕힌 다음, 냉수를 입에 부어 넣고, 수족을 주무르고, 물수건으로 이마를 축이는 등, 갖은 애를 다 써 간신히 그로 하여금 정신을 차리게 했다. 장씨가 졸도했다가 다시 정신을 차리자, 장교두는 물론이고 이웃집으로부터 한 사람 두 사람씩 모여왔던 아낙네들의 권고로, 장씨 부인은 금아와 함께 그곳에서 먼저 집으로 돌아갔다.

자기 딸을 집으로 돌려보낸 장교두는 임충을 보고 부탁하는 것이었다.

"자, 그럼 나도 돌아가겠다. 아무쪼록 너는 아무 일도 염려하지 말고, 몸조심해가면서 인편 있는 대로 잘 있다는 소식이나 전해라."

"네, 장인 말씀대로 시행하겠습니다."

장교두는 임충의 대답을 듣고 술집으로부터 무겁게 발을 떼어놓으면서 밖으로 나가는 것이었다.

이때 동초와 설패 두 놈은 각각 저희들도 보따리를 꾸려 이 집으로 올 터이니 여기서 기다리고 있으라고 임충에게 이른 뒤에 밖으로 나갔다. 임충은 무거운 칼을 쓴 채 술집에 앉아 있었다.

이리해서 동초는 저의 집에 돌아와 옷과 수건 같은 것을 보따리에 꾸려 넣고 있을 때, 동네 술집 주인이 그를 찾아오더니,

"여보시오, 동단공(董端公). 어떤 관인(官人)께서 지금 우리 집에 오셔 단공을 만나시겠다고 부르시니 빨리 나오시오!"

하고 그를 부르는 것이었다. '단공'이라는 말은 송(宋)나라 말년에 이 사람들 같은 공인(公人)을 통틀어서 부르는 명칭이었다.

그래서 동초는 술집 주인보고 물었다.

"그분이 누구시랍디까?"

"내가 알 수 있나! 누구신지는 몰라도 아마 높은 벼슬에 앉아 계신 어른인가 봐."

"그래? 그럼 같이 가세."

동초는 즉시 일어나 술집 주인과 함께 나갔다.

술집 주인을 따라 동초가 안으로 들어가 보니 머리에 만자(萬子) 두건을 쓰고 관복을 입은 양반이 마루 위에 서서 기다리고 있는 것이었다. 동초는 황망히 그 앞에 허리를 굽혀 인사를 하고,

"소인이 동초올습니다. 존안을 처음 뵈옵는데 무슨 일로 소인을 부르시었는지요?"

하고 말씀을 드렸다.

"우선 올라와 이리로 편히 앉으시오. 조금 있다 저절로 알게 될 거요."

그 사람이 이렇게 말하므로, 동초는 마루 위로 올라가서 그 사람과 마주 앉았다.

이때, 술집 주인은 미리 준비했던 것처럼 술과 안주와 과자를 탁자 위에 벌여놓는다.

그 사람은 동초에게 술을 권하면서,

"동공은 댁이 어디신가요?"

하고 묻는다.

"바로 이 집에서 몇 집 떨어져 있지 않습니다."

"오오, 그래서 주인이 나가더니 이내 동공을 모셔왔군."

"네, 아주 가깝습니다."

두 사람이 이런 말을 주고받고 있을 때, 설패가 동초를 찾아서 이곳으로 들어왔다. 동초는 그를 보고 말했다.

"잘 왔네. 우리 집에 들렀던가? 이 어른께서 이야기가 있으니 와달라 하셨기 때문에 여기 온 거란 말야."

"자네 집엘 갔더니 자네가 이리 왔다 해서… 그런데 대인께서는 존함을 누구시라고 하십니까?"

설패는 그 사람을 향해서 물었다.

"우선 올라와서 한잔 드시오. 저절로 알게 될 게니까."

그 사람은 또 설패를 마루 위로 불러올렸다. 이리해서 술상을 놓고 세 사람이 둘러앉았다.

술이 서너 잔씩 돌아갔을 무렵, 그 사람은 소매 속으로부터 금전(金錢) 열 냥을 꺼내더니, 돈을 술상 위에 놓고 말한다.

"두 분이 이 돈을 각각 닷 냥씩 집어넣으십시오."

별안간 적지 않은 돈을 가지라는 바람에 동초와 설패는 눈이 휘둥그레졌다.

"무슨 까닭으로 소인들한테 주시는 것인지, 까닭도 모르고 어떻게 돈을 받겠습니까?"

"두 분이 지금 가시는 곳이 창주 아닙니까?"

"그렇습니다. 본부로부터 죄인 임충을 이끌고서 창주로 떠나는 길입니다."

"그러니까 두 분께 부탁이 있어 내가 이렇게 찾아온 거랍니다. 나는 고태위 대감의 심복으로 있는 육겸이라는 사람이오."

이 말을 들은 동초·설패 두 놈은 즉각 자리에서 일어나면서,

"죄송합니다. 그런 줄 모르고 그만 몰라뵙고 마주 앉아서 죄를 지었으니 용서해줍쇼."

하고 마루 아래로 내려가려 했다. 육겸은 두 놈을 다시 자리에 앉게 한 후 말했다.

"내가 지금 고태위 대감의 분부를 받들고 이렇게 부탁하는 터이니

임충을 이끌고 창주까지 다 갈 것 없이, 도중에 으슥한 곳을 지나다가 임충을 두 분이 죽여버리란 말이오. 그래, 창주까지 잘 데려다주었다는 회장(回狀)만 만들어다가 개봉부에 바치면 그만이니까, 만일 개봉부에서 무슨 까다로운 일이 생기게 된다면, 그런 것은 태위 대감께서 무사히 만드실 터이니까 염려 말란 말이오."

"그렇지만 개봉부의 공문을 어떡하지요? 창주까지 가지도 않고, 소인의 나이가 아직 많지도 못한데, 사람을 죽이고 나서 앞으로 죄를 받지나 않을는지….."

동초가 말하고 있는 것을 설패가 가로채며 핀잔했다.

"이 사람, 내 말을 듣게! 고태위 대감께서 자네나 나를 사지(死地)에 빠뜨리시겠나? 이 어른께서 돈까지 갖다 주시는 터인데, 무슨 잔말이 있나!"

설패는 이같이 지껄이고는 술상에 있는 돈 닷 냥은 제 주머니 속에 집어넣고 닷 냥은 동초한테 집어주면서 육겸을 바라보며 장담하는 것이었다.

"대인께선 염려 마십시오. 우리가 그놈을 끌고 가다가 솔밭 속에서 없애버리겠습니다. 안심하십쇼."

설패의 장담하는 소리를 듣고 육겸은 껄껄 웃으면서,

"참, 과연 설공이 쾌남아(快男兒)거든!"

하고 그를 추켜세우고는, 또 열 냥 돈을 꺼내 설패의 손에 쥐여주고 말했다.

"아무쪼록 실수 없이 잘하시오. 쾌보(快報)를 갖고 돌아오기 바라오."

설패는 그 돈을 받으면서도,

"돈은 무슨 돈을 자꾸만 주십니까. 아무 염려 마십쇼."

이렇게 말하고 열 냥 받은 돈에서 닷 냥을 동초한테 주는 것이었다. 세 사람은 술을 서너 잔씩 더 마시고 자리에서 일어났다. 육겸은 그들을 데리고 밖으로 나와 작별한 후 태위부로 돌아가고, 동초와 설패는 각각 저의 집으로 가서 보따리를 들고 다리 모퉁이 임충이 있는 술집으로 왔다. 설패는 저의 집에 가서 수화곤(水火棍)까지 들고 온 것이다.

"인제 그만 길을 떠나자!"

설패는 술집에 들어서면서 임충을 보고 호령했다. 임충은 이 소리에 벌떡 일어섰다. 그의 목에 씌워진 칼이 조금 무거워 보이건만, 그는 아무렇지도 않은 듯이 걸어 나왔다.

이리해서 그들은 이날 성 밖으로부터 겨우 30리밖에 못 와 해가 저물었기 때문에 길가 객줏집에 들어가 그날 밤을 쉬기로 했다.

송나라 시절에 공인이 죄수를 압송하는 때는 객줏집에서 방세를 받지 못하는 제도였기 때문에 그들은 불을 피워 밥만 제 손으로 끓여먹었다.

하룻밤을 자고, 이튿날 새벽에 일어나서 밥을 끓여먹은 후 그들은 일찌감치 길을 떠났다. 때는 유월 염천(炎天)이어서 아침부터 폭양이 뜨겁게 내리쬐었다. 처음 하루 동안은 그다지 괴로운 줄 몰랐지만, 폭양을 쬐면서 사흘 동안 길을 걷노라니까, 사흘째 되는 날부터는 개봉부에서 곤장 스무 대를 맞은 등가죽이 퉁퉁 부어 쑤시고 아픈 것이 여간 아니다. 그래서 임충은 걸음을 잘 걸을 수 없어 한 발자국 떼어놓고는 몸을 다시 가누고, 또 한 발자국 떼어놓고는 몸을 가누는 것이었다. 이 모양을 보고 설패는 혀를 차면서 꾸짖었다.

"이것아, 좀 빨리 걸어! 여기서 창주까지가 2천 리란 말야. 이렇게 걸어가다가는 언제 창주에 도착할는지 모르겠다!"

"소인이 매 맞은 자리가 부어서 쑤시는 까닭에 그럽니다. 용서합쇼."

"그런 핑계를 대지 말고!"

동초가 꾸짖는 소리였다.

"낫살이나 처먹은 것이 꾀를 피우느라고… 그러다간 후회할라!"

설패가 꾸짖는 소리였다.

이렇게 걷기를 얼마 하는 동안 이날 해도 또한 저물어버렸다. 세 사람은 촌락에 들어가 객줏집을 찾아 보따리를 내려놓았다.

이때 임충은 두 놈이 말하기 전에 먼저 자기 보따리를 끄르고 은전 두 푼을 집어 심부름하는 아이에게 주면서 술 조금, 고기 조금, 쌀 조금씩 사다달라고 부탁했다. 그리고 밥을 짓고 반찬을 장만해 동초와 설패를 청했다.

"자아, 밥상이 다됐습니다. 이리로 나오십쇼."

동초와 설패는 침상에 누워 있다가 식탁으로 나와 보더니, 심부름하는 아이를 불러 술을 더 사오라고 돈을 주는 것이었다. 그러고는 세 사람이 먹기 시작했다.

이날 저녁에 임충은 두 놈이 자꾸 권하는 바람에 술을 많이 마셨다. 피곤하고 쇠약해진 데다가 술이 지나치게 들어갔는지라, 그는 칼을 쓴 채 한편 구석에 가서 다리를 뻗고 기대앉아 꾸벅꾸벅 졸기 시작했다.

이 모양을 본 설패는 벌떡 일어나더니 밖으로 나가서 펄펄 끓는 물을 한 대야 떠가지고 들어와서 그 대야를 임충의 발 앞에 놓고 하는 말이,

"임교두! 잠을 깨서 발이나 씻고 자구려. 여기 물을 떠 왔소."

라고 하며 임충의 몸을 흔들어 깨우는 것이었다. 임충은 눈을 뜨고서 대야를 보았으나, 목에 쓰고 있는 칼 때문에 허리를 굽힐 수가 없었다.

"안 되겠는데, 그냥 그렇게 다리만 뻗고 있거라. 내가 씻겨줄게."

"원, 천만의 말씀을…."

"아니야. 상관없어. 길에 나와서는 이런 일도 있고, 저런 일도 있지."

설패가 이렇게 말하므로 임충은 이놈의 흉계를 알지 못하고 두 발을 설패한테 맡겼다. 설패는 임충의 발에서 버선을 벗겨 두 발을 한꺼번에 뜨거운 대야물 속에 풍덩 집어넣었다. 그 순간 임충은,

"으악!"

소리를 지르면서 두 다리를 번쩍 쳐들다가 무릎을 꼬부리고 오들오들

떨었다. 벌써 임충의 발등은 홍도같이 새빨갛게 부풀어 오른 것이었다.

"에구구, 사람 죽겠네… 이렇게 뜨거운 물에다 발을 담그다니!"

임충이 기막히는 소리로 중얼거리니까 설패는 또 핀잔한다.

"이런 망할 놈 같으니라고! 죄인이 가만있잖고, 공인이 발을 씻겨주는 것만 해도 감지덕지해야 할 텐데, 이건 뭐 물이 뜨겁다, 차다, 참 별꼴 다 보겠네!"

그러고는 쉴 새 없이 임충을 꾸짖기 시작하건만, 임충은 아무 대꾸를 못 하고 꾹 참으면서 설패가 꾸짖는 소리를 듣기만 했다.

설패는 이같이 임충을 한식경이나 꾸짖다가 동초를 데리고 밖으로 나가더니, 두 놈은 찬물에 발을 씻고 방에 들어와 잠자리에 들어가는 것이었다.

이날 밤 임충은 발을 튀기기는 했지만, 너무도 고단해서 어느 틈에 잠이 들었는지 두들겨 깨우는 바람에 눈을 뜨고 보니, 시각은 이튿날 새벽 4경(更)쯤 되었다. 설패가 불을 피우고 밥을 끓이는 모양인데, 그를 두들겨 깨운 사람은 객줏집 주인이었다.

임충이 눈을 부비고 혼몽한 정신으로 멍하니 앉아 있노라니까, 동초와 설패 두 놈은 저희들끼리만 밥을 먹는다. 임충은 발이 아프고 골치가 멍해서 밥 먹을 생각도 없다.

조금 있노라니까, 두 놈은 밥을 먹고 일어나더니,

"자, 어서 떠나자!"

하고 임충을 일으킨다. 임충이 억지로 일어나서 간신히 한 발자국 떼어놓을 때, 설패는 육모방망이를 휘두르면서,

"이거 어째 이 모양이냐! 빨리빨리 걸어라!"

하고 야단이다.

임충은 문지방 아래 놓아두었던 짚신을 찾아보았으나, 어젯밤에 벗어놓은 짚신이 없어졌다. 그는 하는 수 없이 맨발로 뜰아래 내려섰다.

"옜다! 이거라도 신어라."

언제 차고 왔는지 모르나 동초가 허리춤에서 새 짚신 한 켤레를 끌러 주면서 그것을 신으라고 했다. 임충은 새 짚신을 신었다.

이리해서 임충이 객줏집을 나온 것이 5경(更)쯤 되었는데, 하늘은 아직도 밝지 못했다. 이때부터 걸어가기를 2리나 3리가량 걸었을 때, 뚱뚱 붓고 부풀어오른 그의 발가죽은 새 짚신에 긁히고 설치고 해서, 살이 찢어지고, 피는 흐르고, 조금도 움직일 수 없게 아팠다. 하는 수 없이 그는,

"어구구!"

슬픈 소리를 지르면서 그 자리에 서버리는 것이었다. 이 모양을 보고서 설패는 또 호령을 했다.

"이놈이! 빨리 가자! 빨리 안 가면 알았지? 방망이 뜸질이다!"

임충은 이같이 호령을 들으면서도 한 발자국도 못 떼어놓고,

"소인이 어찌 감히 태만해서 이러겠습니까! 너무도 발이 쑤시고 아파서 이러고 있습니다."

이렇게 사정을 하는 것이었다. 이때 동초가,

"그럼, 내가 부축해줄게 같이 가자."

하고 임충의 겨드랑이를 추켜준다. 그래서 임충은 몸을 동초에게 의지하고 4리나 5리가량 기를 쓰고 걸었건만 그 이상 더 걸을 수가 없어서 발을 멈추고 앞을 바라보니 눈앞에는 험상궂게 생긴 보기 흉한 수풀이 가로막혀 있다. 본래 이 수풀은 야저림(野猪林)이라는 곳으로, 개봉부 서울과 창주 사이에 있는 제일 험한 곳이다.

"여보게, 숲속에서 잠깐 쉬어가세."

"그러세."

동초와 설패는 이렇게 말하더니 임충을 잡아끌고서 숲속으로 들어갔다.

임충은 이를 악물고 피 흐르는 발의 아픔을 참으면서 끌려갔다.

숲속에 들어서니까 햇빛이 보이지 않는다. 동초와 설패는 커다란 참나무 밑에다 저희들 보따리를 내려놓느라고 임충의 손을 놓았다. 그러자 임충은 그 자리에 넘어져버렸다.

"이거 어디 해먹겠나! 한 발자국 떼어놓고는 한참 기다려야 하니 이러다가는 하루에 십 리도 못 가겠네!"

"그러게 말일세. 죄인이 걸음을 걸어야지, 천천히 걷자니까 더 피곤하군그래. 그렇지만, 한잠 자고 갔으면 좋겠네!"

"글쎄, 나도 잠이 오는데! 한잠 잤으면 좋겠지만, 우리가 한꺼번에 잠들었다가 저놈이 도망해버리면 어떡하나? 수족에 쇠고랑을 채우지 아니하고 끌고 왔으니, 그것이 걱정이란 말야."

"글쎄. 마음 놓고 잘 수 없지!"

땅바닥에 쓰러져 있는 임충을 돌아다보지도 않고 두 놈이 주고받는 대화를 듣고 있던 임충은,

"내 걱정 마시고 주무시오. 나도 사내자식이오. 결단코 도망갈 생각도 안 할 것이고, 또 이 발을 해가지고는 도망갈 수도 없답니다."

라고 한마디 했다. 그러자 설패가,

"네가 우리를 안심시키려고 그런 소리를 하는구나. 그렇지만 너를 묶어놓기 전에야 어떻게 안심되겠느냐?"

이렇게 말한다.

"그럼… 나를 묶어놓으시오."

임충이 대답하니까, 설패는 기다렸다는 듯이 허리춤에서 오랏줄을 끌러 그것으로 임충의 몸을 곁에 있는 소나무에다 꽁꽁 묶어 매기 시작하는데, 동초란 놈도 달려들어서 수족을 묶어놓는다. 두 놈이 이같이 임충을 묶어 매놓은 뒤에, 조금 전까지 잠이 온다던 두 놈이 육모방망이를 하나씩 치켜들고는 임충 앞에 버티고 서더니 엉뚱한 말을 하는 것이

었다.

"임충아, 듣거라! 이건 우리가 너를 죽이고 싶어서 죽이는 게 아니다. 너를 서울서 끌고 나오던 날, 고태위님 심복 부하 육겸 대인이 우리한 테 찾아와서, 태위 대감의 분부이시니 너를 도중에서 없애버리라고 부탁하신 까닭이다. 아픈 다리를 끌고 며칠 더 고생하다가 죽느니, 어차피 죽을 바에야 오늘 죽어버리는 게 너도 고생이 덜 될 거 아니냐 말이다! 그렇지만 네가 우리를 원망하진 마라. 우리도 상관의 명령이 아니면 이러지는 않을 게다. 내년 오늘이 네가 죽은 후 일주기(一週忌) 되는 날이라는 것만 우리가 돌아가서 네 집에 알려주겠다. 과히 슬퍼하지 마라!"

천만뜻밖에 이 말을 들은 임충은 두 눈으로 눈물을 주르르 흘리면서,

"여보시오. 지난날 내가 두 분과 원수진 일이 없는데, 나를 죽일 거야 없지 않습니까? 어떻게 내 목숨을 구해주십시오! 그러시면 내가 그 은혜를 이다음 죽어 귀신이 돼서도 안 잊어버리겠습니다!"

하고 간청을 하는 것이었다. 그러나 동초는 설패를 보고서 말한다.

"여보게, 한가한 수작할 새가 없으니, 속히 요정 짓고서 돌아가세."

"응, 알았어."

설패는 대답하고 즉시 육모방망이를 번쩍 치켜들고 눈을 부릅뜨고서 임충의 대가리를 한번 내리쳐 박살내고야 말 것처럼 노려보았다.

금시에 임충의 머리가 깨지게 된 이 순간, 어디선지 숲속에서 벽력같은 큰소리가 들리면서 쇠로 만든 선장이 휘잉 날아오는 바람에 설패와 동초 두 놈이 치켜들고 섰던 육모방망이는 그것에 얻어맞아 저만큼 땅바닥에 떨어져버렸다.

그리고 그와 동시에 굉장히 기골이 장대하고 살찐 한 사람의 중이 숲속에서 와락 뛰어나오더니,

"이놈들! 하늘이 무섭잖으냐!"

호령을 하는 것이었다. 이때 눈을 감고 있던 임충이 눈을 뜨고 바라

보니, 뜻밖에도 그 사람은 노지심이 아닌가.

그런데 노지심은 두 놈을 노려보면서 호령을 계속한다.

"이놈들, 네놈들 두 놈이 지껄이는 소리를 내가 죄다 들었다! 이 사람을 죽이기 전에, 네놈들이 먼저 내 손에 죽어봐라!"

이때 동초·설패 두 놈은 입을 벌린 채 등신처럼 멀거니 노지심을 바라보고 서 있을 뿐이다. 노지심은 허리에 찼던 계도를 끌렀다.

이 모양을 보고 나무에 묶여 있는 임충이 노지심에게 청했다.

"형님! 이 사람들한테는 죄가 없습니다. 모두 고태위가 육겸을 시켜서 이 사람들보고 나를 죽이라고 했기 때문에 그랬답니다. 그러니까 이 사람들은 억울하죠."

임충이 이같이 말하는 소리를 듣고, 노지심은 뽑아들었던 칼로 동초·설패 두 놈을 찌르려다가 그만두고서, 그 대신 임충을 붙들어 맨 오랏줄을 끊고 그를 끌러놓으면서 이야기하는 것이었다.

"동생! 자네가 나하고 같이 가다가 길가에서 칼을 사는 바람에 작별하고 나는 혼자 돌아오면서, 참 우울했네. 그다음 날 자네가 붙들려갔단 소문을 들었지… 그러나 자네를 구해낼 도리가 있어야지? 며칠 있다가 자네가 창주로 귀양 가게 됐다는 소식을 듣고서는 내가 개봉부청 앞에 가서 줄곧 살다시피 했네. 나중에 자네가 압송되어 부청을 나오던 날, 나는 자네 뒤를 밟아오다가 다리목 술집에서 어떤 관인(官人)이 저놈들 두 놈과 수군거리는 것을 보고서 그때부터 의심이 부쩍 생기데. 그래서 나는 줄곧 뒤를 밟았지. 그랬더니 어젯밤에는 저놈들이 자네 발을 씻겨 준답시고 뜨거운 물에다 자네 발을 튀겨서 아주 못쓰게 만들었단 말이야! 난 그때 당장에 저 두 놈을 때려죽이려고 했었지만, 객줏집에서 혹시나 여러 사졸이 뛰어나와서 저놈들을 구해줄는지도 알 수 없어서 참았다네. 오늘 새벽 5경에 자네가 객줏집을 나올 때, 난 자네보다 앞질러서 먼저 여기 와서 기다리고 있었는데, 과연 저놈들이 자네를 죽이려든단 말이야! 그러니까 저런 것들을 살려두면 못써! 저런 건 지금 당장 죽여 없애버려야 해!"

"형님! 이왕 형님이 저를 살려주셨으니, 저 사람들도 살려주십쇼."

임충은 진정으로 애원하는 듯이 노지심에게 이같이 청했다. 이 말을 들은 노지심은 분한 것을 억지로 참는 듯이 동초·설패 두 놈을 노려보면서,

"이놈들, 내 맘대로 했으면 너 같은 놈들은 찢어 죽여서 장조림을 만들어도 시원찮겠지만, 그저 내 동생의 체면을 보아서 살려두는 거야. 그런 줄이나 알아라."

호령하고는, 손에 들었던 계도를 도로 칼집에 꽂은 뒤에 아까 땅바닥에 떨어졌던 선장을 도로 집어들고서,

"네 이놈들, 내 동생을 잘 모시고 나를 따라오너라!"

명령하고 앞서서 휘적휘적 걷기 시작하는 것이었다. 동초와 설패는 아무 소리도 못 하고, 땅바닥에 떨어져 있는 육모방망이를 집어들고, 어깨에 배낭을 둘러멘 후 임교두한테 와서 두 놈이 그의 양 겨드랑을 추켜들고서는 노지심의 뒤를 따라갔다.

이같이 해서 약 3리가량 걸어가자니까, 길가에 조그마한 술집이 보였다. 앞장서서 걸어오던 노지심은 먼저 술집으로 들어가면서 뒤를 돌아다보며 따라들어오라 한다. 임충과 동초와 설패도 그 뒤를 따라서 술집으로 들어갔다.

"여보시오, 주보(酒保)! 고기를 예닐곱 근하고, 술 두 통하고, 그리고 국수를 삶고, 떡을 가져오시우!"

술집에 들어서자마자 노지심은 고함지르듯이 이렇게 주문했다.

"어서 오십쇼! 네, 네, 그렇게 합죠."

술집 주인이 이같이 대답하면서 쩔쩔매는 동안, 동초와 설패는 더구나 기가 죽어서 임충이 앉아 있는 걸상 곁에 서 있었다. 그 모양을 보고

노지심은,

"네놈들도 거기 앉아라."

하고 두 놈을 바라보았다. 그제야 두 놈은 자리에 좌정한 뒤에 설패가 간신히 입을 연다.

"저, 저, 황감합니다마는, 사부님께서는 어느 절에 주지로 계십니까?"

설패가 묻자, 노지심은 껄껄 웃고 나서 대답했다.

"그런 건 왜 묻는 거야? 이놈들, 네가 나 있는 곳을 알아서는 서울 가서 고태위한테 이를 작정이란 말이지. 좋다! 다른 사람은 고태위를 무서워한다더라만, 난 그놈을 선장으로 볼기를 3백 번 갈겨줄 작정이다! 어서 술이나 먹어라."

설패·동초 두 놈은 그 이상 더 입을 벌리지도 못하고 벙어리처럼 음식만 먹었다. 그들이 술, 고기, 떡, 국수를 배불리 먹었을 때 노지심은 일어나서 음식 값을 치른 후,

"자아, 이제 길을 떠나자!"

하고 두 놈을 보고 호령했다. 설패·동초는 아까와 같이 임교두를 부축하고서 술집으로부터 나왔다.

그들은 한참 동안 걸어가다가 먼저 임충이 노지심에게 물었다.

"형님! 형님은 이제부터 어느 쪽으로 가시렵니까?"

"무어? 어느 쪽으로 가겠느냐고… 흥! 살인을 하려거든 피가 다 나온 것을 보아야 하고, 사람을 구하려거든 끝까지 돌봐주어야 한다네. 그러니까 내가 자네를 창주까지 데려다줘야 할 게 아냐?"

"참말, 형님 은혜가 태산 같습니다!"

임충은 진심으로 감사했다.

"애, 이놈들아. 천천히 걸어가!"

노지심은 동초·설패 두 놈의 걸음이 너무 빠르다고 꾸짖었다. 두 놈

은 임충을 부축하고 업고 가다시피 힘들여서 걸었다. 뱃속에서는 복종하고 싶지 않은 마음이 꿈틀거리지만, 원체 기가 질렸기 때문에 꿈쩍 못 하고 노지심의 명령엔 절대 복종이었다. 이렇게 되고 보니 이때부터는 모든 것이 노지심 마음대로다. 가고 싶으면 가고, 쉬고 싶으면 쉰다. 동초·설패 두 놈이 잘해도 꾸지람이요, 잘 못 하는 때면 매를 얻어맞기 일쑤다. 이러기 때문에 동초와 설패는 목소리조차 크게 내질 못하고, 노지심의 눈치만 살피는 것이었다.

이렇게 길을 가기를 이틀 동안 하다가 어느 마을 장터에서 노지심은 수레를 한 개 사서, 임충을 그 수레 위에 올라타게 한 후, 설패·동초 두 놈에게 그 수레를 끌게 했다. 두 놈의 뱃속에서는 욕된 생각이 꿈틀거렸지만, 목숨을 보전하기 위해서는 노지심의 명령을 어길 수 없으니 두 놈은 그저 그가 하라는 대로,

"네, 네."

복종하는 것이었다.

노지심은 두 놈의 공인으로 하여금 임교두를 압송시키는 것이 아니라 임교두를 모시고 가도록 한 뒤에 얼마쯤 가다가는 술과 고기를 사가지고 수레를 멈추게 하고 임충과 함께 즐기면서 두 놈한테도 나누어주었다. 조금 더 길을 가다가 저녁때가 못 되었어도 객줏집이 있으면 노지심은 객줏집에 들어가서 방을 정하고는 공인으로 하여금 불을 피워 밥을 짓도록 하는 것이었다.

그렇건만 동초와 설패 두 놈은 아무 소리 못 하고 순종할 뿐이다. 다만 두 놈은 불 피우고 밥 짓고 하면서 노지심이 듣지 못하도록 가만가만 수군거리기만 했다.

"여보게, 이거 우리가 죄수를 압송하는 것인지 우리가 압송당하는 것인지 알 수 없게 됐네!"

"그러게 말이다! 서울로 돌아가서 고태위님이 '죄수를 어떡하고 왔

니?' 하고 묻는다면 우리가 뭐라고 대답해야지?"

"뭐, 사실대로 말할밖에 없지. 대상국사 채원을 맡아보는 노지심이라는 중녀석이 우리가 임교두를 야저림에서 죽여버리려고 할 때 별안간 나타나 우리를 꼼짝 못 하게 한 후 그대로 창주까지 가느라고 언제 하수(下手)할 겨를도 없었다고 말할밖에 없어. 그리고 우리가 개봉부를 떠나올 때 육대인한테서 받았던 돈 열 냥을 도로 고태위님한테 돌려드리면 우리가 깨끗하지 뭐냐?"

"그래! 네 말대로 그렇게 하자."

동초와 설패는 벌써 이같이 저희들의 신변을 조심성 있게 마련하는 것이었다.

이럭저럭 노지심은 이놈들 두 놈으로 하여금 임충을 모시게 하고 길을 걷기를 7, 8일 동안 걸었다. 이제는 창주가 불과 70리밖에 남지 않았는데, 노지심은 맞은편에서 걸어오는 나그네만 보면 그들보고 길을 묻고 또 전도의 형편을 물어보았다. 그래서 그는 창주까지 가는 동안 길가에 인가가 즐비하고 행인도 많고… 으슥한 곳이란 찾을래야 절대로 없다는 것을 알았다. 그는 이같이 형편을 세밀히 조사한 후에 솔밭에 이르러서 동초와 설패를 보고 수레를 멈추라고 명령했다.

"얘 이놈들아, 여기서 잠깐 쉬어가자."

노지심의 호령이 떨어지자, 동초·설패는 임교두의 수레를 멈추고 임교두를 좌우에서 부축해 내리게 했다.

"너희들은 저만큼 가 있거라."

노지심은 두 놈한테 이렇게 말한 후 임충의 손을 이끌고 솔밭 속으로 들어가서 땅바닥에 펄썩 주저앉으면서 말했다.

"여보게, 이제 안심하겠네. 여기서부터는 창주까지 줄곧 인가가 즐비하고, 으슥한 곳이 없다네. 내가 다 알아봤지. 그래서 난 안심하고 여기서 서울로 돌아가겠는데, 자네는 잘 가 있게. 우리 다시 만날 때가 있겠지."

이 말을 듣고 임충은 큰 눈에 눈물이 글썽해지면서 감격한 목소리로
말했다.

"참, 형님의 은혜는 죽을 때까지 갚아도 못 다 갚겠습니다! 서울로 돌
아가시거든 제 장인한테 이야기나 잘해주십시오."

"응, 그러지."

노지심은 대답하고 주머니를 끄르더니, 돈 스무 냥을 꺼내 그것을 임
충에게 주고, 또 서너 냥을 더 꺼내 그것을 동초·설패 두 놈한테 주면서
그놈들을 보고 말했다.

"네놈들은 내가 벌써 대가리를 바숴버렸을 텐데, 내 동생의 얼굴을
봐서 살려둔 거란 말야! 이제부터 나는 돌아갈 터인데 네놈들이 내가
없어진대서 또 반심(反心)을 품겠느냐?"

"천만의 말씀이올시다. 처음에 서울을 떠날 때, 고태위님이 돈을 보
내시고 부탁하셨기 때문에 그랬던 것이죠. 앞으론 언감생심… 그런 일
이 없습죠."

대답하는 두 놈을 바라보고 있던 노지심은 또 말했다.

"이놈들아, 너희 두 놈의 대가리하고 이 소나무하고… 어느 것이 더
단단하겠니?"

노지심이 묻자 두 놈은 이구동성으로 대답한다.

"그야 말할 것도 없이 나무가 더 단단합죠. 소인들의 대가리는 부모
한테서 받은 두골을 싸고 있는 껍질인뎁쇼."

노지심은 이 말을 듣고, 선장을 들어 옆에 있는 소나무를 한 번 쳤다.
이때 소나무는 우지끈 소리를 내고 두 동강이 나서 부러져버렸다.

"봐라! 네놈들이 만일 내가 떠난 뒤에 반심을 먹었다가는, 네놈들의
대가리가 이 나무같이 된단 말이다! 알아들었냐?"

"네."

"그럼, 임교두님을 잘 모시고 가거라."

"네."

노지심은 선장을 들고서 다시 한 번 임충을 돌아다보고,

"부디 몸조심하게!"

한마디 남기고서는 오던 길로 돌아가는 것이었다.

동초와 설패 두 놈은 아까 노지심이 선장으로 소나무를 찍어서 분질러버리던 때부터 입을 벌리고 섰다가, 지금은 혓바닥까지 내밀고서 입을 다물 줄 몰랐다. 두 놈이 멀거니 서서 노지심의 뒷모양만 바라보고 있는 것을 보고서 임충이 말했다.

"인제 그만 갑시다."

그러자 두 놈은 정신을 차린 듯이 돌아서면서,

"참, 훌륭한 스님이신데요! 어쩌면 한 번 후려갈겨서 두 치가 넘는 굵은 소나무를 분질러버리십니까?"

하고 노지심을 칭찬했다.

"그까짓 건 이야깃거리도 안 돼! 글쎄 대상국사 채원 안에 있는 커다란 버드나무는, 저 형님이 두 손으로 몇 번 흔드니까 뿌리째 뽑혀버렸으니까… 굉장하시지!"

임충도 기운을 얻은 듯이 대꾸했다.

"야 정말, 굉장하구나!"

두 놈은 서로 얼굴을 바라보면서 혓바닥을 설레설레 저었다. 그리고 조금 있다가 두 놈은 생각난 듯이 수레를 가지고 와서 임충을 태워 솔밭 속으로부터 큰길로 나왔다. 큰길로 나와 반나절가량 걸어왔을 때 창주로 가는 관도(官道) 길가에 술집이 하나 보였다. 동초와 설패는 임충을 모시고 그 술집으로 들어갔다.

기사회생하는 임충

"이리로 앉으시죠."

"아니, 두 분께서 그쪽으로 앉으셔야죠."

임충과 동초·설패는 서로 상좌(上座)를 사양하다가 임충은 기어이 방송공인 두 사람을 상좌에 앉히고서 그들과 마주앉았다. 그간 7, 8일 동안 노지심한테 들볶여가면서 임충을 모시고 오던 두 놈은 오래간만에 공인 대접을 받는 셈이었다.

세 사람이 자리에 좌정하고 주보가 주문을 받으러 오기를 기다렸으나, 주보는 서너 명이 왔다 갔다 하면서도 오지 아니하는 것이었다. 일이 바쁘니까 그런가보다 싶어서 세 사람은 꾹 참고서 기다렸다. 그런데 이렇게 기다리기를 반 시각이나 했건만 한 놈도 주문 맡으러 오지 아니하므로 임충은 부화통이 터지고 말았다. 그는 주먹으로 탁자를 땅땅 치면서 호령을 했다.

"얘, 주보야. 주인을 좀 불러라! 내가 죄인이라 손님으로 안 본단 말이냐? 어째서 주문 맡으러 오지 않는단 말이냐?"

임충이 호령하자 안으로부터 주인이 나오더니,

"손님이 공연히 이 사람의 호의를 모르시고서 역정을 내십니다그려."

이같이 말하는 것이 아닌가.

그러나 임충은 이것이 무슨 말인지 알아들을 수 없었다.

"그래, 술·고기를 팔지 않는 것이 손님한테 보이는 호의란 말이오?"

임충이 큰소리로 물으니까, 주인은 손을 저으면서 천천히 설명하기 시작했다.

"내 얘기를 들으시오. 우리 마을에 갑부가 살고 있는데 성명은 시진(柴進)이라고 하지만, 사람들이 부르기는 시대관인(柴大官人)이라고 통칭하죠. 그리고 이 근방 강호(江湖) 지방에서는 '소선풍(小旋風)'이라는 별명으로 부르죠. 그런데 이분은 주(周)나라 시세종(柴世宗) 황제의 후손으로 태조무덕(太祖武德) 황제가 내리신 서서(誓書)와 철권(鐵券)을 가지고 있는 까닭에 아무도 이분을 홀홀하게 못 보지요. 그런 데다 이분이 오고가는 호걸들과 만나기를 좋아해서, 그 집에는 항상 수십 명의 호걸들이 들끓고 있습니다. 그리고 그 양반이 우리 집에 부탁하시기를 '혹시 귀양 가는 죄인으로서 호걸다운 죄인이 보이거든 나를 찾아오게 하라. 그러면 내가 그 사람을 도와주겠다'라고 말씀했기에, 그래서 내가 지금 손님한테는 술을 팔지 않는 거란 말씀예요! 술 자시고 얼굴이 뻘게서야 시대관인을 찾아가시는 게 안 됐지요. 그러니까 이것이 내가 손님한테 호의를 표하는 게 아닙니까?"

주인의 이야기를 듣고, 과연 고마운 생각이라고 임충은 깨달으면서, 그는 동초와 설패한테 사정을 해보았다.

"여보시오, 내가 서울서 교두 노릇을 하고 있을 때 항상 시대관인의 이름을 들었습니다. 한번 찾아보고 싶은데, 두 분 생각은 어떠십니까?"

"만나보고 싶으면 같이 갑시다그려."

두 놈은 선선히 승낙하는 것이었다. 그리고 두 놈은 배낭을 들고 자리에서 일어나므로 임충은 일어서면서 주인을 보고,

"그런데 시대관인의 장원(莊園)이 어딥니까?"

하고 물었다.

"여기서 마주 보이는 길로 30리가량 가면 커다란 석교(石橋)가 있습니다. 그 다리를 건너가면 큰 장원이 보입니다."

주인이 일러주므로 세 사람은 술집으로부터 나와 마주보이는 길로 걸음을 재촉했다. 과연 그들이 30리가량 걸어오니까 커다란 돌다리가 있고, 돌다리를 건너가니까 버드나무 숲이 우거진 속으로 탄탄대로가 길게 뻗치었는데, 그 길 끝나는 곳에 큰 장원이 보였다.

그리고 장원의 담장 밖으로는 시냇물이 흐르고, 시냇물 좌우 언덕에는 수양버들이 줄지어 섰다. 장원 앞에 다다르니, 문 앞에는 판교(板橋)가 있고, 그 다리 위에는 장원 안에 있는 사람들 4, 5명이 나와 앉아서 바람을 쐬고 있다. 임충과 동초·설패 세 사람은 그들 장객(莊客)들한테 인사를 했다.

"미안합니다마는, 대관인께 말씀을 올려주시기 바랍니다. 서울로부터 창주 노성으로 압송되는 임가라고 부르는 죄인이온데, 잠깐 대관인을 만나뵈오려고 찾아왔다가 못 만나뵈옵고 돌아갑니다."

그러고서 임충이 이같이 말하니까, 그들 장객들은 이구동성으로 대답했다.

"당신은 참말 복이 없구려! 대관인께서 만일 집에 계셨더라면, 주식(酒食)과 돈냥을 착실히 얻어가셨을 텐데… 오늘 아침에 일찍이 사냥 나가셨으니 말입니다."

"언제쯤 돌아오실지 모르시나요?"

"알 수 없지요. 사냥을 끝내고 바로 이리로 오실지, 혹은 동쪽에 있는 동장(東莊)으로 가실지, 만일 동장으로 가신다면 내일 낮에도 못 만나시게 되죠."

"그렇다면 과연 이 사람이 복이 없습니다. 편안히들 계십쇼. 그만 돌아갑니다."

임충은 장객들한테 작별하고 돌아서서, 동초·설패와 함께 아까 오던 길로 걸음을 걸으면서 마음이 무거웠다. 그는 기운 없이 3마장가량 걸어오다가 맞은편으로부터 말발굽 소리가 요란하게 들리므로 그쪽을 살펴보니, 어떤 관인(官人)이 백마를 치켜타고 있는데 그 뒤에 세 사람의 장정이 따라오는 것이었다. 그리고 자세히 보니까, 말 탄 사람은 얼굴도 잘생겼다. 눈은 봉(鳳)의 눈이요, 눈썹은 용(龍)의 눈썹이요, 입술은 붉은데 코밑에 수염은 새까맣고, 나이는 34, 5세가량 되어 보이는데, 머리엔 망사로 만든 화건(花巾)을 쓰고, 몸엔 가슴에 수를 놓은 화포(花袍)를 입고, 커다란 활을 어깨에 걸쳐메었는데, 허리엔 옥띠를 두르고, 발엔 금실로 수놓은 신을 신은 것이 보통 범상한 인물이 아닌 성싶게 보였다. 임충은 이 사람을 바라보면서 마음속으로 혹시나 이분이 시대관인이 아니신가 짐작했건만 감히 무어라고 말을 붙이지 못했다.

그런데 말 위의 젊은 관인은 임충을 이상하게 보면서 그래도 지나가려다가 말굽을 멈추더니, 방송공인들보고 묻는 것이었다.

"칼을 씌워가지고 가는 사람이 누군가?"

이 말이 떨어지자, 임충이 황망하게 허리를 굽히면서 말했다.

"소인은 서울서 금군교두로 있던 임충이라는 사람이온데, 고태위님한테 죄를 짓고 개봉부의 단죄를 받아 창주로 귀양 가는 길입니다. 저 아래 술집에서 말하기를 시대관인께서 초현납사(招賢納士)를 잘하신다기에 한번 뵙고 가려다가 인연이 없어서 못 만나뵙고 그냥 가는 길입니다."

마상에 앉아서 이 말을 듣던 젊은 관인은 얼른 말에서 뛰어내리더니 임충 앞으로 다가서면서,

"이 사람이 시진이올시다. 이렇게 저를 찾아오실 줄 모르고 큰길가에서 뵈옵는 죄를 용서하십시오."

하고 임충에게 예를 하는 것이었다. 임충은 더욱 당황해서 답례했다.

"자, 우리 같이 들어갑시다."

시진은 임충의 손을 붙들고 앞서서 걷기 시작했다. 다른 사람들은 모

두 그 뒤를 따랐다. 장원문 앞에 다다르자 장객들이 대문을 활짝 열어 붙였다. 시진은 대문을 들어가서 즉시 큰사랑 대청으로 임충을 안내하고 자리를 권하면서 공손히 말했다.

"제가 임교두의 성함은 일찍부터 모시어 알고 있었습니다만, 오늘 이같이 누추한 곳에 내림하실 줄은 몰랐습니다. 평생소원을 이루어주시니 감사합니다."

이 말을 듣고서 임충은 자리를 고쳐앉으면서 대답했다.

"대관인의 존함이야말로 나라 안에서 모르는 사람이 없을 만큼 고명하시고… 누가 감히 존경하지 않겠습니까? 우연히 죄인이 되어 이 몸이 귀양살이 가다가 존안을 뵈옵게 되니, 아마 하늘이 저한테 주신 복인가 합니다."

"원, 천만의 말씀을!"

시진은 겸사의 말을 하면서 임충을 상좌에 모시려고 했으나, 임충은 세 번 네 번이나 사양하고서 객석에 앉아버리므로 시진은 동초와 설패를 그 곁에 앉게 한 후 하인을 불러 술상을 내오라고 명령했다. 그리고 자기도 자리에 좌정했다.

그러자 장객들은 안으로 들어가더니 금시에 음식과 술을 갖고 나오는데 고기 한 쟁반, 국수 한 쟁반, 술 한 병, 그리고 한 쟁반에는 쌀 한 말 위에다 돈 열 관을 올려놓아, 이런 것을 한 사람이 한 쟁반씩 들고 들어와서 탁자 위에 벌여놓는 것이었다. 이 모양을 보다가 시진이 장객들을 꾸짖는다.

"촌것들이라 할 수 없구나! 손님을 그렇게도 알아보지 못하느냐? 임교두께서 오셨으니 빨리 들어가서 양(羊)을 잡고 과합주(菓盒酒)를 내오너라, 속히 차려 내와!"

임충은 불안해서 일어나,

"그러실 거 없습니다. 대관인께서 과분하게 대접하시면, 제가 되레 불안합니다."

이렇게 사양했다.

"천만의 말씀! 교두를 이렇게 만나뵈옵기가 참으로 어려운 일인데, 어떻게 홀홀히 대접하겠습니까. 어서 앉으십쇼."

마지못해 임충이 자리에 앉으니까, 그사이에 벌써 장객들은 아까 갖다 놓았던 음식들을 모조리 치워버리고 과합주를 내왔다.

시진은 일어서서 과합주를 따라 임충에게 잔을 권했다. 그리고 방송 공인 두 놈한테도 술을 권하고 자기는 그제야 활과 화살통을 옆방에다 치운 뒤에 술잔을 드는 것이었다.

조금 있다가 산해진미의 좋은 안주가 상 위에 가득히 나왔고, 술은 병이 비기 전에 계속해서 들어왔다. 한참 동안 이야기해가면서 술 마시는 사이, 해는 이미 서산에 기울어지고 둥그런 달이 떠오르기 시작했다. 이때, 시진은 탕(湯)을 내오라고 분부했다. 탕을 들여오자 그들은 탕을 한 그릇씩 먹은 뒤에 또다시 술을 권하기 시작하여 서너 잔씩 술이 돌아갔을 때,

"지금 교사(敎師)님께서 들어오십니다."

하고, 한 사람의 장객이 들어와서 시진에게 보고했다.

"이리로 들어오시라 해라. 여기 상을 한 개 더 갖다놓고 한 좌석에서 먹는 것도 흥취가 있겠다."

시진은 이렇게 말했다. 임충이 일어나서 들어오는 사람을 바라보니, 머리에 두건을 쓴 기골이 장대한 사람이 아주 거만한 태도로 올라오는 것이었다.

'교사님이 오신다고 했으니까, 아마 이 사람이 시대관인의 사부가 되나 보다….'

임충은 이렇게 짐작하고 얼른 앉았던 자리를 피하면서 허리를 굽혀 그에게 예를 올리고,

"제가 임충이라는 사람입니다. 이 자리에 앉으시기를 바랍니다."

이렇게 그가 공손히 인사를 드렸을 때, 그 사람은 답례는커녕 임충을 거들떠보지도 않은 채 임충이 앉았던 자리에 털썩 주저앉는다. 임충은 감히 얼굴을 들지 못하고 있다. 이 모양을 보고 시진이 입을 열었다.

"홍교두님, 이분이 바로 서울 80만 금군의 창봉교두(槍棒教頭)로 계신 임무사 임충 선생이십니다. 두 분께서 서로 인사하시죠."

좌석을 어울리게 하느라고 시진이 말하자, 임충은 다시 그 사람 홍교두를 보고 절을 넙죽 했다. 그러나 홍교두라는 사람은 답례를 않고 가만히 앉았다. 시진은 그 태도를 불쾌하게 느꼈다. 임충은 아무 말도 하지 않고 맨 끝에 있는 의자에 가서 앉았다. 이때 아무도 입을 벌리지 않고 있을 때, 홍교두라는 그 사람이 입을 열었다.

"그런데 시대관인, 오늘 무슨 까닭으로 저따위 배군(配軍) 따위를 융숭하게 관대하는 거요?"

이 말을 듣고 시진이 정색하고 대답했다.

"저분은 다른 사람과 다르신 분입니다. 80만 금군교두이신 사부님이신데… 그렇게 아시면 안 되지요."

"허허허… 대관인께서 창봉(槍棒)을 워낙 좋아하시니까… 그게 소문이 나서 귀양 가는 군인들의 어중이떠중이가 모두 나는 창봉교두입네 하고 찾아와서는 배불리 얻어먹고 돈과 쌀을 얻어가는 거랍니다. 대관인이 어떻게 저 사람을 진짜 80만 금군교두로 인정하시나요?"

"그야 범인(凡人)의 상(相)이 아니지 않습니까? 사람을 보실 줄 모르시는군요."

시진이 대답하자, 홍교두라는 사람은 자리에서 벌떡 일어나더니 임충 앞으로 와서 그의 얼굴을 들여다본다. 임충은 아까부터 아무 말도 하지 않고 가만히 있었다.

그런데 임충의 얼굴을 들여다보던 홍교두는 큰소리로 지껄였다.

"난 이 사람을 믿지 못해요. 나하고 어디 한번 봉술을 겨루어볼까? 그런 연후에 진짠가 아닌가 결정짓지!"

홍교두의 이 말을 듣고 시진은 껄껄 웃으면서 임충을 보고 말했다.

"허허, 참 좋군요. 임무사께선 어찌 생각하십니까?"

"소인이 어찌 감히 그러겠습니까, 그만두십시오."

임충이 겸손한 태도로 사양하는 것을 보고 홍교두는, 아마 저자가 실력이 없으니까 겁을 집어먹고 회피하는 것이리라 생각하고, 더한층 오만한 태도를 보이면서 자기 자리에 앉는다.

"자아, 술 좀 더 하십시오. 그리고 달이 더 밝아지거든 한번 겨루어보시는 것이 좋지 않겠습니까?"

이때 시진은 이렇게 말하고 홍교두와 임충에게 술을 권하는 것이었다. 이리하여 그들은 다시 술을 들기 시작해서 한 사람이 각각 예닐곱 잔씩 마셨을 때, 달빛은 휘황하여 백주 대낮같이 마당이 환하게 밝았다. 이때 시진은 자리에서 일어서면서 말했다.

"자아 대낮같이 마당이 밝습니다. 두 분께서 한번 겨루어보시기 바랍니다."

이 말을 듣고 임충은 속으로 혼자 '저 사람이 시대관인의 사부인데 만일 내가 한 대 때려 저걸 넘어뜨린다면, 시대관인 체면에 좋지 않을 게 아닌가?' 이렇게 생각했다.

이때 시진은 임충이 주저하고 있는 모양을 바라보다가 또 말했다.

"이 어른 홍교두님은 이곳에 오신 지도 오래되지 않고, 또 적수가 없어서 한 번도 술법을 다루어보신 일이 없답니다. 임무사께서는 너무 사양하지 마시고 일어서십시오. 제가 두 분 교두님의 높으신 술법을 한번 배관하고 싶습니다."

이 말을 듣고 임충은, 시진이 자기한테 기어코 한번 본때를 보여주라고 충동거리는 것임을 깨달았다. 그래서 그는 마음을 정하고서 마당으

로 내려가 보려고 했는데, 벌써 홍교두는 먼저 마당으로 내려가면서,

"어서 와! 어서 오란 말야."

하고 임충을 꼬드기는 것이다. 대청 위에 앉았던 사람들도 일제히 임충과 함께 그 뒤를 따라서 마당으로 내려가자 장객 하나가 몽둥이 한 묶음을 땅바닥에 갖다 놓는다. 홍교두는 겉옷을 벗어놓고, 속옷 바짓가랑이를 걷어올린 뒤에 그 속에서 몽둥이 한 개를 집어들고는 또,

"어서 와! 오란 말야."

하고 임충을 바라본다.

"임무사께서도 몽둥이 한 개 집으십시오."

시진은 또 충동인다. 임충은 땅바닥에 놓인 간봉 속에서 집히는 대로 몽둥이 한 개를 집어들고는 홍교두 앞으로 가까이 가서,

"잘 좀 가르쳐주시기 바랍니다."

하고 뒷걸음질하여 한 간쯤 떨어진 곳에 우뚝 섰다. 달은 휘영청 밝은데 지금 두 사람은 몽둥이 한 개씩을 꼬나들고서 마주 대했다.

두 사람은 피차에 서로 상대방을 노려보면서 두 번⋯ 세 번⋯ 다섯 번가량 몽둥이 끝을 가지고 상대방을 겨냥대더니, 별안간 임충이 옆으로 홀쩍 뛰어나와 비켜서며 하는 말이,

"소인이 졌습니다!"

한다.

"아니, 두 분이 서로 싸워보시지도 않고서 지셨다니 웬 말씀입니까?"

시진이 놀란 표정으로 물었다.

"소인이 칼을 쓰고서 봉술을 하는 터인 고로, 권도로써 지는 겁니다."

"아차! 제가 실수를 했습니다. 칼을 벗겨드리도록 했을 것인데⋯."

시진은 그제야 임충의 목에 일곱 근 반짜리 무거운 칼이 씌워져 있는 것을 깨닫고 장객을 불러 안에 들어가서 돈 열 냥을 가져오라 했다.

장객이 즉시 돈 열 냥을 가져오니까, 시진은 그 돈을 갖고 두 놈의 방

송공인한테 가서 말했다.

"두 분한테 수고시켜서 미안하지만, 잠시 동안 임교두한테서 칼을 벗겨주시오. 만일 나중에 창주 노성서 말썽이 생긴다면 그때엔 이 사람이 담당할 테니까. 약소하나마 이 돈을 받아주시오."

이 말을 듣고 동초와 설패 두 놈은 서로 저희끼리 얼굴을 바라보다가 시진의 인격에 눌려서 감히 그의 말을 어기지 못하고 임충에게 가까이 가서 목에 씌웠던 칼을 벗겨놓고 시진으로부터 열 냥 돈을 받는 것이었다.

이같이 임충으로 하여금 몸을 자유롭게 쓰도록 만든 뒤에 시진은 희색이 만면해 말했다.

"자아, 그러면 이제부터 두 분께서는 다시 한 번 겨뤄보십시오."

이때 홍교두는 임충이 봉술을 알기는 아는 사람이지만, 자기한테 벌써 겁을 집어먹은 사람이라고 단정하고서 몽둥이를 꼬나들고는 임충을 노려보기 시작했다. 그러자 시진이 갑자기,

"잠깐만 기다려주십시오."

하고 외치더니, 장객을 불러 스물닷 냥짜리 커다란 은덩어리를 내오게 하는 것이었다.

잠시 후에 장객이 은덩어리를 내오니까, 시진은 그것을 땅바닥에 놓고,

"자아, 두 분 중 이기시는 분이 이것을 가지시는 것입니다. 잘해주십시오!"

라고 말하는 것이었다. 비록 겉으로 내색은 나타내지 않으나, 마음속으로는 그 은덩어리를 임충에게 주고 싶어 하는 것이 시진의 심정인 것 같다. 홍교두는 이때 심중에 이상한 것을 느꼈다. 이기는 사람한테 은덩어리를 갖게 한다는 것이 알 수 없는 일이라고 생각하면서, 그는 몽둥이를 자기 코앞에서 머리 위로 꼿꼿하게 높이 치켜들고는 임충을 노렸다. 이것은 횃불을 쳐들고 하늘을 불사르는 형국이다.

임충은 이때 시진이 자기한테 호감을 갖고 은덩어리까지 내온 것임을 짐작했는지라, 몽둥이를 수평으로 내밀고 홍교두의 복장을 노렸다. 이것은 풀을 헤치면서 뱀을 찾아내려는 형국이다.

이 같은 자세로 쌍방이 서로 노리고 보다가 홍교두가,

"와! 와! 오란 말야!"

소리를 지르면서 한 발자국 임충한테로 가까이 올 때, 임충은 한 발자국 한 발자국 뒷걸음하고… 홍교두가 또 한 걸음 들어서면 임충은 또 한 걸음 물러서다가 홍교두의 몸뚱이가 벼락같이 임충의 머리 위에 떨어지는 순간, 임충은 홍교두의 발끝에서 이미 파국(破局)을 발견했던 까닭으로 번개같이 옆으로 뛰면서 홍교두의 몽둥이를 때려 떨어뜨리고, 다시 한 번 번개같이 뛰는 순간, 홍교두는 임충의 몽둥이에 모가지를 얻어맞고 땅바닥에 쓰러져버렸다.

시진은 이 광경을 보고 대단히 기뻐하면서,

"여봐라, 술…술을 가져오너라!"

라고 소리쳤다. 장객이 술병과 술잔을 가져오니까, 시진은 술을 한 잔 부어 마신다. 진정 유쾌한 모양이다.

땅바닥에 쓰러져 있던 홍교두는 이때 겨우 정신을 차려 몸을 일으키려고 애쓰는 모양이므로 장객 두 사람이 달려가서 그의 몸을 부축하여 일으켰다. 홍교두는 얼굴이 원숭이 볼기짝같이 새빨갛게 해가지고 일어나더니, 온다 간다 말없이 목을 삐딱하게 기울이고서 장원문 밖으로 슬금슬금 도망해버리는 것이 아닌가. 이 모양을 바라보던 모든 장객들은 깔깔거리며 웃어졌혔다.

"자아, 수고하셨습니다. 올라가십시다."

홍교두가 도망하는 뒷모양을 보고 있던 시진은, 고개를 돌이켜 임충을 바라보면서 그의 손을 이끈다. 임충이 그를 따라서 다시 대청 위로 올라가니까, 시진은 임충의 잔에 술을 가득히 부어 그에게 권했다.

임충은 술잔을 받아마셨다. 그리고 시진에게도 술을 권했다. 이리해서 임충이 술을 석 잔째 마시고 있을 때, 시진은 장객에게 땅바닥에 놓았던 스물닷 냥짜리 은덩어리를 가져오게 한 후 그것을 임충 앞에 놓고,

"이것은 임사부께서 가지셔야 할 겁니다."

하고 내민다. 그러나 임충은 그 같은 것을 받으려고 하지 아니했다. 그리하여 시진은 하는 수 없이 은덩어리는 집어두고, 그날부터 임충을 자기 집에 머무르게 한 후, 날마다 좋은 술과 산해진미로 극진히 대접했다.

이와 같이 5, 6일이 지나가자, 동초와 설패 두 놈은 방송공인으로서 너무 오래 지체할 수 없다고 임충한테 재촉하기를 성화같이 하는 것이었다. 시진은 하는 수 없이 임충을 떠나보내기로 작정하고서 술자리를 베풀고, 그리고 편지 두 통을 임충에게 주면서 말했다.

"이 편지 한 장은 창주대윤(滄州大尹)한테 가는 것이고, 한 장은 노성 관영(牢城管營)의 차발(差撥)한테 보내는 것입니다. 창주대윤하고는 막역한 사이고, 차발과도 친분이 두터운 사이니까, 제 편지를 갖다 주시면 필연코 대우가 달라질 겁니다."

시진은 이렇게 말하고서 스물닷 냥의 은전을 임충에게 선사하고, 또 닷 냥을 두 놈의 공인한테 주면서 하루 저녁 술값이나 하라고 하는 것이었다.

얼마 후에 그들은 일찍이 쉬고 이튿날 임충 일행은 새벽밥을 먹고 시진의 장원으로부터 출발하는데, 시진은 자기 집에서 부리는 장객들에게 임충 일행의 보따리를 수레에 싣게 하여 장원문 밖까지 따라나와 임충에게 작별 인사를 하는 것이었다.

"평안히 가시기 바랍니다. 얼마 있다가 제가 겨울옷을 보내드리겠습니다."

"감사합니다. 대관인의 신세를 어떻게 보답해야 할지… 그저 감사할 뿐입니다."

임충이 이같이 답례하니까, 이때 동초와 설패 두 놈도 시진에게 공손히 예를 하고 감사의 인사를 드린 후, 즉시 임충을 수레에 태워 창주로 향하여 길을 떠났다.

이날 세 사람이 창주성문 밖에 도착한 것은 점심때가 지나서였다. 동초와 설패는 저희 두 놈의 보따리를 객줏집에 맡겨두고서 임충을 이끌고 주아(州衙)로 들어가서 개봉부의 공문을 올렸다. 그때 당청(當廳)은 공문을 받고 임충을 데리고서 주관(州官) 앞으로 나갔다. 창주대윤은 임충이 바치는 시진의 편지와 공문을 읽은 후, 죄인을 잘 받았다는 회답 공문을 만들게 하여 두 놈의 방송공인한테 내주는 한편, 노성에도 공문을 보내게 하는 것이었다. 동초와 설패 두 놈은 먼저 공문을 받아 서울로 향하여 떠나갔다.

조금 있다가 노성에서 온 패두(牌頭)를 따라서 임충은 노성 영내(營內)로 들어가서 독방에 갇혔다. 그런데 말이 독방이지, 높이 두 자가량 되는 흙벽으로 칸을 막은 잡범 수용소의 한쪽 구석일 뿐이다.

임충이 독방에 들어와 앉으니까 잡범들이 몰려와서 이 소리 저 소리 물어보더니, 영내의 사정을 번갈아 가면서 일러주는데, 그들의 말을 종합하면 다음과 같은 형편이었다.

이곳 노성에 있는 관영이나 차발은 성질이 요망스럽고, 돈이라면 사족을 못 쓰는 위인이다. 새로 들어오는 죄수가 돈을 바치지 못하면 그 놈은 토굴 속에다 가두어두는 고로 살래야 살 수도 없고, 죽을래야 얼른 죽을 수도 없으며, 처음 들어오는 죄수한테는 으레 몽둥이로 1백 번 때리는 법이지만, 죄수가 병이 있다고 사정해서 변덕이 나는 때면 그 몽둥이찜질도 안 하기가 일쑤이다. 만일 그렇게 되지 못하고 얻어맞는 날이면 십 중 칠팔은 타살당하고 마는 형편이라는 것이다.

임충은 영내의 형편이 이와 같다는 이야기를 듣고서 속으로 은근히 걱정스러웠다. 그래 여러 놈들을 보고 물었다.

"여러분이 잘 가르쳐주셔서 고맙소이다. 그런데 돈을 주기로 한다면 얼마가량이나 그 사람들한테 써야 하오?"

"관영한테 닷 냥은 줘야 하고, 차발한테도 닷 냥을 주면, 그놈은 또 그것을 다른 놈하고 나눠 먹으니까, 모두 열 냥만 쓰면 좋겠지."

잡범 죄수 한 놈이 말하고 있을 때, 감방으로 차발이 들어오면서 큰 소리로 묻는다.

"오늘 새로 귀양살이 온 놈이 어떤 놈이냐?"

임충이 이 소리를 듣고 창살문 앞으로 나서면서,

"소인이올시다."

하고 대답했다.

차발 녀석은 한 걸음 바싹 임충 앞으로 다가서더니, 먼저 임충의 손바닥을 보고, 아무것도 들고 있는 것이 없음을 알고서는, 금시에 낯가죽에 험상궂은 표정이 일어나면서 욕지거리를 퍼붓는 것이었다.

"이 도둑놈아! 등어리에다 홍두깨를 붙잡아 맸느냐? 어째서 나한테 절을 안 하는 거냐? 너 이놈, 서울서나 뽐내고 다녔지, 여기 와선 어림도 없다! 너 같은 건 토끼새끼만도 못하단 말야. 네깟 놈의 대가리는 내 손아귀에 들었으니까 파리 대가리같이 내 맘대로 한다. 알아들었느냐?"

차발 녀석이 이같이 호령하는 동안, 임충에게 가까이 모여 섰던 잡범들은 멀찌감치 흩어져버리고, 창살문 안에는 임충이 혼자 서 있다. 이때 임충은 돈 닷 냥을 끄집어내 눈웃음을 지으면서 그 돈을 창살문 밖에 섰는 차발 앞에 내밀고 말했다.

"차발님! 이거 약소합니다만, 소인이 예물로 드리는 것이니 받아주십쇼."

차발 녀석은 임충의 손바닥을 흘끔 내려다보고서 말한다.

"이걸 어쩌란 말이냐? 날더러 관영한테 드리란 말이냐?"

"천만의 말씀! 이건 차발님께 드리는 겝죠. 관영님께는 따로 열 냥을

222

올릴 것이니 차발님께서 수고로우시지만 전해줍시오."

임충은 이같이 대답하고서 즉시 열 냥 은전을 꺼내서 그의 손에 쥐어 주었다. 차발 녀석은 그 돈을 받고서 상판대기에 웃음을 지으며 말했다.

"임교두! 실상 말이지, 내가 임교두의 이름은 오래전부터 들었네. 임교두야말로 참 훌륭한 사내라고 모두들 이야기하네. 자네가 지금은 고태위의 함정에 빠져 고생살이를 하지만, 자네 같은 사람이야 어디 보통 사람인가. 미구에 크게 될 걸세… 암, 높은 자리에 올라가고말고."

임충은 이런 소리를 듣고 기뻐하는 듯이 일부러 웃는 얼굴을 보이면서 말했다.

"고맙습니다. 모두 차발님께서 잘 보아주시기만 바랍니다."

"염려 말라니까!"

차발 녀석의 태도가 아주 누그러진 것을 보고, 임충은 시진의 편지와 돈을 꺼내 그것을 차발에게 주었다. 차발은 돈과 봉투를 받아, 편지를 보더니 더욱 호감을 표시한다.

"이런 사람 보았나! 시대관인의 편지까지 가지고 있으면서 진작 내놓을 것이지… 이따가 관영께서 점검하실 때 몽둥이 1백 대를 때리시려고 하거든 자네가 신병으로 인해서 몸이 불편하다고만 하게나그려. 그러면 내가 그담엔 잘해서 속아넘어가도록 만들 것이니까!"

"고맙습니다."

차발은 돈과 편지를 호주머니에 집어넣고서 감방으로부터 나갔다. 그 모양을 보고,

'흥! 돈만 주면 귀신도 심부름을 든다더니, 과연 옛말이 틀림없구나!'

임충은 속으로 탄식했다. 이때 감방으로부터 나온 차발은 그길로 관영 앞에 나와서 보고를 올렸다.

"오늘 들어온 죄수 임충이란 놈은 잘난 놈이더구먼요. 시대관인님의 편지까지 갖고 왔어요. 여기 편지하고 돈 닷 냥을 올리는 터이니 받아

주십시오."

그는 이같이 말하고서 돈과 편지를 내놓았다. 임충이 관영한테 바쳐 달라고 내놓은 돈은 열 냥이었건만, 이놈은 닷 냥을 떼먹고 절반만 내놓는 것이었다. 그런 줄도 모르고 관영은 닷 냥 돈을 집어넣고서 말한다.

"시대관인의 편지까지 가져온 놈이라면 잘 봐주어야지. 그놈을 지금 이리로 불러오라고 해."

이 말을 듣고서 차발은 즉시 패두로 하여금 임충을 불러오게 했다. 조금 있다가 임충이 관영 앞에 이끌려 나왔다. 관영은 대청 위에 앉아서 뜰아래 꿇어앉은 임충을 보고 호령했다.

"새로 들어온 죄인은 듣거라! 태조무덕 황제 때부터 내려오는 구제 (舊制)에 의해서, 새로 들어온 죄수에겐 살위봉(殺威棒) 1백 대를 때리는 법이니 그런 줄 알렷다!"

관영의 호령을 듣고 임충은 일부러 괴로운 듯이 기침을 해가면서 아뢴다.

"소인이 이곳까지 오는 동안에 감기에 걸려서 죽도록 앓다가 아직도 낫지 못했사오니… 통촉해주십시오."

이때 차발 녀석한테서 돈냥이나 받았던지, 임충을 끌고 왔던 패두가 관영을 쳐다보면서,

"소인이 보니까 이 사람은 아직도 앓고 있습니다. 불쌍해 보입니다."

라고 아뢴다. 관영은 이 말을 듣더니 고개를 끄덕끄덕하고는,

"그래 그놈의 증세가 그러하다면, 살위봉 때리는 것을 그만둬라. 병이 낫거든 때리기로 하자."

라고 한다.

관영이 이같이 변덕을 부리는 것도 결국 차발한테서 임충의 돈 닷 냥과 시대관인의 편지를 받아본 때문인지 알 수 없다.

이때 차발 녀석이 또 아뢴다.

"그런데 말씀입니다. 지금 천왕당(天王堂)을 지키는 간수(看守)가 그곳에 나가 있는 지가 오래됐는데, 그놈하고 임충이를 바꾸는 것이 어떨까요?"

"그래도 좋지."

관영이 승낙하자, 차발은 즉시 대청 위로 올라가서 공문을 만든 후, 임충을 이끌고서 독방으로 데리고 와 그의 보따리를 챙기게 해서 천왕당으로 데리고 왔다.

"이거 봐! 내가 자네를 위해서 참 애썼네! 여기는 일이 없는 곳이야. 아침저녁으로 향이나 피워놓고, 쓰레질이나 한 번씩 하면 그만이란 말이지. 그러니까 얼마나 좋은가? 다른 죄수들 모양으로 자네가 그 토굴 같은 감방에 있었더라면 죽지도 못하고 살지도 못하고 큰일 날 뻔했다."

차발 녀석은 이렇게 생색을 내는 것이었다.

"그렇고말고요, 모두 차발님의 은덕입죠. 참말 감사합니다."

임충은 이같이 말하고서 또 주머니에서 돈을 석 냥 꺼내 차발에게 주면서,

"차발님! 이왕이면 제 목에 씌워진 칼이나 벗겨주십쇼."

라고 말했다.

차발은 이미 돈을 받았는지라, 그리고 그런 일쯤은 자기 권한으로 넉넉히 처결할 만한 일이므로 얼른 칼을 벗겨주면서,

"자아, 이러면 좀 편하지? 내가 지금 바쁘니까 관영에 가봐야겠다."

라고 말하고서 차발은 먼저 있던 간수를 데리고 가버렸다. 임충은 천왕당에 혼자 남아 있게 되었다.

이렇게 되어서 임충은 이날부터 천왕당 간수 노릇을 하게 되었는데, 하는 일이라곤 정말 아침저녁으로 향불을 피워놓는 것과 소제를 한 번 해두는 일밖에 없다.

이렇게 4, 50일 지내는 동안, 관영과 차발은 한 번도 천왕당엘 나와서 검사하는 일도 없었다. 시대관인의 편지도 있었고, 또 임충이 돈을 바쳤던 것이 크게 효력을 발휘한 모양이었다. 그리고 그동안 시대관인은 임충의 겨울옷도 지어 보냈다.

어느덧 가을이 지나 엄동이 닥쳐 하루는 임충이 아침 일을 끝마친 후 천왕당 문을 나와서 어슬렁어슬렁 길거리로 산보를 하고 있었는데, 이때 돌연히 등 뒤에서 어떤 사람이,

"임교두님! 이거 웬일이십니까? 언제 여기 오셨습니까?"

하고 부르는 소리가 들렸다. 임충은,

'이상하다. 여기서 나를 알 사람이 없는데 누가 나를 부를까?'

이렇게 생각하면서 뒤를 돌아다보니까, 이것은 다른 사람이 아니라, 서울서 그가 자주 놀러 다니던 술집에서 심부름하던 이소이(李小二)라는 사내였다. 이소이는 연전에 그 술집에서 돈을 조금 훔쳐 쓴 일이 발각되어 관아에 붙들려가게 되었던 것을, 그때 임충이 그 돈을 물어주고 죄를 면하게 한 뒤에 또 노잣돈까지 주어서 서울을 떠나도록 해준 사나이다. 이런 사람을 여기 와서 만날 줄은 그가 참말 꿈에도 생각 못 했던 일이다. 그래, 임충도 반가운 낯빛으로 말했다.

"자네, 이소이 아닌가? 어째 여기 있나?"

임충이 저를 알아보고 이같이 물으니까, 이소이는 감격하여 땅바닥에서 절을 한다.

"안녕하셨습니까? 소인은 그동안 은인께서 구해주신 뒤로 이곳저곳 다니다가, 여기 창주로 와서 왕(王)씨가 경영하는 술집에 있었습죠. 그랬더니 소인의 음식 솜씨가 좋다고 오는 손님마다 칭찬하고 장사가 번창해지니까, 주인이 소인을 데릴사위로 삼아주더군요. 그 후에 장인 장모가 연거푸 작고해버렸기 때문에 지금은 소인 내외가 둘이서 차도 팔고, 술도 팔고 하며 과히 군색하지 않게 지내고 있습니다. 그런데 은인

께선 무슨 일로 여기 와 계십니까?"

이소이가 절을 하고 묻는 까닭에 임충은 또 솔직하게 자기가 당한 실정을 털어놓았다.

"…그래서 이리로 귀양와 지금은 천왕당을 지키는 간수 노릇을 하고 있네마는 앞으로 어떻게 될지 누가 아나!"

임충의 이야기를 듣고 이소이는 참으로 뜻밖이라고 놀라면서 자기 집으로 임충을 모시고 가, 자기 마누라를 인사시키고 대접을 깍듯이 하는 것이었다.

"여기서 은인을 만나뵙게 된 것은 하늘이 시키신 일입죠!"

"그런 말 말게. 난 죄수란 말야. 자네 내외한테 욕되는 일이 있을까 걱정일세."

"원, 천만의 말씀을 다 하십니다. 은인의 존함을 어느 누가 모르는 사람 있습니까? 욕되다니요, 의복이 더러워져서 벗어놓은 것이 있거든 주십쇼. 빨래를 해드릴게요. 그리고 바느질할 것도 주십쇼. 앞으론 제 집에서 수발을 해드리겠습니다."

"고맙네."

임충과 이소이는 낮부터 술상을 놓고 앉아서 쉴 새 없이 이야기해가며 음식을 먹기 시작한 것이 저녁이 지나서야 끝났다. 임충은 배불리 먹고서 천왕당으로 돌아갔다.

이튿날부터 이소이와 임충은 서로 번갈아 가며 찾아다니게 되었다. 이때부터 임충의 의복을 빨래하고 바느질하는 일은 이소이 집에서 수발했다.

그런데 어느 날 이소이가 전방문 앞에 앉아서 밥을 먹고 있는데 어떤 사람이 휘익 문안으로 들어와 한편 구석에 가서 좌정한다. 그러자 또 한 사람이 쑥 들어오더니 먼저 들어왔던 사람 앞에 가서 앉는다. 이소이가 그들을 살펴보니 먼저 들어온 사람은 군관(軍官)이고 나중에 들어온 사람은 군졸(軍卒)이다.

이소이는 그들 앞으로 가서 물었다.

"무얼 드릴갑쇼? 술을 잡숫겠습니까?"

그러자 군관이 주머니로부터 한 냥짜리 은전을 내주면서,

"좋은 술 서너 병하고, 그리고 손님이 오시거든 안주를 가져오란 말야."

라고 하는 것이었다.

"손님이 언제쯤 오십니까?"

"자네가 가서 청해와야겠네. 자네가 노성엘 들어가서 관영과 차발을 이리로 청해오란 말야. 자네 집에 관인(官人)이 와서 상의할 사무가 있어서 곧 오라고 부른다고… 그렇게만 말하란 말야."

"네, 네."

이소이는 대답하고서 술병과 술잔을 그들 앞에 갖다놓고는 즉시 노성으로 달려가 차발한테 전갈했다.

관영과 차발은 이소이를 따라서 함께 술집으로 들어와 자기들을 청했다는 군관 앞으로 가서 관영이 묻는 것이었다.

"전에 뵈온 적이 없습니다. 존함이 누구십니까?"

관영이 인사를 하자고 청하건만, 군관은 성명을 말하지 않고 편지 봉투 한 개를 꺼내 탁자 위에 놓으면서,

"여기 서면(書面)이 있습니다. 조금 있다 아시죠. 자아, 술을 안주하고 더 가져오게."

라고 한 후 이소이를 바라보는 것이었다. 이소이는 그들을 바라보고 섰다가 당황하여,

"네, 네."

대답하고는 부엌으로 들어가 채소 한 접시, 고기 한 접시, 술 한 병과 술잔을 들고 나와서 그들 앞에 놓았다. 그들은 각기 자리에 좌정해 술

을 권하기 시작했다. 이소이는 곁에서 그들을 보고 섰다.

그들은 술을 댓 잔씩 서로 권하면서 마시다가 그때까지 곁에 서 있는 이소이를 보고 군관이 말했다.

"이거 봐, 자네는 나가 있으란 말야. 우리가 술을 데워먹을 테니까 걱정 말고 나가 있어. 그리고 우리가 부르기 전엔 이 방에 들어오지 말란 말야!"

"네, 네."

이소이는 대답하고 밖으로 나오다가 부엌에서 일하는 자기 마누라를 보고 가만히 일렀다.

"저기 먼저 들어온 두 놈의 손님이 암만 해도 수상하니, 잘 살펴보란 말야."

마누라는 이상한 눈으로 그를 바라보면서 묻는다.

"왜요? 무어가 수상해요?"

"저 두 놈의 말씨가 서울말이거든! 내가 처음엔 몰랐는데 술을 데워서 들어갔을 때, 저것들이 가만가만 지껄이는 소리를 듣자니까 '고태위가 어쩌구 저쩌구' 하는 소리가 들리더란 말이야. 혹시나 임교두님한테 무슨 일이 생기는 게 아닌가 의심스럽단 말이거든! 내가 문밖에 나가 있을게, 자네는 저 뒤로 돌아가서 벽 틈에다 귀를 대고서 저것들이 무슨 소리를 지껄이는가 엿들어봐!"

"그러지 말고 천왕당엘 가서 임교두님을 이리 오시라고 청하면 어때요? 오셔서 저것들이 어떤 놈인가 눈으로 보시라고 하죠."

"안 돼! 임교두님 성미가 얼마나 급하시다고, 잘못하다간 살인이 나지. 공연히 우리들까지 연루자로 붙들릴라고. 얼른 뒤로 들어가서 들어봐!"

"그렇게 하지요."

마누라가 뒤로 들어간 뒤에 이소이는 밖으로 나와서 문간 앞에 쭈그리고 앉아 있었다.

한식경이 지나서 안으로부터 마누라가 문밖으로 나오더니 이소이한 테 보고한다.

"그것들이 어찌도 가만가만 귓속말을 하는지 알아들을 수가 있어야 지. 그런데 군관이 품속에서 주머니 두 개를 꺼내 관영한테 하나를 주 고, 또 차발한테도 하나를 주던데 아마 돈을 주나봐요. 그러더니 차발 녀석이 지껄이기를 '모두 내가 하기에 달렸으니 염려 맙쇼. 그까짓 거 상관없습니다.' 이런 소리가 들리더군요."

내외가 이처럼 이야기하고 있을 때, 안으로부터 큰소리로,

"여보, 여보! 탕(湯)을 들여와요!"

하고 부르는 소리가 들렸다. 이소이는 긴대답을 하고 즉시 부엌으로 들어가 뜨거운 죽과 밥을 퍼담으면서 바깥을 내다보니까, 관영이 한쪽 손에 편지 봉투 한 개를 쥐고 있는 모양이 보였다. 이소이는 즉시 죽과 밥을 그들 앞에 갖다 놓았다.

한참 동안 그들은 아무 말 없이 밥을 먹더니, 군관이 회계를 치르고 일어나니까, 먼저 관영과 차발이 문밖으로 나가고, 조금 뒤에 군관과 군 졸 두 사람은 고개를 푹 수그리고서 어디론지 사라져버렸다.

그들이 돌아간 뒤, 이소이는 이 일을 임충에게 알리는 것이 좋겠다 생각하고서 천왕당엘 가보려고 일어나려는데, 때마침 임충이 문간에 나타나면서,

"어때, 연일 장사가 잘되지?"

하고 안으로 들어온다. 이소이는 황망하게 인사를 드리고 말했다.

"그렇지 않아도 요긴한 말씀이 있어서 은인께 찾아가려고 하는 판이 었지요."

"요긴한 일이라고? 무슨 일인데?"

"저 뒷방으로 들어가시죠. 여기서는 좀 안 되겠습니다."

이소이는 임충을 안으로 모시고 들어가서, 서울말 하는 군관과 군졸이 관영과 차발을 청해다가 수군거리고서 돈주머니를 주니까 차발 녀석이 '그까짓 거 성명없다고… 제가 하기에 달렸다고…' 이렇게 장담했는데, 그놈들 이야기 가운데서 이따금 '고태위' 이름이 새어 나오더라고 자세히 이야기했다.

　이야기를 다 듣고 나서 임충이 묻는다.

　"서울서 왔을 것 같다는 그놈들이 어떻게 생겼던가?"

　"군관은 키가 5척쯤 되는 작은 키에 얼굴은 희고, 수염이 있고, 나이는 30여 세 되어 보이고, 군졸 놈은 낯짝이 시뻘겋게 생겼더군요."

　이 말을 듣고서 임충은 펄쩍 뛰면서 말했다.

　"뭐? 30여 세 된다는 놈, 그놈이 바로 육겸이란 놈이다. 이놈이, 쥐새끼 같은 놈이, 여기까지 나를 해치려고 찾아왔단 말이지. 이놈, 내가 너를 그냥 둘 줄 아니? 기어코 찾아내 뼈를 갈아서 떡을 만들어야겠다!"

　임충이 흥분하는 것을 보고 이소이는 걱정스러운 듯이,

　"고정하십쇼. 몸조심하시고 가만히만 계시면 아무 일 없겠죠! 옛말에도 '밥 먹을 땐 목메지 않도록, 길 걸을 땐 넘어지지 않도록' 이렇게 조심하면 실수 없다고 말하지 않았어요?"

　하고 그를 진정시키려 했다. 그러나 임충은 흥분된 채 이소이한테 인사도 안 하고서 나가버렸다.

　임충은 그길로 철물점에 달려가서 창칼을 한 자루 사, 그것을 품속에 품고서는 큰길과 뒷골목을 골고루 돌아다니면서 육겸의 모양을 찾아보았다. 그러나 육겸은 눈에 띄지 아니했다.

　이튿날은 임충이 아침 일찍이 세수하고 향불을 피워놓고서 바로 천왕당을 나와 창주성 안과 밖을 샅샅이 헤매면서 육겸의 모양을 찾았건만, 역시 눈에 띄지 아니했다. 그는 뜻을 이루지 못하고 돌아가다가 이소이 집에 들러,

"그거 참, 오늘도 허탕 쳤네!"

라고 투덜거리니까, 이소이는 그를 안심시키는 듯이 말했다.

"너무 걱정 마십쇼. 내버려두시면 어때요, 별일 있을라고요."

"글쎄… 그래도, 그놈을…."

임충은 또 혼잣말처럼 투덜거리면서 이소이와 작별하고 천왕당으로 돌아왔다.

그날 밤을 지나고서 이튿날도 임충은 거리로 나와 육겸이가 혹시 눈에 띄는가 살펴보았건만 역시 허사였다.

'이 자식이 서울로 내뺀 모양이구나!'

임충은 이같이 생각하고서 이제는 아주 마음을 놓았다.

그러자 엿새째 되는 날, 노성의 관영님께서 들어오라신다고 차발 녀석이 임충을 부르러 왔다. 임충은 즉시 관영 앞에 나아갔다.

관영은 임충을 보고 말했다.

"네가 여기 온 지도 벌써 여러 달 되었고, 시대관인의 체면을 보아서도 너를 좀 우대해야겠다고 해서 동문(東門) 밖에 있는 대군(大軍) 초료장(草料場)을 너한테 맡기기로 했다. 여기서 시오 리쯤 떨어진 곳인데, 거기 나가서 다달이 말 먹이는 풀 얼마씩만 바치고, 나머지는 모두 네가 맘대로 팔아 쓸 수 있는 거란 말야. 지금까지 거기서 늙은 죄수가 관리하고 있었는데, 그놈하고 교대할 것이니까, 지금 곧 차발하고 같이 그리로 떠나가거라."

"네, 그럽죠."

임충은 대답하고서 즉시 영문을 나와 천왕당으로 가기 전에 먼저 이소이의 집으로 와서 이야기를 했다.

"이거 봐, 관영님이 날더러 대군 초료장으로 가 있으라 하시는데 어떨까?"

하고 임충이 물으니까, 이소이는 웃는 얼굴로 대답했다.

"그야 천왕당을 지키고 있는 것보다는 좋습죠. 마초(馬草)를 조금씩 바치고 나머지는 모두 팔아서 돈이 되는뎁쇼."

"그렇게 좋은 곳으로 어째서 날 보낸다는 거야? 무슨 뜻이 있는지 모르겠는걸."

"무얼 그다지 의심하십니까. 의심하실 건 없죠. 여기서 조금 멀리 떨어진 곳이니까 소인이 임교두님을 자주 못 뵙는 것이 걱정일 뿐입니다. 술이나 한잔 드시고 가십쇼."

이소이는 부랴부랴 술상을 차려 임충 앞에 놓고서 술을 권하기 시작했다. 임충은 술을 몇 잔 마시고서 그와 작별하고는 천왕당으로 돌아가서 짐을 꾸려 짊어지고, 창칼은 허리에 차고, 화창(花槍)은 손에 들고서 영문으로 가서 차발과 함께 관영한테 작별 인사를 고한 뒤 초료장을 향해서 길을 떠났다. 때는 엄동설한이라, 검은 구름이 하늘을 덮고 찬바람이 매섭게 불더니, 조금 있다가 함박눈이 모진 바람과 함께 펄펄 날리기 시작해서 금시에 산과 들이 하얗게 변해버렸다. 임충은 차발과 함께 주막에 들어가서 더운 술로 요기를 한 다음, 어둡기 전에 초료장에 도착했다. 넓고 넓은 황원(荒原) 한가운데 황토(黃土)로 담을 쌓고, 사립문을 해 닫았는데, 문안에 들어서니 7, 8간 초가집이 보이고, 그 안에는 마초를 가득 쌓았으며, 그 가운데 마루방이 하나 있는데, 그 방에는 늙은 죄수 한 사람이 모닥불을 쬐고 앉아 있는 것이었다.

차발 녀석이 그 방으로 들어서더니 늙은 죄수를 보고 말했다.

"관영님께서 오늘부터 이 사람을 여기 있게 하시고, 너는 이 사람이 있던 천왕당으로 가서 지키라는 분부시다. 빨리 이 사람하고 교할(交割)을 끝내고 떠나거라."

늙은 죄수는 이 말을 듣고 천천히 열쇠 꾸러미를 허리에서 끌러 임충에게 주며,

"열쇠가 여기 있으니 가져가게. 그리고 헛간에 쌓아놓은 마초 덩어

리가 모두 몇 백 덩어리라는 것은 죄다 적어뒀으니 나중에 궤짝을 열고 문서를 보게."

라고 한 후 자기 짐을 꾸려 떠나려 하다가,

"그런데 말야, 냄비·화로·식기… 이런 걸 내가 두고 갈 테니까 그냥 쓰란 말야."

하니까, 이 말을 듣고서 임충은 대답했다.

"나도 내가 쓰던 것을 천왕당에 그냥 두고 왔소이다."

"그랬는가? 잘됐군. 그런데 여기 술병이 걸렸네. 임자가 술생각 나거든 이것을 갖고 동쪽 큰길로 2마장가량만 가면 거기 장터가 있네. 거기 가서 술을 사다 먹게나그려."

"알겠소이다."

늙은 죄수는 차발 녀석과 함께 나가버렸다.

임충은 혼자 앉아서 불을 쬐다가 사방에서 벽 틈으로 불어 들어오는 바람 때문에 허리와 등어리가 추워서 못 배기겠으므로, 그는 침상 위에 올라가서 이불로 몸을 또르르 감고서 누워보았다. 드러누워서 바라보니, 천장하고 벽하고, 기둥하고, 그 사이는 손가락 두 개 넓이만큼 틈이 벌어지고, 그 구멍에서 황소바람이 들어오는 게 아닌가. 말이 집 속이지 한데나 다름이 없다. 이런 집에서 겨울을 날 생각을 하니 그의 몸에서는 소름이 끼쳤다.

'날이 들거들랑 성내에 들어가서 미장이를 데려다가 벽을 다시 발라야겠구나!'

그는 저도 모르게 속으로 중얼거렸다. 그러고서 눈을 감았다.

그러나 아무리 춥다는 생각을 안 하고 참아보려고 마음을 도사리고 누웠어도, 몸은 점점 속에서부터 떨려 나오는데, 도저히 참고 견딜 도리가 없다.

이때에 임충의 머리에서는 아까 늙은 죄수가 동쪽 큰길로 2마장가량

가면 술파는 집이 있다고 가르쳐주던 말이 생각났다.

임충은 술생각을 하고서 침상으로부터 벌떡 일어나, 이불을 개놓고, 보따리 속에서 돈주머니를 꺼내 그것을 품속에 집어넣은 후, 벽에 걸린 호로병을 떼어 한 손에 쥐고, 화롯불 위엔 뚜껑을 덮고, 머리에는 전립자(氈笠子)를 눌러 쓰고서 밖으로 나와 사립문은 안으로 고리를 걸어놓은 후, 동쪽 큰길로 걸음을 걷기 시작했다. 그동안 쏟아진 눈은 두 치가량이나 땅 위를 덮었는데 지금도 눈이 계속해서 내리고, 더욱이 북풍이 매섭게 분다. 임충은 눈을 저벅저벅 밟으면서 한 마장가량이나 걸어가다 보니까 길거리에 아주 낡은 고묘(古廟)가 한 채 보이므로, 그는 고묘 속으로 들어가서 치성을 드렸다.

"신명께서 이 사람을 보호해주소서. 일간 다시 와서 찾아뵈옵고 지전(紙錢)으로 소향(燒香)드리겠습니다."

그는 화상 앞에 절을 넙죽 하고서는 고묘 밖으로 나와 또 한 마장가량 눈길을 걸어가니까, 비로소 사람 사는 집이 여남은 채가 보이는 것이었다.

'오, 여기가 장터로구나!'

임충은 혼잣말을 하고서 즉시 그 가운데서 술집을 찾아 대문 안으로 들어섰다.

이때 술집 주인은 호로병을 들고서 안으로 들어오는 임충을 보고 먼저 말을 건넨다.

"그 병을 보니까 낯이 익은데… 초료장에 있는 노인의 술병이 아닌가요?"

"그렇습니다. 초료장에서 왔소이다."

"아, 그러시오. 그럼 이리로 앉으시오. 원 날씨도 매섭게 춥습니다. 뜨끈한 술을 석 잔은 연거푸 마셔야겠지요."

술집 주인은 말하더니, 부엌으로 가서 뜨거운 국 한 그릇과 고기 한 접시와 더운 술 한 병을 갖고 나와 임충 앞에 놓았다. 임충은 술병을 받아서 한숨에 절반가량이나 들이켰다. 그러고서 고기와 국물 그릇을 깨끗이 부시고 나니까 그제야 몸이 풀리는 것 같다.

"여보 주인, 싸가지고 가게 고기 좀 더 주시오. 그리고 호로병에 술도 담아주고."

"그러합죠. 아닌 게 아니라, 오늘 같은 날 술 안 가지고서야 견뎌낼 수 없죠."

주인은 호로병에 술을 넣고, 고기를 썰어서 두 근가량 되는 것을 내다 준다.

임충은 돈을 치러준 후 그것을 받아서는 밖으로 나왔다. 그는 아까 오던 길을 돌아가는데, 아까와는 반대로 이번엔 북풍을 가슴에 안고서 걸어야만 했다. 그러나 술에 고기에 배불리 먹은 까닭으로 그는 추운 줄 모르고 초료장까지 와 사립문 고리를 벗기고 안으로 들어가다가,

"어어."

하고 외마디 소리를 쳤다. 아까까지 비록 퇴락하기는 했을망정 멀쩡하게 서 있던 초가집이 납작 쓰러져버린 게 아닌가.

'이거 야단났구나!'

임충은 기가 막혀서 무너진 마루방을 찾아보려고 화창 끝으로 지붕과 서까래를 헤치기 시작했다.

'화롯불이 어떻게 됐을까…?'

임충이 먼저 걱정한 것이 불 걱정이었다.

한참 만에 마루방 터를 찾아, 서까래를 쳐들고서 그 밑으로 엉금엉금 기어들어가 화로를 찾아보니, 숯불은 눈 녹는 물에 흥건히 젖어 꺼져버린 지가 오래였다. 불날 염려는 사라졌으니 우선 안심은 되나 그 순간부터 걱정되는 것은 하룻밤이나마 드샐 일이다.

'오늘 밤을 어디서 잔다?'

그는 눈 위에 앉아서 새까만 하늘을 쳐다보고 혼잣말을 했다. 그러자 생각나는 것이 아까 장터에 가다가 발견한 고묘이다.

'그래… 하는 수 없으니, 거기 가서 하룻밤 지내고 날이 밝거들랑 무슨 도리를 차려야겠다.'

임충은 이렇게 정하고서 다시 엎드려서 서까래 밑에 깔려 있는 침상으로 기어가 이불을 꺼내 돌돌 뭉쳐 갖고 나와서 그것을 화장대 끝에 매달고, 호로병을 한 손에 들고서 밖으로 나와서 사립문을 걸어버린 후 고묘를 향해서 걸음을 재촉했다. 하늘은 새까맣고 별만이 띄엄띄엄 구름장 사이에서 반짝일 뿐이다.

고묘 앞에 다다라 임충은 묘문으로 들어가서 문을 도로 닫고 그 문을 걸어버리려고 했으나 빗장도 없고 문고리도 없어졌다. 임충은 커다란 돌멩이가 근처에 있는 것을 보고, 그 돌을 안아다가 기대어놓았다. 여간 사람의 기운으로는 도저히 문을 열지 못하게 되었다.

임충이 문조심을 한 뒤에 안으로 들어가서 금갑산신(金甲山神)의 화상과 판관(判官)과 소귀(小鬼) 화상이 붙어 있는 벽 아래 선반 위에다 이불과 보따리를 얹어놓고, 호로병은 선반 아래 쓰레기통 위에 올려놓고 난 다음, 머리에 썼던 적립자를 벗어 눈 녹은 물을 털어버린 후 한옆에 놓고 그다음에 윗저고리를 벗었다. 저고리는 축축하게 젖어 있다.

'한 모금 해야겠구나.'

그는 속으로 중얼거리고서 호로병을 입에다 대고 천천히 한 모금 마셨다. 그리고 품속에서 고기 싼 뭉치를 꺼내 한 주먹을 집어서 입안에 털어 넣었다. 이제는 술기운이 전신에 순환할 때 이불을 뒤집어쓰고 널빤지 위에 누워버릴 생각밖에 아무 생각도 없다.

이같이 마음 놓고 앉아서 천천히 호로병을 기울이고 있을 때, 별안간 밖에서 탁탁탁… 톡톡톡… 튀는 소리를 내면서 무엇인가 불타는 소리가 들린다. 임충은 이 소리를 듣고 얼른 일어나서 벽 틈으로 내다보니

조금 전에 자기가 사립문을 걸고서 나온 초료장에서 난데없이 화재가
일어난 것이 아닌가.

마초가 화광과 연기를 뿜으면서 타느라고 향긋한 냄새까지 풍겨오
는 것이었다.

'이거 큰일 났구나!'

임충은 화창을 얼른 집어들고 문을 열고 나가서 불을 끄려고 서둘렀
다. 그래서 신당 문을 막 나가서 묘문 앞으로 가려는데 아닌 밤중에 이
상하게도 묘문 밖에서는 사람의 말소리가 들리는 것이었다. 임충은 얼
른 땅바닥에 엎드려 몸을 숨긴 후 그 말소리를 엿듣기 시작했다.

가까이, 점점 가까이 걸어오는 발자국 소리가 들리는데, 임충이 그
소리를 들어보니 모두 세 사람이 걸어오는 것 같다. 그러더니 그놈들은
묘문 앞에 다가와서 문짝을 떠다민다. 그러나 문짝은 아까 임충이 기대
어놓은 바윗돌 때문에 열리지 아니한다. 두 번 세 번 떠다밀어 보다가
문이 영영 열리지 아니하니까, 그놈들은 처마 밑으로 들어와 초료장이
불타고 있는 광경을 바라보면서 한 놈이 하는 말이 이렇다.

"잘 탄다! 어때요? 내 꾀가 그럴듯하잖아요?"

그러자 또 한 놈이,

"이번에 관영과 차발 두 분이 애를 많이 쓰셨습니다. 내가 서울로 돌
아가서 고태위님께 자세히 말씀드려 두 분을 더 좋은 자리로 승차시키
시도록 말씀하지요."

라고 말한다. 그러자 또 한 놈이,

"이번에는 임충이 속절없이 죽었습니다! 이제 고아내의 병도 낫겠
죠."

라고 말한다. 그러니까 먼저 말하던 놈의 목소리가 또 나온다.

"장교두도 사위가 살아 있으니까 4, 5차나 사람을 보내 청했건만 이
러쿵저러쿵 핑계를 댔지… 임충이가 죽은 줄 알면야 별말이 없겠지."

"그럼요, 시원하게 잘 치워버렸죠. 제가요, 가만히 담을 넘어 들어가서 마초를 사방에다 한 덩어리씩 벌려놓고서 불을 질렀으니까요. 설혹 임충이가 요행히 불더미 속에서 빠져나온대도 대군 초료장을 다 태워버린 죄는 면하지 못할 것이고… 어차피 죽을 목숨이죠."

"그렇고말고! 내가 내일 불에 타고 남은 해골을 한 개 구해, 그것을 갖고 서울로 올라가서 고태위 대감하고 고아내 도련님한테, '이것이 임충의 두골이올습니다'고 고해바칠 테니까!"

임충은 땅에 엎드려서 여기까지 엿듣고선, 밖에 있는 놈들이 한 놈은 육겸, 또 한 놈은 '까치대가리' 부안, 또 한 놈은 노성의 차발 녀석인 것을 알았다. 그러고선 땅바닥에 이마를 대고 감사를 드렸다.

'하늘이 이놈을 불쌍히 여기시사 마루방 초가집을 무너뜨려주신 덕분에 제가 불타서 죽을 것을 면케 해주셨으니 참으로 감사하나이다.'

임충은 천지신명께 감사드린 후 분연히 일어나서 오른손에 화창을 쥐고, 한쪽 발로 묘문에 기대놓았던 바윗돌을 떠밀어, 왼손으로 문짝을 왈칵 잡아당겨 열어붙이고 밖으로 내달으면서 큰소리로,

"이놈의 개새끼들!"

이라고 호령했다. 이때까지 불 속에서 타죽었으리라고 생각하던 임충이 저희들 등 뒤에서 튀어나오는 것을 보고, 세 놈은 너무도 놀라 도망갈 생각도 못 하는 듯, 꿈쩍 못 하고 임충을 바라보고만 있는 것이었다. 이때 임충은 먼저 차발 녀석의 배때기를 창으로 꽉 찔러 거꾸러뜨렸다. 임충이 그 창을 뽑아 '까치대가리'를 찌르려 하자, 이놈은 도망가려고 하므로 쫓아가서 등때기를 푹 찔러서 거꾸러뜨렸다. 그리고 임충이 창을 들고 육겸한테 달려들자 이놈도 도망하려다가 세 발자국도 옮겨놓지 못하고 임충에게 붙들렸다.

임충은 육겸을 땅바닥에 내동댕이쳐 쓰러뜨린 후 한쪽 발로 육겸의 가슴을 꽉 밟고는 호령했다.

"이 개새끼야, 네가 나한테 무슨 원수를 졌기에 날 해치는 거냐?"

"살려주시오! 내가 오고 싶어 온 게 아니고, 고태위가 보내니까 안 올 수 없어서 왔지요."

"뭣이라고? 이놈의 자식, 말도 안 되는 소리!"

임충은 한 발로 육겸을 밟고 선 채, 한 손으로 육겸의 윗저고리를 헤치고 허리춤으로부터 그놈의 칼을 뽑아 그 칼로 육겸의 가슴팍을 푹 찔러버렸다. 염통이 짜개져서 피가 팔팔 쏟아졌다.

육겸을 죽이고 나서 임충이 뒤를 돌아다보니, 거꾸러졌던 차발 녀석이 일어나 비틀비틀 달아나는 꼴이 보인다.

임충은 즉시 쫓아가서 그놈을 거꾸러뜨리고 아주 모가지를 잘라버렸다. 그리고 '까치대가리' 부안의 목도 잘라버리고, 다시 육겸한테로 와서 이놈의 모가지도 끊어, 세 놈의 대가리를 머리털로 서로 묶어서는 묘당 안으로 들어가서 산신님 화상 앞 선반 위에 얹어놓았다. 그리고 옷을 고쳐 입고, 머리에 전립자를 쓰고, 한 손으로 호로병을 높이 쳐들어 병 주둥이를 입에 물고서 남았던 술을 꿀컥꿀컥 모조리 마셔버렸다. 그러고 나서 그는 창을 들고 묘문 밖으로 나와 동쪽을 향해서 정처 없이 걷기 시작했다.

밤은 벌써 자정 때가 지난 것 같고, 눈보라는 여전히 계속된다. 캄캄하지만 눈길이라, 임충이 간신히 좌우를 분간해가면서 5리가량 걸었을 때, 좌우에 사람 사는 집이 대여섯 채 보이는데, 그 가운데서 한 사람이 문 앞에 나와 섰다가 그를 보고,

"여보시오, 거기 불이 나지 않았어요? 그냥 보고만 있을 수 없는데 같이 가서 불을 꺼봅시다."

황급한 목소리로 말하는 것이었다. 임충은 일부러 의젓한 태도를 지으면서 대답했다.

"그래요. 노형이 먼저 가시오. 난 지금 관가에 보고하러 가는 참이니

까 다녀오리다."

그는 시치미를 뚝 떼고 그 앞을 지나서 한참 오다가 눈보라는 더욱더 그악스럽게 쏟아지고 사지는 꽁꽁 얼어들어 오는지라 기운을 쥐어짜내 가면서 달음질을 하기 시작했다.

그러나 그것도 얼마 못 가서 기운이 빠지고 몸이 풀려버렸다. 그는 하는 수 없이 터덜터덜 힘없는 걸음을 옮기면서 뒤를 돌아다보니 이제는 벌써 불타고 있는 초료장이 눈에 보이지도 않는다. 그는 다시 앞을 바라보면서 혹시나 사람의 집이 없을까 하고 이쪽저쪽을 유심히 살펴보았더니, 과연 왼쪽으로 수풀이 보이는데 그 수풀 속에서 불빛이 깜박깜박 엿보였다.

그는 불빛을 보고 다시 기운을 돋우어 그쪽으로 걸음을 재촉했다.

마침내 불빛이 흘러나오는 곳까지 다다라서 보니까, 조그마한 초가집이 있고, 그 불빛은 벽이 떨어진 구멍으로부터 새어 나오는 것이었다. 임충이 문을 열고 안으로 들어서니, 마룻장도 없는 토방 안엔 늙은 사람이 하나 있고, 그 주위에 젊은 사람 5, 6명이 둘러앉아서 땅바닥에 피워놓은 모닥불을 쬐고 있는 광경이 보인다. 그는 우선 모닥불만 보고서도 살아난 것같이 반가움을 느꼈다.

"여보십쇼. 난 노성영(牢城營)에서 심부름 나온 사람입니다. 눈에 옷이 젖어서 견딜 수가 없으니, 잠깐 동안 옷을 말려 입고 가도록 불 가까이 좀 앉게 해주실 수 없을까요?"

아닌 밤중에 문을 열고 들어와서 이같이 사정하는 임충의 모양을 그들은 의심하는 눈으로 바라보더니, 즉시 그의 모양이 의심스럽지 않게 보였던지,

"어렵지 않은 이야기요, 이리로 가까이 와서 불을 쬐시오."

가운데 앉아 있는 늙은이가 먼저 승낙하는 것이었다. 임충은 고맙다고 인사하고서 모닥불 가로 가까이 들어앉아 윗저고리를 벗어들고 두

손으로 이쪽저쪽을 불에 말리면서 얼었던 몸을 녹이기 시작했다. 얼마동안 아무 말 없이 이같이 불을 쬐고 있노라니까 임충의 코에 이상하게 향긋한 냄새가 느껴졌다. 그가 코를 찡긋찡긋하면서 사방을 살펴보니까 모닥불이 있는 지로(地爐) 뒤에 조그만 술항아리가 한 개 놓여 있는 것이 아닌가. 임충은 그것을 보고서 그냥 있을 수 없었다.

"죄송한 말씀입니다만 제게 돈이 몇 푼 있으니까 술값은 후히 내겠습니다. 술 두어 잔만 나눠주십쇼."

라고 그는 사정해보았다. 그런데 이 말이 떨어지자 가운데 앉은 늙은이가 고개를 설레설레 흔들면서 퉁명스럽게 말했다.

"어림도 없소. 그건 안 될 말이오. 우리가 지금 곳간을 지키려고 나온 사람들인데 이 추위에 우리가 먹기에도 모자라는 것을 어떻게 노형한테 주겠소."

"그러지 마시고 그저 석 잔만 주시면 제가 아주 추위를 이길 것만 같습니다. 석 잔만 주십쇼."

"허어, 그 사람 참 잔소리가 많군!"

늙은이가 못마땅하다는 듯이 이렇게 말하면서 혓바닥을 쯧쯧… 쯧쯧… 차니까, 주위에 앉았던 젊은이들은 이구동성으로 임충을 보고,

"여보, 이건 불을 쬐게 해준 것만도 고마울 터인데, 아 그래 술까지 달란 말이오? 염치도 참 좋다! 어서 빨리 나가요! 안 나갔다간 거꾸로 매달아둘 테니까!"

라고 욕하는 것이었다. 임충은 이 모양을 당하고서 분했다. 분한 대로 마구 하려면 이 사람들을 다짜고짜로 두들겨주겠지만, 그는 차마 그럴 수도 없어서 한 손에 쥐고 있던 창끝으로 애꿎은 모닥불만 들썩거리면서 푹푹 쑤시기 시작했다. 그러자 불똥이 툭툭 튀더니 그놈의 불똥이 가운데 앉은 늙은이의 수염에 붙어서 금시에 그 기다란 수염이 홀랑 타버렸다. 이 모양을 보고서 젊은이들은 분개했다.

"어디서 이따위 자식이 뛰어들어왔니! 이놈 나가거라!"

젊은이들은 일제히 일어나서 임충에게 달려들었다. 멱살을 잡아 끌어낼 작정인 것이다.

그러나 그들이 어찌 임충을 당할 수 있으랴. 멱살을 붙들려는 놈을 화창 자루로 한 놈씩 번갯불같이 빠르게 때려주니까 한 대씩 얻어맞은 놈들은 서로 앞을 다투어 밖으로 도망쳐버리고 늙은이도 달아나버렸다.

임충은 토방에 홀로 남아서 잠깐 동안 바깥의 동정을 살피다가, 술항아리를 번쩍 집어들고서는 마개를 뽑아놓고 항아리째 입을 벌리고 기울였다.

그는 냉수 마시듯이 술항아리를 절반가량 들이켜고는, 즉시 화창을 들고 토방으로부터 밖으로 나왔다. 이만했으면 어한이 되었으리라고 짐작하고서 그는 다시 길을 걷기 시작한 것이다. 그러나 원래 지칠 대로 지친 몸에다 찬 술을 한 되가량 먹어놓았으니 그의 사지가 온전할 이치가 없다. 그 위에 북풍은 사납게 불어 젖히므로 그의 걸음걸이는 형용할 수 없을 만큼 어지러워 보였다.

바른쪽 발이 높아지면 왼쪽 발이 얕아지고, 왼쪽 발이 높아지면 바른쪽 발이 눈구덩이로 푹 빠지고, 마치 장님이 파밭을 매듯이 뒤우뚱뒤우뚱 한 마장가량 걸어가다가 또 한 번 휘몰아쳐 오는 북풍에 필경 그는 눈 위에 나가동그라졌는데 한 번 넘어져버린 다음엔 다시는 일어날 수가 없다. 그도 그럴 것이, 방 안에서라도 술에 대취해서 한번 쓰러져버린 사람은 도저히 일으킬 수 없거늘, 하물며 지금의 임충이야 말해 무엇하랴. 그는 그대로 눈 바닥에서 코를 골고 잠들어버렸다.

그런데 토방 속에서 모닥불을 쬐고 있다가 임충한테 봉변을 당한 늙은이와 장정들은 장원(莊園) 안에서 일보는 사람들을 모조리 동원시켜 20여 명을 모아 먼저 토방으로 돌아와 보았으나 이미 그곳에는 임충이 없어졌으므로, 그들은 밖으로 나와 눈 위에 있는 발자국을 쫓아서 그의 행방을 찾아 나왔다. 그리하여 그들은 마침내 임충이 눈 위에 사지를 뻗고 드러누워서 코를 고는 꼴을 발견했다.

"이놈의 새끼, 여기 쓰러졌구나!"

그들 장정들은 이같이 욕하면서 힘 안 들이고 임충을 잡은 후, 사지를 단단히 결박해, 앞뒤에서 여러 놈이 그를 떠메고서 장원으로 돌아갔다.

때는 이미 날이 밝으려 하는 5경 때였다.

그들 장정들은 임충을 떠메어 장원의 정면으로 출입하는 문루 아래까지 와 그곳에 임충을 내려놓았다. 이때 바깥에서 사람의 소리가 들리니까 장원 안으로부터 한 사람이 나왔다. 임충을 떠메고 온 장정들은 그 사람을 보고 묻는다.

"대관인께서는 기침하셨나요?"

그 사람은 고개를 저으면서 대답했다.

"아직 안 일어나셨소."

그러자 장정들은,

"그럼, 여기서 기다리세."

저희들끼리 이같이 말하고는 땅바닥에 주저앉았다.

이때 임충은 술이 깨어 눈을 뜨고 사방을 둘러보니, 크나큰 장원이 분명하고, 자기의 수족은 단단히 결박되어 있는 것이 아닌가.

"어느 놈이 날 여기다 묶어놨느냐?"

고함 소리를 듣고서 이때 문루 아래 조그만 방에 들어앉았던 장정 한 사람이 뛰어나오더니,

"이놈의 새끼, 아직도 입은 살았구나!"

하고 주먹으로 임충의 볼때기를 쥐어박았다.

임충이 주먹뺨을 얻어맞고서도 꼼짝 못 하고 누워 있을 때, 어제저녁에 수염을 홀랑 그슬러버린 늙은이가 그 곁에 다가와 보더니, 젊은 사람을 보고,

"여보게! 내버려두게. 대관인께서 나오시거든 자세히 여쭙고서 그런 연후에 버릇을 가르쳐야 하느니."

라고 타이르는 것이었다. 그러나 그사이에 장정들은 몰려와서 제각기 주먹으로 한 대씩 임충을 쥐어박는 것이었다.

임충이 결박당한 몸으로 꼼짝 못 하고 이같이 욕을 당하고 있을 때, 다른 장정 한 사람이 그곳으로 달려오더니 말한다.

"쉬, 조용히들 해요! 대관인께서 이리로 나오시는데…."

이 말을 듣자, 임충을 때려주던 장정들은 두 손을 공손히 앞으로 모으고서 움직이지 않고 가만히 서 있는 것이었다.

임충은 이때 머리가 얼떨떨하도록 얻어맞았던 터이라, 곁눈으로 바라보기는 했으나, 지금 이리로 온다는 대관인이 누구인지는 알 수가 없었다. 다만 그의 눈에는 관복(官服)을 입은 점잖게 생긴 사람이 뒷짐을 지고서 복도로 내려오는 모양만 보였을 뿐이다.

그런데 그 관복을 입은 이곳 장원의 주인 같아 보이는 사람은, 장정들 곁으로 가까이 오더니 그들을 보고 소리쳤다.

"너희들이 식전부터 왜 시끄럽게 구느냐? 웬 사람을 잡아다놓고 때리고 야단들이냐 말이다."

그러나 장정들은 이구동성으로 아뢰는 것이었다.

"이놈이 간밤에 노적간에 들어왔던 도둑놈이랍니다."

이 소리를 듣고 주인은 결박당하여 문루 아래 땅바닥에 쓰러져 있는 임충 앞으로 바싹 다가와서 그의 얼굴을 들여다보더니, 즉시 그를 알아보고서 몸을 돌이켜 장정들을 향해서,

"이놈들아, 물러가거라!"

라고 호령했다. 그러자 20여 명의 장정들은 슬금슬금 피해버렸다. 주인은 그들이 저만큼 물러간 뒤에 친히 임충의 수족을 묶은 빨랫줄을 끄르면서,

"임교두께서는 이게 웬일이십니까, 네?"

하고 너무도 의외인 듯이 묻는다.

임충은 그제야 정신을 가다듬어 가만히 보니, 이 사람이 다른 사람 아니라 바로 시대관인 시진(柴進)이 아닌가. 임충은 너무도 신기해서,

"아아, 대관인! 날 살려주십쇼…."

하고 일어나 앉았다.

"교두님이 어쩌다가 여기 오셔서 촌놈들한테 욕을 당하셨나요?"

"어이구, 참말 일구난설(一口難說)이올습니다."

"자아, 그럼 어서 일어나서 안으로 들어가십시다."

시진은 임충을 일으켜 그와 함께 안으로 들어갔다. 임충은 방에 들어가서 그동안 창주 노성서 천왕당을 지키고 있다가 대군 초료장으로 옮기게 된 후 초료장에 불이 나고 하마터면 타죽을 뻔했는데, 천우신조해서 원수놈들을 모조리 죽이고서 도망해오는 길임을 사실대로 이야기했다. 시진은 그 이야기를 끝까지 듣고 나더니 진심으로 동정하는 빛을 보이면서,

"참, 어쩌면 형장의 신수가 그다지도 비색하신가요! 불행 중 다행으로 이리로 오셨으니 망정이지, 참말 하늘이 시키신 것 같습니다. 하여간 안심하십시오. 여기는 제가 가지고 있는 동장(東莊)이니까, 마음 놓고 얼마 동안 계시다가 방책을 정해야겠습니다."

이같이 말하고 즉시 장객을 불러 의복 한 벌을 갖고 불을 피워놓은 뜨뜻한 방으로 가서 임충으로 하여금 옷을 갈아입도록 하라고 지시했다. 그래서 임충은 장객을 따라서 일어났다.

얼마 후 임충이 뜨뜻한 방에 새 옷을 입고 앉았노라니까, 시진이 그 방으로 들어오면서 요리상이 뒤따라 들어왔다. 시진은 극진하게 임충을 관대하는 것이었다.

이날부터 임충이 시진의 동장에서 머무르기 시작한 지 5, 6일이 지

나는 동안 노성의 관영은 임충이 차발과 육겸과 부안을 죽이고 대군 초료장엔 불을 질러버리고서 도망해버렸다고 주윤(州尹)한테 보고했기 때문에, 주윤은 즉시 상금 3천 관을 걸고서 임충을 체포하기에 전력을 기울였다.

현상금 3천 관이라는 방문과 함께 임충의 화상은 고을마다 도(道)·점(店)·촌(村)·방(坊)에까지 샅샅이 붙여진 까닭으로 임충을 잡으려 하는 형세는 날이 갈수록 점점 맹렬해져서, 관가에서 풀어놓은 포리(捕吏)들은 방방곡곡 민가를 이 잡듯이 찾아다니며 가택수색을 하는 판이었다.

임충은 이와 같은 소문을 듣고서 시시각각으로 그물 속에 갇힌 고기 같이 자기 신변에 위험이 닥치는 것을 깨달았다. 그래서 그는 시진이 거처하는 방으로 건너가서 그를 보고 솔직하게 말했다.

"대관인께서 그동안 저를 댁에 머물러 있게 아니했던들 저는 벌써 붙잡혀 갔겠습니다. 그런데 이렇게 오래 있다가 만일 포리가 달려들어서 제가 여기 있는 게 발각되는 날이면 대관인께는 여간 큰 누를 끼쳐드리는 게 아닙니다. 그러니까 이왕 대관인께 신세진 몸이니 불쌍히 여기시고 노잣돈을 조금만 주십시오. 그러면 딴 곳으로 가서 몸을 숨겨보겠습니다. 그래서 요행으로 죽지 않고 목숨이 살아 있는다면 죽는 날까지 대관인의 은혜는 기어코 보답하겠습니다."

시진은 이같이 말하는 임충을 한참 동안 묵묵히 바라보더니 입을 열었다.

"형장께서 그쯤 말씀하시니, 형장이 가실 만한 곳을 제가 천거해드릴까요? 어찌 생각하십니까?"

"고맙습니다. 제가 찾아가서 안심하고 목숨을 보전할 수 있는 곳이 있다면 얼마나 좋겠습니까마는… 그런 데가 어디 있겠습니까?"

"제가 편지 한 장을 적어드리지요. 그곳은 산동(山東) 제주관하(濟州管下)에 있는 한 개 섬[島]인데, 둘레가 8백여 리고 그 섬의 한가운데 완

자성(宛子城)이 있는데 이 섬 이름을 양산박(梁山泊)이라고 합니다. 지금 양산박엔 세 사람의 호걸이 산채를 점거하고 수하에 7, 8백 명 졸개를 거느리고 있는데, 첫째 두목은 왕륜(王倫)이라는 사람이고, 둘째가 두천(杜遷)이며, 셋째는 송만(宋萬)이라는 사람입니다. 양산박이라는 곳이 천하에 둘도 없는 요새지(要塞地)가 돼서 관가에서도 손을 대지 못하니까 하늘 밑에서 얼굴을 들고 다닐 수 없을 중죄(重罪)를 저지른 놈은 모두 양산박으로 들어간답니다. 세 사람 호걸들과 저와는 오래전부터 친교가 있으니까 제 편지를 가지고 가시면 아마 그 사람들이 형장을 관대히 대할 것입니다. 생각이 어떠십니까?"

"그렇게 해주신다면 천만다행입니다."

"그런데 형장이 여기서 그리로 가시는 일이 문젭니다. 지금 창주성을 군관이 지키고 있고, 형장의 화상과 방문이 거리거리에 붙어 있으니, 빠져나가기가 어렵습니다그려."

라고 시진은 말하고서 고개를 숙이고 한참 동안 궁리하다가 다시 고개를 쳐들고서 말한다.

"제가 어떻게 꾀를 써서 형장이 빠져나가시도록 주선해보겠습니다."

"그렇게 해주십시오. 죽어도 은혜를 안 잊겠습니다."

조금 있다가 시진은 먼저 임충의 보따리를 꾸려 장객 한 사람으로 하여금 그것을 등에 메고서 관문 밖으로 나가 있게 하고, 다른 사람들보고는 모두 말을 끌고 나오라고 명령했다. 20명의 장객들이 20필의 말을 끌고서 모여드니까, 시진은 그들로 하여금 모두 활과 창을 갖게 한 후 사냥개 다섯 마리와 매를 한 마리 들고서 대규모의 사냥길을 떠나는 행차를 마련해서 임충을 일행 중 한 사람으로 끼웠다, 이리해서 일행은 관문을 향해서 일제히 행진하기 시작했다.

일행이 관문 앞에 다다르자 관문을 지키고 있던 두 사람의 군관은 문루 위에서 일행을 보고 분주히 내려오더니 시진 앞에 와서 예를 하고,

"시대관인, 지금 사냥 나가십니까? 그럼 얼른 나가십시오."

라고 하는 것이었다. 원래 이 두 사람의 군관은 그전에 시진의 장원에서 일을 보고 있던 사람들인지라, 그래서 시진을 상관처럼 아는 사람이었던 것이다.

그렇건만 시진은 군관을 대접해서 말 위에서 내려와 땅 위에 서면서 시치미를 떼고,

"오오, 나는 누구시라고… 그런데 두 분 관인(官人)이 무슨 일로 여기 나와 계시오?"

라고 물어보는 것이었다.

"아, 창주 태윤(太尹)께서 공문하고 화상하고 내보내시면서 임충이란 놈을 기어코 붙들어 오라 해서… 그래서 저희들이 이렇게 관문을 지키고 있는 게 아닙니까? 그래 관문을 통과하는 상인이나 관객들을 일일이 붙들고서 신체 조사를 한 연후에 통과시키고 있는 겝죠."

이 말을 듣고 시진은 태연하게 웃으면서 말했다.

"오오, 그래요? 그 임충이라면 우리 일행 가운데 끼어 있는지도 모를 일인데, 잘 살펴보시지… 못 알아보시겠소?"

시진이 말하자, 군관들은 허허허 너털웃음을 웃으면서,

"대관인께서 공연히 저희들을 놀리십니다! 어서 말을 타십쇼. 어서 나가십쇼."

조금도 의심하는 기색이 없다.

시진은 또 웃으면서 말했다.

"특별히 관문을 통과시켜주는 줄로 아는 터이니까, 돌아올 땐 토끼나 꿩이나 잡은 것을 갖다주리다. 고맙소."

"네, 감사합니다."

시진은 군관과 작별하고 즉시 말 위에 올라타고서 관문을 나왔다. 이렇게 해서 무사히 일행이 창주성을 빠져나와서 사오 리가량 달려오니

까, 그곳에 먼저 내보냈던 장객이 기다리고 있는 것이었다. 시진은 즉시 임충을 보고 말에서 내려 사냥꾼으로 차림 차리고 나온 의복을 바꾸어 입으라고 말했다.

시진의 말에 쫓아서 임충은 자기 옷을 갈아입고서 허리엔 창칼을 차고, 머리엔 붉은 끈이 달린 전립을 쓰고 등에다 배낭을 짊어지고, 한 손엔 곤도(袞刀)를 잡고서 시진에게 작별 인사를 공손히 했다.

이같이 해서 무사히 창주성을 빠져나온 임충은, 양산박을 향해서 길을 걷기를 십여 일, 날마다 하늘은 무겁게 흐리고, 매운바람은 살을 에는 듯이 불어젖히니, 필경 눈보라가 쏟아지기 시작해 금시에 천지가 은세계로 화해버렸다.

임충은 눈을 밟으면서 걸음을 재촉하건만 발은 시리고, 날은 저물고, 몸은 피곤해서 견딜 수가 없는데, 눈앞에 호수가 있고, 그 언덕 위에 술집 하나가 보인다. 그는 다행이다 생각하고 술집 문을 열고서 안으로 들어가 보니, 손님이라곤 한 사람도 안 보인다. 그는 우선 한쪽 벽 밑에 자리를 정한 후 들고 있던 곤도를 벽에 기대어 세우고서, 짊어졌던 보따리를 내려놓고 전립 벙거지를 벗어놓고, 허리에 찼던 칼을 끌러서 벽에 걸어놓은 다음에 자리에 좌정했다. 방 안은 훈훈해서 좋았다.

그러자 주보가 임충 앞으로 와서 묻는다.

"술을 가져올까요?"

"그래, 우선 두 병만 가져오게."

주보는 즉시 술 두 병을 갖다가 탁자 위에 놓고 술잔을 놓는다.

"안주는 뭐가 있나?"

"쇠고기 삶은 것도 있고, 닭고기도 있고, 오리 알도 있고, 여러 가지 있습니다."

"그래? 그럼 먼저 쇠고기 양지머리로 두 근만 갖다주게."

주보는 대답하고서 안으로 들어가더니 조금 있다가 커다란 쟁반에 고기와 채소와 국 한 그릇을 담아가지고 나왔다. 임충은 허리띠를 끄르고 먼저 술을 세 사발 마신 다음에 고기를 먹기 시작했다.

양산박의 도둑들

한참 동안 임충이 고기를 맛있게 먹고 있노라니까 안으로부터 한 사람이 나오더니 문간으로 가서 설경(雪景)을 내다보고 있는데, 그는 키가 크고 몸이 딱 벌어진 것이 기운깨나 쓰게 생겼다. 머리에는 난모(暖帽)를 썼고, 몸엔 털배자를 입었고, 발에는 노루 가죽으로 만든 신발을 신었다. 제법 형세가 넉넉한 주인인가 보다 이렇게 생각하고서 임충은 고개를 돌이켜 부엌을 바라다보고 주보를 불렀다.

"여보시오, 주보. 여기 술 좀 더 가져와요."

임충이 소리를 지르니까 주보는 즉시 술을 가져왔다. 임충은 술을 받으면서,

"여보, 노형도 술 한잔 하시게."

하고 사발에 술을 따라주었다. 주보는 사양하지 않고,

"감사합니다."

하더니, 사발을 들고서 보기 좋게 술을 한숨에 마셔버린다. 그 모양을 보고서 임충이,

"그런데 여보, 여기서 양산박까지 길이 먼가요?"

하고 물으니까 주보는 사발을 탁자 위에 놓으면서 대답한다.

"여기서 양산박까지 리수(里數)로는 몇 리가 안 되지만 육로(陸路)는

없고 수로(水路)뿐입니다. 만일 가시려면 배를 타고서 가는 수밖에 없죠."

"아, 그렇소? 그럼, 노형이 수고로우시겠지만 배를 한 척 구해다 주시구려."

"지금 말씀이죠? 어림도 없소이다. 눈이 이렇게 쏟아지고, 또 날이 저물었는데, 어디 가서 배를 구할 수 있나요!"

"그러지 말고 내 청을 좀 들어주시구려. 내가 사례는 후히 할게, 수고 좀 하시오."

"글쎄, 말해볼 곳이 도무지 없는데요."

라고 주보가 대답하므로 임충은 더 조르지 못하고 입을 다물었다. 주보는 안으로 들어가버렸다.

임충은 혼자서 술을 사발에 따라놓고는 심심풀이나 하는 듯이, 한 사발 또 한 사발 들이마셨다. 그러자 가슴속에서 쓸쓸하고 서글픈 심정이 치솟는다.

'이런 제기랄! 내가 서울서 교두 노릇을 할 땐 날마다 육가삼시(六街三市)를 거드럭거리며 돌아다녔는데, 이놈 고태위한테 옭혀 오늘날 이 신세가 될 줄 누가 알았나! 내 집이 있건만 이제는 집 없는 신세요, 나라가 있건만 있을 곳이 없는 신세로구나!'

그는 이같이 생각하다가 울적한 회포를 견디다 못해서,

"여보시오 주보, 붓하고 벼루 좀 갖다주시오."

라고 주보를 불렀다.

술 한 사발을 얻어먹은 주보는 즉시 붓과 벼루를 대령했다. 임충은 거나하게 취한 얼굴을 해서는 먹을 갈아서 붓을 들고, 벽에다가 자기 회포를 쓰기 시작했다.

　　임충은 곧기만 했네

위인이 솔직한 탓이지.

서울서 이름 날릴 적엔

한때 영웅 같았지.

신세 따분해지니

세상이 캄캄하구나.

만일 다시 일어난다면

이름을 천하에 떨치리.

그는 이렇게 쓰고서 붓을 탁자 위에 내던지고는 또다시 병을 들어 사발에 술을 따라 꿀컥꿀컥 들이마셨다.

이때, 그가 술을 마시고 있을 때, 문밖에서 설경만 구경하는 듯싶던 털옷 입은 사내가 임충의 등 뒤로 가까이 오더니 그의 어깨를 툭툭 치면서,

"야, 대담도 하구나! 창주에서 대죄(大罪)를 저지르고, 제 모가지에 3천 관 상금까지 걸린 작자가 여기 와서 이러고 있다니!"

라고 수작을 붙이는 것이었다. 임충은 깜짝 놀라 시치미를 떼었다.

"여보 이건, 노형이 날 누군 줄 알고 이러시오?"

"누구는 누구야! 호랑이 대가리라는 별명 가진 임충이지!"

"임충이란 사람을 난 알지도 못하오! 내 성은 장(張)가요."

"허허허… 벽 위에다 자기 손으로 자기 이름을 써놓고도, 아니라고 잡아떼기만 하면 되는가?"

"그래, 내가 임충이면 어쩔 테야? 나를 잡아 관가에 바칠 텐가?"

"허허허… 그 양반, 날 의심하는군. 조용히 여쭐 말씀이 있으니 뒤껼으로 들어가십시다."

그 사람은 이렇게 말하고는 임충의 손을 잡는다. 임충은 자기 본색을 이미 상대방이 알고 있고, 또 자신한테 별로 악의가 있는 것도 아닌

것 같으므로, 그를 따라서 뒤꼍으로 들어가니까, 뒷마당에는 물이 흘러내리는 곳에 수각(水閣)이 있다. 그 사람은 수각으로 임충을 인도하고서 등잔불을 켜놓고 자리를 권한 뒤 자기도 임충과 마주보고 앉더니,

"형장께서 아까 우리 집 사람보고 양산박 가는 길을 물으시나 보던데, 거긴 사나운 사람들이 산채를 만들고 있는 곳인데 무엇하러 가시려나요?"

라고 묻는다.

임충은 그 사람을 바라보면서 솔직하게 대답했다.

"사실대로 말씀드리죠. 내가 죄를 짓고서 지금 숨어다니는 신세랍니다. 천하에 몸 둘 곳이 없으니까 양산박에 들어가서 그곳 산채에나 은신해볼까 생각합니다."

"그렇다면 형장을 누가 천거하는 사람이 있어야 하는데요. 천거를 받으셨나요?"

"네, 창주 횡해군(橫海郡)에 아는 친구가 있어서, 그 사람 천거로 찾아가는 길입니다."

"오, 소선풍 시진의 천거로구먼요."

"그렇습니다. 형장이 어떻게 아십니까?"

"시대관인하고 산채의 첫째 두령님하고는 자주 서신 왕래를 하고 지내지요. 원래 왕륜 두령님이 과거에 낙방하시고는 두천과 함께 시대관인의 장원엘 찾아가서 거기서 오랫동안 신세를 졌지요. 나중에 거기서 떠나올 때에도 시대관인이 의복이라든지 노잣돈도 주셨으니까… 말하자면 시대관인의 은혜가 크지요."

이 말을 듣고 임충은 자리에서 일어나 그 사람한테 예를 하고 공손히 물었다.

"제가 존형을 알아뵙지 못했습니다. 용서하시고 존함을 가르쳐주십시오."

그러자 그 사람도 황망히 임충에게 답례를 하고 대답한다.

"저는 왕륜 두령님의 수하에서 이목(耳目) 노릇을 하고 있는 주귀(朱貴)라는 사람입니다. 고향은 기주(沂州) 기수현(沂水縣)입니다. 왕륜 두령님의 분부로 이곳에 술집을 차리고 앉아서 내왕하는 객상(客商)들을 정탐하는 게 일입니다. 재물을 가지고 가는 사람이 있으면 즉시 산채로 보고합니다. 만일 혼자서 재물을 갖고 술집에 들어오는 장사꾼이 있을 땐, 술에다 몽한약(蒙汗藥)을 타서 먹이고 재물을 빼앗지요. 그런데 형장께서는 들어오시더니 양산박 가는 길을 물으시길래 차마 하수(下手)하지 못하고 동정만 살피던 중이었는데, 벽 위에다 글을 쓰실 때 이름을 쓰시는 것을 보고 알았습니다. 형장이 천하 호걸이신 것을 오래전부터 알아온 터이라 한번 뵙고 싶었는데, 이렇게 만나뵐 줄은 참말 몰랐습니다. 시대관인의 편지까지 가지셨다니까 왕륜 두령님이 응당 형장을 중용(重用)하실 겝니다."

그는 이렇게 말하고, 즉시 주보를 불러 술상을 가져오게 한 후 임충에게 술을 권했다. 두 사람은 초면이건만 벌써 피차에 마음을 허락하고 술을 마시기 시작했다.

한참 동안 술을 마시다 임충이,

"그런데 양산박까지 육로는 없고 수로뿐인데, 배를 도무지 얻을 수 없다니 어떡하지요?"

라고 물으니까,

"아무 염려 마십쇼. 이따가 5경 때 저하고 함께 건너가십시다. 잠시 동안 편히 누우셔서 한숨 주무십쇼."

주귀는 이렇게 대답했다.

"그럼 마음 놓고 한잠 잘까요?"

임충은 침상으로 올라가서 다리를 뻗었다. 주귀도 술상을 한 구석으로 치우고 저도 침상 위에 쓰러져버린다.

이와 같이 두 사람이 각각 자리에 누워서 코를 골기 시작해 5경 때까지 일어나지 않다가 그래도 눈을 먼저 뜬 사람이 주귀였다.

주귀는 일어나더니 즉시 임충을 흔들어 깨웠다.

"형장, 그만 주무시고 일어나시오!"

이렇게 흔들어 깨우자, 임충도 벌떡 일어나 침상에서 내려와 부리나케 양치질을 했다. 그러는 사이에 주귀는 다시 술상을 차려놓고 술과 고기를 임충에게 권한다. 임충은 술을 서너 잔 들이켜고 고기를 집어먹었다. 이때까지 하늘은 아직도 동이 트기 전이었다.

주귀도 너덧 잔 술을 마시고 요기를 하더니, 수각의 한쪽으로 가서 창문을 열어붙이고는, 조그만 활에다 화살을 메겨 마주보이는 갈대밭 속을 겨냥하고 한 대를 쏘니까, 화살은 핑하니 날아가 갈대 우거진 속으로 사라져버린다.

임충은 이 모양을 보고 이상해서 물었다.

"이게 뭐하는 뜻인가요?"

"두고 보십쇼. 산채에서 사용하는 군호입니다. 조금 있으면 배가 올 겁니다."

임충이 신기하게 생각하면서 묵묵히 앉아 있노라니까, 아니나 다를까, 과연 갈대 우거진 그 속으로부터 배 한 척이 갈대를 헤치면서 쏜살같이 나오는데, 배 안에는 졸개들이 4, 5명 타고 있는 모양이었다. 임충이 그 배를 내려다보고 있을 사이에 어느새 그 배는 수각 아래까지 와서 닿았다.

그러자 주귀는 얼른 임충의 손을 잡고 수각 아래로 내려오더니, 임충의 보따리와 창과 칼을 모조리 배 위에 실어놓게 한 후 양산박을 향해서 노를 젓게 한다. 하늘은 완전히 어둠이 걷히고, 동쪽이 붉어지기 시작했다.

조금 있다가 그들이 탄 배는 양산박 입구 금사탄(金沙灘)에 닿았다.

주귀는 임충을 데리고 여기서 배를 내렸다.

"애, 너는 이 보따리하고 짐을 갖고 따라오고, 너희들은 모두 가거라."

주귀는 이렇게 말하고, 졸개 하나에게 임충의 짐을 지워서 언덕 위로 올라섰다. 그러자 다른 졸개들은 그 배를 몰고서 어디론지 가버린다.

임충은 주귀를 따라서 뚝 위로 걸으면서 좌우를 살펴보니, 양쪽 언덕에는 아름드리 큰 나무가 빽빽하게 늘어섰고, 조금 가자니까 편편한 언덕 위에 단금정(斷金亭)이라는 정자가 서 있다. 그 정자 앞을 지나서 비탈길을 조금 걸어가니까 눈앞에는 큰 관문(關門)이 가로막고 있는데, 그 관문에는 창(槍)·도(刀)·검(劍)·극(戟)·궁(弓)·노(弩)·과(戈)·모(矛) 등속의 병장기가 수풀처럼 늘어서 있고 사방에 쌓여 있는 것이 뇌목(擂木)과 포석(砲石)이다.

두 사람이 관문을 바라보고 있는 사이에 졸개가 먼저 문 앞으로 다가가서 무어라고 군호를 하니까 즉시 관문이 열렸다. 주귀와 임충은 문안에 들어서서 양쪽이 막혀 있는 좁은 골짜구니 길을 걸어가는데, 길 좌우에는 대오(隊伍)의 기호가 선명하게 나부끼고 있다. 두 사람은 거기서부터 또다시 두 개의 관문을 거쳐서 비로소 산채의 정문 앞에 당도했다. 임충이 정문 앞에서 산채를 둘러보니, 그곳은 전후좌우로 높은 산이 에워싸고 있는 가운데, 사방이 5백 장(丈)이나 되어 보이는 거울 바닥같이 평평한 마당으로 되어 있다.

주귀가 앞서서 임충을 인도하여 정문을 들어서서 바로 취의청(聚義廳)으로 올라가니, 가운데 교의에 앉아 있는 사람이 첫째 두령 왕륜이요, 왼편에 앉아 있는 사람이 둘째 두령 두천이요, 오른편에 앉아 있는 사람이 셋째 두령 송만이다. 주귀는 임충을 가리키면서 두령들 앞에 예를 드리고 임충을 소개하는 것이었다.

"이분으로 말씀하면 우리나라 80만 금군교두로 있던 임충이라는 분인데, 고태위의 흉악한 꾀에 옭혀들어 창주로 귀양 갔다가, 대군 초료장에 화재를 당하여 세 사람이나 죽인 후 도망해서 시대관인의 장원에 숨어 있다가 이번에 그 어른의 천거로 이곳엘 찾아왔다고 합니다. 그래서 제가 길을 안내하고 들어와 뵙는 터입니다.”

주귀가 이렇게 말하자 임충은 품속으로부터 시진의 편지를 꺼내 그것을 왕륜 두령에게 바쳤다.

왕륜은 임충으로부터 그것을 받아 봉투를 뜯고 편지를 꺼내보더니,

“알겠소이다. 이리로 앉으시오.”

하고 자기 자리로부터 네 번째 되는 교의를 손으로 가리킨다. 임충은 공손한 태도로 그가 가리키는 의자에 가서 앉으니까, 이때 주귀는 왕륜의 말은 들으나 마나라는 듯이 그다음에 있는 교의에 가서 앉는 것이었다. 그러자 영리하게 생긴 졸개 한 놈이 술을 내왔다.

졸개가 술병을 들고 한 사람 앞에 한 잔씩 술을 권하니까 왕륜은 아무 말도 않고 술만 받아마신다. 다른 사람들도 왕륜을 따라서 그같이 했다.

다섯 사람이 각각 술을 석 잔씩 마셨을 때, 왕륜이 갑자기 한마디 묻는다.

“그래, 요새 시대관인은 무양(無恙)하신가요?”

임충은 공손히 대답했다.

“네, 날마다 교외에 나가셔서 사냥하시는 일을 즐겨하시고 계십니다.”

그가 대답하자, 왕륜은 또 입을 다물고 아무 말이 없다. 임충은 그 모양을 보고 왕륜이 아마 퍽 신중한 사람인가 보다 생각했다.

그러나 왕륜은 이때 마음속에서 근심주머니와 꾀주머니가 한꺼번에 터져 생각이 복잡했다.

‘나로 말하면 과거에 급제 못 한 인물로서 우연히 두천과 뜻이 맞은

까닭으로 이 길에 들어섰을 뿐… 나중에 송만이 온 뒤부터 인마(人馬)가 부쩍 늘었지만, 내 재주로 늘인 것은 없고! 두천이나 송만이나 무예는 비슷비슷할 만큼 보통에서 지나지 못하는 터인데… 저 사람은 서울서 금군교두 노릇을 했다니 필시 무예가 출중할 거야! 저자가 여기서 지내보다가 내가 무예를 못하는 줄 알고 나하고 겨뤄보자 한다면, 그때 내가 어떻게 저놈을 막아낸다? 차라리 지금 핑계를 대고 다른 곳에나 가보라고 딱지 놓는 것이 상책이겠다. 시대관인의 편지까지 받고 이렇게 하는 것은 의리에 합당치 못하겠지만 후환을 장만하느니보다는 상책이 아닐까….'

왕륜은 마침내 마음을 작정하고 졸개를 불러 즉시 연석(宴席)을 설비하라고 분부하는 것이었다. 임충은 그 모양을 보고, 아마 자기를 환영하는 뜻으로 연석을 베푸는 것인 줄로 짐작했다.

그들이 각각 딴생각을 하면서 묵묵히 앉아 있는 사이에 졸개들이 설비하는 주연석이 마련되었다. 그리하여 왕륜·두천·송만 등 두령 세 사람과 그 외 부하들 7, 8명이 임충을 연석으로 인도하므로 그는 자리에 나아가 왕륜과 마주 앉아서 술잔을 받았다.

이날 잔치는 양산박에서 처음 보는 큰 잔치였으나, 왕륜이 말을 별로 안 하므로 좌석의 공기는 이상스러웠다. 그들은 음식을 먹기만 했다.

이상한 공기 가운데서 잔치가 거의 끝날 무렵, 왕륜은 졸개에게 50냥 백은(白銀)과 두 필의 저사(紵紗)를 가져오게 한 후 그것을 탁자 위에 놓더니 자리에서 일어나 임충에게 말한다.

"시대관인께서 모처럼 임교두를 천거하신 터이라 내 마음 같아서는 우리가 함께 거처하고 싶기는 하지만, 산채에 양식이 부족하고… 또 집이 작아서 거처할 곳이 만만치 않은 까닭에 걱정입니다. 그래서 차라리 형장이 다른 곳으로 가보시는 것이 좋을 것이라고 생각합니다. 이것은 얼마 되지 않는 금품입니다마는, 받으시고 다른 곳으로 떠나주시기를 바랍니다."

임충은 뜻밖의 말을 듣고 놀랐다.

"세 분 두령님께 말씀드립니다. 소인이 천리 길을 멀다 하지 않고 시대관인의 편지를 갖고 찾아와 뵙는 것은 결코 금품을 바래 온 것이 아닙니다. 제가 비록 재주는 부족합니다마는, 이곳에 있도록 허락해주시면 제가 목숨을 바치고 충성을 다하겠습니다. 세 분 두령님께서는 동정해주십시오."

임충은 간절한 태도로 호소했건만, 왕륜의 표정은 여전히 냉정한 태도였다.

"글쎄, 이곳이 자그마한 곳이 돼서 거처하기가 어렵단 말이오."

왕륜이 냉정하게 이같이 말하자, 임충을 인도해온 주귀가 한마디했다.

"그런데 말씀입니다. 제 말씀을 좀 들어봐주십쇼. 산중에 양식이 넉넉지 못한 것은 사실이오만, 원진근촌(遠鎭近村)을 털기만 하면 넉넉한 일이고, 넓은 산 속에 나무가 울창한데 그 나무를 베어 집을 지을 양이면 천 간 집도 지을 수 있겠습니다. 그러니까요, 시대관인께서 모처럼 천거하신 분을 다른 곳으로 보내실 수는 없습니다. 시대관인한테서 은혜를 입고 있는 저희들이 이분을 다른 곳으로 보내버린다면, 후일 시대관인께 무어라고 대답하시겠습니까?"

주귀가 이렇게 말하니까, 그다음을 잇대어 두천이 말한다.

"나도 그렇게 생각합니다. 형님이 만일 이 분을 보내버리시면, 나중에 시대관인한테서 우리가 배은망덕한 놈이라고 꾸지람을 듣는대도 할 말이 없습니다."

두천의 말이 끝나자, 이번엔 송만이 한마디 한다.

"그렇습니다. 우리는 의리를 모르는 놈이 되어버리고, 천하 호걸들한테서는 비웃음을 받겠지요!"

세 사람이 이렇게 말하여도 왕륜은 여전히 냉정한 표정으로 말했다.

"동생들은 모르는 말을 하지 마오. 저 사람은 창주서 미천대죄(迷天大罪)를 짓고 온 사람인데, 저 사람의 뱃속을 어떻게 안단 말인가? 우리의 허실(虛實)을 탐색하러 왔는지도 알 수 없지 않은가?"

이 말을 듣고 임충은 큰소리로,

"제가 죽을죄를 짓고 몸 둘 곳이 없어 들어온 사람인데, 어찌 저를 의심하십니까!"

하고 왕륜을 바라보는 것이었다. 왕륜은 캉캉하게 마른 얼굴에 싸늘한 표정을 짓고 앉아서 임충을 보고 말했다.

"족하(足下)가 정녕코 진심으로 이곳에 들어올 생각이라면 투명장(投名狀)을 내시오. 그래야 되겠소."

"좋습니다. 제가 글을 배워 아는 터이니까, 지필(紙筆)만 주시면 당장 이 자리에서 곧 써서 바치겠습니다."

임충은 즉시 대답했다. 그러자 곁에 있던 주귀는 허허허… 웃으면서, '투명장'이란 것이 그런 것이 아니고 산사람의 모가지를 베어가지고 와서 두 마음이 없다는 증거로 바치는 것을 말한다고 가르쳐준다. 주귀의 설명을 듣고 임충은,

"그까짓 것 어렵지 않습니다. 제가 내려가서 모가지를 베어가지고 오지요."

하고 쉽게 대답했다.

"사흘 안에 베어와야 해. 기한을 사흘 하고서, 그 안에 베어가지고 온다면 이곳에 있게 하지만, 사흘이 지나도록 못 베어가지고 오면, 그땐 어쩔 수 없이 떠나갈 수밖에 없소."

왕륜이 또 다짐을 두는 고로 임충은 장담했다. 이렇게 해서 이날 저녁때 연회는 끝나고, 주귀는 임충과 작별하고 내려가버리고, 임충은 자신의 창과 칼과 보따리를 주워들고서 졸개를 따라 객방(客房)으로 내려

가서 그날 밤을 쉬었다.

이튿날 아침 일찍이 임충은 찬밥 한 그릇을 먹고서, 허리엔 칼을 차고 손엔 곤도(袞刀)를 들고 졸개 한 놈을 얻어 산을 내려온 후, 물 건너 육지로 올라가서 으슥한 곳에 자리를 정하고 숨어 앉아서 나그네가 지나가기만 기다려보았다. 그러나 아침부터 시작해서 해가 저물 때까지 행인이라곤 한 사람도 안 보였다. 임충은 답답했다.

어찌 하는 수 없어 임충은 졸개를 데리고 양산박으로 건너가서 산채로 올라갔다.

왕륜은 그를 보고 물었다.

"투명장을 갖고 왔는가요?"

"오늘 한 놈도 사람이라곤 못 보았습니다. 그래서 못 가지고 왔습니다."

"내일은 가져와야 하오."

"네."

임충은 대답하고서 객방으로 들어갔다. 그는 가슴이 답답해서 저녁밥을 반 그릇도 못 먹었다.

이튿날 아침 일찍이 임충은 졸개와 함께 조반을 먹고 곤도를 들고 산을 내려왔다. 졸개는 육지로 건너오면서 임충을 보고,

"오늘은 저 아랫길 남산로(南山路)엘 가서 지켜볼까요?"

라고 묻는다. 임충은 고개를 끄덕이고 승낙했다.

그래서 배가 육지에 닿은 후 임충은 졸개와 함께 남산로 길가 수풀 속에 몸을 숨기고 행인이 지나가기만 고대했는데, 어제나 마찬가지로 오늘도 역시 사람의 새끼 한 놈의 그림자조차 보이지 않는다.

임충이 초조한 마음으로 사람의 그림자가 나타나기만 고대하고 있는데, 때는 오정 때도 지났을 무렵, 한 떼의 나그네가 지껄이면서 남쪽으로부터 나타나기 시작하므로 가만히 내려다보니 그 수효가 3백 명도

더 되는 것 같다. 임충은 나그네의 수효가 너무도 많은 까닭에 차마 손을 댈 수 없어서 3백여 명이 죄다 지나가버릴 때까지 가만히 있었다. 그리고 그들이 지나가버린 뒤에 계속해서 쪼그리고 앉았다. 이렇게 행인을 기다리기를 저녁때까지 기다렸건만, 한 놈도 눈에 띄지 아니했다.

임충은 한숨을 쉬고서, 졸개를 보고 탄식했다.

"아마, 내 운수가 막혔나 보다! 어제도 오늘도 혼자서 지나가는 행인을 만나지 못하니 이 일을 어쩌면 좋단 말이냐!"

"너무 걱정 마십쇼. 내일 또 하루가 있잖습니까? 내일은 동산로(東山路)로 가보시지요."

졸개는 임충을 위로하는 듯이 이렇게 말하므로 임충은 더 할 말도 없어서 묵묵히 돌아왔다.

저녁때가 지나서 임충이 산채에 돌아오니까 왕륜 두령이 묻는다.

"오늘도 투명장을 못 가져왔소?"

"…."

임충은 대답을 못 하고 길게 한숨만 쉬었다. 이 모양을 보고 왕륜은 비로소 처음으로 입 가장자리에 웃음을 띠면서 말하는 것이었다.

"내 그럴 줄 짐작했소. 처음에 기한을 사흘로 정했으니까, 오늘로 벌써 이틀이 지났고, 내일 하루밖에 남지 아니했는데, 내일도 역시 못 가져온다면 미안하지만 이곳을 떠날 수밖에 도리가 없소. 그렇게 아시오."

이렇게 말하고서 그는 안으로 들어가버렸다. 임충은 제 방으로 돌아와서 침상 위에 몸을 던지고 천장을 바라보며 한숨만 길게 쉬었다.

'이놈, 고태위 역적 놈한테 내가 옭혀, 오늘날 천지지간에 몸 둘 곳이 없으니… 하아!'

그는 이렇게 탄식하다가 잠들어버렸다.

이튿날은 새벽같이 일찍 일어나서 찬밥을 먹고 난 다음, 자기 짐을 꾸려 방구석에 치워놓고 칼을 차고 곤도를 들고서, 졸개를 데리고 산을 내려온 후 육지로 건너와 동산로로 향했다.

"오늘도 모가지 한 개를 구하지 못하면 할 수 없이 딴 곳으로 떠나는 수밖에!"

임충은 속으로 이렇게 중얼거리고 길을 걸었다. 한참 가다 보니까 은신할 만한 수풀이 있다. 두 사람은 숲속으로 몸을 감추었다. 햇볕이 따뜻하게 내리쬐는데 아직도 녹지 않은 눈이 숲속에 남아 있다. 임충은 그 잔설(殘雪) 위에 그대로 주저앉아서 한참 동안 큰길을 내려다보았으나, 역시 한 사람의 행인도 눈에 띄지 않는다.

임충은 한숨을 쉬고 단념해버렸다. 그러고는 데리고 온 졸개를 돌아다보고,

"작금 양년에 내 운수가 꼭 막혔으니 될 게 뭐냐! 더 기다려도 소용없을 것이니 날이나 저물기 전에 산채로 올라가서 보따리나 찾아 다른 데로 가봐야겠다!"

이렇게 말했다. 그런데 졸개는 그 말엔 대답도 않고 한쪽 길을 손가락으로 가리키면서,

"오! 저기 한 사람 옵니다!"

라고 소리 지른다. 임충이 그 소리를 듣고 졸개가 가리키는 방향을 살펴보니, 과연 저쪽 언덕 아래로부터 한 사람이 짐을 짊어지고 이쪽을 향하여 걸어오는 것이 아닌가. 임충은 기뻤다.

'이제 됐구나!'

그는 속으로 이같이 중얼거리고, 즉시 곤도를 집어들고 숲속에서 뛰어나갔다.

이때, 저쪽에서 오던 사람은 임충이 달려나오는 모양을 보더니, 소리를 지르고 짐을 내던지고는 돌아서 달아나버린다. 임충은 그 뒤를 추격했다. 그러나 원체 거리가 멀었던 까닭으로 임충은 그 사내를 붙잡지 못하고 산모퉁이에서 놓쳐버렸다. 임충은 기운이 빠진 듯이 발을 멈추

고 따라오던 졸개를 돌아다보며 긴 한숨을 쉬었다.

"운수가 아주 나쁘구나! 사흘을 벼르다가 모처럼 만난 놈을 이렇게 놓쳐버리다니!"

임충이 신세 한탄을 하니까 졸개가 위로했다.

"모가지는 못 베시었지만 이렇게 재물을 빼앗았으니, 이거라도 가지시고 우선 왕두령님께 좋도록 말씀이나 드려보시지요."

"그래, 하여튼 네가 먼저 짐을 가지고 산채로 올라가거라. 난 여기서 좀 더 기다려보겠다."

졸개가 짐을 가지고 돌아간 뒤 조금 있으니까, 과연 임충이 기다리고 있던 보람이 있어 맞은편 산모퉁이로부터 장정 한 사람이 걸어오고 있다. 임충은 속으로,

'하늘이 저놈을 나한테 보내주시는 게로다.'

하고 점점 가까이 오는 그 사람의 모양을 찬찬히 보았다. 그 사람의 키는 8척이나 되어 보이는데, 커다란 박도(朴刀)를 들고 오면서, 좌우를 둘레둘레 바라보더니 큰소리로 고함을 지른다.

"어떤 놈이 내 짐을 훔쳤느냐? 쥐새끼 같은 강도 놈아, 나오너라!"

임충은 즉시 곤도를 쳐들고서 숲속에서 뛰어나왔다. 그 사람은 임충의 모양을 보더니 또다시 호령한다.

"이놈, 강도 놈아! 네가 내 짐을 냉큼 못 내놓겠느냐?"

임충이 다시 한 번 이 사람의 모양을 아래위로 살펴보니 머리엔 전립을 썼고, 몸엔 정삼(征衫)을 입었고, 다리엔 행전(行纏)을 쳤고, 발엔 대모우방화(帶毛牛膀靴)를 신었으며, 키는 7척 5, 6촌쯤 되고, 얼굴엔 푸른 점이 있는데, 귀 밑에 붉은 수염이 난 것이 한층 더 위엄을 돋우는 것 같다.

그러나 이런 사람이라고 해서 털끝만큼이나 겁을 집어먹을 임충이 아니다.

"자아, 오너라!"

임충은 눈을 동그랗게 뜨고 호랑이 수염을 쭝긋거리면서 곤도를 꼬나잡고 호령했다. 길가의 도랑에는 눈이 녹다가 얼어붙어 있고, 햇볕은 따스한데, 지금 두 사람의 장수는 서로 칼날을 맞부딪치기 시작했다.

두 사람은 싸우기를 30여 합 싸웠으나 승부가 나지 않는다. 그들이 계속해서 또 10여 합 싸우고 있을 때 멀리서 외치는 소리가 들렸다.

"두 분 호걸은 잠시 싸움을 멈추시오!"

임충이 이 소리를 듣고 얼른 권자(圈子) 밖으로 뛰어나와 손을 내리고 언덕 위를 바라보니, 첫째 두령 왕륜과 둘째 두령 두천과 셋째 두령 송만과 함께 수십 명의 졸개가 이리로 내려오고 있는 것이었다. 임충과 함께 싸우던 사람도 손을 내리고 기다리고 있으려니까, 그들 일행은 배를 타고 나루를 건너와 먼저 왕륜이 말한다.

"두 분의 검술은 과연 신출귀몰하시오. 그런데 이분은 호랑이대가리 임충이거니와, 얼굴에 푸른 점 박힌 저 친구의 성함은 누구신가요? 바라건대 성명을 통합시다."

왕륜이 인사를 청하니까 얼굴에 푸른 점 박힌 사내는 칼을 짚고서 의젓한 태도로 대답했다.

"나는 삼대장문(三代將門)의 후손으로 오후양령공(五侯揚令公)의 손자 되는 양지(楊志)라는 사람이오. 일찍이 무과(武科)에 급제해 전사제사관(殿司制使官)으로 있다가 도군황제(道君皇帝)의 칙명을 받잡고 동관 아홉 명과 함께 태호(太湖)가에 있는 화석강(花石綱)을 서울로 운송하다가 뜻밖에 풍랑을 만났기 때문에 황하(黃河)에서 그만 배가 전복되었소그려. 그래서 화석강을 물에 빠뜨리고 그대로 서울로 돌아갈 도리가 없어서 이리저리 피신해오다가 이번에 풍편에 들으니까 조정에서 우리들의 죄를 사하신다 하기로, 지금 서울로 올라가서 전의 벼슬자리를 다시 구해보려고 금품을 장만해 올라가는 길인데, 뜻밖에 당신네들한테 그 고리짝을 빼앗겼단 말이오. 서울 가서 추밀원(樞密院) 방면에 선사할 물건들이니 그 고리짝을 어서 돌려주시오."

여기까지 그 사람의 말을 듣고 있던 왕륜은 급히 그의 말을 가로막고서 물었다.

"그러면 노형 별명이 청면수(靑面默) 아니오?"

"그렇소."

"양제사(楊制使), 반갑소이다. 우리 산채에 가서 술이나 한잔 드신 후 고리짝을 찾아가시는 게 어떠십니까?"

"고맙소. 그러나 이미 노형이 내가 누구인 줄 알았거든 고리짝이나 돌려주구려. 구태여 술대접까지 할 건 없소이다."

"아니올시다. 내가 수년 전에 과거보러 서울에 올라갔다가 노형의 존함을 익히 들었소이다. 다행히 오늘 이렇게 만난 터에 그냥 헤어지는 것이 일이 아니니, 함께 가서 술 한 잔씩 나눕시다그려."

양지도 이 말을 듣고서는 거절할 수 없어 드디어 왕륜을 따라서 산으로 올라가기로 했다. 왕륜 일행은 주귀도 불러 산채로 올라와서 취의청 큰 방에다 연회석을 마련하는데, 왼편엔 교의를 네 개 놓았으니 이쪽은 왕륜·두천·송만·주귀 등 네 사람의 자리요, 오른편엔 교의를 두 개 놓았으니 첫째 번 것이 양지, 다음 것이 임충의 자리였다. 이렇게 일동이 좌정하자 왕륜은 술과 음식을 들여오라고 분부했다. 이리해서 산채에서는 두 번째로 큰 잔치가 벌어지고, 여러 사람은 잡담을 해가며 술을 마시고 있을 때, 왕륜은 마음속으로 생각이 깊다.

'양지의 무예 수단이 결코 임충만 못지않다. 두 사람을 함께 산채에 머물러 있게 한다면? 두 사람이 서로 상대편을 누르는 바람에 내 자리가 도리어 튼튼할 게 아닌가!'

왕륜은 이렇게 하는 것이 묘책이라 생각하고 양지를 보고 말했다.

"그런데 양제사, 내가 한 말씀 할 터이니 들어주시오. 양제사 곁에 앉은 임충도 본래는 80만 금군교두였지만, 고태위한테 옭혀 귀양 갔다가

범죄하고 할 수 없어서 이리로 온 것이란 말씀이오. 지금 양제사도 죄인이 아니겠소? 양제사가 서울 가서 혹시 죄는 사람을 받을는지 알 수 없소이다만, 구직(舊職)을 다시 찾기는 어려울 것이외다. 지금 모든 군권(軍權)을 고태위란 놈이 제 손아귀에 쥐고 있는데 양제사가 어떻게 복직되겠소? 그러지 마시고, 우리와 함께 여기서 재물이 생기는 대로 똑같이 나눠 가지면서 술이나 마시고 지내는 것이 어떻겠소이까?"

"고맙소이다. 나를 생각해서 하는 말씀인 줄로 압니다마는, 내 집 식구가 모두 지금 서울에 살고 있기 때문에 내가 저지른 죄로 인해서 그것들이 어렵게 지냅니다그려. 얼른 돌아가서 그것들을 봐주어야겠는데, 여러분께서 내 짐을 돌려주셨으면 더욱 좋고, 정녕 안 주신다면 그냥 빈손으로 올라갈밖에 도리가 없소이다."

양지의 이 말을 듣고 왕륜은 껄껄 웃으면서 말했다.

"원, 천만의 말씀! 양제사의 사정이 그러신 바에야 우리가 억지로 붙잡겠습니까! 마음놓으시고 오늘 밤 쉬신 뒤에 내일 아침 일찍이 떠나십시오."

이 말을 듣고 양지는 비로소 안심한 듯이 기쁜 얼굴로 술을 마시며 그날 밤 2경(更) 때까지 놀았다.

이튿날 아침 일찍이 양산박 두령들은 양지와 함께 조반을 마치고 왕륜은 졸개에게 양지의 고리짝을 짊어지게 한 후, 그들은 일제히 산을 내려와서 육지까지 건너와 양지를 전송했다.

산채로 돌아온 왕륜은 본의는 아니면서도 어쩔 수 없이 임충을 넷째 두령으로 지명하고, 주귀를 다섯째 두령으로 앉게 하여, 이때부터 양산박에는 다섯 두령이 졸개들을 거느렸다.

그런데 양산박을 떠나서 서울 길을 재촉하던 양지는 불과 수일 만에 서울에 도착해서 먼저 추밀원에 줄이 닿는 사람을 찾아서 자신의 복직 운동을 시작했다. 하루, 이틀, 닷새… 열흘… 이렇게 시일이 경과하다보니, 고리짝 속에 장만해가지고 왔던 금품은 거지반 없어지고 말았다. 그리하여 가까스로 전수부 고태위한테까지 이야기가 되어서 양지는 고태위 앞에 불려나가기는 했지만, 원체 고태위 손에 들어간 뇌물이 중간에서 잘리고 잘렸던 까닭으로 고태위는 양지를 조금도 아깝게 생각하지 아니했다. 그래서 고태위는 양지가 올린 문서를 먹으로 흐려버리면서 양지가 화석강을 물속에 잃어버리고서도 보고를 하지 않고 숨어 있던 죄만은 용서하겠거니와, 복직을 시킬 수는 없다고 꾸짖고 내쫓아버리는 것이었다. 이렇게 되어서 재물만 없애버리고 허탕을 짚은 양지는 집에 돌아와서 가슴을 쥐어뜯기는 듯 억울한 심정을 억누르지 못했다.

'이럴 줄 알았더라면 차라리 왕륜이 권면할 때 양산박에 그냥 머물러 있었을 것을… 잘못했다! 그러나 어디 그럴 수 있어야지… 부모한테서 받은 청백한 이 몸에 더러운 이름은 씌울 수 없지! 그러고 저러고 간에 처자는 먹여 살려야겠는데 어떡하면 좋단 말인가? 이놈, 고태위야! 재물만 먹고 나라를 망치는 놈아! 아하, 이 일을 장차 어쩌면 좋을까!'

양지는 추밀원과 전수부에 복직 운동을 하느라고 교통 좋은 객줏집에 유숙하고 있었는데, 이제는 십여 일 동안의 숙박비만도 적지 않은 것이 걱정되었다. 생각다 못해서 그는 집에 가서 조상 때부터 내려오는 보도(寶刀)를 꺼내 객줏집으로 돌아왔다.

'할 수 없다. 이걸 팔아서 돈을 장만해 다른 데로 가서 살 도리를 강구해야겠다!'

그는 속으로 몇 번이나 이런 말을 되풀이해가면서 번민하다가 그날 밤을 자고, 이튿날 아침 후에 보도를 들고서 마행가(馬行街)로 팔러 나갔다.

마행가는 서울서도 행인이 많이 다니는 번화한 거리였건만, 한나절 동안 보도를 들고 서 있어도 아무도 그에게 말을 붙이는 사람이 없다. 오시(午時)가 지나서 그는 보도를 들고 천한교(天漢橋) 다리 위로 갔다.

오고 가는 사람이 번잡한 다리 위에 양지가 칼을 들고 서 있은 지 얼마 지나지 아니해서 별안간 행인들은 달음박질해서 도망하기 시작한다. 양지는 웬 영문인지 알지 못해 멀거니 서 있노라니까, 한 사람이 맞은편에서,

"호랑이가 온다! 호랑이가 와!"

이렇게 떠들면서 달려오다가 양지를 바라보고,

"여보! 멀거니 서 있지 말고, 어서 몸을 피해요!"

하고 그대로 달아난다.

'이게 웬 말인가? 서울 한복판, 더구나 백주 대로상에 호랑이가 나오다니!'

양지가 괴상히 생각하고 사람들이 달려오는 맞은편 쪽을 바라다보니, 얼굴이 시커멓고 기골이 장대하게 생긴 놈이 술에 취해 이리 비틀 저리 비틀거리면서 이쪽으로 오는 모양이 보였다.

그런데 이놈은 본래 서울서도 유명한 파락호로서 날마다 거리에 나와서는 갖은 행패를 부리고 말썽을 일으키는 까닭으로, 개봉부의 관원들도 이놈이라면 머리를 내두르는 터인데, 이놈의 이름은 우이(牛二)요, 별명이 '호랑이'다. 그래, 행인들은 이놈이 나타난 것을 보고 몸을 피하느라고 야단을 친 것이었는데, 양지는 이 소식을 전혀 몰랐었고, 설혹 그전부터 알았다손 치더라도 이놈을 두려워할 양지도 아니었다.

그래, 양지가 다리 위에 우두커니 섰노라니까, 우이란 놈이 비틀거리며 양지 앞에까지 다가오더니, 걸음을 멈추고서 칼을 들여다보고는 말을 붙이는 것이었다.

"이봐! 그 칼을 팔고 싶어서 나왔지? 몇 푼에 파는 거야?"

"조상 때부터 내려오던 보도입니다. 3천 관(貫)이면 팔겠습니다."

양지는 순진하게 대답했다. 그러나 우이란 놈은 소리를 빽 지른다.

"뭣이 어째? 3천 관이라고? 이거 어디다 대고 덜된 수작이냐! 30문(文)짜리 식칼로도 고기도 썰고 두부도 베고 하는데… 아아 그래, 어째

서 이걸 3천 관이나 달라는 거야?"

"가겟방에서 파는 백철도(白鐵刀)하고 이 칼은 다릅니다. 이것은 보도니까요."

"뭣이 어떻게 다르다는 거야?"

"뭣이 다르냐 하면, 첫째 쇠나 구리를 잘라도 칼날이 휘는 법이 없고, 둘째 머리털을 갖다대고 불면 날에 닿기가 무섭게 베어지고, 셋째 이 칼로는 사람을 죽여도 칼날에 피가 묻지 않습니다."

"그래? 그럼 동전을 베볼 테야?"

"가지고만 오슈. 몇 조각이든 내드릴게."

우이는 즉시 다리 모퉁이에 있는 향초 파는 집으로 들어갔다 나오더니 당삼전(當三錢)짜리 스무 푼을 갖고 와서 다리 난간 위에다 놓고 말했다.

"네가 이걸 한칼에 모두 두 조각으로 베기만 해라! 내가 3천 관에 사주마!"

말투가 이 모양으로 나쁜 것을 양지는 불쾌하게 느꼈지만 칼을 팔기 위해서 참았다. 이때 행인들은 감히 가까이 오지는 못하고, 모두 멀찌감치 서서 어찌 되는가 궁금한 빛으로 관망하고 있다.

양지는 스무 푼 동전을 포개놓고서 옷소매를 걷어올리고 칼을 번쩍 쳐들었다가 내리쳤다. 그 순간, 동전 스무 푼이 모두 두 조각이 나서 마흔 푼이 되었다. 구경꾼들은 신통하다는 듯이 손바닥들을 친다. 우이란 놈은 비위가 상했다.

"어쨌다고 손뼉을 치는 거야, 망할 놈의 새끼들! 그래, 너 둘째 조목은 뭐라고 했지?"

"털을 대면 닿기가 무섭게 베어진다 했소."

우이란 놈은 제 머리털을 서너 개 뽑아 그 손을 불쑥 내밀면서 말한다.

"못 믿겠다! 어디 머리카락을 베어봐라."

양지는 아무 말 없이 머리카락을 받아가지고 칼날 위에다 대고 '후' 한 번 부니까, 머리카락은 모두 두 동강이 나서 땅 위에 떨어져버렸다. 구경꾼들은 또 손바닥들을 쳤다. 우이는 화를 벌컥 내면서,

"너 셋째 조목은 뭣이랬니?"

이같이 묻는다. 양지도 무뚝뚝하게 대답했다.

"사람을 죽여도 칼날에 피가 안 묻는댔소!"

"그 칼로 사람을 베도 피가 안 묻어?"

"그렇소."

"못 믿겠다! 그럼 어디 이 자리에서 그 칼로 사람을 베어봐라!"

"금성(禁城) 안에서 살인을 하라니, 어디 당할 말이오? 그러지 말고 강아지를 한 마리 끌어내시오. 보여줄 테니!"

"야, 이 자식 봐라! 너 애초에 사람을 벤다고 했지, 강아지를 벤다고 했니?"

"노형이 안 살 테면 안 사도 좋으니, 어서 갈 길이나 가보시오. 남 성가시게 굴지 말고!"

"뭣이 어째? 성가시게 굴지 말라고? 그럼 내가 물러갈 줄 아느냐? 어디 그 칼로 나를 베봐라! 그래도 피가 묻지 않는다면, 내가 사마."

"내가 노형하고 원수진 일이 없는데, 왜 노형을 죽인단 말요."

이때 우이란 놈은 다짜고짜로 양지의 멱살을 잡고서 생떼를 쓰기 시작했다.

"그 칼을 내게 팔아라!"

"살 테거든 돈을 내슈."

"돈은 없다. 네가 잘생겼으니까, 칼 한 자루 그냥 내게 주렴!"

양지는 성이 나서 우이의 손을 비틀면서 떠다밀었다. 우이는 저만큼 떨어졌다가 다시 달려들어 양지의 멱살을 움켜잡았다.

양지는 앞뒤를 돌아보면서 크게 외쳤다.

"여러분, 다들 보셨지요? 이 사람이 이렇게 무례하게 굽니다. 돈도 안 내고 칼만 갖겠다고 하면서 멱살을 움켜쥐니, 나를 때리는 놈을, 이놈을 그냥 내버려둡니까?"

구경꾼들은 양지가 외치건만 우이란 놈이 두려워서 아무도 가까이 다가서지도 못하고 있다.

"이놈아, 내가 너를 때렸어? 돈은 없지만, 칼이 탐나서 이런다! 칼을 줄 테냐… 안 줄 테냐…?"

우이란 놈은 투덜거리면서 한 손을 쳐들더니 별안간 주먹뺨을 후려갈기는 바람에 양지는 다리 위에 쓰러졌다.

한 대 얻어맞고 쓰러진 양지는 벌떡 일어나는 길로 번개같이 날쌔게 우이란 놈의 이마빡을 냅다 때렸다. 우이는 쿵 하고 쓰러졌다. 그러고서 넘어졌던 우이가 다시 일어나려고 하는 것을, 양지는 그놈의 가슴팍에다 칼을 푹 찔렀다. 우이의 가슴에서는 선지피가 콸콸콸 샘솟듯이 쏟아지면서 그만 두 다리를 쭉 뻗고 죽어버렸다. 서울에서도 첫손가락으로 꼽히는 유명한 파락호 우이도 이제는 소리 한마디 질러보지 못하고 죽어버린 것이다.

뜻밖에 살인을 하고 만 양지는 하늘을 우러러 한번 탄식하고,

"이왕 내가 살인을 했으니 관가에 자수할 수밖에!"

하고는, 칼을 들고서 즉시 개봉부로 향했다. 이때 처음부터 전말을 구경하던 행인들 20여 명이 양지의 뒤를 따랐다.

양지가 개봉부로 들어왔을 때 부윤은 마침 청상(廳上)에 좌정하고 있었다. 양지와 또 그를 따라서 들어온 행인들은 일제히 뜰아래 꿇었다. 그러고서 양지는 칼을 땅바닥에 놓고 부윤한테 아뢰었다.

"소인은 본시 전사제사(殿司制使)이었사온데, 화석강 때문에 본직으로부터 쫓겨나 신세가 고단하게 되었기에 칼이나 팔아서 돈을 장만하려고 하다가 뜻밖에 우이란 놈을 죽였사옵니다. 우이란 놈이 처음에 제

칼을 뺏고, 주먹으로 저를 쥐어박은 까닭에 소인이 그만 성이 나서 일을 저질렀습니다. 소인을 따라서 들어온 행인들이 모두 증인이올습니다."

양지가 이렇게 말하자 행인들도 모두,

"양지의 말이 진실입니다."

하고 증언을 하는 것이었다.

부윤은 즉시 공문을 작성하게 한 후 양지는 칼을 씌워서 감옥에 가두라 하고, 천한교 다리에 가서 현장을 검증하라고 분부를 내렸다. 그래서 관원들이 천한교에 와서 현장을 검증하고, 목격한 사람들의 말을 들어 보니, 양지가 파락호 우이를 죽이고 죄를 받게 된 것이 참말 딱하다는 것이었다.

또, 천한교 다리 아래 살고 있는 사람들은 돈푼을 모아 감옥에 있는 양지에게 밥을 보내주기로 했으며, 그 외에 일반 여론도,

"양지는 서울 거리에서 해충(害蟲) 하나를 없애버렸으니, 잘한 일이오. 우이란 놈의 가족한테는 그들의 두통거리를 없애주었고, 살림살이에도 도움이 되도록 했으니, 얼마나 다행한 일인지 모르겠다."

대략 이러했다.

부윤은 이와 같은 보고를 받고 양지를 오상인명죄(誤傷人命罪)로 가볍게 다스려 60일간 감옥살이를 시킨 뒤에 밖으로 끌어내어 척장(脊杖) 스무 대를 치고 가슴에 자묵(刺墨)을 넣게 한 후, 칼을 씌우지 아니한 채 북경 대명부(大名府)로 귀양을 보내기로 했다. 이 소식을 들은 천한교 근처의 주민들은 개봉부청 앞으로 돈과 음식을 가지고 와서 양지를 성대히 송별했다. 그리고 양지를 북경까지 압송하는 방송공인 장룡(張龍)과 조호(趙虎) 두 사람을 보고 그들은,

"양지는 훌륭한 사람이외다. 백성을 위해서 해충을 제거해주었으니까 우리는 오직 감사할 뿐입니다. 두 분께서 북경까지 가시는 동안 저 사람을 잘 보아주십쇼."

하고 적지 않은 돈을 주기도 하는 것이었다. 장룡과 조호 두 사람은 여러 사람이 주는 돈을 받아 넣고서,

"우리 두 사람도 잘 알고 있으니까, 여러분들은 걱정 마시고 돌아들 가십쇼."

하고 양지를 앞세워 길을 떠나니, 천한교 주민들도 그제야 뿔뿔이 헤어져 돌아갔다.

그런데 북경 대명부의 유수사(留守司)는 군권(軍權)과 관권(官權)을 거머쥐는 권세가 가장 많은 직책인데, 지금 이 권세를 쥐고 앉은 사람이 양중서(梁中書)라는 사람으로 그의 이름은 세걸(世傑)이니 바로 지금 서울 조정의 태사(太師)로 있는 채경(蔡京)의 사위 되는 사람이다. 양중서가 공청에 좌정하고 있을 때 양지는 장룡·조호에게 이끌려 대명부에 도착했다. 이날이 마침 2월 9일이었다.

목숨을 건 무술 시합

북경 대명부 유수사 양중서는 개봉부로부터 보내온 공문을 받아 읽고 즉시 방송공인을 불러들인 후, 양지가 귀양 오게 된 내력을 물어보았다.

양중서는 그전부터 서울 갔을 때마다 양지의 이야기를 들어서 잘 알고 있었기 때문에 자세한 내용을 알고 싶었던 까닭이다.

방송공인 장룡·조호 두 사람은, 양지가 서울에 와서 복직하려고 재물을 탕진해가면서 일을 주선하다가 고태위가 까뭉개버리는 바람에 실패하고 자기 집에 있던 보도를 팔아 돈을 장만하려던 중, 뜻밖에 천한교 다리 위에서 우이란 놈을 죽이게 되기까지의 전후 내력을 일일이 고했다.

양중서는 그들의 이야기를 듣고서 기뻐했다.

양중서는 양지를 군중부패(軍中副牌)로 임명하고 싶었으나, 귀양살이 온 죄인을 그가 오자마자 단번에 중용한다면 여러 사람이 양지를 업신여기고 복종하지 아니할 것 같아서 참았다. 그리고 다만 부중(府中)에 두고서 심부름을 들게 했다.

양지는 양중서가 자신을 우대하는 줄 알고 더구나 마음먹고 부지런히 일했다.

이같이 십여 일이 지난 뒤에 하루는 양중서가 양지를 불러 조용히 묻는 것이었다.

"내가 너를 군중부패로 삼으려고 하는데 그걸 네가 잘 할지… 무예에 대한 수단을 모른단 말이야. 과연 네가 자신이 있겠느냐?"

양지는 너무도 감사해서 공손히 아뢰었다.

"소인이 어려서부터 십팔반무예를 배워 익힌 까닭에 무과에 급제하여 전사부 제사의 직책에 있었사옵니다. 은상(恩相)께서 소인을 그같이 써주신다면 구름 속에서 햇빛을 보는 것같이 알고 견마(犬馬)의 충성을 다하겠습니다."

"오오, 그래. 알겠다."

양중서는 양지가 자신 있는 것을 알고 매우 기뻐하고는 양지에게 갑옷 한 벌을 내리고 물러가게 한 후, 그 이튿날 군정사(軍政司)에게 동곽문(東郭門) 밖에 있는 교련장에서 무예를 연시(演試)하겠으니, 모든 장수와 군사들은 내일 아침에 교련장에 집합하라고 고시(告示)하도록 영을 내렸다.

영이 내리자 군에서는 긴장했다.

그다음 날 양중서는 아침 일찍이 양지를 데리고 동곽문 밖으로 나섰다. 때는 2월 중순이라 햇볕이 따뜻하고 바람도 싸늘하지 아니했다.

양중서가 교련장에 도착하니, 벌써 모든 군졸들과 모든 관원들이 집합해 있었다. 그는 연무청(演武廳) 앞에서 말을 내려 청 위로 올라가서 정면에 있는 혼은교의(渾銀交椅)에 좌정했다.

좌우 양쪽으로 관원들과 지휘사(指揮使)·단련사(函練使)·정제사(正制使)·통제사(統制使)·아장(牙將)·교위(校尉)·정패군(正牌軍)·부패군(副牌軍)이 늘어섰고, 전후 주위에 백여 명의 장교가 경비하고 있는데, 장대 위에는 두 사람의 도감(都監)이 서 있으니, 한 사람은 이성(李成)이라는 사람이고, 또 한 사람은 문달(聞達)이라는 사람이다. 두 사람이 한가지로 만부부당(萬夫不當)의 용맹을 가진 사람이다.

무수하게 많은 군마(軍馬)가 정돈되어 있는 것을 보고 양중서가,

"좋아… 좋아… 좋아…."

하고 시작할 것을 지시하니까, 즉시 장대 위에는 황기(黃旗)가 꽂히고 그와 동시에 장대 좌우에서는 금고수(金鼓手)들이 삼통화각(三通畵角)과 뇌고(擂鼓)를 울리기 시작한다. 장내는 물을 끼얹은 듯이 조용해지고 말았다.

그러자 다시 정평기(淨平旗)가 장대 위에 나부끼니까 장대 전후에서 5백 명의 군졸들이 일제히 기계를 들고서 좌우로 나뉘어 선다.

그다음에 장대 위에서 홍기(紅旗)가 나부끼니까, 또다시 5백 명의 군졸들이 북을 울리면서 두 개의 진(陣)을 친다.

그다음에 장대 위에서 백기(白旗)가 나부끼자, 좌우에 있던 두 개의 진은 금시에 진형을 헤치고 기계를 잡은 군졸들이 일제히 정면으로 집합하는 것이었다.

이때에 양중서는 부패군 주근(周謹)을 앞으로 나오라 한 후, 또 양지를 앞으로 나오라고 영을 내렸다. 그러자 오른편 진으로부터 주근은 말을 달려 연무청 앞으로 나오더니 말 위에서 내려 양중서 앞에서 창을 높이 쳐들고,

"대령했소."

인사를 드리는데, 그 목소리는 마치 우렛소리같이 울린다.

"부패의 무예를 보고자 하오."

양중서가 분부하자, 주근은 '네잇!' 하고 긴대답을 남기고, 다시 말 위에 올라앉더니 연무청 앞에서 말을 좌편으로 돌진시키다가 우편으로 급히 돌리고, 또 우편으로 돌진하다가 좌편으로 급히 돌리면서, 손에 들고 있는 창을 가지고는 풍운조화를 일으킬 듯 갖가지 재주를 보였다.

연무청 위에서는 박수가 쏟아졌다.

"그러면, 양지를 나오게 하라."

이때에 양중서가 양지를 부르니까, 양지도 연무청 앞으로 다가와서 긴대답을 하고 섰다.

"네가 서울서 전사부 제사의 벼슬을 하고 있던 것을 내가 알고 있다. 범죄를 하고 지금 이곳에 귀양 와서 있는 터이나, 이즈음 도둑이 사방에 창궐하는 까닭에 국가에서 인물을 써야 할 때이므로, 너와 주근 두 사람을 비교하여 네가 우수하다면 주근의 직책을 너한테 맡기련다."

양중서는 양지에게 이같이 말하고 그에게 전마(戰馬) 한 필을 내리는 동시에 군기(軍器)를 내어주게 했다.

양지가 연무청 뒤로 돌아가서 갑옷을 입고 군기를 들고서 다시 연무청 앞에 나타나자 양중서는,

"두 사람은 먼저 창법(槍法)을 겨뤄봐라."

하고 분부를 내렸다. 주근은 불쾌한 표정으로 투덜거리면서도 창을 들고 양지 앞으로 나갔다.

이리하여 양지와 주근이 서로 창끝으로 상대방을 노리고 있을 때, 병마도감 문달이,

"잠깐 기다리시오!"

고함을 지르고 양중서 앞으로 다가와서 소견을 아뢴다.

"지금 두 사람의 무예를 시험케 하시는 것은 오직 그 무예의 고저를 보시고자 함인데, 잘못하다간 사람만 상할 뿐입니다. 군으로서는 큰 손해입니다. 그러니까 두 사람이 쓰는 창에서 창끝의 쇠를 뽑아버리고, 그 대신 석회(石灰)물을 흠씬 묻힌 전 같은 헝겊을 묶어매고서 그것을 가지고 싸우게 하여 갑옷 위에 찍힌 흰 점이 많고 적은 것으로 승패를 가리는 것이 좋을까 합니다."

병마도감의 의견을 듣고 양중서는 즉시 찬성했다.

"과연 옳은 말이야, 그렇지! 그렇게 하도록 말하오."

이리하여 주근과 양지 두 사람은 즉시 연무청 뒤로 들어가서 창끝을 묶어버린 후, 석회물에 적신 헝겊을 묶어매고 다시 연무청 앞으로 나와서 말을 타고는 서로 뒤로 물러났다가 창을 높이 들고 달려들었다.

두 사람이 각각 말 위에서 창을 겨누면서 서로 피하고 엎드렸다, 앉았다 서로 싸우는 광경은 그야말로 장관이었다.

이같이 4, 50합 싸우는 동안에 주근이 입은 갑옷 위에는 흰 점이 총총히 찍힌 것이 마치 함박눈이 쏟아진 것처럼 희끗희끗하여 모두 4, 50군데가 창끝에 찔린 자국이었건만, 그와 반대로 양지의 갑옷에는 왼쪽 어깨에 흰 점이 오직 한 개가 찍혔을 뿐이었다. 양중서는 이 모양을 내려다보고 있다가 큰소리로 주근을 가까이 오라고 불렀다.

주근이 싸움을 멈추고 양중서 앞에 나오니까 양중서는 그를 보고 꾸짖듯이 말하는 것이었다.

"내가 전관(前官)의 말을 듣고 너한테 군중부패를 시켰는데 무예가 그런 터수에 어찌 남정북벌(南征北伐)을 할 수 있느냐! 오늘부터 그 자리를 양지에게 내주어야겠다."

양중서의 이 말이 떨어지자, 병마도감 이성이 양중서 앞으로 나서면서 의견을 아뢴다.

"주근이 원래 창법엔 서투르오나 활은 능숙합니다. 창법 하나만을 보시고서 그 사람의 직책을 바꾸신다면 혹시나 군심에 영향이 있을까 두렵습니다. 다시 주근과 양지 두 사람에게 활쏘기를 겨뤄보게 하심이 어떠실지… 통촉하시기 바랍니다."

"합당한 말이오. 그렇게 하오."

양중서는 또 이성의 의견에 찬성하고 즉시 두 사람에게 궁전(弓箭)을 가지고 겨루어보라는 영을 내렸다.

두 사람은 영을 받고 창을 던진 후, 각각 활을 갖고 몸을 단속했다.

이때, 양지는 몸단속을 마치고 연무청 앞으로 가까이 오더니 마상에 일어서서 양중서에게 예를 하고 아뢴다.

"화살이 한번 활을 떠나면 사정(私情) 없는 것입니다. 혹시 인명에 손상이 있을까 두렵사오니 별다른 분부를 내리시기 바랍니다."

"그게 무슨 말인가. 무부(武夫)가 무술을 가지고 겨루는데 몸 다칠 것을 먼저 염려하다니! 서로 겨루다가 죽어도 할 수 없는 일이지!"

양중서가 이렇게 대답하므로 양지는 하는 수 없이 진문(陣門) 앞으로 돌아갔다.

이때 병마도감 이성은 화살을 막아내는 방패 한 개씩을 두 사람에게 내렸다.

양지는 방패를 받아 주근 앞으로 가까이 가서 말했다.

"노형이 먼저 나한테 화살 세 개를 쏘시오. 그러면 그다음에 내가 노형한테 세 대를 갚아드리겠소."

이 말을 듣고 주근은 고개만 끄덕끄덕하면서 속으로는 '어떻게 양지를 화살 한 대에 거꾸러뜨릴 수 없을까? 제가 일개 군관 출신이니까 창이나 칼은 잘 쓰겠지만, 설마 활이야 잘 쏘지 못하겠지.' 생각하고 있었는데, 이때 장대 위에서 청기(靑旗)가 나부꼈다. 이것은 즉시 싸움을 개시하라는 신호다.

양지는 말을 채찍질하며 즉시 교련장 남쪽으로 달아나기 시작했다.

주근은 안장 위에서 말 배때기를 걷어차며 그 뒤를 쫓아갔다. 이렇게 급히 쫓아가면서 그는 왼손에 활을 높이 쳐들고 오른손으로 활줄에 화살을 메겨 힘껏 잡아당기다가 양지의 등가죽을 겨냥하고 탕 쏘았다.

이때 양지는 등 뒤에서 화살이 날아오는 소리를 듣고 말 등 위에 몸을 납작 엎드렸다. 그와 동시에 화살은 허공을 그냥 날아가버렸다. 주근은 첫 번째 화살이 양지를 맞히지 못한 것을 알고 마음속으로 당황했다.

그는 즉시 화살통에서 또 한 개 화살을 뽑아 양지의 등어리를 향해 쏘았다. 이때 양지는 등 뒤에서 바람 소리를 내면서 날아오는 화살이 있음을 알고 손에 쥐고 있던 활을 가지고 화살을 때렸다. 화살은 풀밭에 가서 떨어져버렸다.

주근은 두 번째 화살도 양지를 맞히지 못한 것을 알고 더욱 황망해하는데, 벌써 교련장 끝까지 달려왔던 양지가 타고 있는 말은 머리를 돌이켜 연무청을 향해 달음질하는 것이었다. 주근은 그 뒤를 쫓아서 교련장 풀밭 위를 달리니, 여덟 개의 말굽은 지금 새로 싹 돋는 잔디밭 위에 주먹만한 구멍을 내는 셈이다.

주근은 세 번째 화살을 뽑아 활에 메긴 후 평생 기운을 다해서 줄을 잡아당기면서 눈을 까뒤집고 뚫어지라는 듯이 양지의 등짝을 노려보다가 마지막 화살을 쏘았다.

양지는 등 뒤에 시위 소리 울리는 것을 듣고, 말 등 위에서 몸을 돌이켜 날아오는 화살을 여유작작하게 한 손으로 잡아 말을 달려 연무청 앞으로 가서 그 화살을 양중서에게 바쳤다. 양중서는 그가 드리는 주근의 화살을 받아들고 기뻐하면서,

"자아, 그러면 이번엔 양지가 주근에게 삼전(三箭)을 쏘아라."

영을 내렸다. 이와 동시에 장대 위에는 또다시 청기가 나부꼈다.

주근은 활과 화살을 놓고 방패만을 들고서 남쪽을 향해 말을 달렸다. 양지는 그 뒤를 쫓아서 따라가다가 마상에서 활을 쳐들고 화살을 메기지 아니한 채 시위 소리만 냈다. 이때 주근이 달아나다가 등 뒤에서 시위 소리 나는 것을 듣고 몸을 돌이켜 방패로 막으려 했으나, 날아오는 화살이 없는 것을 보고서 그는 속으로,

'흥! 이자가 창이나 쓸 줄 알지, 활은 쏠 줄 모르는가 보다. 두 번째도 이 모양으로 헛방을 쏜다면, 그땐 호령을 해야지!'

이렇게 뇌까렸다. 이때 그의 말은 벌써 교련장 남쪽 끝까지 달려왔기 때문에 말은 머리를 돌이켜 연무청을 향해서 달린다. 양지의 말도 주근의 말을 뒤쫓아서 달렸다.

이때 양지는 화살 한 개를 활에 메긴 다음, 주근을 겨냥하기 전에,

'가만있자… 저 사람의 등때기에 화살이 꽂힌다면 목숨이 위태롭겠지? 내가 원수진 일이 없는 바에야 그래선 안 되지!'

생각하고서 활을 쏘았다. 화살은 유성같이 날아갔는데, 벌써 주근은 왼쪽 어깨를 맞고서 그대로 말 위로부터 떨어졌고, 주근의 말은 연무청 뒤로 뛰어 달아났다. 이때 여러 군졸들이 달려와서 땅바닥에 쓰러진 주근을 떠메어갔다.

양중서는 이 광경을 내려다보고 대단히 기뻐하면서, 군정사를 불러 양지로서 주근의 직책에 임명한다 하는 문안을 작성해 올리게 했다. 이같이 군중부패의 직책이 양지에게 내리려 할 때, 문득 뜰아래 왼편으로부터 한 사람의 장수가 양중서 앞으로 뛰어나오더니 아뢴다.

"주근이 요사이 병이 나서 앓다가 아직도 쾌차하지 못한 고로 그 수단이 양지에게 미치지 못했을 것입니다. 소장이 재주는 없습니다만, 한번 양지와 무예를 겨루어보고 싶습니다. 만일 털끝만치라도 소장이 양지만 못 하옵거든, 주근도 그만두시옵고, 양지에게 소장의 직책을 대신 맡게 해주십시오. 그렇게 해주시면 소장은 죽어도 원한이 없겠습니다."

이 소리를 듣고 양지가 황망히 이 사람을 바라보니, 키는 7척 이상이요, 얼굴은 동그랗고, 입술은 두껍고, 한쪽 볼따구니에는 구레나룻털이 없지만 위풍당당하게 생긴 장수였다. 이 사람은 별사람이 아니라, 대명부에서 첫손가락에 꼽히는 정패군 삭초(索超)라는 장수다.

삭초는 성질이 급해서 일만 당하면 누구보다도 먼저 뛰어가는 까닭으로 사람들이 그의 별명을 '급선봉(急先鋒)'이라고 부르는 터이다.

급선봉 삭초가 지금 양중서 앞에 와서 청하는 소리를 들은 병마도감 이성은, 장대 위로부터 급히 내려와서 양중서에게 자기 의견을 아뢴다.

"상공(相公)께서는 소인의 말씀을 들어주시옵기 바랍니다. 양지가 본시 전수부 제사였으니 주근은 원래가 상대 안 되는 인물이었습니다. 그

러니까 마침 정패군 삭초가 소원하는 터이오니, 두 사람을 한번 겨뤄보게 하심이 좋을까 싶습니다."

양중서는 병마도감 이성으로부터 이런 소견을 듣고 잠시 생각해보았다.

'내가 양지를 중용하려고 한번 주근과 더불어 시합을 하도록 시켜봤을 뿐인데… 뜻밖에 삭초가 또 달려드니, 이걸 어떡한다? 그러나 삭초는 죽어도 원한이 없겠다 했으니, 한번 시켜볼 수밖에!'

그는 이렇게 생각하고,

"그럼 그렇게 하오. 양지를 몸단속이나 새로 하게 하고 기계를 맘대로 골라 쓰게 하고, 그리고 내가 타던 말을 양지에게 빌려주도록 하오."

하고 병마도감에게 부탁했다. 이성은 대답하고 수행 관리에게 양지를 연무청 뒤로 인도하게 한 후, 삭초한테로 가까이 가서 나직한 목소리로 말했다.

"여보게, 주근이 누군가? 바로 자네가 데리고 있던 부하가 아닌가? 만일 자네가 조금이라도 실수를 하고 보면 대명부의 모든 군관(軍官)이 납작해지는 것일세! 내가 가지고 있는 전마(戰馬)가 썩 좋은 말이야. 이걸 내가 빌려줄 테니까, 아무쪼록 잘하란 말야!"

이성의 말을 듣고 삭초는,

"감사합니다."

하고 연무청 뒤로 돌아갔다. 이때 양중서는 두 사람이 각각 몸단속을 하기 위해 들어간 것을 보고 일어나서 아래로 내려와 맞은편에 있는 월대(月臺)의 난간에다 교의를 놓게 했다.

그리하여 양중서가 그 교의에 좌정하자 수행원들이 양중서 좌우 뒤로 와서 일산(日傘)을 받들고 위엄을 갖추니까, 장대 위에는 벌써 홍기(紅旗)가 나부긴다. 그러자 쇠북소리가 둥둥, 둥둥 울리면서 동서 두 진(陣)의 진문이 활짝 열린다.

이때 삭초가 말을 타고 진내(陣內)로 들어오더니 문기(門旗) 아래 서서 멈추었다.

그러자 양지가 또 말을 타고 진내로 들어와서 문기 뒤에 가서 섰다.

장대 위에서는 이때 황기(黃旗)가 나부꼈다. 그리고 한 방 뇌성이 울렸다. 그러자 동서 두 진에서는 일제히 고함 소리가 터지더니 뚝 그친다. 그리고 교련장은 순식간에 물을 끼얹은 듯이 고요해지고 기침 소리 하나 들리지 아니했다.

그러더니 별안간 바라 소리가 요란하게 울리면서 장대 위에는 백기(白旗)가 나부끼고 군졸들은 발끝 하나 까딱 못하고 입을 꼭 다문 채 뻥긋하지도 못한다.

조금 있다가 장대 위에 청기(靑旗)가 나부끼자, 마침내 전고(戰鼓)가 둥둥둥 울리면서 왼쪽 진문의 문기 아래 문이 열리고, 정패군 삭초가 그 앞에 나타나는데, 머리에는 구리로 만든 사자(獅子) 모양의 투구를 썼고, 몸에는 쇳조각으로 엮은 갑옷을 입었고, 쇠로 만든 허리띠를 매었으며, 가슴에는 청동으로 만든 호심경(護心鏡)을 달았고, 발에는 기다란 장화를 신었는데, 왼쪽 어깨엔 활을 메었고, 바른쪽엔 화살통을 메었고, 손에는 한 자루의 금잠부(金蘸斧)를 들고 병마도감 이성으로부터 받은 백마(白馬) 위에 앉아 있다. 그 모양은 과연 누가 보든지 영웅같이 보이는 풍채다.

이와 동시에 오른쪽 진문이 열린 곳으로부터 말방울 소리가 들리면서 양지가 손에 창을 들고 진전(陣前)에 나타나는데, 머리엔 쇠로 만든 투구를 썼고, 몸엔 매화꽃잎 모양의 구리로 만든 갑옷을 입었고, 붉은빛 헝겊 허리띠를 띠었으며, 발에는 황피화(黃皮靴)를 신었고, 활과 화살 몇 개를 한쪽 어깨에 걸쳐 메고, 손에는 혼철점동창(渾鐵點銅槍)을 들고 양중서한테서 받은 천리마를 타고 앉은 모양이 과연 용맹스러워 보인다. 동서 양쪽 진영의 군졸들은 두 사람의 무예가 어느 쪽이 더 잘하는지 알지는 못해도 두 사람의 위풍만 보아도 훌륭하다고 탄복했다.

이때 정남쪽으로부터 기패관(旗牌官)이 영자기(令字旗)를 들고 말을 달려오면서,

"상공께서 영을 내리시기를, 그대들이 각각 재주를 다해서 잘하면 중상을 내리시고, 잘못하면 벌을 내리신다 하셨다!"

외치고는 지나가버린다.

삭초와 양지 두 사람은 영을 듣고서, 말을 천천히 몰아 교련장 중앙까지 나와 비로소 서로 말머리를 마주대고 상대했다.

두 사람이 서로 얼굴을 마주 보는 순간, 삭초는 성을 내면서 도끼를 휘두르며 양지 앞으로 달려드는 것이었다. 양지는 위엄 있게 창을 꼬나쥐고 삭초를 상대하여 싸우기 시작하니, 두 사람의 용맹스러운 모습은 교련장에 집합하여 있는 모든 군졸들을 황홀하게 만들어버렸다. 두 사람은 번갈아서, 한편이 우세하다가도 금시에 다시 세력을 만회하여 저편을 약하게 만들고, 또다시 저편은 세력을 만회하여 이편을 약하게 만들었다. 두 사람의 팔뚝이 무기를 들고 사면팔방 종횡으로 나부끼고, 두 마리 말의 여러 개의 말발굽이 어지럽게 뛰고 있는데, 전투는 어느덧 50여 합 계속되었건만 싸움의 승부는 끝나지 아니한다.

월대 위에서 이 광경을 내려다보는 양중서는 입을 벌리고서 다물 줄을 모르고 취한 듯이 보고 있고, 군졸들은 박수갈채하면서 저희끼리 서로 얼굴을 마주 보며 감탄하기만 했다.

이때, 병마도감 이성과 문달도 장대 위에서 취한 듯이 두 사람의 싸우는 모양을 관망하고 있던 중, 문달의 마음속에서는 문득 불안한 생각이 우러났다.

'저 두 사람 중 어느 편이 상하더라도 손실이 아닌가…?'

그는 이렇게 생각하고 황급히 기패관을 불러 영자기를 세우게 했다. 그러자 장대 위에서 바라 소리가 요란하게 울렸다. 이같이 전투를 중지

하라는 신호가 내렸음에도 불구하고 양지와 삭초는 싸움을 계속했다.

기패관은 더욱 황망해서 큰소리로,

"두 분께서는 잠시 쉬시오! 상공께서 영을 내리셨소."

고함을 질렀다. 이 소리를 듣고 비로소 삭초와 양지는 각각 도끼와 창을 들었던 손을 내리고 자기 진으로 돌아가서, 깃발 아래 말을 멈추고 부동의 자세를 취하는 것이었다.

이때, 병마도감 이성과 문달은 장대 위로부터 내려와서 월대 아래에서서 양중서에게 고했다.

"두 사람의 무예가 막상막하… 과연 대명부의 보배이오니 두 사람을 한가지로 중용하시기 바랍니다."

양중서도 마음에 대단히 기꺼웠던 고로 병마도감의 의견에 즉시 찬성하고 양지·삭초 두 장수의 기패관을 불러 그들을 연무청으로 불러오게 한 후 자기도 다시 연무청으로 자리를 옮겨 좌정했다.

조금 있다가 양지와 삭초가 양중서 앞에 와서 국궁하고 대령하자 양중서는 커다란 백은(白銀) 두 덩어리와 의복 한 벌씩을 두 사람에게 상으로 내리는 동시에, 군정사에게 두 사람을 함께 관군제할사(管軍提轄使)에 임명하는 문안을 작성케 하여 즉시 이것을 공포케 했다.

삭초와 양지는 양중서에게 감사하고 연무청으로부터 내려와서 무기를 놓고 갑옷을 벗고 옷을 갈아입은 후, 다시 양중서 앞에 올라가서 절을 하고 두 번 감사의 뜻을 표했다. 그러자 병마도감은 교련장에 집합했던 모든 군졸들을 해산시키고 연무청 방에다 연회석을 베풀었다.

해가 서산에 넘어갈 무렵, 연회를 마치고 양중서는 새로 임명된 두 사람의 경호를 받으면서 부중으로 돌아오기 시작했다. 그리하여 행차가 동곽문 안에 들어오니까 수많은 성중 백성들이 길가에 줄을 지어 늘어서서 양중서의 행차를 기뻐하는 얼굴로 맞이하는 것이었다. 남녀노소가 모두 웃는 낯으로 고개를 숙이며 예를 하는 고로 양중서는 마상에서 그들을 내려다보며 물었다.

"너희들, 무엇이 기뻐서 이렇게 즐거워하느냐?"

그러자 길가에 섰던 노인들이 일제히 땅바닥에 꿇어앉으면서 아뢰는 것이었다.

"소인들 늙은것들이 북경 태생으로 대명부 아래서 장성했사오나 오늘같이 두 분 장군이 무예를 시험해보신 이런 일은 일찍이 보지 못했습니다. 오늘 소인들이 교련장까지 나가서 모두 구경했사와요, 참 기쁩니다!"

양중서는 이 소리를 듣고 진심으로 만족했다. 그리고 그는 부중으로 돌아오고 수행했던 모든 관원들도 임무를 마치고 각각 산회했다.

삭초는 부중으로부터 나와 친근한 동료 부하들한테 끌리어서 축하연으로 향했지만, 양지는 아무도 그를 아는 사람이 없는지라 그대로 부중에 남아 있었다.

그 후로 날이 갈수록 양중서가 양지를 아끼고 사랑하는 마음은 점점 두터워갔다. 한 달이 지나고, 두 달이 지나고, 어느덧 5월 단오날이 되었다.

양중서는 이날 부중 후당(後堂)에서 부인 채씨(蔡氏)와 마주 앉아서 한가롭게 술을 마시고 있었다. 그가 부인과 더불어 말을 주고받고 하면서 술을 서너 잔 마셨을 때 채부인은,

"그런데 상공께서 오늘날 나라의 중임을 맡아보시고 영화를 누리시게 된 일이, 어찌 되어서 출세하신 것으로 생각하시나요?"

갑자기 묻는 것이었다.

"그야, 내가 어려서 글을 배웠고, 경사(經史)를 짐작하는 사람으로서, 목석(木石)이 아닌 바에야 태산 같은 장인의 은덕을 모를 리가 있겠소?"

양중서가 대답하자, 채부인은 또 말한다.

"상공께서 저의 부친의 은덕은 아신다면서… 아버님의 생신날을 모

르시는 것 같아요. 아마, 잊어버리셨지요?"

"내가 어찌 장인어른의 생신을 잊어버리겠소! 장인어른 생신은 유월 보름이오. 그래서 나는 벌써 한 달 전부터 십만 관의 돈을 가지고 금은주패(金銀珠貝)를 사들이게 했는데, 아마 지금 십 중 구(十中九)쯤은 장만되었을 거요. 수일중으로 준비가 끝나는 대로 서울로 보내드리겠는데, 한 가지 걱정이 있어서 지금 생각 중이라오."

"무엇이 걱정인가요?"

"작년에도 금은주패와 완기(玩器)를 올려보내다가, 중도에서 도둑놈들한테 강탈당하고 지금까지 재물도 회수치 못하고 도둑놈도 체포하지 못하고 있으니… 금년에는 이것을 어떻게 올려보낼 것인가, 이것이 걱정이오."

"수하에 장교가 허다하게 있는데, 그중에서 심복으로 믿으시는 몇 사람만 고르셔서 그 사람들한테 부탁하시면 좋지 않겠습니까?"

양중서는 이 말을 듣고 한참 생각하다가 술 한 잔을 마시고 천천히 대답한다.

"아직도 40일이나 여유가 있으니까, 그 안에 예물이 다 준비되는 대로 내가 사람을 골라 서울까지 갔다 오도록 잘할 터이니 부인은 염려를 마시오."

채부인도 양중서의 이 말을 듣고서는 더 긴말을 하지 아니했다.

이날, 양중서의 단오날 자가연(自家宴)은 점심때부터 시작해서 밤늦게야 끝났다.

그런데 이때, 산동 제주부 운성현(鄆城縣)에는 그곳 지현(知縣)이 새로 부임했는데, 이 사람의 성명은 시문빈(時文彬)이다.

시문빈은 부임 즉시 공청(公廳)에 나와 앉아서 좌우에 공리(公吏)들을 불러앉히고 먼저 현내의 치안을 위한 포도관원(捕盜官員)의 상황을 조사해보니, 도두가 두 사람 있는데, 하나는 보병도두(步兵都頭)이고, 또 하나는 마병도두(馬兵都頭)로서, 마병도두는 말 20필과 토병(土兵) 20명을 거느리고 있으며, 보병도두는 창을 20개 가진 20명의 토병을 거느리고 있을 뿐이다.

마병도두의 이름은 주동(朱同)이며, 보병도두의 이름은 뇌횡(雷橫)이다.

시문빈이 이 두 사람을 공청으로 불러보니, 주동은 키가 8척 5촌이나 되어 보이고, 아래턱에 늘어진 수염은 길이가 한 자 가웃은 되는 것 같고, 얼굴빛은 흡사 대춧빛같이 검붉은데 두 눈알만이 샛별같이 반짝반짝한다. 그래서 이 사람은 별명 미염공(美髥公)으로 통하는 판인데, 본래 이 지방에서 몇째 안 가는 큰 부자였지만 그는 의(義)를 중히 알고 재물을 소홀히 알고서 널리 친구를 사귀고 무예를 좋아하던 끝에 지금은 현청에 들어와서 마병도두로 있는 사람이라 한다.

뇌횡은 키가 7척 5촌에 얼굴이 다홍빛이고 역시 수염은 있으나 곱슬곱슬하고 힘이 장사인 데다가 몸이 날쌔어서 서너 간 넓이쯤 되는 개천은 한 번에 뛰어넘어가는 고로 별명이 '날개 돋친 호랑이'라 한다.

그리고 이 사람은 본래 이 지방에서 대장간을 하던 사람으로 무예를 좋아하던 끝에 마침내 현청에 들어와서 보병도두가 되었다 한다.

시문빈 지현은 이 두 사람을 불러 이런 내력을 듣고 입을 열었다.

"내가 이곳에 부임해 들자니까, 제주 관하의 '양산박'이란 곳에는 도둑놈이 어마어마하게 모여 있는 까닭으로 관군도 손을 대지 못하고 각처 촌락에도 도둑이 창궐해서 백성을 괴롭힌다 하니, 이래서야 되겠느냐? 자네들은 괴로움을 무릅쓰고 토병들을 인솔하여 한 사람은 동문으로 나가고 한 사람은 서문으로 나가서 산곡과 촌락을 샅샅이 뒤져보란 말야. 그래서 도둑이 보이거든 놓치지 말고 붙들어오되 백성들한테 조금도 소동을 일으켜서는 안 된단 말이다. 동계촌(東溪村) 산 위에 가면 커다란 홍엽수(紅葉樹)가 하나밖에 없는 줄을 내가 알고 있으니까, 두 사람이 돌아올 때엔 다 같이 그 홍엽수 잎을 따가지고 와서 나한테 내놓

아야 한다. 그래야 거기까지 갔다 왔다는 증거가 되는 거란 말야. 알아
들었나?"

"네."

주동과 뇌횡은 대답하고 공청으로부터 물러나와 영문으로 가서 각
각 토병들과 함께 순찰을 시작했다.

동계촌에 모이는 7인의 호걸들

　이리하여 이날 밤에 마병도두 주동은 서문으로 나가고, 보병도두 뇌횡은 동문으로 나가서, 그들은 각각 자기 관내를 한 바퀴 돌아본 후 동계촌 산꼭대기에 있는 홍엽수 잎을 따가지고 성안으로 돌아갔다. 그런데 마병도두보다 뒤늦게 돌아가던 보병도두는 산에서 내려와 불과 2리가량 걸어오다가 영관묘(靈官廟) 앞에 이르러 묘문이 빵끗이 열려 있는 것을 발견하고 이상하게 생각했다.

　"밤도 깊고 묘 안에서 축원드리는 사람도 없기에 불도 켜 있지 않은데 문이 어째서 열렸느냐? 이상한 일이다. 좀, 들어가 보자."

　뇌횡이 부하들을 보고 이렇게 말하고 앞장서서 묘문으로 들어서자 부하 토병들은 일제히 횃불을 밝혀들고 안으로 따라 들어갔다. 그들이 들어가 보니, 축원드릴 때 음식을 벌여놓는 공탁(供卓) 아래 기골이 장대하게 생긴 어떤 놈이 옷을 벗어 돌돌 뭉쳐 그것을 베개 삼고 빨간 알몸뚱어리로 코를 드르릉드르릉 골고 자빠져 있는 것이었다.

　뇌횡은 이 꼴을 보고 혼잣말처럼,

　"참, 지현께서는 이미 아시는 게 있었나 보다… 동계촌에 이따위가 있다면, 이놈이 도둑놈이지!"

　말하고는 곧,

"이놈을 묶어라!"

하고 부하들에게 호령을 했다. 20명 토병들은 일제히 달려들어서 동아줄로 이 사람을 꽁꽁 묶어버렸다. 이때는 벌써 5경쯤 되었을 때다.

'한 놈 잡았으니 허행은 아니했다. 가다가 조보정(晁保正)한테 들러서 해장이나 하고 가야겠다.'

뇌횡은 이렇게 생각하고 부하들에게 도둑놈을 떠메고 뒤따라오라 하고 조보정의 장원(莊園)으로 향했다.

그런데 동계촌의 보정(保正)은 조개(晁蓋)라는 사람인데, 그는 이 고을에서 누대 갑부로 살아오는 사람으로서 평생에 의리를 숭상하며 재물을 가볍게 생각하고 천하 호걸들과 사귀기를 좋아하는 사람이다. 그래서 누가 찾아오든지 그는 흔연히 맞아들이고, 떠나갈 때엔 노잣돈도 후하게 주는 버릇이 있는데, 그는 또 창술·봉술을 잘하고 힘이 장사이건만 웬일인지 나이 30이 지나도록 장가는 들지 않고 혼자 지내는 사람이다.

이 사람이 살고 있는 동계촌 앞엔 냇물이 하나 있고, 냇물 건너편에 있는 마을은 서계촌(西溪村)으로 오래전부터 귀신이 장난을 한다는 소문이 높았었는데, 어느 날 중이 서계촌을 지나다가 그 소문을 듣고 냇가에 청석(靑石)으로 만든 보탑(寶塔)을 세우게 하여 그때부터 서계촌에 나타나던 도깨비가 동계촌으로 자리를 옮겨 동계촌 백성들을 괴롭히는 까닭에, 조개는 크게 분개하여 냇물 건너편 쪽에 있던 청석 보탑을 자기 혼자서 번쩍 들어다가 이쪽으로 옮겨 세웠다. 그랬더니 그 뒤부터는 동계촌에 나타나던 도깨비가 없어지고 도로 서계촌으로 쫓겨갔다 해서 그 뒤로부터 조개는 '탁탑천왕(托塔天王)'이라는 별명을 얻었다.

운성현 보병도두 뇌횡은 토병 20명을 데리고 지금 조보정의 장원에 와서 창끝으로 대문을 두들겼다.

요란하게 대문을 두드리는 소리에 놀라 깬 장원의 장객은 대문간에 나와 뇌횡을 보고서는 즉시 안으로 들어갔다.

이때 조보정은 아직 잠이 깨지 아니했었건만 현청으로부터 보병도두가 부하를 거느리고 찾아왔다는 바람에 빨리 대문을 열어드리라고 명령했다.

장객이 다시 나와 대문을 열어놓자, 뇌횡의 부하 토병들은 영관묘에서 잡아온 수상한 놈을 대문간에 있는 행랑방 보꾹에 대롱대롱 매달아놓았다. 그리고 뇌횡은 부하들 중에서 5, 6명을 데리고 초당(草堂)으로 가서 좌정했다.

뇌횡이 초당에 들어가 앉은 뒤에 조보정은 그리로 나와서 인사를 하고 묻는다.

"도두께서 이게 웬일이시오? 이렇게 일찍이 찾아오셨으니, 무슨 일이 생겼나요?"

"너무 일찍 찾아와서 미안합니다. 사실은 새로 도임하신 지현께서 저하고 주동 두 사람에게 도둑놈이 어디 숨어 있지나 않나 순찰하고 오라 하신 까닭으로 밤새도록 각처로 싸다니다가 돌아가는 길에 잠깐 다리나 쉬어갈까 하고 댁엘 찾아왔지요. 잠을 깨워드려서 죄송합니다."

"별말씀을. 밤새도록 수고하셨군. 해장을 좀 하셔야겠는데…."

조보정은 이렇게 말하고 즉시 하인을 불러 술상을 보아오라 분부를 했다. 그리고 다시 뇌횡을 보고 묻는다.

"그래, 순찰한 결과는 어떠했소? 좀도둑이라도 한 놈 잡았소?"

"네, 순찰을 끝마치고 돌아오는 길에 영관묘 앞을 지나오다가 문이 열렸기에 들어가봤더니, 웬 놈이 벌거벗고서 자빠져 자고 있잖아요. 그래서 필시 이런 놈은 착한 사람이 아니고 악한 놈일 것이라 생각하고서, 즉시 오랏줄로 꽁꽁 묶어 떠메고 왔습니다. 여기까지 메고 오다가 지금 댁에 들어올 때, 대문간 행랑채 보꾹에다 매달아두었죠. 현청에 끌고 들어가서 지현께 경과를 보고할 테니까 보정께서도 나중에 잘 말씀

해주십시오."

"잘하셨소. 내 나중에 지현께 말씀하죠."

조보정은 우선 잘했다고 칭찬을 해놓고서도 심중으론,

'어떤 사람이 잡혀왔을까!'

궁금하게 생각했다.

이때 하인들이 술상을 내왔다. 조보정은 하인들을 보고 술상을 뒷방으로 들여가라고 이르고 뇌횡과 토병들을 모두 뒷방으로 인도했다. 그리고 주객이 자리에 좌정한 뒤, 그는 큰 잔으로 술을 뇌횡에게 권하고, 토병들한테도 고기와 안주를 권했다.

이같이 손을 대접하다가 조보정은 소변을 보고 오겠다고 핑계대고 밖으로 나와서 대문간 행랑채로 나가보았다. 과연 벌거숭이가 아래만 가리고 수족을 결박당한 채 대룽대룽 매달려 있다. 그는 벌거숭이한테 바싹 다가가서 자세히 그 얼굴을 살펴보았다. 거무스레한 살빛에 볼따구니엔 커다란 붉은 점이 박혀 있고, 붉은 점 위엔 누런 털이 꼬불꼬불 붙어 있다. 아무리 보아도 그의 눈엔 처음 보는 놈팡이인 고로,

"이봐, 너 어디 사는 사람이냐? 이 근처에선 못 보던 사람이니까 내가 물어보는 거다."

조보정은 이같이 물었다.

"소인의 고향은 퍽 먼 곳입니다. 이 동네 누굴 찾아보려고 왔는데, 그만 잠자다가 이 모양을 당했답니다."

벌거숭이 괴한은 불만이 가득 찬 목소리로 대답하는 것이었다.

"그래? 이 동네 누구를 찾아보러 왔단 말이냐?"

"조보정을 찾아보려고 왔습니다."

이 말을 듣고 조보정은 시치미를 떼고 또 물어보았다.

"네가 조보정을 그전부터 알고 있단 말이냐? 혹은 누구의 천거로 왔단 말이냐?"

"천하에 유명한 조보정 어른이니까 그저 찾아와도 만날 줄 알고 찾아왔죠. 꼭 그 어른한테 의논드려야 할 중대사가 생겼거든요."

조보정은 벌거숭이로부터 이 말을 듣고는 즉시 마음속으로 이놈을 구해주기로 작정했다.

"네가 찾아보고 싶다는 조보정이 바로 나다! 내가 너를 구해줄 테니까 이따가 뇌횡이 내 집에서 떠나갈 때 내가 따라 나올 테니, 그때 너는 나를 보고서 외삼촌 아저씨라고 크게 부르기만 해라. 그러면 내가 너를 생질이라고 인정해줄 테니, 그렇게만 하면 일은 된다!"

"참말 감사합니다! 그렇게 합죠."

"그래, 그래."

조보정은 벌거숭이에게 이같이 약속을 주고, 급히 복도로 돌아 뒷방으로 들어가면서 뇌횡한테 사과했다.

"이거 실례했소이다."

"천만의 말씀입니다. 새벽부터 시끄럽게 굴어서 죄송하기만 합니다."

"아니올시다. 자아, 한잔 드시죠."

조보정은 웃는 낯으로 뇌횡에게 또 술을 권하여 각각 두어 잔씩 술을 마시고 있을 때, 동쪽 창문에 햇살이 환히 비치기 시작했다.

"이제 해가 솟았군요… 저희들은 가봐야겠습니다."

뇌횡은 창문을 바라보더니 자리에서 일어서면서 말하는 것이었다. 조보정은 따라 일어나면서,

"도두의 관직을 가지신 몸이니 더 붙들 수도 없고… 다음에 틈나시는 대로 아무 날이나 한번 천천히 놀다 가시기 바랍니다."

인사의 말을 했다. 뇌횡은 감사하다 이르고 부하들을 거느리고 복도로 나와서 대문간으로 향하는 것이었다.

조보정도 그들을 전송하는 체 대문간까지 따라 나와 행랑채 보꾹에

매어달린 사람을 처음 보는 것처럼,

"얘, 그놈 굉장히 큰 거인이로구나!"

라고 감탄했다.

"그게 바로 아까 말씀드린 영관묘 안에서 잡은 놈이랍니다."

뇌횡이 조보정한테 이렇게 말하고 있을 때, 보꾹에 매달려 있는 괴한이 별안간 큰소리로,

"아저씨! 절 좀 살려주세요!"

라고 부르짖는다.

조보정은 눈을 동그랗게 뜨고 벌거숭이한테 다가오더니 유심히 살펴보는 체하다가,

"너, 이거 왕소삼(王小三)이 아니냐?"

하고 소리를 지른다.

"외삼촌! 저예요! 저 좀 구해주십시오!"

벌거숭이와 조보정이 수작하는 광경을 본 뇌횡과 그 부하들은 모두 입을 딱 벌리고 놀라운 표정들이다.

한참 있다가 뇌횡이 조보정을 보고 묻는다.

"이 사람이 누구인데 어떻게 되십니까?"

"얘가 바로 내 생질입니다. 이름이 왕소삼인데 이놈이 어째 영관묘에서 붙들렸을까? 원래 나한테 누님이 한 분 계셨는데 이놈이 다섯 살 때 남경(南京)으로 매부를 따라서 이사했댔지요. 그리고 그 후 십여 년이나 지나서 이놈이 열대여섯 살 되던 해에 무슨 장사를 한답시고 한번 지나는 길에 찾아왔었답니다. 그리고 또 그 후엔 이놈을 못 봤지요. 집안에서도 모두들 이놈을 장래가 유망하다고는 안 봤지만 이놈 볼따구니에 붉은 점이 커다랗게 박혀 있으니까 내가 알아봤지, 점만 없어도 못 알아봤을 겝니다."

조보정은 대답하고서는 즉시 왕소삼을 노려보면서 꾸짖는다.

"이놈아! 이 근처까지 왔거든 바로 내 집으로 올 것이지 어째서 도둑질을 했단 말이냐? 이 망할 놈아!"

"외삼촌! 정말 저는 도둑질 안 했어요!"

"이놈아, 거짓말 말아! 도둑질 안 하고서야 네가 이분들한테 붙들릴 까닭이 있느냐?"

조보정은 호령을 하고 곁에 있는 토병한테서 곤봉 하나를 빼앗아 그 곤봉으로 왕소삼을 마구 때리기 시작하는 것이었다. 이때 뇌횡과 그 부하들은 보고만 있을 수 없어서 조보정 앞을 가로막고 말렸다.

"잠깐 고정하십시오! 저 사람한테서 말이나 들어보시고 때려주시든지 하지… 너무 성급하십니다그려."

조보정은 곤봉을 내리고 숨만 크게 쉬었다. 그러자 왕소삼이 말을 한다.

"아저씨께서 참 너무하십니다! 제가 열다섯 살 때 처음 와서 뵈었고 그 후 십여 년 동안 못 뵈었기에 이번에 찾아뵈려고 오다가, 어제 저녁엔 너무 술을 많이 먹었기 때문에 아저씨 댁으로 바로 오지 못하고 영관묘로 들어가서 한잠 자고 술이나 깨서 댁엘 올까 했었는데, 그만 누가 이렇게 결박당할 줄 알았었나요?"

이 말을 듣고 있던 조보정은 또 곤봉을 쳐들고서 달려들더니 호령한다.

"이놈아, 뭐라고 변명을 하는 거야! 내 집으로 바로 들어오면 너한테 먹을 것을 안 주겠더란 말이냐? 어째서 술 처먹고 묘 안으로 들어갔느냐 말야!"

조보정의 노기가 그칠 줄 모르므로 뇌횡은 미안해서,

"보정님! 고정하십시오. 생질 되시는 분이 도둑질한 것은 아닙니다. 단지 묘 안에서 벌거벗고 자빠져 자는 놈을 제가 수상히 여기고 묶어왔을 뿐입니다. 보정님의 생질인 줄 알았더라면 붙들어오지도 않았을 겁니다. 그러니까 용서하십시오. 여봐라, 어서 끌러드려라!"

뇌횡은 이렇게 말하고 부하 토병들을 시켜서 왕소삼의 몸을 풀어놓게 했다.

조보정은 가만히 서서 보고만 있다가 왕소삼이 자유롭게 되자, 그는 뇌횡의 손을 붙들고서,

"도두님, 잠깐 이야기가 있으니 뒷방으로 들어갑시다."

하고 다시 그를 뒷방으로 끌고 들어가서 돈을 열 냥 꺼내 주면서 말했다.

"이거 너무 약소합니다마는, 허물 마시고 받아주십시오."

"당치도 않습니다. 이러지 마십시오."

뇌횡은 사양하고 받지 않았다.

"아니, 이걸 안 받으시면 내 손이 부끄럽지 않습니까? 무안해서 내가 못 견디겠는데요."

"보정님께서 그렇게까지 말씀하시니, 그러면 고마우신 뜻으로 알고 받습니다. 후일 은혜를 보답하지요."

"원, 천만의 말씀을!"

뇌횡은 마침내 돈 열 냥을 받아서 품속에 집어넣고 밖으로 나갔다. 조보정은 재차 대문간까지 따라 나가면서 그들을 전송했다.

뇌횡과 토병들을 돌려보낸 뒤에 조보정은 왕소삼이라고 자기가 이름 불렀던 괴한을 데리고 자기 방으로 들어갔다.

"대체 노형이 누구시오?"

조보정이 물으니까, 괴한은 이야기한다.

"제 이름은 유당(劉唐)이라고 합니다. 동로주(東潞州)에 살고 있습니다. 보시다시피 귀 밑에 붉은 점이 있고 검붉은 털이 났대서, 사람들이 저를 적발귀(赤髮鬼)라고 부르지요. 이번에 큰 횡재할 일이 있어서 보정님을 찾아뵈옵고 그 의논을 하려고 오던 차인데… 그만, 어젯밤에 봉변

을 당했습니다. 다행히 오늘 아침 이같이 뵈옵게 되니까, 참말 꿈같습니다."

그는 말하고 자리에서 일어나더니, 절을 하고 새삼스럽게 인사를 드리는 것이었다.

조보정은 유당의 얼굴을 바라보면서 묻는다.

"대체 횡재할 이야기라니, 그게 무슨 이야기요?"

"제가 어려서부터 각 지방엘 돌아다녔기 때문에 여러 사람한테서 조보정의 존함을 듣고 진심으로 존경하고 지내왔습니다. 조금 조용히 말씀을 드려야겠는데… 외인(外人)이 있어서 말씀드리기가 어렵습니다."

"괜찮소이다. 이 사람들은 모두 심복이니까, 기탄없이 말씀하시오."

조보정은 방 안에 있는 두어 사람의 장객을 둘러보면서 대답했다. 그러니까 유당은 말을 계속한다.

"이번에 북경 대명부에서 양중서가 십만 관의 금주·보패·완기를 저의 장인 되는 채태사(蔡太師)의 생신을 경축하기 위해서 서울로 올려보낸답니다. 작년에도 채태사 생신에 십만 관어치 금주·보패를 올려보내다가 중도에서 누구한텐지 약탈당하고 말았지만, 금년에 또 십만 관어치를 사서 보내는데, 생신날은 유월 보름날이라니까 미구에 북경에서 떠날 게 아닙니까? 그런데 제 생각엔 이 재물은 양중서가 백성들한테서 긁어모은 불의(不義)의 재물일 테니까, 중도에서 가로채버린대도 우리가 죄 될 것이 없다고 생각합니다. 조보정님께서는 어찌 생각하시는지요?"

"장한 생각이오. 좋은 말씀인데… 그건 그렇고 어젯밤부터 지금까지 아무것도 안 자시었을 터이니까, 우선 요기를 하시고 객실에 가서 편히 쉬시오. 그리고 그 이야기는 내일 천천히 의논합시다."

조보정은 이렇게 말하고 즉시 하인을 불러 유당을 객실로 인도하게 했다.

객실로 나와서 요기를 하고 난 뒤에 유당은 침상에 다리를 뻗고 누워 버렸다. 밤새도록 결박당했던 몸이 녹신녹신 누그러지는 것 같다. 그는 천장을 바라보면서 혼자 생각했다.

'내가 무슨 죄가 있다고 욕을 당했나? 다행히 조보정을 만났기에 무사했지… 그렇지 아니했더라면 큰 봉변을 당했을 거야. 뇌횡이란 놈은 그래 나를 그렇게 욕을 보이고서도 조보정한테서 돈 열 냥을 받아가지 않았나. 분하다. 옳지, 제가 지금쯤 갔으면 얼마나 갔겠나… 이놈을 쫓아가서 혼을 내주고, 그 돈을 도로 찾아다가 조보정한테 돌려줘야겠다!'

이렇게 생각하고 나니까 그의 몸에서는 다시 힘이 샘솟는 것 같다. 그는 벌떡 일어나서 밖으로 나와 창가(槍架)에서 박도(朴刀) 한 개를 뽑아들고 대문 밖으로 나왔다. 해는 벌써 높이 올라왔을 때다.

유당이 칼을 들고 성큼성큼 걸어오면서 앞을 내다보니까 과연 뇌횡과 그 부하 토병들은 그다지 멀지 않은 전방을 천천히 걸어가고 있는 것이었다. 유당은 이 광경을 보고 더욱 걸음을 빨리 걸으면서 고함을 질렀다.

"이놈의 도두야! 도망가지 말고 게 섰거라!"

이 소리에 깜짝 놀란 뇌횡이 뒤를 돌아다보니 뜻밖에도 유당이 칼을 들고 자기를 쫓아오는 게 아닌가.

뇌횡도 급히 토병 한 놈의 손으로부터 박도 한 자루를 빼앗아 들고 유당을 향해 소리쳤다.

"네가 나를 쫓아와서 어쩌자는 게냐?"

"내가 너를 쫓아온 까닭이 있다. 네가 사리를 아는 놈이라면 보정한테서 받은 열 냥 은자(銀子)를 도로 돌려드려야 한다. 내놓겠니? 안 내놓겠니? 안 내놓으면 너를 그대로 돌려보내지 않겠다!"

"야, 이놈의 수작 봐라! 네 외숙이 나한테 준 돈인데 네가 무슨 상관이냐? 네 외숙의 낯을 봐서 내가 너를 용서해줬지, 그렇잖았더라면 네 놈이 성했을 줄 아니? 이놈이 은혜도 모르고 날뛰는구나!"

"잔소리 말아! 네놈은 날 밤새도록 매달아놓고서 우리 외삼촌을 속여 돈까지 뺏는 놈이다. 그 돈을 돌려줄 테냐? 안 줄 테냐? 안 내놓는다면 용서 없이 너를 죽여버릴 테니 그런 줄 알아!"

뇌횡은 이 소리에 분통 터진 듯이 욕을 퍼부었다.

"이 거렁뱅이 쌍놈의 새끼야! 내가 누구라고 네가 감히 버릇없는 소리를 함부로 하느냐!"

유당도 지지 않고 욕을 퍼붓는다.

"네가 이놈, 썩어가는 나라에 구더기같이 우글우글하는 도둑놈이다! 백성을 빨아먹고 있는 도둑놈이란 말야."

"도둑놈의 새끼야! 오장육부, 대가리, 뼈다귀까지 개 도둑놈의 피로 만들어진 개 같은 자식아! 조보정도 너하고 핏줄이 닿는다면 다시 알아봐야겠다."

유당은 이 소리에 분함을 견딜 수 없어서 칼을 휘두르며 뇌횡에게 달려들었다.

뇌횡은 껄껄 웃으면서 칼을 쳐들고 유당을 막는다. 이리하여 이 지방에서 무술로는 몇째 안 가는 뇌횡과, 그보다 못지않은 유당과의 접전은 시작되었다. 그리하여 한편이 우세하다가도 다시 약해져버리고, 그러다가도 다시 형세를 만회하는 전투가 50여 합이나 계속되었건만 두 사람의 승부는 결판이 나지 아니한다.

그러다가 차츰 뇌횡의 형세가 불리해지자, 뇌횡의 부하 토병들은 모두들 응원하기 위해서 일제히 유당을 향해 들이치려 하는데, 바로 이때, 길가 집 싸리문이 열리면서 수재(秀才)같이 생긴 사람이 나오더니 손을 쳐들고 말을 건넨다.

"두 분 호걸은 잠깐만 칼을 멈추시고 내 말씀을 좀 들어주시오."

이 소리를 듣고 뇌횡과 유당은 동시에 한 간씩이나 서로 물러나서 손을 내려놓고 그 사람을 보았다. 머리엔 두건을 썼고 몸엔 마포로 만든 관삼(寬衫)을 입었고, 허리엔 다갈색 난대(鑾帶)를 띠었고, 발에는 사혜(絲鞋)와 정말(淨襪)을 신었으며, 그 얼굴은 미목이 청수하여 관옥 같고, 수염은 길다.

이 사람은 다른 사람 아니라 별호를 지다성(智多星)이라고 일컫고 이름은 오용(嗚用)이라는 학구(學究)로서 도호(道號)를 가량선생(加亮先生)이라 부르는 이 지방 사람인데, 그는 육도삼략(六韜三略)을 외고 흉중에 지모(智謀)가 무궁무진하여 제갈량에 못지않고, 재주는 진평(陣平)보다 더 많다고 하는 사람이다.

오용은 이때, 뇌횡과 유당의 싸움을 멈추게 하고서 묻는다.

"대체 무슨 곡절로 두 분이 서로 싸우시나요?"

이 말을 듣고 유당은 먼저 불쾌한 목소리로,

"수재가 간섭할 일이 아니오!"

라고 대답했다. 그러자 전부터 오용을 알고 있던 뇌횡이 사실을 이야기했다.

"글쎄, 내 이야기를 들어보세요. 이놈이 벌거벗고 영관묘 안에 들어가서 자고 있기에 수상쩍어서 잡아놓고 보았더니, 이놈이 바로 조보정의 생질입니다그려. 그래 보정의 체면을 생각해서 이놈을 놓아줬더니, 보정이 나한테 음식을 대접한 끝에 예물로 열 냥 은자를 주었는데, 이놈은 지금 나를 쫓아와서 은혜를 모르고 그 돈을 도로 내놓으라고 생떼를 쓰는구려! 그래, 이게 경우에 닿는 말이오?"

오용은 뇌횡의 말을 듣고 마음속으로 이상히 생각했다.

'이상하다… 내가 어려서부터 조보정과 친해서 한 집안같이 대소사를 의논하고 지내오는 터이고, 조보정의 일가친척들도 내가 모르는 사람이 없을 정도인데, 조보정한테 난데없는 생질이 어디서 튀어나왔을

까? …아마도 필유곡절일 것이니 우선 싸움이나 말려놓고 알아봐야겠다.'

이렇게 주의를 정하고 오용은 유당을 보고 말했다.

"여보 노형… 이야기를 들어보니까 노형이 경우에 어긋나는 것 같소. 나도 조보정과는 숙친한 사이고, 또 도두도 조보정과는 터놓고 지내는 사이인데, 보정의 낯을 봐서라도 노형이 이러는 것은 일이 아니오!"

"아니라오! 외숙께서 주고 싶어서 준 돈이 아니고 저자가 사취(詐取)한 돈이랍니다. 도로 돌려줘야지, 안 그러면 나는 맹세코 저놈을 그대로 안 보낼 작정입니다!"

유당이 이렇게 버티는 것을 보고 뇌횡은 말했다.

"이놈아, 보정이 친히 와서 도로 달라기 전엔 어림도 없다."

"이놈아, 멀쩡한 사람을 도둑놈이라고 묶어놓고 욕을 보이고 돈까지 빼앗아가는 경우가 어디 있니?"

"이놈아, 이 돈이 네 돈이야? 못 주겠다!"

"안 줄 테냐? 그럼 칼을 받아라!"

이때 오용은 또 두 사람을 좋은 말로 중재를 붙여보았으나 두 사람은 피차에 흥분해서 또다시 칼을 휘두르며 접전하기 시작했다. 오용은 뒤로 물러서서 수수방관하는 수밖에 없었다.

이렇게 되어 또 싸움이 벌어졌을 때, 뇌횡의 부하 토병들이 북쪽을 가리키면서,

"보정님이 오십니다!"

하고 소리친다.

오용이 그쪽을 바라보니, 과연 조보정이 옷깃도 여미지 못한 채 풀어헤치고 이쪽으로 달려오더니 유당을 보고 호령을 했다.

"이 자식아! 네가 이놈 어디다 대고 이따위 무례한 짓을 한단 말이냐!"

조보정은 우선 유당을 꾸짖고 나서 뇌횡을 보고 사과를 했다.

"이놈이 배우질 못해서 무례를 했습니다. 오늘 일은 용서해주시고 그대로 돌아가주십시오. 일간 제가 찾아가 뵈옵고 사죄를 하겠습니다."

"저 사람이 경우 밖의 짓을 하니까 나도 그랬지요… 보정께서 저한 테 사죄하신단 말씀은 당치않은 말씀입니다. 그럼, 돌아갑니다."

뇌횡은 마침내 노여움을 풀고 부하들을 데리고 돌아갔다.

그가 돌아간 뒤에 오용은 조보정을 보고 말했다.

"보정께서 쫓아 나오기를 참 잘하셨어. 하마터면 큰일 날 뻔했지요. 내가 울안에서 보고 있었는데, 저분의 무예가 참 훌륭합디다. 박도를 잘 쓴다는 뇌도두가 저분한테 쩔쩔매면서, 싸운다기보다 간신히 막아내고 있는 형편이었지요. 아마 몇 차례만 더 싸웠던들 뇌도두는 목숨을 보전 하지 못했을 거니까! 그래서 내가 싸리문을 열고 나와서 싸움을 말렸지 요. 그런데 종전에 댁에서 듣도 보도 못 하던 저분은 어디서 오신 분입 니까?"

오용이 이렇게 말하고 유당을 바라보니까, 조보정은 대답한다.

"그렇지 않아도 내가 선생을 모셔다가 서로 의논할 일이 생겼는데, 저 친구가 온데간데없고, 창가에서는 박도 한 자루가 없어졌기 때문에 마음이 좀 불안했었답니다. 그랬는데 지나가던 목동이 들어와서 일러 주는 말이, 어떤 사람이 박도를 들고서 남쪽으로 나가더라잖아요? 그 래 내가 황급히 뛰어나왔던 겝니다. 참말 선생이 안 나와보셨던들 큰일 날 뻔했소이다. 하여간 꼭 의논할 말씀이 있으니, 나하고 집으로 가십시 다."

오용은 이 말을 듣고 조보정더러 잠깐 기다리라 한 후 자기가 거처 하는 집으로 들어가서 주인을 보고 학생들이 찾아오거든 오늘 하루만 놀라고 부탁한 후 자기 방문을 잠그고 나왔다. 그는 마을에서 학생들을 가르치는 교수였던 것이다.

오용은 길바닥에서 기다리고 앉았던 조보정과 유당과 함께 조가장
(晁家莊)으로 왔다.

조보정은 자기 집 후원 으슥한 곳에 있는 별장으로 두 사람을 데리고
들어갔다. 세 사람이 자리에 좌정하자마자 오용은 조보정한테 물었다.

"대체 이분이 뉘시오?"

조보정은 대답한다.

"이분은 동로주 태생의 유당이라는 사람인데 천하 호걸이랍니다. 나
를 찾아보고 특별하게 의논할 일이 있어서 여기까지 오다가 간밤에 술
에 대취하여 영관묘에 들어가서 잠들어버렸더랍니다. 그래서 그때 순
찰하던 뇌횡에게 붙잡혀 내 집까지 와서 행랑채에 매달려 있는 것을 내
가 되는 대로 내 생질이라 꾸며대고서 구해냈답니다.

그런데 저 친구 말씀이 북경 대명부 양중서가 십만 관의 금주·보패
를 저의 장인 채태사의 생신 선물로 서울에 올려보내는데 조만간 이곳
을 지나가게 되리라는 이야기이고… 그리고 백성의 피를 빨아서 장만
한 불의의 재물은 우리가 빼앗아도 좋지 않느냐는 것이 저 친구의 주장
인데, 나도 간밤에 꿈을 꾸었더니, 북두칠성이 내 집 지붕 위에 떨어지
고 두병(斗柄) 위에 또 조그만 별 하나가 붙었습니다. 내 생각에 별이 내
집에 떨어져서 광채를 보였으니 반드시 유리한 일이 있을 것이고, 또
이분이 찾아와서 그와 같은 의논을 하는 터인 고로, 그래서 내가 선생
과 의논을 하려던 것입니다. 선생 생각은 어떠시오?"

오용은 빙그레 웃으면서 대답한다.

"좋은 말씀입니다… 그런데 이 같은 일은 사람이 너무 많아도 좋지
않고 너무 적어도 안 됩니다. 댁에는 장정들이 많기는 하지만 그중에는
한 사람도 쓸 사람 없고, 조보정과 유형과 나 이렇게 세 사람밖에는 없
소이다그려. 모두 7, 8명은 있어야겠는데!"

이 말을 듣고 조보정은 웃으면서 말한다.

"그렇다면 내 꿈에 나타난 별의 수효대로 되는 게 아니오?"

"글쎄요. 형장의 꿈이 어쩌면 맞을지도 모르겠는걸… 북쪽으로부터 또 한 사람이 와서 일에 부조를 하게 된다는 뜻인데…."

오용은 이렇게 말하고 눈을 감고서 잠깐 동안 깊이 생각하더니 문득 눈을 번쩍 뜨고 말했다.

"됐소이다! 일을 의논할 사람이 다 됐소이다."

"선생! 그렇다면, 그분들을 어서 이 자리로 청해옵시다. 대체 어떤 분들입니까?"

조보정이 성급하게 말하니까 오용은 천천히 대답한다.

"세 사람이 있는데 모두 무예가 출중하고, 전신이 의(義)로 뭉쳐져서 그야말로 물불을 헤아리지 않고 생사를 같이할 사람들이죠. 이 사람들 세 사람만 우리 편에 가담해준다면 일이 되지요."

"글쎄, 그 사람들이 누구누구인데, 지금 어디 살고 있느냐 말입니다."

"세 사람이 각각 딴 남이 아니고 삼형제랍니다. 그들이 지금 양산박 근처 석게촌(石碣村)에 살고 있는데, 수년 전에 내가 석게촌에 살고 있었던 관계로 그 형제들의 위인을 잘 알고 있죠. 큰형이 원소이(阮小二)라는 사람이고, 둘째가 원소오(阮小五)고, 셋째가 원소칠(阮小七)인데… 이 사람들이 글은 배우지 아니했지만, 사람은 모두 훌륭합니다. 이 사람들과 손을 잡는다면 대사(大事)를 족히 이룰 수 있지요."

"나도 전에 원씨네 삼형제 이야기는 들어서 알고 있죠. 아직 만나본 일은 없지만 석게촌이 여기서 백십 리밖에 안 되니까, 그럼 선생이 사람을 보내서 그들을 청해옵시다."

"사람을 보내서는 그 사람들이 따라오지 않을 게요. 아마도 내가 직접 가서 말을 잘하지 않고서는 안 될 겁니다."

"선생 말씀이 옳겠습니다. …언제 떠나시겠소?"

"오늘 3경(更) 때쯤 떠나면 내일 오정 땐 그곳에 당도하겠지요."

"그럼, 그렇게 하십시다."

조보정은 오용과 방침을 정하고 음식을 내오게 했다.

세 사람은 음식을 먹다가 오용이 말했다.

"그런데 북경서 생진강(生辰綱)이 어느 날 서울로 떠나는지, 그리고 어느 길로 올라가는지, 그것을 자세히 알아야 하겠는데요. 이런 일은 유형이 또 한 번 북경까지 가서 자세히 알아와야겠소이다."

"그럼, 저도 오늘 밤으로 떠나지요."

하지만 유당이 대답하는 것을 오용은 찬성하지 아니한다.

"그렇게 서두를 거야 없지요. 생신날이 유월 보름이니까, 지금이 5월 초순… 아직도 4, 50일 있는데 먼저 원씨 삼형제를 데리고서 돌아온 뒤에 유형이 떠나셔도 넉넉할 겝니다."

조보정은 이 말을 듣고 유당을 바라보며,

"그렇게 하지. 그동안 유형은 내게서 머무르고 계시구려."

하고 세 사람의 의견을 합쳐버렸다.

이리해서 이날 온종일 세 사람은 잡담을 하다가 초저녁부터 잠을 자고서 3경 때에 일어났다.

오용은 세수를 하고 잿밥을 먹은 후 노잣돈을 집어넣고 짚신을 신고서 길을 떠났다. 조보정과 유당은 대문 밖에까지 따라 나와서 잘 다녀오라고 당부했다.

밤이 아직 어두운 때였건만 오용은 길을 알고 있는지라 남한테 길을 묻지도 않고 오정 때쯤 되어 석계촌엘 당도했다. 그는 원소이의 집으로 바로 가서 싸리문 앞에서 좌우를 둘러보았다. 울타리에는 군데군데 찢기어진 그물 한 채가 널려 있고 울타리 너머로 건너다보이는 물 위에는 조그만 고기잡이배가 두어 척 떠 있으며 그 앞에 있는 초가집은 열댓 간쯤 되어 보인다. 그는 싸리문을 쥐고 흔들면서,

"여보게, 소이! 집에 있는가?"

소리를 질렀다. 그러자 방문이 열리더니 원소이가 뛰어나오는데, 머리엔 찢어진 두건을 쓰고, 몸엔 헌 옷을 아무렇게나 걸치고서 종아리를 드러내놓고 싸리문 앞에 나오더니, 자기를 찾아온 사람이 오용임을 알자 그는 깜짝 놀라면서 반가운 어조로 말하는 것이었다.

"이거 오교수(鳴敎授) 아닌가! 어디서 무슨 바람이 불었기에 오교수가 우리 집을 찾아왔나?"

오용도 웃으면서 대답한다.

"응, 자네한테 부탁이 있어서 찾아왔지."

"부탁이 있어 왔다고? 뭔데?"

"내가 말야, 여기서 떠난 지 이태가 됐는데, 그간 내가 큰 재주(財主)를 만나 그 집 일을 보고 있단 말야. 그런데 주인집에서 근일 중 연회를 차리는 데 쓰겠다고, 금빛 나는 잉어를 무게가 한 마리에 14, 5근 나가는 것으로 열댓 마리 구해달라네그려. 그래서 이걸 자네한테 부탁하러 왔네."

"허허허….."

소이는 싸리문 안에서 한바탕 웃음을 터뜨리고 다시 말한다.

"오선생! 농담 그만두고 우리 오래간만에 술이나 마셔볼까?"

"실상인즉 나도 자네하고 한잔하러 왔지!"

"집엔 들어가야 정결한 방도 없고… 우리 물 건너 술집으로 가볼까?"

"좋지!"

오용이 승낙하자, 소이는 밖으로 나오더니 오용을 인도하여 울타리 밑에서 호수가로 내려가는 길에 앞장서서 걷는다. 앞장서서 언덕을 내려온 소이는 나무뿌리에 붙들어 맸던 닻줄을 끄르기 전에 오용을 배 위에 부축해 올린 후, 자기는 닻줄을 걷어서 배 위에 뛰어올라 노를 저었다.

넓은 호수 가운데는 조그마한 섬들이 군데군데 흩어져 있고 그 섬들엔 갈대가 우거져 있다. 섬과 섬 사이로 오용을 태운 소이의 배는 헤엄

치듯 빠져나가다가 조금 널찍한 곳에 이르러 맞은편 갈대 우거진 곳을 바라보고 소이는 한 손을 입가에 대고서 소리쳤다.

"소칠이 있느냐?"

이렇게 소리치자 갈대를 헤치고 배 한 척이 나타나더니, 쏜살같이 다가온다. 오용이 그 배를 바라보니, 밀짚으로 만든 삿갓을 쓰고, 바둑판 무늬 있는 등거리를 입은 소칠이가 노를 저어 오는 것이 아닌가.

"형님, 왜 부르셨수?"

소칠이는 제 형을 바라보면서 묻는다.

"소오는 어디 갔니?"

"왜 그러세요? 무슨 일이 있어요?"

이때 오용이 그를 바라보면서 입을 열었다.

"오래간만이기에 내가 좀 만나보고 싶어서 그러는 걸세."

이 소리를 듣고 비로소 소칠은 오용을 보더니, 반색을 하면서 말한다.

"아이구! 오선생님, 용서합쇼. 제가 몰라뵈었습니다. 정말 오래간만에 뵙는데요."

"마침 잘 만났네! 형님하고 지금 술 마시러 가는 길일세. 같이 가세."

"아, 그래요? 그럼 같이 가시죠."

이렇게 되어서 두 척의 배는 서로 앞서거니 뒤서거니 해가면서 갈대 속을 헤치고 나아가다가 조그만 언덕 밑에 다다라서 바라보니, 그 언덕 위에 7, 8간쯤 되어 보이는 초가집이 보인다. 이때 소이가 노 젓던 손을 멈추고 초가집을 향해서 소리쳤다.

"어머니! 어머니! 소오가 집에 있습니까?"

그러자 초가집에서는 노파 하나가 방문을 열고 내려다보면서 대답한다.

"그 애가 집에 붙어 있는 줄 아니? 그놈이 요새 노름에 미쳐서는 집 안에 붙어 있는 법이 없단다. 돈에 환장이 됐는지, 조금 아까도 들어오더니 내 머리에서 비녀를 빼가지고 나갔단다. 불문가지(不問可知) 노름 판으로 가지고 갔을 게다!"

"하하하, 그럴 거예요! 그놈이 아마 몸이 달았나 보죠? 이따가라도 소오가 들어오거든, 오선생이 오래간만에 찾아오셔서 술집으로 모시고 갔으니 그리로 가보라고 일러주세요."

"그래라!"

소이는 모친의 말을 듣고 다시 노를 저어 언덕 밑을 떠나서 석게촌의 나루에까지 왔다. 오용은 이때 마음속으로 이제는 내가 생각한 대로 이 야기가 잘될 것 같다고 자신했다.

그들이 나루에 닿았을 때, 맞은편 외나무다리로부터 한 사나이가 건 너오더니 그곳에 매어놓은 배의 닻줄을 끌러놓고 막 노를 저어 떠나려 고 하는 모양이 보였다. 이때 소이가 소리 질렀다.

"야, 소오야! 밤낮 지기만 하면서 또 잃으려고 가는 게냐? 오래간만 에 오선생님께서 오셨으니 오늘은 술이나 마시자!"

오용이 그를 바라보니 과연 소오가 분명한데, 구겨진 두건을 쓰고, 한쪽 귓가에다 한 송이 석류꽃을 찌르고, 헌 베저고리의 앞가슴을 풀어 헤친 까닭으로 피부에 자청(刺靑)한 것이 새파랗게 드러나 보인다. 오용 은 그를 바라보면서,

"소오! 재미 좋은가?"

말을 건네었다. 소오는 그제야 오용을 바라보면서,

"난 오선생님께서 오신 것을 아까부터 알고 있어요. 그런데 왜 이태 동안 어디로 가셨기에 그림자도 안 보이셨지요?"

이렇게 말한다.

"애, 잔소리 말고… 그리고 노름일랑 나중에 하고 저 수각(水閣)에 가 서 오선생 모시고 술이나 마시자."

소이가 이렇게 말하니까 소오는 희죽 웃어 보이고는 얼른 배 위에 올

라가서 노를 저어 나온다. 이리해서 배 세 척이 일제히 수각으로 갔다.

수각에 올라가서 오용을 주석에 앉힌 후 원가(阮家) 삼형제가 좌우에 둘러앉았더니, 소이가 주보를 불러 술 한 통과 돼지고기 네 접시에 채소 네 접시를 주문하니까, 소오는 주보를 보고,

"쇠고기는 없소?"

하고 묻는다.

"네, 있습니다. 마침 오늘 황소 한 마리를 잡았습니다."

"됐소! 그럼, 연한 데로 열 근을 우선 베어와요."

"네, 네."

주보가 대답하고 들어가더니 금시에 채소와 고기와 술이 나온다. 원가 삼형제는 오용에게 각각 술 한 잔씩을 권하면서 소이가,

"이거 아주 촌구석이라 안주가 변변치 못해 부끄럽군."

인사의 말을 하니, 소오는 그제야 생각난 듯이,

"참, 오선생님, 무슨 일로 오셨지요?"

하고 묻는다.

이때 소이가 오용보다 먼저 대답했다.

"오선생이 큰 재주(財主)를 만나 그동안 재주집 일을 보고 계셨단다. 그런데 이번에 그 댁에서 금빛 나는 잉어를 한 마리의 무게가 4, 5근씩 나가는 것으로 열댓 마리 쓰시겠다 해서, 그것을 구하러 오셨단다. 난, 참말인지 농담인지 잘 모르겠다!"

"그전 같으면 그런 잉어를 열 마리는 고사하고 50마리라도 잡을 수 있었지만, 요새는 그렇게 큰 잉어가 다 없어졌죠. 대여섯 근 나가는 것 같으면 열 마리가량은 잡아올 수 있죠."

소오가 이렇게 말하는 소리를 듣고, 오용이 말했다.

"이봐요. 돈은 여기 내가 갖고 왔네. 꼭 4, 5근짜리로 구해보란 말야."

"글쎄 그런 것은 없다니까요. 그러지 마시고, 아까 타고 온 제 배 안

에 가물치가 댓 마리 있으니 그거나 잡수십시다."

소오는 이렇게 말하고 밖으로 나가더니 펄펄 뛰는 가물치 다섯 마리를 꿰어들고 들어와서는 그놈을 제 손으로 회를 쳐서 쟁반에다 담아 술상 위에 갖다놓았다.

"자아, 오선생. 가물치회나 맛보십쇼."

그리고 소오는 술을 권한다. 이렇게 네 사람은 또다시 술을 마시기 시작했다.

오정 때가 다 되어 소이의 집에 왔다가 소칠과 소오를 만나느라고 한참 걸렸고, 그 후에 수각으로 온 지도 벌써 오래된지라, 해는 차차 저물어갔다.

오용은 속으로 한참 생각하고 입을 열었다.

"날이 어느새 저물었네. 오늘 밤엔 아무 데서나 쉬고, 이야길랑 내일 하세."

그가 이런 말을 하니까 곁에서 소이가 얼른 받아 말한다.

"그럭하지. 날도 저물고 했으니, 내 집으로 가세나그려."

"사실 말이지, 내가 새벽부터 예까지 오느라고 고생했네. 자네들 삼형제를 만났으니 다행이지, 만일 자네들이 출타하고 없었다면 어떻게 됐겠나? 오늘 저녁엔 소이 자네 집을 잠시 빌려 내가 술 한잔을 낼 생각일세. 술과 안주는 지금 내가 이 집에서 사갖고 간단 말야. 어때?"

오용은 또 이렇게 의견을 내놓았다.

"이 사람아, 내 집에서 술을 마시는 것인데, 왜 자네가 술을 사갖고 간다는 거야? 자네 돈은 건드리지 말게. 우리 삼형제가 알아서 할 테니까, 염려 말란 말야."

하고 소이가 반대하자, 오용은 또 말한다.

"아닐세. 내가 자네들 삼형제한테 청을 하러 온 터에 그대로 가서야 쓰겠나? 정녕코 날더러 술을 사지 말라면, 난 자네들과 작별하고 그냥 돌아갈 수밖에 없네."

오용이 고집하니까, 소칠이 벌떡 일어나면서 말한다.

"이러실 거 없어요! 오선생께서 이왕 술을 사신댔으니까, 정으로 알고 받는 것이 좋겠습니다."

"그래, 그래. 소칠이 참말 성질이 쾌활하거든!"

하고 오용은 소칠을 추켜주고 주머니에서 한 냥짜리 은전을 꺼내주는 것이었다. 소칠은 그 돈을 받아쥐고 즉시 주인한테 술 한 항아리와 고기 스무 근과 닭 한 마리를 주문한다.

"여보게, 돈이 모자라거든 나한테 말하게. 내가 나중에 줄 테니까."

라고 소이가 술집 주인보고 말하니 주인은 연신,

"좋습니다! 좋습니다!"

하고 안으로 들어가더니 술과 고기와 닭을 내온다.

네 사람은 수각으로부터 내려와 다시 배를 타고 떠났다.

네 사람이 온 곳은 소이의 집이었다. 그들은 뒤꼍으로 돌아가서 땅바닥에 삿자리를 깔고 등불을 켰다. 이때 소이의 아내가 나와서 수정(水亭)으로 그들을 올라가게 하고 등불을 밝혀주는 것이었다.

원래 원가 삼형제 중 소이만이 장가를 들어서 아내가 있을 뿐, 소오와 소칠은 아직 떠꺼머리총각인데, 소칠이는 형수가 수정으로 자리를 옮겨주고 분주하게 왔다 갔다 하는 고로, 저도 형수를 도와서 닭을 잡아 털을 뽑고 부산을 떨었다.

얼마 후 안주가 마련된 고로 그들은 수정 위에 있는 탁자에다 술상을 벌이고 먹기 시작했다. 허튼소리를 해가면서 술이 서너 잔씩 돌아가자, 오용이 또 잉어 이야기를 꺼냈다.

"그래, 정말 큰 잉어를 못 구한다는 건가?"

그러니까 소이가 대답한다.

"우리가 오선생을 속이는 게 아니야. 그렇게 큰 잉어는 양산박에나 들어가야 있지, 여기 석게호엔 없거든!"

"석게호엔 없고 양산박까지 가야만 한다면 거길 가면 될 것 아닌가? 석게호와 양산박은 물이 서로 통하지 않나?"

"모르는 소리 하는군!"

소이는 말하고 한숨을 쉰다.

"자네 왜 한숨을 쉬나?"

오용이 물으니 소오가 입을 연다.

"오선생이 모르시니까 그렇지, 우리야 양산박에 들어가서 맘대로 고기를 잡고 싶지요. 그렇게 할 수만 있다면 돈도 벌겠는데, 어디 양산박엘 들어갈 수 있어야죠."

"왜? 관가에서 금하나?"

"관가에서는 금하지 않지만, 못 간답니다."

"관가에서 안 금하는데 왜 못 간다는 거야?"

"오선생이 정말 내력을 모르시는군요!"

"정말, 무슨 까닭인지 모르겠는걸."

이때 소칠이가 입을 연다.

"제가 말씀하죠. 양산박엔 도둑놈 떼가 우글우글하고 있답니다. 그런데 요새 또 한 놈 무서운 놈이 들어가 앉아서 고기잡이배는 일체 얼씬도 못 하게 한답니다."

"오오, 그런가. 난 전혀 몰랐는데."

오용이 이같이 처음 듣는 듯한 표정을 하니까, 소이가 이야기를 시작한다.

"작년부터 양산박에 5, 6백 명 도둑놈 떼가 모여 있었지. 그놈들의 두령이 모두 세 놈인데, 첫째 두목이 왕륜, 둘째가 두천, 셋째가 송만이고, 그 밑에 주귀란 놈이 있어 이놈이 이가도구(李家道口)에 앉아서 술을 팔고 있으면서 모든 사정을 정탐해서 연락한다네. 그런데 얼마 전에 서울서 80만 금군교두로 있던 '호랑이대가리' 임충이란 자가 들어와 있게 된 뒤로는 그 전까지 우리가 잡던 고기를 못 잡게 되고 말았단 말야! 고기를 잡아 생계를 꾸리던 우리가 아주 망하게 된 셈이지 뭔가? 그러니 우리 사정이야 일구난설(一口難說)이지!"

"그런 것을 난 전혀 모르고 있었네. 그렇다면 관가에서 어째서 그런 도둑놈 떼를 없애버리지 못하고 내버려둔다나?"

오용이 짐짓 분개하는 어조로 물으니까, 소오가 말한다.

"말씀 맙쇼! 요사이 관가들이란 건 백성한테 해를 끼치려고 있는 것이지 별것인 줄 아십니까? 그것들이 촌에 나오기만 하면 먼저 민가에 들어가서 양이건, 돼지건, 닭이건, 닥치는 대로 잡아가기나 하고 또 돈이나 뜯어가는 게 그것들의 일이죠! 그러니까 도둑놈을 잡으러 관가에서 나타났다고만 하면 백성들은 도둑놈이 왔을 때보다도 더 떤답니다! 오줌을 쌀 지경이죠…."

소오의 말에 이어 소이가 말한다.

"난 말일세, 이 세상에 무서운 게 없네. 하늘도, 땅도, 관리도 두렵지 않단 말야! 글을 모르니까 답답한 때는 있지마는 술 마시고 고기 먹고 하면, 그만 아닌가?"

소이가 취중에 심중을 털어놓는 소리를 듣고 오용은 마음속으로 좋아하고,

"암, 그렇고말고!"

하고 기를 돋우었다. 그러니까 소칠이도 한마디 한다.

"인생 한평생이나 초목의 한평생이나 마찬가지죠!"

이 말을 듣고 오용은 짐짓 정색하고 말했다.

"허어, 이 사람들, 좋지 못하군그래. 자네들 같은 사람이 있는 줄 알면 관가에서 잡아다가 볼기를 때리겠네."

이 말에 소이가 또 한탄하듯 말한다.

"그까짓 놈의 관리란 것들이 무얼 알아야지? 용서 못할 죄인이 활갯짓하고 다니는 세상인데! 세상에서 우리 삼형제를 알아주지 못하니까 이 꼴이지. 참, 생각하면 답답하이!"

"자네들을 알아주는 사람이 있다면, 자네들은 어떡할 텐가?"

오용이 물었다.

"뭐, 그야, 물에 들어가라면 물속에도 들어가고, 불에 들어가라면 불 속에도 들어가지!"

오용은 이 말을 듣고 마음속으로 기쁘면서도 내색치 않고, 소이와 소오·소칠에게 술 한 잔씩을 또 권하면서 말했다.

"그러지 말고, 자네들 삼형제가 모두 무예가 출중한 터이니 양산박엘 들어가면 어떤가?"

라고 하니까 소이가 대답한다.

"우리도 그 생각을 해보았다네. 그렇지만 양산박 첫째 두목 왕륜이란 사람이 도량이 아주 좁은 사람이라서, 전번에 서울서 온 임충이 산에 들어갈 때도 별의별 구역질나는 소리를 다 했다네. 그따위 인물 밑에 들어가서 어떻게 부하 노릇을 하겠나!"

소이의 말이 끝나니까, 소칠이 또 말한다.

"왕륜이란 사람이, 선생님 같으신 분이라면 오죽 좋겠어요!"

라고 하자, 곁에서 소오가 또 말한다.

"그렇지! 왕륜이 오선생 같다면야, 우리들 삼형제가 양산박에 들어간 지 오랬을 게다."

"나 같은 건 이야기도 안 되는 사람이야! 지금 산동(山東), 하북(河北) 땅에 영웅호걸이 얼마나 많은 줄 아나?"

그들의 말에 오용이 이렇게 대답하니까, 소이는 또 한숨을 쉬면서 말한다.

"아무리 영웅호걸이 있어도, 우리를 알아줘야지? 연분이 있어 우리가 그런 인물을 만나야 될 게 아닌가!"

"자네들, 운성현 동계촌에 살고 있는 조보정을 아는가? 모르는가?"

오용은 여기서 세 사람에게 이같이 물었다. 그러자 소오가 먼저 대답한다.

"말만은 들었죠. '탁탑천왕 조개'라는 사람 말씀 아닙니까? 그러나 만나본 일은 없죠."

"바로 그 사람일세. 의(義)를 중하게 알고 재물을 우습게 여기는… 과연 남자 중의 남자란 말야. 이런 사람하고는 생사를 같이할 수 있지."

"그렇지만 우리가 무슨 연분이 닿아야 그런 사람을 만나지 않겠나?"

소이가 오용을 바라보면서 말하므로, 오용은 그들 삼형제의 얼굴을 번갈아 보면서 목소리를 한층 낮추어서 말했다.

"실상 말이지, 내가 아까 잉어를 구하러 찾아왔다고 한 것은 농담이고, 자네들 의향을 떠보려고 일부러 찾아왔네. 다른 게 아니라, 오는 6월 15일이 채태사의 생신날이란 말야. 그래서 채태사의 서랑 되는 북경 대명부의 양중서가 십만 관어치 금주·보패를 생신 축하의 예물로 올려보내는 터인데, 이 같은 재물은 양중서가 백성들의 고혈을 긁어모은 불의의 재물이 분명하니까 이것을 중도에서 가로채버리자고, 유당이란 사람이 조보정한테 의논하러 왔네. 그런데 유당이란 사람도 호걸남자란 말야. 그래서 조보정과 나와 유당과 상론 끝에 그렇게 하기로 작정하고, 이 일을 자네들 삼형제와 같이 하자고 그 의논을 하러 왔는데, 자네들 의향이 어떤가?"

오용이 말하니까 소이는 즉시,

"좋고말고… 난 하겠네. 얘, 소칠아, 넌 어떠냐?"

찬성하면서 막내동생의 소견을 물었다. 소칠이는 펄쩍 뛰어 일어나면서 기쁜 듯이 대답했다.

"난 지금부터 신이 납니다! 가려운 데를 긁어주는 것처럼 속이 시원한데요! 대관절 우리가 언제 떠나면 됩니까?"

"알겠네. 자네들 삼형제가 모두 찬성이니까, 우리가 떠나는 것은 내일 새벽 5경으로 하세. 내일 낮에 조보정 댁에 당도하면 되니까."

라고 오용이 말하니까, 소이·소오·소칠 삼형제는 만족해서 대단히 기뻐했다.

이날 밤 그들은 늦게까지 술을 마시며 이야기하다가 각각 자리에 들어가 눈을 붙이고 이튿날 새벽 일찍 일어나서 조반을 먹은 후 네 사람은 석계촌을 떠났다.

오용이 앞에서 걷고, 소이·소오·소칠이 그 뒤를 따라서 걸어오기를 한나절, 오정 때가 지나서야 동계촌에 당도하니, 조보정의 널찍한 장원이 바로 눈앞에 보이는데, 그 장원 안에 있는 언덕 위에는 느티나무 고목 한 주가 있고, 그 나무 그늘 밑에 조보정과 유당이 마주앉아 있는 모양까지 똑똑히 보였다. 오용은 소이네 삼형제를 데리고 바로 조보정한테로 왔다.

조보정은 반가워하면서,

"이거 참 어려운 길을 잘 와주셨소이다. 세 분을 만나보니, 과연 명불허전이구려. 자아, 우리 후당(後堂)으로 들어갑시다."

하고 일어나서 그들을 후당으로 인도한 후, 자리를 권하고 하인을 불러 음식을 내오게 했다. 이 사람들을 오용이 데려올 줄 그가 미리 짐작하고서 준비시켰던 것인지라, 지체하지 않고 각색 요리가 상 위에 벌어졌다.

"오선생이 아니었다면 내가 어떻게 세 분을 이렇게 만나뵙겠소. 참으로 유쾌한 일이외다."

조보정은 이렇게 말하고 그들에게 술을 권하는 것이었다. 소이네 삼형제는 조보정의 태도가 일면여구(一面如舊)로 조금도 어색한 구석이 없음에 친근한 감을 느끼고 더욱 기뻐했다.

이와 같이 첫날은 주객이 서로 웃으면서 술을 나눈 뒤에 각각 방에 들어가서 쉰 후, 이튿날 새벽에는 모두들 일찍 일어나서 후당으로 나와서 치성을 드리기로 했다. 그런데 오용과 소이네 삼형제가 조보정과 함께 후당으로 나와보니, 상 위에는 벌써 양(羊)을 삶아서 올려놓았고, 금전(金錢)·지마(紙馬)·향화(香火)·등촉(燈燭)이 배설되어 있다.

이같이 배설된 모양을 한번 살펴본 조보정은 상 앞으로 나가서 소지(燒紙)를 올리고 맹세를 드린다.

"양중서가 북경에서 백성을 해치고 재물을 사취하여 이것을 서울 채태사의 생신 경축 예물로 보내는 터인 바, 이 같은 불의의 재물을 우리가 빼앗기는 하되, 우리들 여섯 사람 가운데 사심(私心) 있는 자가 있을 진댄 하늘이 벌을 주실 것이오니, 천지신명은 살펴주시옵소서."

조보정은 맹세를 드리고 또 소지를 올렸다. 오용·유당·소이·소오·소칠 등도 따라서 차례차례로 소지를 올렸다.

천지신명께 맹세를 드린 뒤에 조보정은 다섯 사람과 함께 그 방에 앉아서 술을 마시기 시작했다. 소이 삼형제는 조보정의 정중하고도 겸손한 태도를 보고, 저희들끼리 얼굴을 서로 마주보면서 탄복하고 있는데, 이때 밖에서 하인이 들어오더니 조보정을 보고,

"지금 밖에 어떤 분이 오셔서 보정님을 잠깐 뵙잽요."

라고 아뢰는 것이었다.

"넌 눈치도 없느냐? 내가 지금 어떻게 나가겠니! 손님들을 모시고 대접하는 중이란 말야. 쌀이나 서너 되 줘서 보내거라!"

조보정이 꾸짖듯이 말하니까, 하인이 또 아뢴다.

"소인이 그렇잖아도 쌀을 줬지요. 그랬더니 그 사람이 쌀은 소용없다면서 기어코 보정님을 뵙게 해달라고만 해요."

"글쎄, 지금 못 나간다니까. 쌀을 더 줘라! 서너 말 주렴. 그리고 보정님은 오늘 일이 있어서 아무도 못 만나신다고 그렇게 말해라."

하인은 이 말을 듣고 나갔다.

그러더니 조금 있다가 하인은 다시 들어와서,

"아무래도 그 사람은 안 가고 있으니 저걸 어쩌면 좋습니까? 쌀을 세 말 퍼줬죠. 그랬더니 자칭 '일청도인(一淸道人)'인 내가 쌀이나 돈을 얻으려고 왔을까 보냐? 나쁜 놈들! 조보정님을 만나게 해다오!' 이렇게 떠들고 있으니 저걸 어떡합니까?"

라고 아뢴다.

조보정은 이 말을 듣고 역정을 벌컥 냈다.

"그놈 참, 막혔구나! 손님이 이렇게 계신데 내가 어떻게 나가서 만난단 말이냐! 쌀이 적어서 그러는가 보다. 닷 말이고 열 말이고 퍼줘라. 그리고 오늘 말고 내일이나 모레쯤 찾아오면 만나겠다고 말해!"

하인은 꾸중을 듣고 나갔다. 그러더니 조금 있다가 바깥에서 왁자지껄하고 요란한 소리가 난다. 그와 동시에 하인 하나가 달려들어오더니,

"야단났습니다! 찾아온 손님이 성을 내며 저희들을 마구 때립니다."

라고 했다.

조보정은 눈을 둥그렇게 떴다. 그와 동시에 그는 교의로부터 벌떡 일어나 좌중을 둘러보고,

"여러분, 용서하십죠. 이 사람이 잠깐 나가봐야겠습니다."

하고 후당에서 나와 대문간까지 가보니, 신장은 8척이나 되어 보이고, 용모가 괴상하게 생긴 헌헌장부가 막대기를 휘두르면서 하인들을 보고,

"이놈들! 아무리 무지몰지각한 놈들이기로서니 그래, 사람을 이렇게도 몰라본단 말이냐? 나쁜 놈들!"

이렇게 꾸짖는 것이 아닌가.

조보정은 이 모양을 바라보고 얼른 그 사람 앞으로 나서서 말을 건네었다.

"선생! 잠깐 참으시오. 선생이 조보정을 만나보러 왔지, 이 사람들을 때리러 온 건 아니죠? 이 사람들이 쌀을 드렸다는데… 왜, 선생은 이 사람들을 때리는 거요?"

"허허허… 여보시오, 내가 이래 보여도 쌀이나 돈을 구걸하러 다니는 사람은 아니라오. 내가 십만 관(貫)의 재물 알기를 초개같이 아는 사람인데… 그래서 특히 조보정을 만나 상의하러 온 터인데, 이따위 촌놈들이 사람을 몰라보고 날 욕보이니까, 내가 화가 나겠소, 안 나겠소?"

그 사람은 막대기를 들고 서서 이렇게 대답하는 것이었다.

"그럼 노형이 전부터 조보정과 아는 사이요?"

조보정이 물으니까, 그 사람은 대답한다.

"이름만 들었을 뿐, 만나본 일은 없소!"

"내가 조보정이라는 사람이오. 그런데 선생이 하고 싶은 이야기란 무슨 이야깁니까?"

조보정이 물으니까 그 사람은,

"아, 그러십니까? 몰라봬서 죄송합니다."

라고 하며 손에 들었던 막대기를 집어던지고 허리를 굽혔다.

"안으로 들어가십시다."

조보정은 그 사람을 데리고 후당으로 들어갔다. 이때, 후당에 앉아 있던 오용과 유당과 소이 삼형제는 자리를 피했다. 그러자 그 사람은 조보정을 보고,

"여기서는 이야기가 안 되겠는데요. 다른 곳이 없습니까?"

라고 한다. 조보정은 그를 인도하여 별당 구석방으로 들어가서 자리를 권한 뒤에,

"대관절 선생의 존함이 뉘십니까?"

하고 물었다.

"네, 빈도(貧道)의 성은 공손(公孫)이요, 이름은 외자 이름 승(勝)입니

다. 도호(道號)를 일청선생(一淸先生)이라고도 부르는데, 고향은 계주(薊
州)입니다. 어려서부터 권술(拳術)·봉술을 배우고, 또 도사를 만나서 도
술(道術)을 배운 까닭으로 바람을 불게 하고 비를 오게 할 줄도 알죠. 그
래서 세상에선 빈도를 입운룡(入雲龍)이라고도 부른답니다. 그런데 오
래전부터 운성현 동계촌에 조보정 어른이 살고 계신다는 성화만 듣고
있었지만, 연분이 닿지 않아서 만나뵙지 못했죠. 지금 빈도가 보정님을
찾아오기는 십만 관의 금주·보패를 예물로 드릴까 해서… 그래서 찾아
온 것인데 천하에 고명하신 의사(義士)께서는 이를 어찌 생각하시는지
요?"

이 사람, 공손승이라는 사람이 말하는 소리를 듣고서 조보정은 크게
웃었다.

그는 한참 동안 웃고 나서 말했다.

"선생이 말하는 것이, 북경서 서울로 보내는 생진강 말씀 아닌가요?"

그러자 공손승은 눈을 둥그렇게 뜨고,

"보정님이 그걸 어떻게 아십니까?"

하고 묻는다.

"내가 안다기보다 짐작으로 하는 말이죠."

"아, 그러십니까? 하여간 그냥 내버려두고 볼 게 아니죠. 당연히 가
져야 할 것을 갖지 않고서 지난 다음에 후회한댔자 소용없지 않습니
까?"

공손승이 말하고 있을 때 별안간 장지문이 열리더니, 한 사람이 몽둥
이를 들고 들어오면서,

"노형, 제법 대담하오! 내가 노형 이야기를 다 들었단 말야."

하고 두 사람 앞에 우뚝 선다. 이 사람은 큰방에 있던 오용이다. 조보
정은 껄껄 웃으면서 오용을 보고,

"오선생! 그만두시고 서로 인사나 하시오."

하고 권했다. 그러자 오용은 공손승을 보고 허리를 굽힌다.

"제가 공손승 일청도인의 존함을 들은 지는 오랩니다마는, 오늘 이같이 만나뵐 줄은 몰랐습니다."

오용이 먼저 이같이 인사하자, 곁에서 조보정이 공손승에게 오용을 소개했다.

"이 선생은 지다성이라는 별호를 듣는 오용 선생이십니다."

이 말을 듣고 공손승은 일어나서 오용에게 머리를 수그리고 말한다.

"그러십니까? 오래전부터 여러 사람한테서 가량선생 말씀을 익히 들었습니다만, 오늘 이렇게 조보정님 댁에서 만나뵈올 줄은 참말 뜻밖입니다. 천하 호걸들이 모여드는 조보정님 댁에서 만난 것이 더욱 기쁩니다."

두 사람이 서로 인사가 끝나자, 조보정은 공손승을 보고,

"자아, 또 내가 소개해야 할 동지가 몇 분 있으니, 나를 따라서 후당 큰방으로 가십시다."

라고 한 후 자리에서 일어났다. 오용과 공손승이 그 뒤를 따라서 큰방으로 들어오니, 그 방에는 유당과 소이·소오·소칠 등이 앉아 있다. 조보정은 공손승을 그들에게 각각 인사시켰다.

여러 사람이 이같이 공손승과 인사를 나눈 뒤에 그들은 모두 이구동성으로, 오늘 저희들이 모인 것은 우연한 일이 아니라고 감탄하면서, 조보정더러 상좌에 좌정하라고 권했다. 조보정이 처음엔 사양하다가 상좌에 좌정하자, 두 번째 자리엔 오용, 세 번째 자리엔 공손승, 네 번째 유당, 다섯 번째 소이, 여섯 번째 소오, 일곱 번째에 소칠이 각각 차례로 좌정했다. 그리고 조보정은 하인에게 새로 술과 요리를 가져오게 했다.

이리해서 그들은 의로운 일에 뜻을 같이하게 된 것을 기뻐하면서 술을 나누다가 문득 오용이 말한다.

"보정이 꿈에 북두칠성이 지붕 위에 떨어지더라더니, 오늘 우리가

모두 일곱 사람 아니오? 그 꿈이 맞는 셈이외다. 그런데 요전 날 유형이 이야기하던 그 재물이 서울로 올라가는 데는 어느 길로 간다는 것인지 그걸 똑똑히 알아야겠소. 오늘은 이미 날이 저물었으니 내일 아침에 유형은 북경으로 떠나보시는 게 좋겠는데요….”

오용이 말하니까 공손승이 막는다.

“그럴 것까지 없습니다. 내가 다 알아가지고 왔으니까, 일부러 가실 필요는 없습니다. 그 재물이 바로 황니강(黃泥岡) 큰길로 통과한답니다.”

이 말을 듣더니 조보정이 말한다.

“황니강 동쪽으로 십 리쯤에 안락촌(安樂村)이라는 마을이 있죠. 이곳에 내가 아는 사람이 한 사람 살고 있는데, 별명을 ‘흰쥐’라고 부르는 백승(白勝)이란 사람이죠. 전에 나한테 신세를 진 일도 있으니까, 내 말이라면 괄시 못할 겁니다. 그러니까 만일 필요하거든 이 사람도 쓰시는 게 좋겠습니다.”

그러자 오용이,

“그것 또한 보정의 꿈이 맞는군! 북두칠성 위에 가서 또 조그만 별이 붙어 있더라더니, 그게 바로 이 사람이 아니겠소?”

라고 하자 유당이 또 말한다.

“그런데 여기서 황니강까지는 거리가 먼데, 우리가 어디서 그 보물 행차를 기다린단 말이오?”

이에 오용이 대답한다.

“그야 황니강에서 가까운 백승의 집을 사용하면 되지요. 그리고 백승도 쓸 데가 있습니다.”

이때 조보정이 묻는다.

“오선생! 그런데 대관절 우리가 그 재물을 어떻게 빼앗을 것인가… 우격다짐을 할까… 속여먹을까… 어떻게 해야 할까?”

오용은 이 말을 듣고 웃으면서,

"난 벌써 계책이 섰습니다. 북경서 오는 것들을 봐가지고, 그때 작정하죠. 힘으로 빼앗든지, 꾀로 빼앗든지 맘대로 하겠는데 잠깐만 귀를 좀….'

하고 조보정의 귀에다 입을 대고서 소곤소곤 한참 동안 무엇이라 속삭이는 것이었다.

귓속말하는 오용의 설명을 듣고 조보정은 얼굴에 희색을 띠며 무릎을 치면서 말한다.

"그거 참, 됐소이다! 과연 지다성(智多星) 선생이로군. 아마 제갈량도 선생한테는 못 당하겠소이다."

"쉬, 벽에도 귀가 있답니다. 아무도 모르게 입 밖에 내지 마시오. 보정과 나와 두 사람만 알고 일을 진행시킵시다."

오용이 주의를 주자 조보정도 고개를 끄덕이고서,

"그럽시다. 그러면 원씨 삼형제분은 잠시 댁에 돌아가 계시다가 시일에 맞춰서 다시 오고… 오선생도 돌아가셔서 학도들을 가르치시고… 공손승 선생과 유당 선생만 내 집에 남아 계시는 것이 좋겠소이다."

이처럼 말하자, 여러 사람은 모두 승낙했다. 이리해서 이날 밤 늦게까지 그들은 술을 마신 뒤에 각각 객실에서 잠자고, 이튿날 아침 일찍 오용은 소이 삼형제와 함께 조보정의 장원을 떠났다. 조보정은 소이가 사양하고 받지 않는데도 기어코 30냥 돈을 노잣돈으로 진정했다. 유당과 공손승도 대문 밖에까지 나와 그들을 전송했다.

술장수와 대추장수

　이때, 북경 대명부 양중서는 세상이 어떻게 돌아가는지 알지 못하고, 십만 관어치 예물을 서울까지 안전하게 올려보낼 일만 생각하고 있었다.

　그는 지금 채씨 부인과 함께 앉아 있다.

　"어느 날 예물을 떠나보내시기로 작정하셨나요?"

　부인이 묻는 말에 양중서는 아직도 확정 안 된 표정으로,

　"글쎄, 모레쯤 떠나는 것이 좋겠는데. 누구한테 영거시켜야 할지 마땅한 사람이 생각나지 않아 걱정이오."

　라고 대답했다.

　"왜 항상 말씀하시던 그 사람 있잖아요, 무슨 일이든지 마음놓고 맡길 만한 사람이라고 칭찬하시고도! 그 사람한테 영거시키실 일이지요."

　"그 사람이 누구던가?"

　"아, 저 사람 아닙니까!"

　부인이 말하며 뜰아래를 손으로 가리키므로 양중서가 그편을 바라보니, 거기 서 있는 사람은 다른 사람 아니라 양지(揚志)다. 양지는 요전에 관군 제할사에 승차된 뒤로도 양중서의 좌우에서 떠나지 않고 그를 모셔오는 사람이다.

　양중서는 부인의 가리킴을 받고 비로소 적임자를 발견한 기쁨을 느

껐다. 그는 양지를 대청 위로 불러올렸다.

"내가 너를 하마터면 잊어버릴 뻔했다. 이번에 채태사 어른의 생신날 예물을 보내기로 했는데, 이것을 네가 영거해가지고 무사히 서울까지 다녀오기 바란다."

라고 양중서가 이르니 양지는 두 손을 비비면서 공손히 입을 연다.

"은상(恩相)의 분부시니 감히 거역하겠습니까만, 다만 예물을 어떠한 방법으로 언제쯤 보내시려 하시는지 알고자 합니다."

"응. 지금 마련이 다 됐는데 태평거(太平車) 십 량(輛)에다 예물을 싣고서 '헌하태사생진강(獻賀太師生辰綱)'이라 쓴 황색 기를 수레마다 한 개씩 꽂아 표를 세운 후, 수레마다 금군(禁軍) 한 명씩 호위하도록 하고 또 그 뒤를 금군들이 따라가도록 하겠다. 그러니까 내일모레쯤 떠나도록 하여라."

양중서의 말이 끝나자 양지는 또 두 손을 비비면서 아린다.

"말씀을 듣고 보니 이번 일은 소인이 감당할 수 없는 어려운 일입니다. 소인보다 더 자상하고 용맹스러운 인물을 골라 그 사람에게 시키시기 바랍니다."

"너 그게 무슨 말이냐? 내가 특히 너한테 이 일을 맡기는 까닭은 네가 무사히 일을 마치고 돌아온 뒤에 너를 더 중한 자리에 쓰려고 생각한 때문인데 이 일을 못 하겠다는 게 무슨 말이냐?"

"다름 아니오라, 소인이 듣자오니 작년에도 예물을 올려보내시다가 도중에서 도둑놈한테 빼앗기신 후 아직까지 그 도둑을 못 잡았다고 하는데, 여기서 서울까지 수로(水路)는 없고 육로뿐인데, 도중에 자금산(紫金山)·이룡산(二龍山)·도화산(桃花山)·산개산(傘蓋山)·황니강(黃泥岡)·백사오(白沙塢)·야운도(野雲渡)·적송림(赤松林)… 모두가 도둑놈들이 우글거리는 험한 곳입니다. 이런 곳으로 금은보물이 지나간다면 도둑놈들이 달려들 건 뻔한 노릇이고, 목숨도 잃기 쉽습니다. 그래서 소인이 감당할 수 없다고 말씀드리는 것입니다."

"아니, 그럼… 군교(軍校)를 더 많이 호위시켜서 가면 되지 않겠느냐?"

"군교라는 것들이 따라간대야 흉악한 놈들이 나타나기만 하면 제각기 먼저 도망하는 놈들입니다. 이런 것들은, 설사 1만 명을 데리고 간다 해도 아무 소용이 없습니다."

"네 말대로 하자면 예물을 내가 못 보낸단 말이로구나!"

양중서는 이렇게 말하고 미간을 찌푸리며 불쾌한 기색이다.

이 같은 기색을 보고 양지는 공손히 입을 열었다.

"은상께서 만일 소인 말씀대로만 하게 해주신다면, 소인이 감히 예물을 서울까지 모셔올리고 돌아오겠습니다."

"내가 이미 너한테 이번 일을 맡겼으니까 너 하자는 대로 하겠다. 어떻게 했으면 좋겠는가 말해봐라."

"소인의 어리석은 생각으론, 태평거에 황기를 꽂고 갈 것이 아니라 심상한 행객의 짐짝처럼 보물을 꾸려서 건장한 사람 열 사람이 각각 그 짐짝을 한 개씩 짊어지고 유표하지 않게 슬슬 걸어가는 것이 좋을 것 같습니다."

"듣고 보니 네 말도 일리가 있다. 그러면 어서 그렇게 준비해라."

양중서가 승낙하자 양지는 즉시 밖으로 나와서 보물들을 큼직큼직한 상자에 집어넣은 후, 짊어질 수 있도록 짐짝을 꾸리기 시작했다. 그리고 군사들 가운데서 건장한 사람으로 열 사람을 선발했다.

이튿날, 양지는 준비를 끝내고 양중서 앞에 나아갔다.

"짐은 다 꾸려놓았느냐?"

양중서는 양지를 보고 묻는다.

"네, 이제 위령장(委領狀)만 내리시면 내일 아침 일찍 떠나게 되었습니다."

"오오, 그래. 그런데 내아(內衙)에서 따로 예물 한 짐을 부중보권(府中寶眷)한테 보내겠다 해서 도관(都管)과 우후(處候) 두 사람이 따라가기로 했으니 그리 알아라."

이 말을 듣고 양지는 두 손을 비비면서 아뢰었다.

"말씀드리기 죄송하오나 소인은 역시 이번 길만은 떠나지 못하겠습니다."

이 말에 양중서는 낯빛이 변했다.

"아니, 너 하자는 대로 다 해주었는데 짐짝까지 다 꾸려놓고 나서 지금 와서 못 가겠다는 말이 무슨 말이냐?"

양지는 또 손을 비비면서 아뢴다.

"은상의 분부대로 십만 관의 예물을 영거하여 서울까지 무사히 올라가는 것이 소인의 소임이옵니다. 수천 리 먼 길을, 그때그때 형편 따라서 새벽같이 떠나야 할 때는 새벽에 떠나야 하겠고 혹시 밤길을 가야만 할 형편이면 밤길도 걸어야 합니다. 그래서 길을 가고 걸음을 쉬고 하는 것이 소인 한 사람의 지시대로 되어야 막중한 소임을 무사히 감당할 수 있겠는데, 그런데 도관과 우후 두 분이 소인을 따라나선다 하니, 만약에 도중에서 소인과 서로 뜻이 맞지 아니하는 일이 있어서 마침내 대사를 그르치고 만다면, 이 일을 어찌하겠습니까? 그래서 소인이 감당할 수 없다고 여쭙는 것입니다."

"그건 염려 마라! 내가 저들한테 엄중히 분부해서, 모든 일을 오직 네가 지시하는 대로 복종하라 할 것이니까, 염려 말고 내일 떠나거라."

"그렇게만 하시면 소인이 떠나겠습니다. 위령장을 내리십시오."

양지가 이렇게 말하므로 양중서는 매우 기뻐하면서 즉시 붓을 집어들고 위령장을 썼다.

이렇게 곡절을 겪은 후, 이튿날 양지는 새벽에 일어났다.

짐짝이 열 개였었는데, 내아에서 나온 것을 합치니까 모두 열한 개가 되었다. 이것들을 건장한 사람 열한 명이 각각 한 짐씩 짊어지고 길을 떠나는데, 양지는 머리에 양립(凉笠) 쓰고, 몸에 청사삼(靑紗衫) 입고, 허리에 전대 띠고, 발엔 마혜(麻鞋) 신고, 요도(腰刀) 차고, 박도(朴刀) 들고 나섰다. 도관과 두 명의 우후도 모두 심상한 나그네 모양의 행색을 차렸으니, 일행이 모두 15명이다. 그들은 일제히 청전(廳前)에서 양중서에게 하직을 고하고 부중을 떠나 서울을 바라보고 북경 성문밖으로 걸어나왔다.

이때는 5월 중순이라, 일기는 청명하나 다만 더위가 심하여서 길을 걷기가 힘들다. 그래서 양지는 햇볕이 따갑지 아니할 때까지만 길을 걷고, 한낮에는 그늘에서 쉬게 한 후 석양판에 다시 걷도록 하면서 유월 보름날 전에 서울에 들어갈 생각만 했다.

그러나 북경을 떠난 지 6, 7일이 지나니까 길가에는 인가가 보이지 않고 길은 점점 산길로 접어들고 행인도 희소해진다. 양지는 이제부터 더위가 심한 대낮에만 길을 걷고, 아침저녁 서늘한 때는 도리어 주막에 들어가 쉬어버리는 방침을 취했다.

일행의 행진하는 방침이 변해버리자, 무거운 짐을 짊어지고 허덕이는 군사들 열한 명은 피로해 죽을 지경이었다. 어깨는 무겁고 숨은 가쁘고 땀은 비 오듯 하는 까닭에 그들은 나무 그림자만 보면 짐짝을 내려놓고 쉬려고만 들었다.

그러나 양지는 이것을 허락하지 않았다. 쉬지 말고 빨리 걸어가라고 재촉을 성화같이 하다가, 말을 듣지 않고 걸음을 멈추는 자가 있기만 하면 양지는 손에 쥐고 있는 채찍으로 사정없이 후려갈기는 것이었다.

이같이 엄중히 단속해가면서 행진하는 까닭으로 짐짝을 짊어진 열한 명은 물론이요, 도관과 두 사람의 우후도 날이 갈수록 양지를 원망하는 마음은 점점 커졌다.

이렇게 행진하기를 7, 8일. 북경을 떠난 지 꼭 보름 되는 유월 초나흘

날, 일행은 마침내 황니강에 다다랐다. 남산북령(南山北嶺) 속으로 꼬불꼬불 뚫려 있는 기구한 산벽소로(山僻小路)를 더듬어가기 20여 리, 해는 정히 한낮 하늘에는 구름 한 점도 없고, 둥근 해는 불덩어리같이 이글이글 타고 있어서 천지가 마치 한 개의 화로 속과 같다. 공중을 날아다니는 새도 날개를 쉬고 숲속으로 그늘을 찾아들거늘, 하물며 사람이야 더 말할 나위도 없다. 그런데 더위도 더위려니와 이제는 다리가 쑤시고 아파서 조금도 더 걸어갈 수가 없으므로, 짐을 진 군사들은 고개 위에 오르자마자 소나무 그늘 밑에 일제히 쓰러지고 말았다. 이곳 황니강은 역로 중에서 가장 이름 높은 흉악한 곳임을 아는 양지는, 이 꼴을 보고서 애가 탈 대로 타고 화가 끓을 대로 끓었다.

"어서들 일어나! 여기가 어딘 줄 알고 모두들 이 모양이냐? 한시바삐 이 고개를 넘어가야 한다!"

양지는 채찍을 쳐들고서 이렇게 호령을 했다. 그러나 군사들은,

"죽으면 죽었지 정말 더는 못 가겠어요."

하고 땅바닥에서 꼼짝달싹도 안 한다. 양지는 여기저기 흩어져 있는 열한 명을 이리 뛰고 저리 뛰며 채찍으로 후려갈겼다. 그러나 저놈을 일으켜놓으면 이놈이 또 쓰러지고, 이놈을 일으켜놓으면 저놈이 또 쓰러지곤 한다.

양지도 이제는 어찌했으면 좋을지 생각이 안 나서는데, 이때 같이 가던 도관이 그를 바라보면서 말한다.

"여보 제할! 노형도 사람이면서 그렇게까지 인정을 모른단 말이오? 저 사람들이 어디 꾀를 피우느라고 저러는 거요? 정말 더 걸을 수가 없으니까 저러는 것을 어찌하겠단 말이오?"

"참, 기가 막히는군! 대체 여기가 어떤 곳이라고 그러시오? 이 고개를 넘어서도 한 십 리 사이에는 도무지 인가라곤 구경을 못 하는 곳이에요! 이런 곳에서 쉬어가겠다니 될 뻔이나 한 말씀이오!"

양지는 이렇게 대답하고서 또다시 채찍을 쳐들고,

"이놈들아! 어서 일어나지 못해? 정말 아프게 매를 맞아야 직성이 풀리겠냐?"

라고 군사들을 꾸짖었다. 그러나 짐짝 앞에 주저앉아 있는 그들은 이 말에 대꾸할 기운조차 없는 듯이 고요하다.

양지의 가슴속에서 불이 일어날 것같이 마음이 타고 있을 때, 문득 맞은편 송림 사이에서 어떤 사람 하나가 고개를 쑥 내밀고 이쪽을 살펴보더니 그대로 들어가는 모양이 매우 수상하게 보였다.

"이놈아! 너 웬 놈이냐?"

양지는 소리를 벽력같이 지르며 박도를 꼬나잡고서 그쪽으로 뛰어갔다. 숲속으로 뛰어들어가 보니, 그늘 밑에 웃통을 벗은 장정 일곱 명이 강주거(江州車) 일곱 채를 놓고 그 옆에 앉아서 쉬고 있다가, 양지가 박도를 들고 뛰어드는 모양을 보고선 일제히 자리에서 일어나는 것이었다.

"이놈들! 너희는 뭣하는 놈들이냐?"

양지가 큰소리로 물으니까, 그들 일곱 명도 지지 않고,

"넌 뭣하는 놈이냐?"

하고 도리어 묻는다.

"이놈들! 너희들이 먼저 말해라! 어디서 오는 놈들이냐?"

양지는 칼을 쳐들고 서서 또 호령했다. 그러자 그중 한 사람이,

"우리는 호주(濠州)서 서울로 가는 대추장수다. 사람들이 말하기를 황니강에는 도둑놈이 많다기에, 혹시 네가 그런 사람이 아닌가 해서 우린 도망가려 생각하던 판이다."

라고 말하니까, 또 한 사람이,

"우린 재물이라곤 가진 것 없네. 대추뿐이야. 하도 햇볕이 뜨겁기 때문에 그늘 속에 쉬고 있다가 석양판에나 고개를 넘어갈 작정일세."

그러자, 또 한 사람이,

"난 지금까지 나무 뒤에 숨어 있었네. 이제 무사할 것 같아서 나왔지."

이렇게 지껄이는 소리를 듣고 양지는 들었던 칼을 내리고 말했다.

"난 그런 줄 모르고, 웬 놈이 숲속에서 나와 수상쩍게 우리를 내다보고는 숨어버리기에 당신들을 도둑놈인가… 이렇게 생각했다오. 알고보니 우리같이 서울까지 가는 나그네로구먼."

양지가 말하고 돌아서니까 그들은,

"여보 손님! 대추나 조금 가지고 가시려오?"

하고 묻는다.

"아 아니오. 그만두시오."

양지는 그것을 거절하고 숲속으로부터 돌아왔다. 일행이 쉬고 있는 곳으로 돌아오니까, 도관이 양지보고 묻는다.

"도둑놈들이 아닙디까?"

"알고 보니, 대추장수들입디다."

양지가 이렇게 대답하니까, 도관은 짐을 지고 오던 군사들을 둘러보면서 큰소리로,

"아까 그놈이 도둑놈이 아니란다. 염려들 마라!"

하고 외친다. 그러자 십여 명이 일제히 양지를 비웃는 듯이 깔깔 웃는다.

"시끄럽게 소리 내지 말고 잠자코 다리나 쉬어라. 나도 잠깐 쉬겠다."

양지는 군사들에게 조용히 하라고 이르고 자기도 한쪽 나무 그늘 밑으로 가서 박도를 풀 위에 꽂아놓고 다리를 뻗었다.

일행이 쉬고 있자, 조금 있다가 고개 밑으로부터 한 사나이가 어깨에 통을 메고 노래를 부르면서 이리로 올라오고 있다. 그 목소리는 청청하다.

못살겠네 못살겠네

너무 더워 못살겠네.

논과 밭이 타는 때에

농부 마음 안 타겠나.

고대광실 귀하신 몸

부채질만 하시누나.

그 사나이는 이런 노래를 부르면서 고개 위까지 올라오더니, 양지 일행이 앉아 있는 송림 그늘 밑에다 어깨에 메었던 통 두 개를 내려놓고서, 저도 땀을 들이는 것이었다. 그것을 바라보던 군사들은 그 사내를 보고 묻는다.

"그 통 속에 든 게 뭐요?"

"막걸리라오."

"어디로 가져가는 거요?"

"고개 너머 마을에 가지고 가서 팔 거라우."

"한 통에 값이 얼마요?"

"한 통에 5관(貫)이라오."

이 말을 듣고, 군사들은 저희끼리 의논한다.

"덥기도 하고… 갈증도 심하고, 우리 한 통 사서 먹세."

"그거 좋은 말야."

군사들 열한 명이 모두 찬성하고 서로 주머닛돈을 모으고 있자니까, 이 모양을 본 양지는 소리를 벌컥 지른다.

"이놈들! 뭘 어쩌려는 거야?"

"추렴해 술을 사 먹으려는 겁니다."

"뭣이, 어째?"

하고 양지는 칼을 들고 군사들한테 가까이 오더니 꾸짖는다.

"이놈들! 내 허락도 받지 않고 맘대로 술을 사 먹는단 말이냐?"

"참, 너무하십니다! 아, 우리가 우리들 돈으로 사 먹는 것도 못 하게 하시오?"

"안 돼! 길에 나서면 매사에 조심해야 하는 법이야! 길을 가다가 흔히들 몽한약(蒙汗藥) 탄 술을 먹고 욕보았다는 이야기도 듣지 못했느냐?"

양지의 꾸짖는 소리를 들은 술장수는 '피!' 하고 웃으면서 양지를 바라다보며,

"여보시오, 그따위 수작 마시오! 내가 언제 노형들한테 억지로 술을 팔아달랬소? 참, 재수가 없으려니까 별소릴 다 듣는군!"

라고 쏘아붙인다.

"아니 여보, 누가 언제 당신 술에 몽한약이 들었다고 말했소? 세상에는 그런 일이 있으니 조심해야 한다고 이른 말인데, 왜 남의 말에 타내는 거요?"

"당신이 내 앞에서 그따위 소리를 했으니까 그것이 나보고 한 말이 아니냐 말야! 개 눈에는 똥만 보인다더니, 당신 눈에는 세상 사람이 모두 도둑놈으로 보인단 말이오?"

"무어라고? 이놈이 함부로 지껄이는구나!"

술장수와 양지 사이에 시비가 벌어져 형세가 험악해지는 이때, 맞은편 수풀 속에 쉬고 있던 대추장수 일곱 명이 제각기 칼 한 자루씩 손에 들고 뛰어나와 묻는다.

"왜들 이러시오?"

술장수가 하소연하기 시작한다.

"내 말 좀 들어주슈. 내가 저 아랫마을에 가서 술을 팔고 오려고 여기까지 올라왔다가, 하도 덥기에 땀을 들이고 있으려니까, 저 사람들이 한 통 값이 얼마냐고 묻고 나서 내 술을 사 먹으려 하자 저분이 말리면서

내 술에 몽한약이 들었을 거고, 사 먹으면 안 된다고… 이러는구려! 그러니 내가 화가 안 나겠습니까?"

"그런 줄은 모르고… 우리는 별안간 왁자지껄하기에 도둑놈이 나타났는가 의심했지. 하여튼 술 얘기를 들으니 반갑군. 저분들이 의심쩍어서 안 사신다니, 우리가 사 먹겠소. 한 통에 값이 얼마요?"

"얼마고 뭐고 난 술 못 팔겠소!"

"우스운 사람 다 보겠네! 이 사람아, 언제 우리가 당신 술가지고 뭐라기나 했소? 공연히 짜증을 부려! 그러지 말고 술값은 달라는 대로 줄 터이니, 한 통 파슈."

"팔라시면 드리기는 하겠지만 퍼잡술 그릇이 없쇠다."

"그건 염려 마우. 우리에게 표주박이 있으니까."

대추장수 한 사람은 이렇게 대답하고 숲속으로 들어가더니 표주박 두 개를 갖고 나오는데, 한 표주박에는 대추가 수북하게 담겼다.

이편 양지의 일행들이 멀거니 바라보고 있는 눈앞에서 그들 대추장수들은, 술통 하나를 가운데 놓고 삥 둘러앉아 대추를 안주삼아 씹어 먹어가면서 순식간에 술 한 통을 다 먹었다.

이같이 다 먹고 나더니 한 사람이 말했다.

"참, 깜박 잊었군. 우리가 술값도 알지 못하고 먹어버렸네. 그래 술값이 얼마요?"

"5관이죠."

"5관이면 비싸진 않소마는 이왕이면 덤 한 잔 못 주겠소?"

"덤이 어디 있습니까?"

"없다면 할 수 없고… 그럼 돈이나 세어 받으시오."

대추장수 한 사람이 이렇게 말하면서 주는 돈을 술장수가 세어 받고 있을 때, 대추장수 또 한 사람은 남은 통 하나의 뚜껑을 열더니 술 한 바가지를 듬뿍 퍼가지고 입에다 댄다.

"이게 무슨 짓이오?"

술장수가 소리를 벌컥 지르니까 그 사나이는 반 바가지 남은 술을 들고서 숲속으로 달아난다.

술장수가 그 뒤를 쫓아갈 때, 대추장수 하나가 대추를 담아왔던 바가지로 술을 또 퍼낸다.

술장수는 질겁을 해서 되돌아와서 그 사나이로부터 바가지를 빼앗아 술을 도로 통 속에 붓고 눈을 흘기면서,

"보아하니 이런 짓은 아니 할 듯싶은 손님들이 이게 무슨 행실이란 말유!"

하고 투덜거리는 것이었다.

이때까지 광경을 보고 있던 양지 일행의 짐꾼들은 목구멍이 가려울 만큼 더 참을 수가 없어서 양지를 보고 애원했다.

"목구멍이 타서 죽겠습니다! 근처에 물 한 방울도 구할 곳 없고 하니, 그저 한 잔씩만 사 먹게 해줍쇼!"

짐꾼들이 애원하자, 도관과 우후도 마음이 당기는 터이므로 그들과 함께 양지에게 허락을 내리라고 권고한다.

양지도 대추장수들이 술 한 통을 다 먹고서도 아무 탈이 없는 것을 보았는지라, 마침내 그 술을 사 먹으라고 허락했다.

그러나 술장수는 말을 듣지 않는다.

"당신들한테는 술 안 팔겠소! 몽한약이 든 술을 어떻게 팔란 말요?"

짐꾼들은 이 말을 듣고 모두 웃으면서,

"아따, 그 말이 몹시 귀에 거슬렸던 모양이군! 그러지 말고 파시오!"

하고 조른다.

"못 팔겠소!"

술장수가 완강히 거절하고 있을 때, 아까 술값을 치르고 숲속으로 들어가던 대추장수들이 도로 나오더니, 술장수한테 권고했다.

"여보, 왜 그렇게 고집통이요? 우리도 서울까지 가는 길이고, 저분들도 서울까지 가는 길이라서 하는 말인데, 목마른 사정을 못 보아주겠다니 참 딱하오."

"그래도 의심받은 것이 싫거든요!"

술장수는 태도가 약간 누그러지면서 대답한다. 이때에 대추장수 한 사람이 술통 뚜껑을 벗겨놓고서,

"이왕이면 다 팔고 가슈."

하니까 술장수도 더 버티지 않는다.

짐꾼들은 술통 앞으로 우우 몰려들었다. 그러나 그들은 술을 보고서도 떠먹을 그릇이 없다.

"여보시오, 손님. 아까 떠 잡수던 표주박 좀 빌려줍쇼."

짐꾼 하나가 대추장수들을 보고 청하니까 그중 한 사람이,

"그럭하슈. 대추도 조금 갖다드릴까?"

말하면서 표주박을 빌려준다. 짐꾼들은 표주박을 받으면서 대추는 사양했다. 그랬건만 대추장수 한 사람은 대추를 갖고 나와 주면서 말한다.

"이걸 술안주 삼아서 자시죠. 모두 해야 백 개나 될까 말까 한 것이니 조금도 미안하게 생각 마시고 자시우."

"이건 너무 감사합니다."

"천만의 말씀! 동행하는 나그네끼린데, 뭘 그러시오."

짐꾼들은 이렇게 표주박과 대추를 받아 기분이 좋았다. 우선 두 개의 표주박에 술을 하나 가득히 떠서 한 개는 도관한테 갖다드리고, 한 개는 양지한테 갖다바친다. 그러나 양지는 그것을 안 받고,

"너희들이나 먹어라."

하고 물리쳤다.

짐꾼들은 도관이 마시고서 비운 표주박에다 또 술을 떠가지고, 양지가 안 받은 것과 함께 두 사람의 우후한테 갖다드린다. 우후들도 그것

을 받아마셨다.

그들은 이렇게 윗사람한테 인사를 차린 뒤에 술통을 가운데 놓고 둘러앉아서 차례로 한 바가지씩 떠가지고 대추 안주를 씹어가며 한 통 술을 다 마시다가, 맨 나중에 바가지를 받은 짐꾼은 그것을 가지고 양지 앞으로 가서 미안해하면서 말한다.

"죄다 없어지고 이것만 남았으니, 한 잔 드십시오."

"아니다. 너나 마셔라."

"그러지 마시고 한잔 드십쇼. 저희들만 먹어서야 마음에 죄송하지 않습니까?"

양지는 더위도 더위려니와 갈증을 이겨낼 수가 없는데, 또 부하 금군(禁軍)이 진심으로 권하는 고로 그 표주박을 받아 반 잔만 마시고 나머지는 도로 주었다.

술 두 통을 앉았던 자리에서 거뜬히 다 팔아버린 술장수는 빈 통을 어깨에 메고 콧노래를 부르면서 도로 고개 아래로 내려갔다.

이때 대추장수 일곱 명은 소나무 그늘 밑에서 이쪽을 바라보고 있었는데, 양지의 일행 15명은 벌써 정신이 혼몽해져서 아무것도 모른다.

그리고 조금 있다 15명은, 한결같이 그 자리에 쓰러져서 잠들어버리고 만다.

그들이 쓰러져버리자, 대추장수 일곱 명은 수풀 속에 두었던 강주거(江州車) 일곱 채를 끌고 나와서 그 속에 있던 대추는 땅바닥에 쏟아 버리고, 열한 명의 북경 대명부 금군들이 짊어지고 오던 금은보화를 몽땅 옮겨 실은 후, 수레에 뚜껑을 단단히 덮어 황니강 고개 아래로 유유히 사라졌다.

대체, 이 일곱 사람은 누구일까? 묻지 않아도 이 사람들은 조보정·오용·공손승·유당·원소이·원소오·원소칠이요, 그리고 술장수로 차리고 나타났던 사람은 안락촌에 살고 있는 백승이다.

그러면 술에다 몽한약을 타기는 언제 탔을까? 처음 백승이 어깨에 둘러메고 올라온 술은 아무것도 섞지 않은 좋은 술인데, 그것을 일곱 명이 둘러앉아서 한 통을 다 먹은 다음 나머지 한 통도 무해 무독한 술이라는 것을 양지와 그 부하들에게 보이기 위해서 유당이 통 뚜껑을 열고 한 바가지 퍼먹은 것이다.

그런데 유당이 한 바가지 떠가지고 먹어가면서 달아나는 것을 백승이가 뒤쫓아갈 때, 오용이가 또 술을 푼 바가지에 농간이 붙었던 것이다. 바가지가 술통에 들어갔을 때 이미 몽한약은 술 속에 풀어지고 말았는데, 그것을 오용이 퍼가지고 마시는 체 입에 갖다 대려는 때 백승이가 부리나케 돌아와서 바가지를 뺏어 통 속에다 도로 술을 쏟고 말았으니, 귀신도 모를 이런 농간이 있을 줄이야 그 누가 알았으랴. 이 같은 묘책은 모두 오용이 꾸며낸 계교였다.

얼마 후, 양지는 잠이 깨어서 정신을 차리고 일어났다. 워낙 먹은 술이 얼마 되지 않았기 때문에 남보다 먼저 깨어난 것이다.

그가 일어나 앉아서 주위를 둘러보니, 열한 개의 짐짝은 간 곳이 없고, 땅바닥에 대추만 산지사방 흩어져 있을 뿐, 늙은 도관과 두 사람의 우후와 열한 명의 금군은 입아귀로 침을 게제제 흘리면서 자빠져 자고 있다.

양지는 기가 막혔다. 생각하면 할수록 너무도 분하고, 너무도 슬펐다.
'무슨 낯으로 양중서님께 돌아갈 수 있느냐! 위령장은 가지고 있어 무엇한단 말이냐!'

그는 이렇게 생각하고 품속으로부터 위령장을 꺼내 그 자리에서 찢어버렸다. 그리고 한숨을 쉬고 앉아서 생각하니, 전도가 암담하다.
'집이 있어도 집으로 갈 수 없고… 이제는 갈래야 갈 곳도 없고… 아무래도 죽어버리는 게 상책이다!'

그는 죽기로 작정하고 고개 위에 삐죽이 나온 바위 끝으로 가서, 그 아래 천 길이나 되는 낭떠러지로 몸을 던지려고 발을 한 번 구르다가 문득 생각하니, 죽는 것이 너무도 억울하다.

'부모가 나를 낳아 길러주셨고, 내가 어려서부터 18반 무예를 배워 오늘날 남에게 빠지지 않는 터에 지금 여기서 이렇게 억울하게 내 목숨을 끊는 것이 애석하지 않느냐! 오늘의 이 치욕을 후일 깨끗이 씻어버릴 때가 있을 것이다. 어디 살 곳을 찾아보자.'

양지는 낭떠러지에서 이같이 마음을 돌이키고 다시 도관과 부하들 열네 명이 있는 곳으로 돌아왔다. 열네 명은 눈을 멀거니 뜨고 땅바닥에 누워 있건만, 아직도 정신이 들지 아니해서 아무것도 알지 못한다.

"이 바보들아! 어째서 내 말을 안 듣고 이 꼬락서니가 되었단 말이냐! 너희들 때문에 신세를 족쳤구나!"

그는 열네 명을 내려다보며 이같이 한탄하고 나무 아래 놓아두었던 요도(腰刀)를 집어 허리에 찬 후, 박도(朴刀)를 집어들고 나니 그 외에는 챙겨갈 물건이라곤 아무것도 없고 대추가 땅바닥에 흩어져 있을 뿐이다! 그는 긴 한숨을 쉬면서 한 바퀴 둘러보고 고개 아래로 터벅터벅 내려갔다.

양지가 이렇게 자취를 감추어버린 뒤에도 열네 명은 혼수상태를 벗어나지 못하고 있다가, 그날 밤 2경이나 되어서 모두들 깨어났다. 정신이 들고 보니, 일은 진실로 큰일을 저질렀다. 그들은 모두 눈앞이 캄캄해지는 것을 깨닫고서 어떻게 저희들의 죄를 모면할 도리가 없을까 궁리한 끝에, 마침내 모든 죄를 양지 한 사람에게 돌려씌우기로 작정했다. 그리고 날이 밝기를 기다려 그들 일행은 빈 몸으로 걸음을 재촉하여 먼저 그 지방 관사(官司)에 수고(首告)를 한 후, 또 걸음을 재촉해서 북경으로 돌아갔다.

(2권 계속)

고구 (고태위)

막대기를 휘두르는 봉술에 능한 데다 양쪽 발을 두 손처럼 써가며 제기를 차는 기술이 신통해서 왕부마의 눈에 들고, 나아가 단왕의 눈에까지 들어 벼락출세의 길에 들어서는 인물. 단왕이 황제로 등극하면서 전수부 태위에 오른다.

고아내

전수부 태위 고구의 수양아들로, 아비 세도만 믿고 행패를 부리고 다니며 유부녀 겁탈하기를 일삼는 애송이 부랑자. 임충의 아내 장씨 부인을 연모해 임충을 해치려 든다.

구문룡 사진

사가촌(史家村) 출신. 어릴 때부터 봉술을 좋아해서 한 스승이 등과 앞가슴에 모두 아홉 마리 용을 새기고 수놓아주어 구문룡(九紋龍)이라 불린다. 쫓기던 왕진에게 봉술의 진수를 배운다.

급선봉 삭초

대명부에서 첫손가락에 꼽히는 정패군 장수. 성질이 급해서 일만 당하면 누구보다도 먼저 뛰어가는 까닭에 '급선봉(急先鋒)'이라 불린다.

노달

경략부 제할로 있다 우연히 주먹 세 대로 진관서 정도를 살인하고 도망 다니다, 노원외의 도움으로 문수원에 가서 노지심이라는 법명의 승려로 변신하고, 이후 대상국사로 옮겨 가 채원을 관리한다.

뇌횡

현청의 보병도두. 키가 7척 5촌에 힘이 장사인 데다 몸이 날쌔어 서너 간 넓이쯤 되는 개천은 한 번에 뛰어넘어가는 고로 별명이 '날개 돋친 호랑이'다.

단왕 (휘종 황제)

신종 황제의 열한 번째 아들이자 철종 황제의 아우. 별호가 구대왕(九大王). 성질이 총명해서 바둑과 장기도 잘할 뿐더러 글씨와 그림도 잘하고, 공 던지기와 제기 차는 재주도 능숙하며, 기타 예능에 능한 오입쟁이 왕자. 철종 황제의 뒤를 이어 휘종 황제가 된다.

도간호 진달

소화산 산적 때 둘째 두목. 창을 잘 쓰는 인물이다.

두천

양산박 둘째 두령.

미염공 주동

현청의 마병도두. 키가 8척 5촌, 아래턱에 늘어진 수염은 길이가 한 자가웃 되며, 얼굴빛은 흡사 대춧빛같이 검붉은데 두 눈알만이 샛별같이 반짝반짝해서 별명이 미염공(美髥公)이다.

백일서 백승

안락촌에 사는, 별명이 '흰쥐'인 인물이다.

백화사 양춘

소화산 산적 때 셋째 두목. 포주 해량현 사람으로 큰 칼을 잘 쓰는 인물.

소선풍 시진

주(周)나라 시세종 황제의 후손으로 태조무덕 황제가 내리신 서서(誓書)와 철권(鐵券)을 가지고 있는 까닭에 아무도 함부로 못 대하는 위인. 시대관인이라고 통칭하며 호걸들과 만나기를 좋아해서 그의 집에는 항상 수십 명의 호걸들이 들끓는다.

소패왕 주통

도화산에 산채를 짓고 있는 도적 두목.

시문빈

산동 제주부 운성현에 새로 부임한 지현.

신기군사 주무

소화산에 산채를 치고 숨어 있는 산적 떼의 첫째 두목. 칼과 창을 쓰는 법은 놀랍지 않으나, 진을 치고 적에게 대항하는 꾀가 신통한 사람.

양중서

북경 대명부 유수사. 귀양 온 양지를 중용해서 생진강 심부름을 시킨다.

왕부마

이름은 왕진경. 철종 황제의 매부 되는 사람으로, 풍류를 좋아하고 허랑방탕한 위인들과 놀기를 좋아하는 인물.

왕진

도군교두로 있던 왕승의 아들. 송나라 80만 군대의 금군교두. 왕진의 부친한테 한 대 얻어맞은 일이 있던 고구가 태위가 된 후 그 원한을 왕진에게 복수하는 탓에 쫓기는 몸이 된다.

운리금강 송만

양산박 셋째 두령.

육겸

임충의 친구이지만, 자기 출세를 위해 고아내에게 붙어 임충을 모략한다.

원가 삼형제

양산박 근처 석게촌에 살고 있는 삼형제. 첫째가 원소이, 둘째가 원소오, 셋째가 원소칠. 모두 무예가 출중하고, 전신이 의(義)로 뭉쳐져 그 야말로 물불을 헤아리지 않는 인물들이다.

입운룡 공손승

도호(道號)는 일청선생. 어려서부터 권술·봉술을 배우고, 또 도사를 만나서 도술(道術)을 배운 까닭에 바람을 불게 하고 비를 오게 할 줄 아는 인물이다.

장씨 부인

임충의 아내. 고아내의 계략으로 남편을 귀양 보내고 결국 자결하고 만다.

적발귀 유당

귀 밑에 붉은 점이 있고 검붉은 털이 났대서 사람들이 적발귀(赤髮鬼)라고 부른다.

정도 (정대관인)

고깃간을 경영하며 취련 부녀에게 행패를 부려 노달이 살인을 하게 만든 인물.

조원외

노달이 구해준 취련을 소실로 맞은 인물. 은혜를 갚고자 노달을 문수원 승려로 만들어준다.

지다성 오용

별호가 지다성(智多星), 도호(道號)가 가량선생. 흉중에 지모가 무궁무진하여 제갈량에 못지않고, 재주는 진평보다 더 많다고 하는 인물이다.

지진장로

오대산 문수원 주지. 모든 승려가 노지심을 싫어하지만 후일 반드시 그가 크게 될 사람임을 내다보고 아껴준다.

지청선사

대상국사 주지.

타호장 이충

사진에게 맨 처음 봉술을 가르쳐주던 인물. 도화산 도적 주통과 함께 도화산 산채의 주인이 된다. 생김생김이 우락부락한 까닭에 타호장(打虎將)이라 불린다.

탁탑천왕 조개

동계촌의 보정(保正). 동계촌에서 누대 갑부로 살아오며 평생 의리를 숭상하고 재물을 가볍게 생각하며 천하 호걸들과 사귀기를 좋아하는 사람. 서계촌 도깨비가 동계촌으로 자리를 옮겨 백성들을 괴롭히자 분개한 조개는 혼자서 청석 보탑을 옮겨 세움으로써 도깨비를 물리치자, 그 뒤부터 '탁탑천왕(托塔天王)'이라는 별명을 얻는다.

청면수 양지

삼대장문(三代將門)의 후손. 일찍이 무과에 급제해 전사제사관으로 있다가 불운하게 자리에서 물러나 복직을 꿈꾸다 우연히 살인하고 귀양 가게 된다.

표자두 임충

팔십만 금군교두. 자신의 아내를 취하고자 하는 고아내와 육겸의 모략에 걸려들어 귀양 가는 몸이 되고, 죽음에 처한 것을 노지심이 구해준다.

한지홀률 주귀

왕륜 두령 수하에서 이목 노릇을 하고 있는 사람. 술집을 차리고 앉아서 내왕하는 객상들을 정탐하는 게 일이다.